MEIKE WERKMEISTER

Das Glück riecht nach Sommer

W0384745

GOLDMANN
Lesen erleben

Meike Werkmeister

Das Glück riecht nach Sommer

Roman

GOLDMANN

Sollte diese Publikation Links auf Webseiten Dritter enthalten, so übernehmen wir für deren Inhalte keine Haftung, da wir uns diese nicht zu eigen machen, sondern lediglich auf deren Stand zum Zeitpunkt der Erstveröffentlichung verweisen.

Die Liedzeilen aus »Meine Stadt« der Münchener Sängerin und Songschreiberin Julia Kautz werden mit freundlicher Genehmigung der Künstlerin abgedruckt.
Alle Infos zu Julia Kautz sowie ihre Musik findet man unter:
www.juliakautz.de

MIX
Papier aus verantwortungsvollen Quellen
FSC® C014496
FSC
www.fsc.org

Penguin Random House Verlagsgruppe FSC® N001967

1. Auflage
Originalausgabe April 2022

Neumarkter Str. 28, 81673 München
Dieses Werk wurde vermittelt durch die Literarische Agentur Michael Gaeb.
Umschlaggestaltung: UNO Werbeagentur, München
Umschlagmotiv: FinePic®, München
Karte und Anhang: FinePic®, München
Autorenfoto: Ulrike Schacht
Redaktion: Kristina Lake-Zapp
An · Herstellung: ik
Satz: Uhl + Massopust, Aalen
Druck und Bindung: GGP Media GmbH, Pößneck
Printed in Germany
ISBN 978-3-442-49274-9
www.goldmann-verlag.de

Besuchen Sie den Goldmann Verlag im Netz

Egal wo ich auch hingeh,
ich bin immer noch ein Teil von dir
und du von mir

Julia Kautz

1

»Hier bin ich.« Filiz' Stimme hallte durchs angenehm kühle Treppenhaus. »Du musst nach ganz oben.«

Es fiel kaum Licht auf die ausgetretenen Holzstufen. Wer die wohl schon alles erklommen hatte in den bestimmt hundert Jahren, die das Haus alt war? Ich sah mich nach einem Aufzug um und musste über mich selbst lachen. Natürlich hatte ein so altes Haus keinen Aufzug, es sei denn, es war luxussaniert worden, doch so wirkte es nicht. Immerhin fand ich den leicht klebrigen Lichtschalter. Eine Neonröhre sprang flackernd an und beleuchtete eine Nische voller Kinderwagen und Laufräder unter dem Treppenaufgang. Na, dann los, dachte ich und zerrte den schweren Koffer Stufe für Stufe nach oben, wobei er mir bei jedem Schritt schmerzhaft gegen den Unterschenkel stieß.

»Brauchst du Hilfe beim Tragen?«, hörte ich Filiz, die weit weg klang.

»Geht schon«, rief ich schnaufend durch den länglichen Lichtspalt zwischen den lackierten Holzgeländern nach oben. Beim Hinaufsteigen entdeckte ich überall Sachen, für die mein Vater schnell seinen Akkuschrauber geholt hätte. In jeder Zwischenetage hingen schiefe Bilderrahmen mit Aquarellzeichnungen an wackeligen Nägeln. Ein gekipptes Fenster hatte einen kaputten Griff. Neben einem Schuhregal lehnten die ausgehängten Türen. Was man beim Anblick eines Treppenhauses alles über seine Nachbarn lernen konnte! Vor einer Tür stand ein Eimer mit Bioabfällen, eine Kartoffelschale war auf die Fußmatte gefallen. Aus der Wohnung gegenüber drang leise orientalische Musik. Räucherstäbchenaroma lag in der Luft. Ich erinnerte mich daran, dass Filiz neulich am Telefon geschwärmt hatte, in ihrem Mietshaus wohne eine so interessante Mischung: ältere Leute, die schon in diesem Viertel geboren wurden, junge Familien aus verschiedenen Kulturen und Studenten, die oft nur ein paar Monate blieben, bis sie in eine andere WG weiterzogen.

Im nächsten Stock lehnte eine kleine Puppe an einer Tür. Auf ihren Bauch hatte jemand ein Post-it geklebt. »Lag im Hof. Fines?«, stand etwas krakelig darauf geschrieben.

Gerade als ich mich fragte, wie viele Stockwerke dieses Haus eigentlich besaß, tauchte über mir am Geländer der dunkle Lockenkopf meiner Freundin im Gegenlicht auf. »Ina!« Sie stieß einen kleinen Jubelschrei aus, und ich beschleunigte meine Schritte, hastete mit letzter Kraft die übrigen Stufen hoch und ließ den Koffer auf den Boden plumpsen. »Meine Ina!« Filiz drückte mich fest an ihren sehnigen Körper. Hinter ihr sah ich die offen stehende Wohnungstür, vor der ein

Haufen Stiefeletten, Sneakers und Sandalen lag. »Ich freue mich so, dass du da bist!«

»Ich mich auch«, brachte ich keuchend hervor. Ich sollte wirklich anfangen, Sport zu machen.

Filiz löste sich von mir und strahlte mich an. »Komm rein, Süße!«

Von drinnen drangen Stimmen zu uns heraus. Schon im Türrahmen roch ich, dass Zwiebeln angebraten wurden. Filiz schob mich vor sich her durch einen düsteren Flur, der voller Jacken hing und in dem sich weitere Schuhe türmten.

»Hat alles gut geklappt mit der Bahn?« Sie nahm mir meinen Koffer ab und ließ ihn hinter einer Tür verschwinden. Dann lief sie mir voran an zwei weiteren Türen vorbei, von denen eine geöffnet war und den Blick auf eine Matratze am Boden und einige Staffeleien mit Leinwänden freigab.

»Ja, hat alles gut geklappt, top Wegbeschreibung.«

Der Flur mündete zu meiner Überraschung in einen großen, lichtdurchfluteten Raum.

»Willkommen in unserem Reich«, Filiz breitete die Arme aus und führte ein kleines Tänzchen auf. Ihr ausgestellter Rock flog dabei in die Luft. Ich musste die Augen zusammenkneifen, so hell war es hier drin. Erstaunt sah ich mich um. Der Raum war größer als meine gesamte letzte Wohnung. Der Boden war aus Sichtbeton gegossen, der hier und da so aussah, als hätte er schon einige Partys erlebt. Er hatte zu zwei Seiten bodentiefe Fenster, hinter denen die Dächer der Stadt zu sehen waren. Offenbar war dies eine Art nachträglich ausgebauter Dachboden. Also doch ein wenig Luxussanierung. Verständlich, in dieser Lage in Hamburg versuchten die Vermieter vermutlich, so viel wie möglich aus jedem bewohnbaren Quadratmeter herauszuholen.

In einer Ecke gab es eine Sofalandschaft aus verschiedenen Couches und Sesseln, die überhaupt nicht zueinander passten. In der Mitte des Raumes lag eine lange Tischplatte auf zwei Metallböcken. Davor standen ebenfalls offensichtlich zufällig zusammengewürfelte Stühle. In der schlichten weißen Küchenzeile waren jede Menge verschiedene Teller, Tassen und Schalen in offene Wandregale sortiert. An der aus Beton gegossenen Arbeitsplatte schnitt eine kurvige Frau mit blond gesträhnter Turmfrisur etwas auf einem Brettchen. Neben ihr lehnte eine große Kurzhaarige in einem zeltartigen asymmetrischen Kleid und redete auf sie ein. Als sie uns bemerkte, verstummte sie und wandte uns das schmale, ungeschminkte Gesicht zu.

»Girls, wir haben Besuch«, sagte Filiz und schob mich vor sich her auf die beiden zu.

Die Kurzhaarige kam auf uns zu und hielt mir mit schmalem Lächeln ihre schlaffe Hand hin.

»Das ist Esther«, plapperte Filiz munter weiter, »sie wohnt im Zimmer am Ende des Flurs und schreibt gerade ihre Doktorarbeit zum Thema ›Emanzipation im Wandel der Rechtsprechung des 20. Jahrhunderts‹.«

Esther winkte mit einer Mischung aus Verlegenheit

und Stolz ab. Dann musterte sie mich. »Und wer bist du?«

»Das ist meine berühmte Studienfreundin Ina«, antwortete Filiz, ehe ich es konnte.

Die kleinere Frau kam einen Schritt näher und lächelte mich offen an. Alles an ihr wirkte irgendwie geschwungen, die langen Strähnen, die sich aus ihrer Turmfrisur um ihr pausbäckiges Gesicht kringelten, der Schmollmund, die mit viel Wimperntusche betonten Augen.

»Ich bin Vicky, freut mich.« Sie widmete sich wieder den Lauchzwiebeln auf ihrem Brettchen. »Fühl dich wie zu Hause!«

Neben ihr blubberte etwas in einem großen Topf. Hinter dem Brettchen stand eine riesige Butterbrotdose Hummus neben einer Papiertüte voller ovaler Fladenbrote. Bestimmt hatte Filiz' Mutter Ayda ihr die Sachen für mich mitgegeben. Sie war mein Fan, seit ich bei meinem ersten Besuch bei Filiz' Familie vor vielen Jahren durch meinen gesunden Appetit aufgefallen war. Wie lieb von Filiz, dass sie mir eine Art Willkommensdinner organisiert hatte, dachte ich, als es klingelte.

»Ich geh schnell.« Filiz verschwand in Richtung Tür.

Etwas verloren stand ich neben Vicky und Esther, die weiterkochten und dabei, so viel glaubte ich zu verstehen, über die Textnachrichten eines Mannes diskutierten. Filiz hatte mir schon am Telefon von ihren beiden Mitbewohnerinnen erzählt, mit denen sie seit ein paar Monaten in dieser Wohngemeinschaft lebte. Beide waren offenbar ein paar Jahre jünger als wir und – wie Filiz es genannt hatte – etwas »speziell«. Esther war offensichtlich die ein wenig verspannte Juristin mit dem Putzfimmel, mit der sie nächtelang über Sinn und Unsinn gendergerechter Sprache diskutieren konnte. Vicky musste folglich die chaotische Malerin sein, die mit ihrem Freund eine offene Beziehung führte, weswegen es regelmäßig zu melodramatischen Szenen kam. Als sie die gehackten Lauchzwiebeln in eine Pfanne kippte, bemerkte ich die Farbe unter ihren kurzen Fingernägeln. War das ein Nachthemd, das sie da trug?

»Kann ich euch irgendwie helfen?«, traute ich mich dazwischenzuquatschen, als Vicky gerade darüber sinnierte, wie ein Kuss-Emoji in einem bestimmten Kontext zu interpretieren sei. Esther überlegte kurz und zeigte dann auf einen großen Einkaufskorb, der an einer Wand lehnte. »Da sind Knabbersachen, magst du die in Schalen verteilen? Nimm dir einfach welche aus dem Regal.« Ihrem Tonfall konnte ich entnehmen, dass sie es gewohnt war, anderen Anweisungen zu geben.

Ich hob einen Stapel bunte Schüsseln vom Regalbrett und stellte sie nebeneinander auf die lange Tafel. Als ich die ersten Chipstüten aus der Einkaufstasche zog und mich langsam wunderte, wer heute noch alles zu uns stoßen würde, kam Filiz mit zwei Frauen in Hippie-Rüschenkleidern und zwei Männern in Jeans und weißen Turnschuhen zurück. Sie wurden überschwänglich von Esther und Vicky begrüßt, die alle vier auf den Mund küsste. Ich wurde beiläufig vorgestellt, dann begannen die anderen, Gläser aus einem Küchenschrank zu nehmen und mitgebrachte Miniwraps auf Tabletts anzurichten.

Filiz holte zwei Bierflaschen aus dem Kühlschrank und reichte mir eine. »Tut mir leid, morgen haben wir mehr Ruhe.«

»Du?«, raunte ich ihr zu, während Meersalz-Ofenchips aus der Tüte in meiner Hand knisternd in eine der Schalen fielen. »Wer sind die alle?«

»Ach«, Filiz wuschelte sich durch die Locken. »Die sind wegen der Party hier und helfen bei den Vorbereitungen.«

»Party?«

Sie zwirbelte eine wilde Strähne von ihrer Stirn. »Hab ich dir doch erzählt.«

Noch ehe ich widersprechen konnte, klingelte es, und wieder entwischte meine Freundin mir.

Als ich alle Snacks auf sämtlichen Tischen im Raum verteilt hatte, waren bereits an die dreißig Leute anwesend. Ich stand etwas ratlos am Rand und sah ihnen zu, wie sie kichernd miteinander anstießen und Eiswürfel aus dem amerikanischen Kühlschrank in Salatschüsseln und Eimern in Richtung Badewanne trugen. Vicky war nun offenbar mit Kochen fertig, verschwand in ihrem Zimmer und kam in einem knappen Overall und mit schimmerndem Lipgloss zurück. Esther zupfte an Vickys Hosensaum, als sei sie ihre Mutter und nicht einverstanden, dass er im oberen Drittel ihrer braungebrannten Oberschenkel endete.

Von irgendwoher kam Filiz herbeigestürmt. Sie hatte ihren Rock gegen eins ihrer umgenähten Vintage-Kleider getauscht und etwas Rouge aufgelegt. »Willst du dich auch noch frisch machen? Das Bad ist am Ende des Ganges, dein Koffer steht in meinem Zimmer, ist die dritte Tür mit dem Girl-Power-Sticker drauf.«

Ich sah an meinem Jersey-Jumpsuit hinunter, den ich den ganzen Tag getragen hatte und der in Husum als modern durchging. Hier sah man mir bestimmt auf den ersten Blick an, dass ich vom Land kam. Ich nickte und machte mich auf den Weg. Als ich Filiz' Zimmer fand, war ich erstaunt, wie klein es war im Vergleich zum riesigen Wohnzimmer. Und wie leer. Im Haus ihrer Eltern auf der anderen Elbseite hatte man sich in ihrem Reich kaum umdrehen können vor lauter Secondhandklamotten, Stoffballen und Garnrollen. In ihrem WG-Zimmer war nichts außer einem Baumarktregal mit ein paar Büchern, Aktenordnern und Klamottenstapeln. Daneben standen lediglich noch eine Kleiderstange und ein französisches Bett, auf dem bereits ein Berg Jacken der anderen Gäste lag. Würde ich hier übernachten, wenn der Berg kleiner wurde, fragte ich mich, oder gab es ein Gästezimmer? Schließlich hatte Filiz am Telefon gesagt, sie hätte jetzt viel Platz und ich könnte erst mal bei ihr unterkommen. Ich öffnete meinen Koffer in einer Ecke neben einem Korb mit Taschen, fischte eines der weiten Männerhemden heraus, die ich gern mit viel Kajal und Doc Martens kombinierte. Boyfriend-Style trug ich schon seit fast zwanzig Jahren, glücklicherweise war er gerade wieder angesagt, weshalb ich hier hoffentlich nicht negativ auffallen würde.

Das Bad war mit flaschengrünen Mosaiksteinchen gefliest und stand voller Tuben und Cremedosen. Ich blickte in den von Retro-Glühbirnen umrandeten Spiegel auf meine sommersprossige Nase, die fast durchsichtige Haut an den Augenlidern, unter denen sich Krümel von Wimperntusche gesammelt hatten, mein kupferrotes Haar, das über meine blassen Schultern fiel. Wie immer, wenn ich aufgeregt war, zierten meinen Hals rötliche Flecken. Wie war ich nur in diese Situation geraten? Da macht man sich auf den Weg zu einer Freundin, die man viel zu lange nicht gesehen und der man einiges zu erzählen hat – und findet sich dann auf einer Hausparty voller Fremder wieder.

Mein Handy summte in meiner Tasche. Eine Nachricht von meiner Freundin Toni.

Bist du gut in Hamburg angekommen? Können wir noch mal über meine Idee sprechen? Pablo hat nach dir gefragt.

Ich steckte das Telefon wieder weg. Über die Antwort musste ich noch nachdenken.

Als ich ins Wohnzimmer zurückkehrte, waren weitere Gäste angekommen. Ich stellte mich dazwischen und musterte sie unauffällig. Die anderen wirkten durchweg modebewusst und irgendwie großstädtisch auf mich. Sicher alles Werber und Medienleute und Künstler und Craftbeer-Brauer und Specialty-Coffeeshop-Besitzer. Sicher alles Leute, die viel zu erzählen hatten. Ich wollte nur einer hier etwas erzählen, und die fand ich gerade nicht.

Ein Luftzug wehte mir ins Gesicht, und mir fiel auf, dass eins der bodentiefen Fenster beiseitegeschoben worden war und sich zu einer Dachterrasse öffnete, die ich bisher gar nicht bemerkt hatte. Ich folgte dem Luftzug nach draußen, wo sich weitere Gäste auf geflochtenen Loungesesseln niedergelassen hatten. Erleichtert sog ich die milde Abendluft ein. Verständlich, warum Filiz so von dieser Wohnung geschwärmt hatte. Sie war nicht nur alles andere als das, was ich mir unter einer WG vorgestellt hatte, sie hatte noch dazu diese Dachterrasse, die größer war als manches Apartment. Lichterketten baumelten von der Regenrinne, Windlichter flackerten vor Bambusmatten, mit denen das Geländer verkleidet war, an das ich mich lehnte. Dahinter erstreckten sich weitere Dächer, so viele, dass mir bei ihrem Anblick ganz schwindelig wurde. Manche von ihnen waren höher als unseres, manche niedriger, manche hatten Dachluken und Schornsteine, andere begrünte Dachterrassen, auf denen ich winzig klein andere Menschen erkennen konnte.

Ich spürte, wie jemand seinen Ellenbogen gegen meinen drückte, und drehte mich um. Filiz grinste mich an. Ihre Wangen glühten, und ihre Augen glitzerten vergnügt. »Kein übler Ausblick, oder?«

»Allerdings.« Ich hakte mich bei ihr unter, damit sie mir nicht sofort wieder entkam.

Sie beugte sich mit mir übers Geländer. »Deine neue Heimat, Süße. Gewöhn dich schon mal dran.«

»Ich kann es noch nicht ganz glauben.«

Sie lehnte ihre Schulter gegen meine. »Morgen zeige ich dir das ganze Viertel und meinen neuen Nähraum, ich bin so froh, dass ich endlich was Passendes gefunden habe.« Sie sprach derart schnell, dass ihre Stimme sich fast überschlug.

»Ich bin schon sehr gespannt.« Ich sah sie von der Seite an, ihre geschwungene Nase, den dichten dunklen Wimpernkranz, das wilde Haar. Sie sah im Grunde immer noch aus wie das neunzehnjährige Mädchen, das sich im Audimax der Uni Kiel bei der Erstsemesterbegrüßung neben mich gesetzt hatte. Vom ersten Moment an hatte sie mich fasziniert. Weil sie so anders war als ich, weil sie aus der Großstadt kam und nicht wie ich vom Land. Weil ihre Eltern mit ihren Feinkost-Foodtrucks in ganz Hamburg bekannt waren, was mir als Kind von Landwirten wahnsinnig modern erschien. Weil ich bei uns zu Hause in Nordfriesland mit meinen übergroßen Sweatshirts und Chucks als cool galt – und Filiz es wirklich war. Lustigerweise sah sie offenbar auch etwas in mir. Denn vom ersten Tag an wich sie mir nicht mehr von der Seite, begleitete mich zu jeder Vorlesung, jedem Mensaessen, jeder Semesterparty. Je besser ich Filiz kennenlernte, desto klarer wurde mir, dass wir doch einiges gemeinsam hatten. Dass wir beide auf der Suche waren nach etwas Eigenem, das nur uns gehörte. Wir wollten nicht nur studieren und irgendeinen Job, mit dem wir die Miete bestreiten konnten. Wir suchten nach etwas, das uns glücklich machte, das unsere Bestimmung war. Und das unsere Eltern stolz machen würde. Und obwohl ich nach unserem gemeinsamen Studium in Kiel zumindest vierzig Kilometer weg von zu Hause nach Husum gezogen war, hatte Filiz bis vor Kurzem in ihrem alten Kinderzimmer im Einfamilienhaus der Familie gewohnt, weil es so praktisch und so günstig war – und weil sie die wahrscheinlich lässigsten Eltern der Welt hatte. Wenn ich sie mir jetzt so ansah, wie sie neben mir auf die Dächer schaute, frei und erwachsen und selbstsicher in dieser neuen Umgebung, überkam mich ein merkwürdiges Gefühl. Sie hatte den Absprung also tatsächlich geschafft. Und ich nahm gerade erst Anlauf.

Sie bemerkte meinen Blick und stupste wieder mit ihrem Ellenbogen gegen meinen. »Ich hoffe, du bist nicht überfordert von dem Trubel hier.«

»Ach.« Ich verzog das Gesicht, und sie kicherte.

Sie kannte mich gut. Sie wusste, wie ich mich fühlte. Entschuldigend zuckte sie mit den Achseln. »Es wird lustiger, je mehr Leute du hier kennst, glaub mir. Das ist einer der Vorteile, wenn man zwei crazy Mitbewohnerinnen hat. Eine hat immer einen Grund zu feiern, und wenn es nur ihr dreimonatiges Jubiläum veganer Ernährung ist.«

Und dann kam auch schon der nächste Gast von hinten, der Filiz um die Taille fasste und sie mir entriss. Ehe ich michs versah, war ich wieder allein. Allein unter mittlerweile ziemlich vielen Partygästen.

In den Räumen der Loftwohnung drängten sich gegen einundzwanzig Uhr unzählige Leute. Sie standen in Grüppchen beieinander und stießen mit fancy Drinks an, entspannten auf einem der vielen Sofas und warfen sich die Reste der Chips in den Mund, die ich vor einigen Stunden verteilt hatte. Im Flur reichten die Glücklichen, die es endlich an den Anfang der Toilettenschlange geschafft hatten, Flaschen aus der Wanne voller Eiswasser. Ich fragte mich, wie die Nachbarn das wohl so fanden, vor allem die mit den kleinen Kindern, deren Sachen ich im Treppenhaus gesehen hatte. Die Antwort erhielt ich, als Filiz mir ein junges Pärchen in Filzpantoffeln vorstellte, das sich abwechselnd ein Babyphone ans Ohr presste: Sie feierten mit. Überhaupt stellte Filiz mich so einigen vor, von denen ich mir keinen Namen merkte. Mehrmals stand ich bei Gesprächsrunden dabei und versuchte, irgendetwas Interessantes beizutragen. Nach den ersten zwei Flaschen Bier war ich zum Glück deutlich entspannter. Hatte mir nicht genau das in Husum gefehlt? Ein bisschen Abwechslung vom Klinikalltag, feiern, neue Leute treffen, nicht die ewig gleichen, die ich schon seit Jahrzehnten kannte? Hatte ich nicht endlich mal wieder andere Abende erleben wollen als die für mich typischen, die nach Feierabend mit einer halben Tafel Schokolade begannen und damit endeten, dass mir vor Müdigkeit die Fernbedienung aus der Hand rutschte? Immerhin war das hier wirklich etwas ganz anderes, dachte ich und trank noch einen großen Schluck von dem Biermixgetränk, das ich versehentlich erwischt hatte. Dabei musste ich plötzlich ein Gähnen unterdrücken, und ich fragte mich, in welchem der Räume ich wohl schlafen würde. In welcher Besetzung? Und dürfte ich überhaupt jemals ins Bett gehen?

Gegen Mitternacht hatte ich mich gerade aus einer hitzigen Diskussion über die neuesten Streamingserien geschlichen und stand allein am Rand der Dachterrasse. Bei Dunkelheit sahen die Umrisse der Stadt noch malerischer aus als im Hellen. Über allem ragte in der Ferne der Fernsehturm auf. Irgendwo zwischen Turm und uns musste die Außenalster liegen. Ja, hier könnte ich mich zu Hause fühlen, beschloss ich. Hier könnte ich vielleicht tatsächlich neu anfangen. Hier könnte auch ich schaffen, was Filiz bereits gelungen war.

Und dann platzte eine laute Stimme in meine gerade gefundene innere Ruhe. »Gibt es hier einen Arzt?«, hörte ich drinnen einen Mann rufen. Nicht hektisch oder panisch – offenbar kein Notfall auf Leben und Tod. Und trotzdem: »Hallo, gibt es hier einen Arzt?«

Ich kannte diese Situation von zwei Mittelstreckenflügen und einer Zugfahrt. Jedes Mal hatte ich innerlich bis drei gezählt, in der Hoffnung, irgendein breitschultriger Mann würde laut »Hier!« rufen und mit bedeutungsschwerem Gesichtsausdruck zum Ort des Geschehens eilen. Eins, zwei… drei. Heute erlöste mich niemand.

Ich räusperte mich. »Hier«, sagte ich viel zu leise. Dann noch einmal etwas lauter: »Hier, wer braucht ärztliche Hilfe?« Ich lief zur Terrassentür. Ein paar Leute um mich herum wandten mir erwartungsvoll die Gesichter zu. Genau meine Art von Situation. Meine mühsam angetrunkene Partylaune verpuffte wie ein defektes Tischfeuerwerk.

Ich drückte die Schultern zurück, trat ein und sah mich um. Der Mann, der offenbar gerufen hatte, schaute mich an, doch noch bevor er etwas sagen konnte, drängte mich ein schmächtiger Kerl mit Harry-Potter-Brille beiseite und schob die Hemdsärmel nach oben. »Was ist passiert?«, fragte er laut.

»Betty übergibt sich ständig, ich bin nicht sicher, ob das eine Alkoholvergiftung sein könnte«, erklärte der andere Mann. »Ich hab sie in Vickys Zimmer…« Dann verschwamm seine Stimme im Gedränge, das auch meinen jungen Kollegen verschluckte.

Ein Glück, dass ich das nicht übernehmen musste, dachte ich, als ich mit leicht schlechtem Gewissen auf die Dachterrasse zurückkehrte. Was bist du nur für eine miese Ärztin, zischte es mir zu, woraufhin ich versuchte, es mit einem großen Schluck von meinem Biermix zum Schweigen zu bringen. Immerhin hatte offenbar niemand weiter Notiz von der absurden

Szene genommen, dachte ich erleichtert und lehnte mich wieder ans Geländer.

»Ina?« Ein Mann tauchte neben mir auf, ein gutes Stück größer als ich, volles dunkles Haar, enge Shirtärmel über definierten Armen, kritisch zusammengekniffene Augen. »Ina Petersen, bist du das wirklich?« Er beugte sich zu mir vor.

Die Lichterkette warf einen Kreisel auf sein kantiges Kinn und die dichten Augenbrauen, die ihm etwas Düsteres verliehen. Er kam mir entfernt bekannt vor.

»Du erkennst mich nicht, oder?« Seine Gesichtszüge entspannten sich, wodurch er noch ein kleines bisschen besser aussah als ohnehin schon. »Sebastian. Basti. Ahrens. Aus Westerhever.«

Überrascht sah ich ihn an. Im gleichen Moment wurde mir bewusst, dass ich bereits deutlich mehr getrunken hatte, als gut für mich war. Plötzlich musste ich so heftig lachen, dass es mich schüttelte. Da rang ich mich endlich dazu durch, nach Hamburg zu ziehen, wie ich es schon so oft insgeheim geplant und dann doch wieder verworfen hatte. Weil ich endlich mal raus wollte aus der Heimat, in der jeder jeden kannte. Und gleich an meinem ersten Abend – der Koffer war noch nicht ausgepackt – begegnete mir jemand aus meiner früheren Parallelklasse.

Sebastian wartete mit unergründlicher Miene, bis ich mich wieder gefangen hatte.

»Entschuldige.« Ich gluckste in meine Handfläche. »Es ist nur so absurd. Ich bin heute erst angekommen.

Ich will hier eine Wohnung suchen und stolpere mitten in diese Party, und … und dann steht auch noch jemand aus Nordfriesland vor mir. Ist doch schräg, oder?«

Sebastian grinste verhalten und nahm einen Schluck aus seinem Longdrinkglas. »Du willst nach Hamburg ziehen, ja?«

Ich wischte mir eine Lachträne aus dem Augenwinkel. »Ja, wird Zeit, dass ich auch mal rauskomme. Du bist schon lange hier, oder?«

Er ließ die Eiswürfel in seinem Glas klimpern. »Ich bin direkt nach der Schule her. Hätte bei dir auch gedacht, dass du längst weg bist.«

Unauffällig wischte ich mir eine weitere Lachträne von der Nasenspitze. »Tja, manchmal kommen die Dinge anders als geplant.«

Sebastian nickte wissend. »Ich setz mich mal.« Er deutete auf zwei bunte Loungesessel, von denen sich gerade Frauen erhoben, die beide lange glänzende Haare hatten und gemusterte Leggings trugen. Ich stürzte mich so schnell auf einen der frei gewordenen Plätze, dass ich an einem Sesselbein hängen blieb und einen unfreiwilligen kleinen Hüpfer machte. Leise glucksend unterdrückte ich einen erneuten albernen Lachanfall, den Sebastian höflich ignorierte.

»Wie geht es deiner Familie?«, erkundigte ich mich, als ich sicher saß.

»Gut.« Er gab einen Seufzer von sich, und ich fragte mich, ob er dem Gedanken an seine Familie geschuldet war oder meiner einfallslosen Gesprächseröffnung.

Eine Zeit lang schwiegen wir uns an. Ich versuchte mich daran zu erinnern, ob ich mich jemals zuvor mit ihm unterhalten hatte, in unserer Kindheit und Jugend, in der wir bestimmt ständig gemeinsam auf irgendwelchen Heuboden getobt und später auf Stallpartys herumgehangen hatten. Einige seiner Freunde waren damals auch meine gewesen, aber mit Sebastian hatte ich nie viel zu tun gehabt, auch später nicht, bei irgendwelchen Festen von gemeinsamen Bekannten oder Nachbarn. Vielleicht lag es daran, dass es nicht so einfach war, mit Sebastian ins Gespräch zu kommen, dachte ich nun. Er sah mich an und zog die Mundwinkel nach oben, dann schaute er wieder aufs nächtliche Hamburg. Nun ja, zumindest hatte er mich angesprochen und gefragt, ob wir uns setzen wollten. Oder hatte ich ihn missverstanden? Als ich das Schweigen zwischen uns nicht mehr aushielt, redete ich einfach drauflos. Ich berichtete von meinem Medizinstudium in Kiel, meiner Stelle am Krankenhaus in Husum, meinen Eltern, die unseren Hof noch nicht so recht loslassen konnten. Ab und an nickte er wissend und sagte: »Ist bei uns auch so.« Oder: »Übernimmt bei uns auch mein älterer Bruder.« Oder: »Data Management in einem Softwareunternehmen.« Zwischendurch stand einer von uns auf, holte neue Getränke, während der andere mit vollem Einsatz den freien Platz verteidigte. Und dann sah ich irgendwann auf die Uhr. Drei Uhr nachts.

»Müde?« Sebastian war meinem Blick gefolgt.

»Eher erstaunt, wie spät es mittlerweile ist.« Und wie lange ich geredet hatte. Ich streckte mich ein bisschen. »Doch, ehrlich gesagt schon ein wenig. Normalerweise schlafe ich längst.«

Wieder ließ er die Eiswürfelreste in seinem Glas klimpern, diesmal betrachtete er sie lange und nachdenklich. »Meine Wohnung ist gleich hier um die Ecke. Ich habe ein bequemes Schlafsofa, hat meine Mama gesponsert, weil sie früher immer dachte, sie besucht ihren Jungen jedes zweite Wochenende.« Er lachte, was mich fast noch mehr verblüffte als die Tatsache, dass er mehr als drei Wörter am Stück von sich gegeben hatte. »Wenn du magst, kann ich dir das schnell beziehen. Wie das hier aussieht, geht die Party mindestens bis zum Morgengrauen.«

Nach Worten suchend sah ich ihn an und spürte, wie die Flecken an meinem Hals aufblühten. »Ähm … Das ist total lieb, aber … Ich hab ehrlich gesagt Schiss, dass Filiz enttäuscht ist, wenn ich schon am ersten Abend schlappmache. Trotzdem: Danke!«

Sebastian massierte bedächtig seine Schläfen. »Kein Ding.« Eine Zeit lang blickten wir beide still in den dunklen Himmel, an dem wegen der Lichter der Stadt nicht viele Sterne zu sehen waren, dann gähnte er in seine hohle Hand. »Ich mach mich mal auf den Weg. Ich will morgen unbedingt laufen gehen und …«

»Alles klar«, unterbrach ich ihn etwas zu schnell. »Mach dir um mich keinen Kopf, zur Not lege ich mich unter die Mäntel und penne schon mal.«

Er nickte leicht, und wieder wurde ich das Gefühl nicht los, dass ich ihn auf irgendeine Art irritierte.

»Na dann.« Er stand auf und rieb die langen Finger an seinen Jeans, die so gekrempelt waren, dass die nackten Knöchel über den Sneakers hervorschauten wie bei den meisten Männern hier. Schöne Knöchel, dachte ich in meinem erschöpften Bierkopf. »Tja, dann …« Ich rappelte mich ebenfalls hoch, und wir umarmten uns etwas linkisch. Er steckte die Hände in seine locker hängenden Gesäßtaschen und schenkte mir ein letztes müdes Lächeln. »Viel Spaß noch.«

»Danke.«

Weg war er. Ich wollte mich wieder auf meinen Sessel setzen, aber auf dem hockte bereits ein bärtiger Typ mit Männerdutt und rauchte etwas, was nicht nach Zigarette roch. Mittlerweile war es ein wenig frisch hier draußen, deshalb beschloss ich reinzugehen. Das Wohnzimmer, das nur noch durch Kerzen und eine Art Discokugel beleuchtet wurde, war noch immer halb voll. Vicky knutschte mit einem ziemlich tätowierten Kerl auf einem der Sofas, und ich fragte mich, ob er ihr Freund war. Esther saß halb auf dem Tisch, eine Hand nachdenklich am Kinn, und diskutierte mit einem Mann, der noch länger und schlaksiger war als sie. Ihr Haar klebte nass geschwitzt an ihrer Stirn, und sie wirkte nicht mehr ganz sicher auf den Beinen. Filiz suchte ich vergeblich zwischen den Gästen, von denen niemand wirklich nüchtern wirkte.

Was mache ich hier?, schoss es mir durch den Kopf.

Ich bin Anfang dreißig, ich sollte ein Zuhause haben, in das ich gehen kann. Oder zumindest einen richtig guten Plan.

Gerade als ich etwas ratlos beschloss, mich in einen der Sessel ganz in der Ecke zu setzen, stellte jemand die Musikanlage lauter. Kreischender Technobeat schallte aus den Boxen, woraufhin Esther vom Tisch rutschte und mit etwas ungelenken Bewegungen anfing zu tanzen. Die Nachbarin streifte begeistert dic Pantoffeln ab, drückte ihrem Mann das Babyphone in die Hand und warf ebenfalls die Arme in die Luft.

Und dann machte ich doch kehrt.

So schnell es mir in meinem Zustand möglich war, eilte ich in Richtung Flur. Quetschte mich vorbei an den Gesprächsgrüppchen und der kürzer gewordenen Toilettenschlange, bis ich die Tür von Filiz' Zimmer fand. Ein paar Leute wühlten gerade im Jackenberg, darunter der hilfsbereite Arzt von vorhin. Sein markantes Aftershave stieg mir in die Nase. »So, war nicht ganz einfach, aber Taxi sollte jetzt in sieben Minuten kommen, musst du zufällig in Richtung Hamburger Westen?« Er strich sich die kinnlangen Haare aus dem Gesicht und griente mich verschwommen durch seine runde Brille an.

»Nein, danke, nicht nötig«, antwortete ich knapp, schnappte mir meinen Koffer und machte mich auf den Weg zur Wohnungstür.

Im Treppenhaus lehnte ich mich über das Geländer, in der Hoffnung, dass Sebastian noch nicht ganz unten angekommen war. »Sebastian?«, rief ich hinunter, ohne Rücksicht auf die vermutlich ohnehin schon genervten Nachbarn zu nehmen. Dann noch einmal. »Sebastian?«

Alles blieb ruhig. Ich hörte nur den Technobeat und die Stimmen von drinnen. Dann hallten leise Schritte zu mir herauf. Jemand trat langsam in den Lichtspalt unten und sah hinauf. »Ina?«

»Ich dachte schon, ich hätte dich verpasst«, schallte meine Antwort durchs Treppenhaus.

»Alles okay?« Sebastian reckte das Gesicht mit zusammengekniffenen Augen ins Neonröhrenlicht.

Ganz kurz fragte ich mich, ob ich das wirklich bringen konnte, dann nahm ich beherzt meinen Koffer und rief schon im Hinabsteigen: »Steht dein Angebot noch?«

2

Am nächsten Morgen erwachte ich von den Geräuschen der Stadt. Vorsichtig öffnete ich die Augen. Nur langsam gewöhnten sie sich an das Licht, das durch die hohen Sprossenfenster fiel. Ich lag auf einem ausgezogenen Sofa, auf mir weiche, gestärkte Baumwollbettwäsche, wie ich sie aus Hotels kannte. Mein Kopf schmerzte, und mein Mund fühlte sich trocken an. Richtig, ich hatte gestern zu viel getrunken. Richtig, ich lag bei einem entfernten Bekannten aus Schultagen auf dem Schlafsofa. Weil bei Filiz eine wilde Party gestiegen war, von der niemand wusste, wann sie endete. Ich angelte nach meinem Handy, das vor dem Sofa auf einem eierschalenfarbenen Kunstfellteppich lag. Keine Nachricht von Filiz. Na, Hauptsache, sie hatte meine noch gelesen und sich keine Sorgen gemacht. Ich blickte mich gähnend um. Gestern Nacht hatte ich nur schnell mein Nachthemd und meine Zahnbürste aus dem Koffer genommen, der aufgeklappt auf dem Boden lag, dann war ich vor Müdigkeit in mich zusammengesunken und tief und fest eingeschlafen. Erst jetzt fielen mir die hohen stuckverzierten Decken auf. Der Boden mit den alten Holzdielen. Die Erker an den

Fenstern. Vor dem Schlafsofa, das ebenfalls einen hellen Beigeton hatte, stand ein schlichter Metall-Couchtisch. Ansonsten war der Raum bis auf ein paar Bücherstapel in der Ecke leer. Von der Decke baumelte eine einsame Glühbirne an ihrem Kabel. Könnte eine Designerlampe sein. Oder noch provisorisch. Ich setzte mich auf und kreiste meine verspannten Schultern. An den Wänden hingen keine Bilder. Nur direkt über der Sofalehne waren einige kleine Schwarz-Weiß-Fotos mit neongelbem Tape an der Tapete befestigt. Zwei davon mussten Sebastians Großeltern sein, auf einem erkannte ich seine Schwester, die mit meinem großen Bruder in eine Klasse gegangen war. Die Bilder waren alle im gleichen Stil gehalten, schlicht und vor verschwommenem Hintergrund. Die Porträtierten schauten direkt in die Kamera, alle mit nachdenklichem Blick. Hatte Sebastian diese Aufnahmen gemacht?

Von der Straße her drang Lachen hinauf. Ich stand auf und ging zum Fenster. Die Holzdielen fühlten sich angenehm kühl unter meinen nackten Fußsohlen an. Die Wohnung lag im ersten Stock. Hinter den Scheiben sah ich eine schmale Straße, in der eng die Autos parkten. Gegenüber reihten sich Jahrhundertwende-Altbauten aneinander, alle mit diesen typischen weiß lackierten Holzfensterrahmen und Ornamenten an der Fassade. Sie waren so nah, dass ich die Blumenvasen auf dem Esstisch sehen konnte, die Nachbarin in Unterwäsche, die sich, das Telefon zwischen Kinn und Schulter geklemmt, ein T-Shirt aus dem Kleiderschrank nahm, die Katze, die auf einer Fensterbank balancierte. Auf dem Gehweg spazierten Leute mit großen Sonnenbrillen durch die Vormittagssonne. Vor einem Kaffeeladen im Erdgeschoss hatte sich eine Schlange gebildet. Was für ein freundlicher Tag zum Ankommen! Mein Blick fiel auf einen Mann in engen Laufshorts, der mit zwei To-go-Bechern aus dem Laden trat. Sportliche Beine, dachte ich. Als er den Blick hob, sprang ich reflexartig einen Schritt zurück. Es war Sebastian! Und ich dachte, er schliefe noch nebenan. Verlegen sah ich an meinem Snoopy-Nachthemd hinunter, das nur knapp über meinem Po endete. Etwas hektisch schnappte ich mir ein langes Jeanshemd aus dem Koffer und warf es mir über. Schon hörte ich Schritte im Treppenhaus. Ich fuhr mir mit den Fingern durch die verknoteten Haare. Ein Schlüssel drehte sich im Schloss. Sebastian kam gerade in den Flur, als ich die Wohnzimmertür einen Spaltbreit öffnete.

»Guten Morgen«, sagte er mit einem reduzierten Lächeln, das offenbar typisch für ihn war.

»Guten Morgen!« Ich ließ die Hände in den langen Ärmeln meines Jeanshemds verschwinden. Sebastian hielt mir die beiden Kaffeebecher hin.

Ich ließ meine Hände wieder aus den Ärmeln gleiten, schob die Tür weiter auf und nahm sie entgegen. »Oh, danke.«

Er streifte die Joggingschuhe auf der Bastmatte ab. »Einer ist mit Hafermilch, der andere normal, ich wusste nicht, was du magst.«

Ich zog die Nase kraus. »Ich komme vom Bauernhof, ich bin da unkompliziert.«

Er schmunzelte.

Ich schnupperte an den Bechern. Schon der Geruch des Espressos darin machte mich etwas wacher. »Welchen magst du lieber?«

»Keinen, danke, ich mache gerade eine Koffeinpause.« Sebastian strich sich mit dem Handrücken über die verschwitzte Stirn. »Ich geh schnell duschen, war schon 'ne Stunde laufen.«

Ich nickte anerkennend. »Kein Kaffee, Sport statt Schlaf, schätze, du duschst kalt?«

Er schnaubte nur und verschwand im Bad.

Ich suchte im Koffer nach etwas zum Anziehen, nippte am Kaffee, der in beiden Varianten wirklich gut schmeckte, und hörte das Plätschern der Dusche. Minuten später rief Sebastian: »Bad ist frei!«

Ich lief mit meinen Klamotten auf dem Arm durch den Flur, in den dampfend feuchte Luft strömte, die nach Kernseife roch. In der Küche klapperte Geschirr. Der Duft von frischem Toast stieg mir in die Nase. Sebastian würde doch nicht etwa noch Frühstück für uns machen? Ich hatte eigentlich genug davon, mich zu fragen, was er dachte oder warum er kaum sprach. Außerdem wollte ich endlich zu Filiz, auch wenn ich keine Ahnung hatte, ob sie bereits oder noch wach war.

»Rührei?«, hörte ich Sebastians Stimme.

»Gern«, antwortete ich und zog die Badezimmertür hinter mir zu.

Etwa zehn Minuten später kam ich frisch geduscht in einem zitronengelben Oversize-Shirt in die Küche. Sebastian stellte gerade ein Marmeladenglas und ein Butterfässchen auf den hohen Esstisch. Darauf wartete bereits ein Teller mit goldgebräunten Toastscheiben. Mein Gastgeber rührte noch einmal in einer Pfanne und platzierte sie dann auf einem Korkuntersetzer neben dem Toast. Er trug Jeansshorts und ein weißes T-Shirt, das am Kragen ein paar dunkle Flecken zierten, wo noch etwas Wasser aus seinen Haaren tropfte. Ich kletterte auf einen der zwei Barhocker. »Mir war nicht bewusst, dass das Frühstück inbegriffen ist.«

Er setzte sich mir gegenüber. »Na ja, ist es eigentlich nicht, aber als du nach meinem Lauf immer noch hier warst, blieb mir quasi keine Wahl.« Erleichtert sah ich, dass er grinste. Er hatte tatsächlich einen Scherz gemacht.

Sebastian lud sich Rührei auf den Teller und verputzte es, als ob er seit Tagen nichts gegessen hätte. Kein Wunder nach seiner Sporteinheit.

Etwas zögerlich nahm ich mir einen Toast und begann, ihn mit Butter und Marmelade zu bestreichen. Dabei sah ich mich in der Küche um. Die matten Schrankfronten waren so eierschalenfarben wie alles hier, auf der Arbeitsplatte stand nichts außer einer Edelstahl-Küchenmaschine und einer Basilikumpflanze in einem Steintopf. Die Wand dahinter war mit klein gemusterten Fliesen gekachelt. Was für eine schmucke Altbauwohnung – und wie unglaublich aufgeräumt.

Ich spürte, dass Sebastian mich über sein Rührei hinweg musterte.

»Bist du gerade erst eingezogen oder einfach wahnsinnig ordentlich?«, fragte ich ertappt und biss geräuschvoll in meinen Toast.

»Wieso?« Er spießte sein letztes bisschen Rührei mit der Gabel auf.

»Nun, es ist hier irgendwie … leer.«

»Ich habe nur nicht so viel Kram.« Er lud sich weiteres Rührei aus der Pfanne auf den Teller. Toast hatte er bisher keinen angerührt. Er bemerkte meinen Blick. »Ich trainiere für den Hamburg-Marathon. Daher esse ich gerade kaum Kohlenhydrate.«

Etwas schuldbewusst sah ich auf meinen dick beschmierten Marmeladentoast.

»Aber hau du bitte rein«, fügte er hinzu und zerpflückte das Rührei auf seinem Teller. »Wäre schade drum.«

Ich kicherte. »Sonst muss alles wieder zurück in deine Schublade, in der du ungesunde Sachen für Frauen lagerst, die du auf Partys einsammelst?«

Sebastian machte schmale Augen. »Immer noch so vorlaut wie eh und je.«

Wie er zu diesem Urteil kam, war mir ein Rätsel, schließlich war ich ihm gegenüber wohl kaum jemals vorlaut gewesen. Vermutlich hatte er es irgendwo aufgeschnappt, zu einer Zeit, in der ich dachte, Angriff sei die beste Verteidigung.

Mein Handy klingelte in meiner Tasche. Ich warf

einen Blick darauf und sagte: »Ich muss da kurz drangehen, ist Filiz.« Dann, nachdem ich übers Display gewischt hatte: »Hey, Süße.«

Laut dröhnte ihre Stimme aus dem Hörer: »Auf einer Skala von eins bis zehn: Wie war er?«

Ich spürte, wie mir die Hitze ins Gesicht stieg. Sebastian aß ungerührt weiter. Ich hoffte inständig, dass er sie wie durch ein Wunder nicht gehört hatte.

»Ja, ich mache mich bald auf zu dir, okay? Habt ihr noch lang gefeiert?«

Sie prustete. »Liegt er etwa neben dir? Oh Gott, er liegt noch neben dir! Respekt, Petersen, am ersten Abend!«

»Wunderbar, das klingt doch toll«, plapperte ich weiter. »Dann bis gleich.«

Ich hörte sie noch sagen: »Wie oft …«, dann legte ich auf.

Zu meiner Verärgerung spürte ich, dass ich tiefrot geworden war. »Sie haben bis heute früh durchgemacht, gut, dass ich mit dir gegangen bin. Danke noch mal, du hast mich echt gerettet.« Ich schob mir den Rest Toast in den Mund und sah angestrengt auf meinen Teller.

Sebastian holte eine Flasche mit grasgrüner Flüssigkeit aus dem Kühlschrank und kam damit zurück an den Tisch. »Kein Ding.«

Ich wischte mir einen Krümel aus dem Mundwinkel. »Woher kennst du Filiz eigentlich?«

Er schüttelte die Flasche und goss sich etwas davon

in ein Glas. »Gar nicht, glaub ich.« Er hielt die Flasche hoch. »Du auch?«

»Nein, danke, das sieht zu gesund aus. Wer hatte dich denn eingeladen? Esther, Vicky?«

»Wer?« Er nippte an seinem dickflüssigen Getränk.

Ich verzog amüsiert das Gesicht. »Okay, bleiben zwei Möglichkeiten: Entweder du hast einen Kumpel, der dich mitgeschleppt und vorher schlecht gebrieft hat.« Ich stippte mit der Fingerspitze die Toastkrümel von meinem Teller. »Oder du bist ein Partycrasher.«

Er nahm einen weiteren Schluck von dem grünen Zeug, leckte sich die Reste aus dem Mundwinkel und sagte dann: »Jetzt erinnere ich mich. Du warst nicht nur immer schon vorlaut, sondern auch noch ziemlich neugierig.«

Als Filiz mir die Tür zu ihrer Wohnung öffnete, schlug mir ein wilder Geruchsmix aus Essen, Zigarettenrauch, Schweiß und Alkohol entgegen.

Ich hielt mir die Nase zu. »Alter Schwede.«

»Schlimm, oder?« Filiz war weiß wie die Wand. »Ich muss mich auch gleich wieder hinlegen.«

»Von wegen.« Ich hievte den Koffer über die Schwelle. »Draußen scheint die Sonne, und du wolltest mir doch die Gegend und deinen Nähraum zeigen.«

Stöhnend winkte sie mich durch den Flur. Im Wohnzimmer war es überraschend aufgeräumt. Nur hier und da stand noch eine Flasche am Boden. Esther lief umher, im gleichen asymmetrischen Kleid von gestern Nacht, und wischte gedankenverloren über die Tische.

Vicky lag auf einem der Sessel. »Schnucki, morgen kommt Marzena, lass das doch bitte«, sagte sie mit heiserer Stimme zu Esther, die sie offenbar nicht hören wollte. Unter Vickys Augen waren dicke, verschmierte Wimperntuschebalken, auf ihren Wangen glänzten Rouge-Reste. Ein Bein ihres Overalls war so weit hochgerutscht, dass ein Stück Spitzenunterwäsche hervorschaute. Sie nickte mir müde zu. Wie es aussah, hatte tatsächlich keins der Mädels geschlafen.

»Wo kann ich mit anpacken?«, fragte ich in die Runde.

Esther machte mit der lappenfreien Hand eine Geste, als ob sie eine Fliege verscheuchen wollte. »Nutzt die Zeit lieber, du musst ja bestimmt bald wieder zum Zug.«

Ich sah Filiz fragend an, aber sie schob mich bereits vor sich her aus dem Raum.

Die Sonnenstrahlen schienen bis in den Hinterhof des Klinkerbaus, in dem Filiz mit ihren Mitbewohnerinnen wohnte. Meine Freundin kniff die müden Augen zusammen und schlurfte gähnend neben mir her über den kleinen Weg, neben dem sattgrüner Rasen wuchs. Vor uns tobten Kinder auf einem Spielplatz. Auf den Bänken am Rand saßen die Eltern mit Kaffeebechern in der Hand und hielten die Gesichter ins Licht.

Sie ging zu einem Torbogen, durch den wir in einen

weiteren grünen Hinterhof gelangten. Wie unterschiedlich die vielen Balkone aussahen, die offenbar zu jeder Wohnung dieses Komplexes gehörten. Manche waren leer, andere vollgestellt mit Möbeln, Satellitenschüsseln oder Umzugskisten. Wieder andere hatten Katzengitter, auf einigen wuchsen so viele Pflanzen, dass man kaum bis zu den Fenstern dahinter sehen konnte. Filiz fischte eine Sonnenbrille aus ihrer Basttasche. Jetzt erst fiel mir auf, was für ein hinreißendes Lochspitzenkleid sie sich übergeworfen hatte. »So, und jetzt erzähl – wer ist der Typ, mit dem du die Nacht verbracht hast?«

»›Die Nacht verbracht.‹« Ich schnaubte. »Ich hab auf seinem ausziehbaren Designersofa geschlafen.«

Filiz sah mich beeindruckt an. »Bei einem wildfremden Typen?«

»Nein, er ist ein alter Bekannter aus der Heimat. Wir kennen uns lose von früher, er hatte Mitleid mit mir, weil ich so müde war und die Party noch in vollem Gange. So ein Zufall, dass der auch da war.«

»Und da lief wirklich nichts?« Sie grinste mich süffisant an.

Ich gab ihr einen leichten Schubs. »Hab ich doch gesagt, rein gar nichts.«

Filiz setzte sich mit etwas enttäuschter Miene die Brille auf und führte mich in den dritten Hinterhof, in dessen Mitte einige rosenumrankte Bänke im Karree standen. Der Torbogen dieses Hinterhofs führte auf eine kleine Kopfsteinpflasterstraße, an der sich weitere Rotklinkerbauten aneinanderreihten, einer schöner als der andere. Filiz schlenkerte beim Gehen mit den Armen, wie es typisch für sie war. »Wie hieß er denn? Ich frag mich, ob ich ihn kenne …«

Blütenpollen schwebten vor uns in der Luft. »Sebastian. Er meinte, ihr kennt euch nicht.«

Sie zog hinter den Brillengläsern die Augenbrauen hoch. »Mein Ex Sebastian?«

Ich schlug die Hand vor den Mund. »Oh Gott.«

»Klein und hell?«

Ich lachte erleichtert. »Groß und dunkel, also definitiv nein. Hätte mich auch gewundert, wenn er dein Typ wäre.«

»Wieso?«

Ich stieß mit der Spitze meines Chucks gegen einen unebenen Pflasterstein, fing mich aber noch rechtzeitig. »Na ja, er wäre dir vermutlich zu … sauber.«

»Sauber?« Jetzt schubste sie mich, deutlich heftiger als ich sie zuvor.

Ich kicherte. »Ja, er hat, glaub ich, weder zwielichtige Freunde noch Tattoos von Riesenskorpionen, und stell dir vor: Er rennt um die Alster, trinkt grüne Smoothies, und ich befürchte, er rasiert sich täglich.«

Filiz winkte wissend ab. »Ach so einer.« Sie schob die Brille hoch. »Aber du magst sie doch herkömmlicher. Wirst du ihn wiedersehen?«

Ich wusste, dass sie damit auf meinen Exfreund Dirk anspielte, aber ich beschloss, es zu ignorieren. »Er hat mir einen Gefallen getan, mehr nicht. Ehrlich gesagt finde ich ihn ziemlich langweilig.«

Sie nickte ungläubig. »Du siehst ihn eh wieder, ob du willst oder nicht. Hamburg ist ein Dorf. Seine Wohnung ist hier gleich um die Ecke?«

»Ja, wir sind nur über eine große Kreuzung, er wohnt in einer dieser Straßen, in der nur Jugendstilhäuser stehen.«

Sie schnalzte mit der Zunge. »Ah, auf der guten Seite.«

Ich strich im Vorbeigehen mit den Händen über eine akkurat geschnittene Buchenhecke, die einen Vorgarten einhegte. »Es gibt eine schlechte?«

»Komm, ich zeig's dir.« Sie lief vor mir her, bis die Kopfsteinpflastergasse an einer großen Straße endete, dann drehte sie sich um und deutete hinter sich. »Dies hier ist die Jarrestadt mit ihren berühmten Backsteinkarrees. Die sind einst für Arbeiterfamilien gebaut worden und auch heute noch deutlich günstiger als die *richtigen* Altbauten im *echten* Winterhude.« Sie zeigte auf die andere Seite.

Wir überquerten eine Fußgängerampel, und ich sah mich interessiert um. Tatsächlich waren die Altbauten hier heller, verzierter, irgendwie herrschaftlicher. In den Ladenlokalen im Erdgeschoss reihten sich stylische Cafés an Boutiquen, Weinläden und Imbisse mit hawaiianischen Bowls oder veganem Sushi. Ich betrachtete die prachtvollen Fassaden, die Schaufenster, die vorbeischlendernden Leute, die alle modisch angezogen waren, wie die Partybesucher gestern. Gedanklich machte ich mir Notizen, wohin ich bald in Ruhe zurückkommen wollte: zum Shop mit den niedlichen Armbändern in der Auslage oder zum syrischen Bistro, auf dessen Tafel vor der Tür stand, dass es dort hausgemachte Rote-Bete-Falafel gab. Bis Filiz verkündete: »So, jetzt zeige ich dir meinen Nähraum.«

Wir kamen an weiteren hübschen Schaufenstern vorbei, dann wurde es etwas ruhiger. Rotklinkerbauten lösten die Jugendstilhäuser ab. Auch in diesen kleinen Straßen gab es ein paar Ladenlokale. Ich entdeckte mehrere Imbisse, allerdings gänzlich ohne Hipster-Touch, einen Waschsalon, einen Schuster und ein gemütliches Nachbarschaftscafé, auf dessen Terrasse gerade eine Kellnerin Frühstück servierte und Filiz herzlich grüßte.

Meine Freundin ließ die Sonnenbrille in ihrer Tasche verschwinden und steuerte am Haus vorbei. Ein altes Fabrikgebäude mit riesigen schwarzen Sprossenfensterrahmen tauchte im Hinterhof vor uns auf. Filiz ging zwei Treppenstufen hinunter und schloss eine Tür im Souterrain auf.

»Ist das …«, begann ich meinen Satz, als ich das Schild über der Tür entdeckte. In bunten Holzbuchstaben stand da: »Die Kleidermacherin«.

Erstaunt riss ich die Augen auf. »Filiz!«

»Tadaaaa!« Sie schob die Tür auf. »Hier ist es.«

Für ein Souterrain war der Raum erstaunlich hell. Der Boden war aus einem ähnlichen Sichtbeton gegossen wie das WG-Wohnzimmer, nur dass dieser noch abgenutzter wirkte. An den Wänden stand eine Reihe von Kleiderstangen, an denen auf Bügeln Klamotten hingen.

Filiz war neben mich getreten. »Hier vorne hängen die verkaufsfertigen Stücke. Und hier…« Sie schob mich durch einen kleinen Türbogen, und wir gelangten in einen weiteren Raum mit noch mehr Kleiderständern, in dessen Zentrum ein schlichter Schreibtisch mit einer Nähmaschine stand, umgeben von Schachteln voller Garnen, Nadeln und Bordüren. »Hier arbeite ich.«

Staunend sah ich Filiz an. »Und das nennst du Nähraum?«

»Na ja.« Ihre Wangen waren gerötet. »Zu Hause ging es auf Dauer nicht mehr, ich brauchte mehr Platz für die vielen tollen Sachen, die ich überall finde. Und die Kunden haben immer öfter gefragt, ob ich auch einen Showroom habe, wo sie stöbern oder etwas anprobieren können. Ist keine A-Lage, aber hey.«

Ich lief zwischen den Kleiderstangen herum, fasste die Stoffe an und atmete den unverkennbaren Geruch von Secondhandsachen ein. Erinnerungsfetzen tauchten vor meinem inneren Auge auf. Filiz, die schon an der Uni alle ihre Sachen umschneiderte. Die immer das Mädchen mit den coolsten Klamotten war. Ich hatte auch etwas experimentiert, Stoffe eingefärbt, ein paar Nähte aufgetrennt, Löcher in Jeansbeine geschnitten, aber als ich Filiz traf, begriff ich, was kreatives Talent von Experimentierfreude unterschied. Filiz sah ein Kleidungsstück und wusste, was man damit anstellen musste, damit es die Trägerin bestmöglich aussehen ließ.

Wie aufs Stichwort holte sie mich zurück in die Gegenwart. »Das ist zu lang und zu weit.« Sie zupfte an meinem Shirtkleid. »Wieso versteckst du immer deinen wunderbaren Körper? Komm mal her.« Schon hatte sie mehrere Nadeln im Mund, nahm Stoff an meiner Taille zusammen und steckte sie mit flinken Handgriffen hinein. Kniete sich vor mich und faltete den Saum um. Widerstand war zwecklos, ich kannte das schon. Als sie wieder aufstand, sagte sie: »Ausziehen, bitte.«

Vorsichtig schob ich mir mein mit Stecknadeln versehenes Shirt über den Kopf und gab es ihr. Sie reichte mir einen Seidenmorgenmantel, setzte sich mit meinem Kleid an die Nähmaschine und begann, daran herumzunähen. Ich wickelte mich in den Mantel, ließ sie in Ruhe werkeln und ging noch einmal in den Ladenraum.

Die Schatten der Sprossenfensterrahmen warfen ein interessantes Muster auf den Betonboden. Auf einem kleinen Tisch stand eine alte Kaufmannskasse, daneben ein modernes EC-Karten-Lesegerät, davor ein Stapel dicker naturweißer Visitenkarten mit Filiz' Namen, den Links zu ihrer Website und ihrem Instagram-Account. Über den Kleiderstangen waren längliche Tafeln angebracht. Darauf stand mit bunter Kreide »Für Königinnen der Nacht« über eleganten Abendkleidern oder »Für Chefinnen« über raffinierten Röcken, Hosenanzügen und Blazern. Es gab sogar eine Abteilung »Für Wunderträgerinnen«, unter denen Sachen hingen, die Filiz für Schwangere umgenäht hatte. Wie schon früher, als sie ihr kleines Business noch im Haus ihrer Eltern betrieben hatte, staunte ich darüber, wie meine Freundin die Rohmaterialen für ihre Kreationen fand. Das meiste entstand aus Secondhandklamotten, die irgendwie beschädigt waren und die Filiz auf Onlineforen oder Flohmärkten fand. Sie nähte sie um, zerschnitt sie und kombinierte sie mit anderen, machte aus Hosen Röcke und aus Jacken Kleider und aus dem, was andere aussortierten, wahre Schätze. Bei einem unserer letzten Telefonate hatte sie erzählt, dass sich auf Instagram gerade einige Influencerinnen in ihren Sachen fotografieren ließen, weil sie damit Nachhaltigkeit demonstrieren konnten – und weil sie einfach toll darin aussahen. Manche fragten gezielt nach einem Kleid für ein Event, das Filiz ihnen auf den Leib schneiderte. Dadurch war die Nachfrage so gestiegen, dass sie nach einem kleinen Ladenlokal gesucht hatte. Aber das hier übertraf bei Weitem meine Erwartungen.

Aus dem Nebenzimmer hörte ich die Nähmaschine rattern. Ich ging zurück und fand Filiz noch immer über mein Sommershirt gebeugt, das mitnichten vintage war, sondern von der Stange aus der Fußgängerzone in Husum, spontan mitgenommen, weil es bequem war und mir die Farbe gefiel. Sonnenlicht fiel durchs Fenster auf die versunkene Filiz und ihren Nähtisch und ließ ihre Locken glänzen, als wären sie ein Heiligenschein. Ihr Gesichtsausdruck war beides zugleich: entrückt und aufs Äußerste konzentriert auf das, was sie da tat. So sieht es aus, wenn man seinen Job liebt, dachte ich und spürte Gänsehaut meinen Rücken hinaufwandern. Ich hatte es lange nicht sehen wollen, aber es war Zeit, es sich endlich einzugestehen: Filiz hatte alles richtig gemacht.

Gerade als ich dies dachte, blickte sie auf. Jetzt sah sie nicht mehr blass oder verkatert aus, sondern hellwach. Sie zog das Kleid aus der Maschine, stand auf und hielt es mir hin. Ich schlüpfte aus dem Morgenmantel, gab ihn ihr zurück und zog mein Shirt über den Kopf. Filiz schob mich sanft vor einen der vielen langen Spiegel, die überall im Raum verteilt standen. Gespannt betrachtete ich mich. Sie hatte ein richtiges Kleid daraus genäht, das nun einen feinen Spitzensaum besaß. An einer Seite hing es ein Stück tiefer bis über mein Schlüsselbein, an der Taille war es gerafft. Ich meckerte oft darüber, dass ich Schwimmerinnenschultern hatte, obwohl ich keinen Sport trieb. Dass ich zu knochig und zu groß und nicht feminin genug war. Aber in diesem Kleid fühlte ich mich schön. Ich drehte mich zu meiner Freundin um und sah sie staunend an. Ihr Strahlen sagte alles.

Abends lagen wir zusammen in Filiz' Bett. Wir hatten noch mit ihren Mitbewohnerinnen Hangover-Grilled-Cheese-Sandwiches gegessen und über die wildesten Vorkommnisse der Party gesprochen, während nebenbei *Wonderwoman* lief, Esthers Lieblingsfilm. Offensichtlich hatte die Nachbarin mit dem Babyphone zu später Stunde noch eng mit Vickys Freund getanzt, worüber Vicky Tränen gelacht hatte, während der Mann der Nachbarin wohl um ein Haar handgreiflich geworden war. Außerdem machten die Mädels einige Andeutungen, was Esther und ein gewisses Tinder-Date betraf – vermutlich mit dem langen dünnen Mann, mit dem ich sie diskutieren gesehen hatte –, aber sie wurde jedes Mal fuchsig, und schließlich ließen die anderen sie damit in Frieden. Jetzt war ich froh über ein bisschen Ruhe und darüber, noch ein wenig mit meiner Freundin allein zu sein.

»Wo warst du eigentlich gestern Nacht?« Ich kuschelte mich in das fluffige Kissen, das sie mir bezogen hatte. »Ich hab dich nicht mehr gefunden, bevor ich mit zu Sebastian gegangen bin.«

Sie lag auf dem Rücken, und kurz dachte ich, sie sei vielleicht schon eingeschlafen, bis sie mit schwerer Zunge antwortete: »Kann sein, dass ich da gerade bei Moritz unten war.«

»Moritz?«

»Ein Nachbar.«

»*Ein* Nachbar?«

Sie schmunzelte in Richtung Zimmerdecke. Vor der Tür hörte ich Esther und Vicky reden.

»Nerven die dich nie?«

»Wer, Esther und Vicky?« Filiz gähnte geräuschvoll. »Doch voll, ständig. Aber …« Sie rieb sich über die Augen. »Es ist auch schön, dass immer jemand zu

Hause ist. Also jemand, der nicht meine Mutter ist, die mir sagt, dass ich meine Nähsachen von der Couch räumen soll, oder schon vor dem Frühstück wissen will, ob das Baba Ghanoush richtig abgeschmeckt ist. Und auch nicht mein Vater, der mich für jedes Tor von Galatasaray aus dem Zimmer holt, selbst dann, wenn nur eine Wiederholung von 2002 läuft.« Sie warf mir einen Blick zu. »Du weißt, ich liebe meine Eltern.«

Ich nickte. »Wir alle lieben deine Eltern.«

Sie sah wieder in Richtung Zimmerdecke. »Ohne Esther und Vicky hätte ich es vielleicht nie geschafft auszuziehen. Ich bin froh, dass sie eine Mitbewohnerin gesucht und mich gefragt haben. Es wurde wirklich Zeit, Mann, ich bin über dreißig.«

Ich betrachtete ihr unverkennbares Profil. »Und jetzt hast du sogar deinen eigenen Laden. Es hat sich einiges in deinem Leben geändert, seit ich zuletzt hier war.«

Sie drehte sich zu mir und legte das Gesicht in ihre Hand. Nachdenklich sah sie mich aus müden Augen an. »Nicht nur in meinem, oder?«

3

Am nächsten Morgen fuhr ich mit dem Fahrrad an einem Alsterfleet entlang. Filiz und ich hatten es aus dem Kellerabteil der WG geholt, in dem erstaunlich viele alte Räder lagerten, von denen die meisten nicht mehr zu gebrauchen waren. An diesem hier platzte zwar überall der Lack vom Gestell, aber es trat sich wunderbar. Strahlend blau erstreckte sich Hamburgs Himmel über mir. Ein altbekanntes Gefühl breitete sich in mir aus, als der frische Fahrtwind mir die Ponysträhnen aus dem Gesicht blies. Mein Hamburg-Gefühl. Ich hatte es erstmals gespürt, als ich vor vielen Jahren wegen eines Praktikums ein paar Wochen bei Filiz' Familie auf der anderen Seite der Elbe gewohnt hatte. Jeden Morgen, wenn ich mit der S-Bahn die Elbbrücken überquert hatte und sich die Hafenkräne majestätisch im Gegenlicht abzeichneten, bekam ich eine Gänsehaut. Irgendetwas machte die Weite dieser Stadt mit mir, ihre zurückhaltende Eleganz, die Wasserwege, die sie so hübsch einrahmten. Es war, als würde sich ein bisschen von Hamburgs Schönheit auf mich übertragen, als wäre auch ich hier eine andere – freier, mutiger, glücklicher. Ich kam zur Brücke am nördlichen

Ende der Außenalster, wie Filiz es mir vor meiner Abfahrt beschrieben hatte. Als ich die Segelboote vor der Skyline über das glitzernde Wasser gleiten sah, konnte ich mein Glück kaum fassen. Ich war hier. Ich war wirklich hier.

Schwungvoll radelte ich am Wasser entlang und bog in die nächste Straße ab. Nach dem Studium war ich nach Husum und Filiz zurück zu ihrer Familie gezogen. Jedes Mal, wenn ich sie besuchte und mit ihr durch die Straßen von Hamburg lief, hatte ich gedacht: Eines Tages werde auch ich hier leben. Viel zu viele Jahre waren seitdem vergangen, dachte ich, als ich nun an Ufergrundstücken mit eigenem Wasserzugang vorbeikam. In mein Hamburg-Gefühl mischte sich ein weiteres: Das Gefühl, wenn man ahnt, dass etwas, auf das man lange gewartet hat, endlich so weit ist. Dass etwas wirklich wahr werden könnte. Zugegeben, es gab noch immer ein paar Hindernisse auf diesem Weg. Aber jetzt, in diesem Moment auf dem Rad, während neben mir das Fleetwasser mit der Morgensonne um die Wette funkelte, war ich sicher: Die räume ich beiseite. Ich würde eine eigene Wohnung finden. Und die Sache mit dem Job, die könnte sich schon heute erledigen.

Die ausgestellte Faltenhose, die Filiz mir zusammen mit einer weißen Bluse aus ihrem Fundus rausgesucht hatte, flatterte bei jedem Tritt in die Pedale. Den Weg zu finden war wirklich leicht, sie hatte recht gehabt. Immer nur am Wasser entlang Richtung Westen, einmal unter der U-Bahn hindurch, die Eppendorfer Landstraße überqueren, dann den Schildern folgen.

Je näher ich meinem Ziel kam, umso mehr wich meine innere Leichtigkeit einer angespannten Nervosität. Vielleicht war das alles doch etwas überstürzt gewesen. Aber die Stellenausschreibung hatte zu gut geklungen, wie für mich gemacht. Noch dazu war sie von dem Krankenhaus, das ich von meinem Praktikum kannte. Das konnte kein Zufall sein. Ich musste es versuchen.

Als am Straßenrand das Gelände des Universitätsklinikums auftauchte, war meine Leichtigkeit vollends mit dem Fahrtwind davongeflogen. Was für eine große Klinik, im Vergleich zu meinem letzten Arbeitsplatz! Wie stolz ich schon als Studentin gewesen war, hier arbeiten zu dürfen. Wie klein und unerfahren ich mich anfangs gefühlt hatte und wie ich jeden Tag ein Stück wuchs, weil die Arbeit mit diesem Team und in diesem Umfeld so viel Spaß machte. Damals hatte sich mein Wunsch, Kinderärztin zu werden, verfestigt, und ich hatte fortan davon geträumt, eines Tages als solche an die Uniklinik zurückzukehren. Kinderärztin war ich am Ende nicht geworden. Aber immerhin war ich jetzt hier.

Ich erkannte nicht alles sofort wieder. Viele Gebäudeteile waren erst in den vergangenen Jahren gebaut oder renoviert worden. Das neue Eingangsportal, fast gänzlich aus Glas, wirkte auf mich wie ein Kunstmuseum. Ehrfürchtig fuhr ich die Rolltreppen nach oben und lief durch die scheinbar endlosen Gänge. Den Eingang zur Inneren Medizin fand ich nicht sofort, so viele verschiedene Abzweigungen und Abteilungen gab es.

Schließlich stand ich vor einer großen Schwingtür und fischte in meiner Tasche nach meinem Portemonnaie. In einem kleinen Sichtfenster steckte das Foto von Merle. Ich hatte es einmal als Jugendliche lose in einem der Alben gefunden, die Mama auf dem Speicher aufbewahrte, und trug es seitdem bei mir. Meine kleine Schwester saß darauf auf dem Fahrersitz unseres alten Treckers. Sie warf lachend den Kopf in den Nacken, sodass man nur ihre kleinen Mäusezähnchen und die Grübchen in ihren Wangen sah. Jedes Mal, wenn ich dieses Foto anschaute, musste ich unweigerlich lächeln. Deswegen war es zu einem Glücksbringer für mich geworden, den ich mir ansah, wenn ich nervös war. Vor meiner Führerscheinprüfung, vor jedem Referat im Studium, jedem Vorstellungsgespräch, bis heute. Stets dachte ich: Merle würde das hier locker meistern. Sie würde mir verschmitzt zuzwinkern, reingehen und ihr Ding durchziehen. Auch dieses Mal würde ich versuchen, mir ein Beispiel an ihr zu nehmen.

Auf geht's, dachte ich, steckte das Portemonnaie mit dem Foto wieder in meine Tasche, strich noch einmal die schicke Hose von Filiz glatt und ging durch die Tür zum Empfang.

Einige Minuten später begrüßte mich eine Ärztin um die vierzig mit festem Handschlag und den Worten: »Julia Schäfer, Oberärztin.«

Ich stellte mich vor und folgte ihr in ein schlichtes Büro. Enttäuschung keimte in mir auf, denn ich hatte gehofft, dieses Gespräch mit meinem damaligen Kollegen Tim führen zu können, der diese Station mittlerweile leitete. Er hatte einiges damit zu tun, dass ich so positive Erinnerungen mit dieser Klinik verband. Mehr, als mir lieb war.

Seine Stellvertreterin ließ sich Zeit beim Durchsehen meiner Unterlagen. Unauffällig musterte ich sie. Akkurat geschnittener Pagenkopf, eine strenge Falte auf der Stirn, schlichte Lesebrille, kein Hauch eines Lächelns auf ihrem Gesicht. Schon klar, als freundliches Weichei kam man in diesem Job nicht weit.

Sie lehnte sich zurück und nahm die Brille ab. »Also, Frau Petersen, erzählen Sie mal, warum Sie gern bei uns arbeiten wollen.« Hinter ihr sah ich eine Bücherwand mit Fachliteratur. Neben ihrem Rechner standen eine halb volle Kaffeetasse und ein einsamer Bilderrahmen, der so ausgerichtet war, dass ich das Bild darin nicht sehen konnte.

Ich schluckte trocken. »Ich habe hier vor etwa zehn Jahren eine Famulatur absolviert. Seitdem träume ich davon, wieder in dieser Klinik zu arbeiten.«

In meiner Tasche vibrierte mein Handy. Hektisch griff ich hinein und stellte es aus. Was für ein dämlicher Fehler. »Ich bitte um Ent…«

»Da waren Sie aber auf der Kinderstation, richtig?«, unterbrach sie mich, den Handy-Vorfall ignorierend.

»Richtig. Vor fünf Jahren habe ich mein Studium in

Kiel beendet und mich für eine Facharztausbildung in der Inneren an der Klinik in Husum entschieden.«

»In meinen Unterlagen steht, dass Sie sich damals parallel für eine Assistenz in der Kinderklinik beworben haben. Sie haben dann aber von sich aus nach der ersten Auswahlrunde abgesagt, korrekt?«

Ihr Blick war durchdringend, und ich spürte, wie wieder die roten Flecken meinen Hals hinaufwanderten. Ruhig bleiben, ermahnte ich mich. Ich hatte schon häufiger in meinem Leben gehört, meine Coolness schüchtere andere ein, was mir jedes einzelne Mal ein Rätsel gewesen war, denn wenn ich irgendetwas nicht war, dann cool. Gerade jetzt wäre es hilfreich, wenn mein Gegenüber meine Schockstarre fehldeuten würde.

»Korrekt«, sagte ich so locker es mir möglich war. »Ich hatte wie üblich mehrere Bewerbungen parallel geschrieben. Schließlich habe ich mich für das Fachgebiet der Inneren entschieden.«

»Weil Sie das Fachgebiet mittlerweile interessanter fanden? Oder weil es in Husum keine Kinderklinik gab?«

Blinzelte sie überhaupt jemals?, fragte ich mich. Ich jedenfalls musste blinzeln, viel öfter, als mir lieb war. Aber ich schaffte es, nicht ertappt zu lächeln. »Es war am Ende eine Entscheidung für das Fachgebiet, das mir mehr Möglichkeiten zu bieten schien.«

Endlich senkte sie den Blick und beugte sich erneut über meine Unterlagen. »Sie waren zuletzt auf der Intensivstation in Husum eingesetzt.«

»Ja, dort war Bedarf, und ich habe es als weitere Qualifikation angesehen.«

Sie blickte über den Rand ihrer Brille. »Wäre ich ein Mann, würde ich bei einer Frau Anfang dreißig noch nach der Familienplanung fragen.«

»Ich plane zehn Kinder in den nächsten fünf Jahren.« Es war mir so herausgerutscht, und ich zuckte kurz erschrocken über mich selbst zusammen.

Julia Schäfer lehnte sich zurück, und erstmals entspannte sich die steile Falte auf ihrer Stirn. »Dann sind wir ja auf einer Linie. Wenn Sie hier anfangen sollten, müssten Sie ohnehin mit meinem Humor klarkommen.«

Ich nickte erleichtert. »Und Sie wohl oder übel damit, dass ich manchmal schneller spreche als denke.«

Sie schenkte mir ein schmales Lächeln. »Solange Sie nicht schneller handeln als denken, ist das für mich kein Problem.«

In diesem Moment klopfte es.

»Herein!«, rief meine Gesprächspartnerin, und schon flog die Tür auf.

Und da stand er: Tim. Mein ehemaliger Kollege und heutiger leitender Oberarzt. Julia Schäfer und ich erhoben uns gleichzeitig, und ich stellte überrascht fest, dass meine Gesprächspartnerin um Jahre jünger wirkte, wenn sie richtig lächelte. Und deutlich weniger angsteinflößend. Tims Blick fiel auf mich, und ich spürte, wie mir warm wurde. Es war lange her, fast zehn Jahre, aber das Strahlen, das er mir schenkte, war das gleiche wie früher. Der Arztkittel spannte noch immer ein wenig über seiner breiten Brust, und er gestikulierte so energisch, wie ich ihn in Erinnerung hatte. Nur die Fältchen um seine freundlichen Augen waren tiefer und das Gesicht etwas schmaler geworden.

»Mensch, Ina, ich freue mich!« Er kam mit ausladenden Schritten auf mich zu und drückte mich ungestüm an sich. Einfach so. Mitten in meinem Vorstellungsgespräch. An seine Kollegin gewandt sagte er: »Hab ich zu viel versprochen, als ich dir ihre Unterlagen gegeben habe? Eine der begabtesten Studentinnen, die hier je famuliert haben.«

Julia Schäfers Blick wanderte langsam zwischen mir und ihrem Kollegen hin und her. Ich spürte, wie meine Wangen glühten, und hasste mich dafür. Vielleicht bildete ich es mir ein, aber der Hauch von Verbundenheit, den ich vorhin in ihrer Mimik gesehen hatte, war etwas anderem gewichen. »Ja, macht einen guten Eindruck«, sagte sie, wieder so geschäftig wie zu Anfang.

»Hast du irgendwelche Fragen an uns?« Tim fuhr sich über seinen kurz geschorenen Kopf, auf dem einige der Stoppeln mittlerweile grau waren. »Was kann ich dazu beitragen, dass du noch lieber hier arbeiten willst als ohnehin schon?«

Ich wischte eine Strähne zurück, die sich aus meinem Zopf gelöst hatte. »Gibt es in der Kantine noch den Matjesteller mit Bratkartoffeln? Wenn du da ein gutes Wort für mich einlegen könntest, wäre ich dankbar.«

Er lachte laut und spülte damit eine weitere Erinnerung in mir an die Oberfläche. Dieses Lachen hatte ich damals überall auf der Station gehört, so prägnant und schallend war es. So viele kranke Kinder, so viele besorgte Eltern, aber Tim hatte immer einen Grund gefunden zu lachen, das hatte mich nachhaltig beeindruckt. Es war ansteckend, dieses Lachen, sogar in dieser Stresssituation. Aus den Augenwinkeln nahm ich wahr, wie Julia Schäfer sich wieder hinter ihren Schreibtisch setzte und mit den kurz geschnittenen Fingernägeln auf die lackierte Holzplatte trommelte. Tim nahm es offenbar ebenfalls wahr, denn er drückte mich noch einmal, diesmal etwas flüchtiger. »Ich bin sicher, wir sehen uns bald, den Rest übernimmt Julia, sie kann das ohnehin besser als ich.«

Als er wieder aus dem Raum geeilt war, erschien mir dieser ein kleines bisschen dunkler als zuvor. Als hätte Tim sein Licht mitgenommen. Seine Stellvertreterin musterte mich mit undurchdringlicher Miene. »Ich denke, das war's für heute. Es wird ohnehin eine zweite Auswahlrunde geben, wir haben viele Bewerbungen erhalten. Falls Sie dabei sein sollten, rufen wir Sie an.« Ein winziges Lächeln umspielte ihre Lippen, drang jedoch nicht bis zu den Augen vor. »Vielleicht haben Sie ja diesmal Interesse.«

Draußen auf dem Flur atmete ich tief durch. War das gut gelaufen? Ja und nein. Bevor Tim kam, hatte ich das Gefühl gehabt, meine knallharte Gesprächspartnerin ein wenig für mich einnehmen zu können.

Doch dass ich mich in seiner Nähe in einen kichernden Teenager verwandelt hatte, hatte Punktabzug gegeben, da war ich mir sicher.

Ich kramte nach meinem Handy. Meine Freundin Toni hatte mir eine weitere Nachricht geschickt, die vorhin zur Unzeit angekommen war. Ich öffnete sie.

Ina, du hast gar nicht geantwortet, ist alles okay bei dir? Melde dich bitte mal wegen dieser Ecuador-Geschichte, ja?

Entschuldige, bin gut angekommen, tippte ich im Gehen. *Voll im Stress gerade, melde mich so bald wie möglich.* Das war zumindest nur halb gelogen.

Zurück in der Jarrestadt schloss ich die Wohnungstür mit Filiz' Ersatzschlüssel auf. Zunächst dachte ich, alle wären unterwegs, doch dann hörte ich angespannte Stimmen aus dem Wohnzimmer. Ich traute mich nicht, die Diskussion zu unterbrechen, und ging ins Bad, um mir das Gesicht zu waschen, das vom Gegenwind auf dem Rückweg und dem anschließenden Treppensteigen glühte. In Filiz' Zimmer zog ich die Klamotten vom Vorstellungsgespräch aus, hängte sie auf zwei freie Bügel und warf mir ein Hemdblusenkleid über. Dabei hörte ich noch immer die Stimmen der anderen aus dem Loft. Vor allem eine davon wurde zwischendurch lauter.

»Nicht vorher gefragt …«, drang zu mir durch.

»Du weißt, dass das so nicht geht …«

»Wir sind hier zu dritt …«

Den Rest konnte ich nicht verstehen. Ein mulmiges Gefühl machte sich in mir breit. Ging es um mich? Ich hatte mich schon gestern über Esthers Kommentar gewundert, dass mein Zug bestimmt bald fahren würde. Hatte Filiz meinen Aufenthalt hier womöglich gar nicht mit ihren Mitbewohnerinnen abgestimmt? Vorstellbar wäre es. Sosehr ich den unkomplizierten Optimismus meiner Freundin liebte – manchmal führte er unweigerlich ins Chaos.

Ich hörte Schritte im Flur, dann wurde die Tür aufgedrückt.

Filiz' Silhouette erschien im Rahmen. Ihr Gesicht lag in nachdenklichen Falten, aber als sie mich sah, hellte es sich auf. »Hey, da bist da ja wieder! Erzähl, wie war dein Gespräch?«

Ich schloss den letzten Knopf an meinem Kleid. »Ich denke ganz gut.«

»Ganz gut?« Sie musterte mich kritisch, kam rein und begann, in einer Kiste im Regal zu wühlen. »Du warst bestimmt arschcool«, hörte ich sie sagen.

Ich schnaubte. »Bis Tim reinkam schon.«

»Tim?« Filiz zog einen gepunkteten Seidenschal hervor und kam damit auf mich zu. Geschickt knotete sie ihn um meine Taille. »Doch nicht etwa *der* Tim? *Der* ist auf *der* Station?« Mir wurde flau beim Gedanken, wie ich Filiz mit meiner Schwärmerei für ihn in den Ohren gelegen hatte.

»Jup«, ich zupfte an dem Tuch um meine Taille. »Der wäre mein neuer Chef.«

»Oha.« Filiz betrachtete zufrieden ihr Werk. »Findest du ihn noch gut?«

Ich legte den Kopf schräg. »Er ist immer noch wahnsinnig nett. Und ich war in seiner Gegenwart leider nicht irre souverän, fürchte ich. Ich habe mich aufgeführt wie ein Teenager. Aber mal sehen, es gibt eine zweite Auswahlrunde.«

»Schaffst du bestimmt.« Filiz ging zum Bett und ließ sich rücklings darauf fallen. »Wenn die dich nicht nehmen, sind sie schön blöd.«

»Danke, dass du das so siehst.« Ich legte mich neben sie. »Hier alles gut?«

Sie atmete tief ein. »Alles gut, hab zu wenig geschafft im Laden heute, muss gleich noch mal los.«

Eine Zeit lang schauten wir beide an die Decke, wo eine kleine Fliege ihre Kreise zog. Ich konnte spüren, wie meine Freundin sich sammelte, bevor sie sagte: »Du?«

Ich wandte mich ihr zu. »Schieß los.«

»Also …« Sie zog die Stirn kraus. »Die Mädels haben irgendwie Angst, dass es auf Dauer zu eng wird mit einer Person mehr in der WG.«

Ich lachte. »Ich bin doch noch keine zwei Tage hier. Und morgen habe ich meine erste Besichtigung, ich finde bestimmt schnell etwas. Soll ich solange Miete zahlen? Die Einkäufe übernehmen?«

Filiz winkte ab. »Darum geht es nicht. Es ist eben nicht mehr so wie im Studium, wo jeder in einer Wohngemeinschaft ein und aus geht, wie er will, und alle total entspannt sind.«

»Esther wirkt nicht sehr entspannt, da hast du recht.«

»Diesmal war es gar nicht Esther. Vicky hat manchmal so Anwandlungen. Da geht es nur darum, dass sie gefragt werden will und dass alles demokratisch sein muss und so. Sie sagt immer: Diktatur hatte ich mein halbes Leben, ich lass mir von niemandem mehr was vorschreiben.«

Ich horchte erschrocken auf. »Kommt sie aus einem Krisengebiet?«

Filiz sah mich verständnislos an. »Nein, aus einer Reederfamilie.«

»Ah.«

»Na, jedenfalls stellt sie sich gerade quer, und Esther steigt da voll drauf ein, denn sie findet es wichtig, jede in ihren Bedürfnissen ernst zu nehmen. Es tut mir voll leid, dass ich das so falsch eingeschätzt habe.«

Ich setzte mich auf. »Kein Ding, dann also doch Mitwohnzentrale.«

Filiz zog sich zu mir hoch. »Ne, nicht gleich, aber lange können wir es nicht so machen. Wobei es auch genauso gut sein kann, dass Vicky heute Abend drei Joints mit dir raucht und genau das Gegenteil behauptet.«

Ich verzog das Gesicht. »Muss ich mitrauchen?«

Filiz ging nicht auf meine Frage ein, sondern legte wieder angestrengt die Stirn in Falten. »Du könntest zu meinen Eltern ziehen.«

»Auch keine schlechte Idee. Glaubst du, es dauert lange, bis ich eine Wohnung gefunden habe?«

»Na ja.« Filiz zögerte. »Es könnte sich schon einige Wochen hinziehen, ehrlich gesagt. Der Hamburger Wohnungsmarkt …«

»Wenn es deinen Eltern recht ist …«

Sie begann, an ihrem Daumennagel herumzukauen. Plötzlich hielt sie inne. »Oder …«

»Was, oder?«

Abrupt stand sie auf und schnappte sich eine Jacke von ihrem Kleiderständer. »Ich habe noch eine Idee. Komm mit.«

Diesmal steuerte Filiz in die entgegengesetzte Richtung über den von Rasen umgebenen Weg im Hinterhof. Auch hier gab es einen Torbogen, hinter dem eine weitere kleine Kopfsteinpflasterstraße lag. Zu beiden Seiten wuchsen dichte Büsche. Durch die Zweige schimmerte Wasser. Die Straße führte an einem Alsterfleet entlang. Ich konnte es nicht nur sehen, sondern auch riechen. An dieser kleinen Straße mitten in Hamburg duftete es nach einem Sommertag am Badesee. Entzückt sah ich hinunter zum Ufer, wo ein paar Gänse im Gras pickten.

»Kann man besser wohnen als du?«, fragte ich meine Freundin, die mich nur kurz anlächelte und dann weiter die Straße hinaufzog. Und wo wohne ich bald?, hätte ich gern laut hinzugefügt, stattdessen folgte ich ihr schweigend. Offenbar hatte sie einen Plan, den sie mir nicht verraten wollte.

Einige Hundert Meter liefen wir am Alsterfleet entlang. Es war ein wenig wärmer geworden seit heute früh, und die Sonne schien wolkenlos vom Himmel. Nach einer Weile überquerten wir eine Brücke und bogen in einen kleinen ungepflasterten Weg ein.

»Wohin bringst du mich?«, versuchte ich noch einmal, Filiz etwas zu entlocken, aber sie sah mich nur verschwörerisch an, als wären wir gerade auf einer Schnitzeljagd. Links und rechts des Weges tauchten nun akkurat geschnittene Hecken auf, Gartenzäune, Holztore mit handgemalten Namensschildern. Eine Schrebergartensiedlung. Wir liefen an den gepflegten Parzellen vorbei, auf denen Fußballflaggen im Wind wehten und dottergelbe Polster auf Sonnenliegen lagen. In einem der Gärten mähte gerade ein älterer Herr den Rasen. Er sah kurz auf, als wir vorbeikamen. In einem anderen Garten kniete eine rundliche Dame mit kurzem dauergewelltem Haar und grünen Handschuhen in einem Beet und nickte Filiz etwas skeptisch zu.

»Moin, Frau Jaworski«, rief Filiz und zog mich weiter.

Kurz darauf bog sie in einen weiteren Weg ein, noch enger als der zuvor, bis wir zu einer Sackgasse kamen. Filiz kramte in ihrer Tasche, zog ihren Schlüsselbund hervor und schloss eine Gartentür auf, deren Holzstreben verwitterter wirkten als die der anderen Tore. Verschiedene Farbschichten blätterten davon ab wie die Jahresringe eines Baumes – ich konnte Weiß, Dunkelblau und Karminrot erkennen. Hinter dem Tor erstreckte sich eine kniehohe Wiese mit Wildblumen, Gräsern und trockenem Gestrüpp. An den Grundstücksgrenzen sah ich mehrere Sträucher und ein Gewächshaus, dessen obere Scheibe zerbrochen war. Obstbäume. Dazwischen eine Hängematte, dahinter eine Gartenlaube, die offenbar aus den gleichen Holzstreben gebaut war wie die Gartentür. Auch von ihren Außenwänden blätterte die Farbe an verschiedenen Stellen ab. Ich sah Filiz fragend an.

Sie grinste. »Unser Schrebergarten. Gehört quasi zur Wohnung.« Sie lief vor mir her auf die Laube zu und betrat die erhöhte Veranda. Die alten Holzdielen knarrten bei jedem Schritt. Ein kleiner Tisch, eine Bank und zwei Stühle standen hier, auf denen Blüten und Blätter lagen. »Wir nutzen das hier viel zu selten«, sagte Filiz und schloss die Tür auf. Abgestandene Luft schlug uns entgegen.

Der kleine Raum war ordentlich weiß gestrichen. Ich entdeckte einen Lesesessel an einer Wand, darüber einen Regalboden mit Büchern. In einer anderen Ecke standen ein Gasherd, ein Campingkühlschrank und ein Regal mit Geschirr, das genauso bunt gemischt aussah wie das in der Wohngemeinschaft.

Filiz nahm eins der Kissen vom Lesesessel und schüttelte es. Feine Staubpartikel wirbelten durch den Raum. »Meine Mitbewohnerinnen sagen immer, dies wäre unsere Notlösung, wenn eine mal Pause von den anderen braucht. Wenn Esther zum Beispiel einen Tag ganz ungestört an ihrer Diss schreiben oder Vicky mal im Freien malen will. Aber seit ich bei den Mädels wohne, war noch keine hier. Ich kenne den Garten überhaupt nur aus dem letzten Sommer, als ich ständig zu Grillpartys eingeladen war. In diesem Jahr sind wir noch nicht dazu gekommen.«

Ich strich mit dem Zeigefinger über die Staubschicht auf einem Bilderrahmen, in dem sich ein Foto von diesem Garten befand. Er war darauf kaum wiederzuerkennen: Der Rasen war gemäht, es gab Beete mit Tulpen und Stiefmütterchen, die Laube glänzte in einem dunklen Rot.

»Hat die Dame dich vorhin deswegen so unfreundlich angeschaut?«, fragte ich Filiz, die am Wasserhahn herumklopfte. »Weil ihr hier Partys feiert?«

»Frau Jaworski?« Sie klang überrascht. »Die kenne ich vom letzten Sommer, da kam die mal mit Kirschtorte vorbei. Hat sie unfreundlich geschaut? Hey, wir zahlen die Pacht, da kann uns keiner was. Also, besser gesagt, Vickys Eltern zahlen sie, denen gehört das hier.« Sie drehte den Wasserhahn auf, woraufhin dieser einmal laut gluckerte und dann einen sprudelnden Schwall Wasser ausstieß.

Ich sah durch die milchig gewordene Scheibe hinter dem Herd auf einen Zweig voller Blüten, auf dem sich gerade schimpfend eine Amsel niederließ.

Filiz drehte den Wasserhahn wieder zu und öffnete die Hintertür. »Hier gibt es noch ein Außenwaschbecken mit Spiegel. Und da ist die Toilette.« Sie zeigte auf einen kleinen Verschlag mit Herzchenausschnitt in der Tür. »Ist ein Campingklo, aber echt okay. Angeblich kommt Marzena manchmal vorbei und macht sauber.«

Der Name war schon mal gefallen. »Eure Putzhilfe?«

Filiz verzog beschämt das Gesicht. »Ja, genau. Sieht allerdings so aus, als wäre sie länger nicht hier gewesen.«

Ich schnalzte mit der Zunge. »Ich erinnere mich an Zeiten, in denen wir im Studium die Wohnungen anderer Leute geputzt haben. Du bist wirklich erwachsen geworden.«

»Na ja, sie ist eigentlich die Haushaltshilfe von Vickys Eltern, aber ab und an schickt ihre Mutter sie zu uns.«

Ich lachte. »Okay, das klingt wieder nach Studium.«

Filiz hob den Kopf. »Guck mal, hier, das hat Esther letzten Sommer gebastelt, als es so heiß war.« Sie zeigte auf eine bauchige Gießkanne, die an einem Seil über uns von einem Ast baumelte. »Die Idee war, dass das Wasser in der Sonne warm wird und man damit duschen kann.«

Ich betrachtete die Konstruktion skeptisch.

Filiz zog an einem zweiten kleinen Seil, das an der Tülle befestigt war, wodurch die Gießkanne nach vorn kippte und etwas grünliches Wasser neben mir auf die bemoosten Steinfliesen platschte.

Erschrocken sprang ich zurück. »Ey!«

Filiz kicherte. »Zum Duschen könntest du aber auch in die WG kommen.«

Ich sah sie verständnislos an. Dann erst dämmerte

mir, warum wir hier waren. Ich prustete los. »Du meinst … ich soll hier …«

Filiz grinste verschmitzt. »Nun ja … Du magst es doch naturnah.«

Ich machte ein empörtes Gesicht. »Filiz, ich bin vielleicht auf einem Bauernhof aufgewachsen und hab zuletzt in einer Kleinstadt gewohnt, aber glaub mir, ich hatte immer fließend warmes Wasser und elektrischen Strom.«

»Es gibt sogar einen Anschluss.« Filiz zuckte mit den Schultern. »Schon klar. Ich meinte damit: Du bist unkompliziert in solchen Dingen.«

»Und wo soll ich schlafen? In der Hängematte?« Ich zeigte in Richtung der Obstbäume.

Filiz' Augen blitzten. »Die ist ganz bequem, hab ich schon gemacht. Gäbe aber noch eine bessere Möglichkeit.« Sie war schon wieder auf dem Weg hinein und zeigte auf eine Sprossenleiter, die schräg nach oben zu einer Luke in der Decke führte. Sie nickte mir aufmunternd zu. Misstrauisch stieg ich hinauf. Die Sprossen knarrten unter meinem Gewicht. Oben hatte man ins Giebeldach eine Art Boden eingebaut, der bis auf eine feine Staubschicht und das vergessene Papierchen eines Schokoriegels komplett leer war. »Bei über 1,5 Promille eher ungeeignet wegen des steilen Aufstiegs«, hörte ich Filiz unter mir. »Deswegen haben die anderen sich offenbar nie dazu aufgerafft, die Matratze unter meinem Bett herzuschleppen, die sie extra dafür angeschafft haben.«

Ich kletterte wieder runter. Mein Gesicht musste Bände sprechen.

Filiz kaute an ihrem Daumennagel. »War nur so eine Idee.«

Ich rieb mir übers Kinn. »Und keine schlechte. Aber ich glaube, ich lasse mich lieber von deiner Mama umsorgen.«

Sie nickte. »Wir rufen sie gleich zusammen an, okay?« Wir gingen wieder raus, und Filiz schloss die Laube hinter mir ab. »Da bist du natürlich weitab vom Schuss.« Sie stemmte die Hände in die Taille. »Ich hätte dich ja lieber in der Nähe. Hoffentlich ist dann wenigstens deine neue Wohnung auf dieser Elbseite.«

Wir gingen über die Wiese aufs Tor zu. Plötzlich fasste sie mich am Handgelenk. »Warte, das musst du dir noch kurz ansehen.« Sie machte kehrt und zog mich mit sich an der Laube vorbei. Die Wildgräser kitzelten meine nackten Unterschenkel. An dieser Stelle stieg das Grundstück etwas an, bis wir an eine Böschung kamen. Dahinter fiel die Wiese steil ab. Schiefe Treppenstufen führten durch Schilf, Brennnesseln und noch mehr Gestrüpp hindurch bis zu einem kleinen Steg.

Ich staunte. »Der Garten liegt ja am Wasser.«

Filiz sammelte einen Pappbecher ein, der auf der obersten Stufe lag, und zerdrückte ihn in der Hand. »Ja, cool, oder? Im letzten Sommer war ich ständig mit den Girls von hier aus paddeln oder schwimmen.«

Ich stieg vorsichtig die Treppe hinunter und betrat den Steg. Das Alsterfleet glitzerte verheißungsvoll in der Nachmittagssonne. Ein Blässhuhn tauchte ab und hinterließ einen Ring auf der Wasseroberfläche. Am anderen Ufer des Fleetes entdeckte ich andere Stege und Stufen, die zu grünen Rasenflächen hinaufführten, auf denen Schaukelstühle und Klappliegen vor lauschigen Lauben warteten. Ich hob den Blick und erkannte dahinter eine Straße mit Häusern. Nicht weit von hier hupte ein Auto. Ein Altglascontainer wurde scheppernd entleert. In der Ferne heulte eine Sirene. Wir waren mitten in der Stadt. Und doch fühlte ich mich auf diesem Steg, umgeben von Pflanzen und Wasser, wie mitten in der Natur. Keine Ahnung, ob es das war, was mich meine Entscheidung ändern ließ. Vielleicht war es auch dieser Geruch von einem Sommertag am See, der mir hier noch intensiver in die Nase stieg. Vielleicht nur das leise Plätschern des Wassers unter meinen Füßen. Jedenfalls drehte ich mich zu Filiz um, die auf der untersten Stufe stehen geblieben war und mich erwartungsvoll ansah. Das Sonnenlicht schien ihr von hinten durch den dichten Lockenkranz, der aussah, als stünde er in Flammen. »Herrlich, nicht?«, fragte sie.

»Ja«, antwortete ich. »Wo, hast du gesagt, ist diese Matratze?«

Ganz so einfach war die Sache natürlich nicht. Auch darüber, ob ich im Schrebergarten übernachten durfte, musste in der Wohngemeinschaft ausgiebig debattiert und demokratisch abgestimmt werden. Mit ernsten

Gesichtern zogen die Mädels sich auf Filiz' Bitte hin in die Sofaecke zurück. Ich wartete in ihrem Zimmer und fühlte mich wie nach meiner mündlichen Abiturprüfung, als ich das Ohr an die Tür des Klassenzimmers gelegt hatte und zu verstehen versuchte, was die Lehrer drinnen über mich und mein Schicksal beschlossen. Genauso wenig wie damals konnte ich verstehen, was Filiz, Vicky und Esther murmelten. Streit gab es diesmal zumindest offenbar keinen.

Nach einigen Minuten holte Filiz mich dazu. Also dann, dachte ich und ging mit durchgestrecktem Rücken hinter ihr her ins Wohnzimmer. Esther saß in einem ihrer bauschigen Kleider im Schneidersitz auf einem Sessel und trank in kleinen Schlucken aus einem Wasserglas. Vicky lag mit Sport-BH und Boxershorts, die bestimmt ihrem Freund gehörten, auf einem Sofa, die nackten Füße auf eine Armlehne gestützt. Sie lächelte mich aufmunternd an.

Esther ergriff als Erste das Wort. »Es hat nichts mit dir zu tun«, begann sie. »Grundsätzlich sind wir mit den Freundinnen der anderen solidarisch.«

Ich nickte vorsichtig in Richtung Filiz, die sich auf die Kante eines Sofas gesetzt hatte.

»Aber wir nehmen auch unsere eigenen Bedürfnisse ernst«, fuhr Esther fort. In ihrem Glas schwammen Ingwerscheiben. »Ich bin gerade in einer wichtigen Phase meiner Diss, und Vicky macht kreativ einen Prozess durch …«

»Kein Thema«, unterbrach ich sie.

Sie stoppte mich mit einer erhobenen Handfläche. »Ich war noch nicht fertig.«

»Sorry.«

»Also.« Sie nahm einen Schluck von ihrem Ingwerwasser. »Wir haben entschieden, dass du regelmäßig unter Einhaltung der Ruhezeiten zum Duschen und Benutzen der Waschmaschine herkommen darfst.« Beim Wort *Ruhezeiten* musste ich beinahe lachen, weil ich an die Party denken musste, konnte es mir aber gerade noch verkneifen. »Ansonsten darfst du in unserer Laube übernachten, bis du eine Wohnung gefunden hast. Du bist in dieser Zeit für die Reinigung und Instandhaltung verantwortlich.« Sie klang wie ein Notar, der mir ein offizielles Dokument vorlas. »Und bitte halte dich etwas bedeckt, weil das natürlich offiziell nicht erlaubt ist.«

Ich nickte. »Danke, wird gemacht. Das ist echt lieb von euch.«

Esther entknotete ihre langen Beine. »Dann ist das ja geklärt.«

Vicky setzte sich auf, zog ein Haargummi von ihrem Handgelenk und pfriemelte damit notdürftig ihre Haare zusammen. Filiz war bereits auf dem Weg nach draußen.

»Ich hole dann mal meine Sachen«, sagte ich, und zu meiner Überraschung folgten die anderen mir.

4

Eins musste man den Mädels lassen: Sie konnten nicht nur reden, sondern auch richtig anpacken. Zu viert schleppten wir mein Gepäck, Putzsachen und die große Matratze die fünf Stockwerke hinunter über den Innenhof, die Straße entlang, durch die Schrebergartenanlage bis in die Laube. Auf Esthers Kommando hin wuchteten wir das sperrige Ding die Leiter hinauf unters Dach. Dann machten wir gemeinsam sauber. Esther hatte sogar eine Zahnbürste mitgebracht und schrubbte damit die Nischen und Fußleisten. Vicky ging los und besorgte Milch, Toast, Kaffeepulver und ein Sixpack Bier bei einem Kiosk um die Ecke, während Filiz und ich das Bettzeug aufzogen. Dabei hörten wir eine Playlist mit Alanis Morissette, Kelis und weiteren wütend klingenden Frauenstimmen.

»I hate you so much right now«, sang Esther laut mit.

Ich sah Filiz amüsiert an. Sie flüsterte mir zu: »Männersorgen.« Ich nickte wissend.

Nach etwa zwei Stunden war alles gefegt und gewischt und blitzeblank. Sogar die Dusch-Gießkanne draußen wartete von Algen befreit und bis zum Rand gefüllt darauf, morgen von der Sonne aufgeheizt zu werden.

Vicky verteilte die Bierflaschen, die leider ungekühlt waren, aber das störte uns nicht. Hier auf der Veranda im Spätnachmittagslicht schmeckte das Bier auch so.

»Gut, dass du da bist.« Vicky verscheuchte eine Mücke. »Es war dringend nötig, mal wieder sauber zu machen.«

Esther nippte an ihrem Bier. »Vielleicht ziehe ich doch eine Zeit lang ein, wenn du eine Wohnung gefunden hast, und mache eine Art Sozialfasten.« Ich musterte sie unauffällig, und mir fiel auf, wie fein ihre Gesichtszüge waren.

»Sozialfasten kannst du sofort haben.« Vicky nahm einen großen Schluck Bier und wischte danach ihren Lipgloss vom Flaschenhals. »Gib mir dein Handy, und ich lösche Tinder.«

Filiz und Vicky kicherten. Esther schmollte. »*Ihr* kennt das Problem nicht.« Sie sah mich herausfordernd an. »Du schon, wette ich.«

Ich wollte gerade etwas trinken, setzte aber die Flasche wieder ab. »Wieso?«

Esther schob ihr spitzes Kinn vor. »Na, du siehst auch schon aus der Ferne nach Trouble aus, und darum machen die meisten Männer für gewöhnlich einen Bogen.«

Ich hielt ihr schmunzelnd meine Bierflasche entgegen. »Gut so. Hab viele Jahre hart dafür trainiert.«

Esther sah mich überrascht an. Dann entspannten sich ihre Gesichtszüge, und sie stieß mit ihrer Flasche gegen meine.

Nachdem das Sixpack schwesterlich geteilt und Esther und Vicky aufgebrochen waren, saßen Filiz und ich noch ein wenig auf der Veranda und lauschten dem Zirpen der Grillen. »Ist das echt okay für dich, Süße?«, wollte sie wissen. Ich sah sie fragend an. Sie wies um sich. »Hierzubleiben. Im Garten.«

»Ist es!« Ich streckte die Nase in die nach Sommer duftende Abendluft. »Ich fühl mich schon wie zu Hause. Und wer weiß, vielleicht besichtige ich morgen meine Traumwohnung und ziehe in ein paar Tagen um.«

Sie rieb sich über die Oberarme. Langsam wurde es frisch. »Soll ich heute bei dir schlafen?«

»Danke, lass mal. Ich hab ohnehin schon ein schlechtes Gewissen, dass ich dich von der Arbeit abgehalten habe.«

»Brauchst du nicht.« Sie zog ihr Handy aus der Tasche. Auf dem Display leuchteten mehrere Nachrichten auf. Ich bemerkte das Lächeln, das sich auf ihr Gesicht stahl, während sie sie las.

»Hey, wer schreibt dir denn da?« Ich reckte mich ein wenig zu ihr hinüber.

»Ach niemand.« Verlegen steckte sie das Handy wieder weg.

Ich musste grinsen. »Wie heißt dieser Niemand mit Vornamen?«

Filiz wich meinem Blick aus. »Ach, das ist nur Moritz, unser Nachbar.«

Ich knibbelte das Papier von der Flasche und knüllte

es zu einem kleinen Ball zusammen. »Siehst du den häufiger?«

Sie reckte sich und stand auf. »Ab und an. Ist nichts Ernstes.«

Als ich sie weiter neugierig musterte, fügte sie hinzu: »Keiner, den ich meiner Mutter vorstellen würde.«

Ich kam ebenfalls auf die Füße und knetete das zerknüllte Etikett. »Und warum nicht?«

»Er ist Musiker«, antwortete sie, als würde das alles erklären.

Ich lachte laut auf. »Wie kann man nur gleichzeitig so cool und so spießig sein?«

Filiz küsste mich auf die Wange und gähnte. »Mit diesem Rätsel lasse ich dich jetzt allein, ich muss heute unbedingt noch eine Sache fertig nähen.«

Ich beugte mich zu ihr und drückte sie. »Danke für alles. Und falls ich morgen früh nicht auf Nachrichten antworte, bin ich aus der Laube geklaut worden.«

Sie drückte mich zurück. »Bitte nicht, ich brauche dich noch. Schlaf gut, Süße.«

Und schon war sie unterwegs zum Gartentor. Ihre Locken hüpften bei jedem Schritt mit.

Ich setzte mich noch einmal auf die Veranda, lehnte mich mit dem Rücken an die Wand der Laube und lauschte in den Sommerabend. Von den anderen Parzellen wehten anfangs noch ein paar leise Gespräche und Grillgeruch herüber, dann wurde alles ruhig.

Erst als es fast dunkel war über dem Garten, stand ich auf und lief über die Wiese. Die Halme waren bereits feucht. Ich ging auf die Böschung zu und stieg die Treppe hinunter bis auf den kleinen Steg. Das Wasser schimmerte dunkel im Licht der Laternen, das von der gegenüberliegenden Straße herüberschien.

Ich musste noch einmal an mein Vorstellungsgespräch denken. An Tim und den unglaublichen Zufall, dass ich nun vielleicht wirklich die Chance bekam, an seiner Seite zu arbeiten. Es wäre in jeglicher Hinsicht ein Traumjob. Vielleicht könnten diese Stelle und Tim mich doch noch davon überzeugen, dass ich richtig war in der Medizin – etwas, woran ich leider in letzter Zeit immer wieder gezweifelt hatte. Wenn es nach Toni ginge, war dies ein Rückschritt. Wenn sie entscheiden dürfte, säße ich längst im Flieger nach Ecuador, um ihren Kumpel Pablo bei dessen Hilfsprojekt für Straßenkinder zu unterstützen. Aber ich hatte mich dazu entschieden, diese Herausforderung nicht anzunehmen. Von einem Tag auf den anderen zu kündigen und meine Heimat zu verlassen, war genug Abenteuer für ein ganzes Jahr. Außerdem wollte ich es jetzt unbedingt noch mal mit Hamburg versuchen. War das feige?, fragte ich mich. Hätte ich mehr wagen müssen, um mir selbst etwas zu beweisen? Nein, beschloss ich. Es war gut, dass ich hier war. Es fühlte sich richtig an. Es war die zweite Chance, auf die ich lange gewartet hatte.

Eine Weile sah ich noch in den Nachthimmel und hörte dem Plätschern des Wassers zu. Dann kehrte ich zur Laube zurück. Ich putzte meine Zähne am Außenwaschbecken, wusch mein Gesicht. Schloss die Tür von innen ab und zog mir einen Schlafanzug an. Löschte die Lampe. Mithilfe des Handylichts stieg ich die Leiter hoch in die kleine Dachnische. Dort kuschelte ich mich unter das frische Bettzeug, das angenehm kühl und weich war. Es war ganz schön dunkel hier oben. Auch durch das kleine Fenster am Kopfende fiel kaum Licht. Ein bisschen mulmig war mir nun schon – so ganz allein hier. Erstmals seit meiner Ankunft vermisste ich mein Zwei-Zimmer-Apartment in Husum mit dem gemütlichen Boxspringbett, das ich mir zu meinem letzten Geburtstag selbst geschenkt hatte. Jetzt wartete es unter einer schwarzen Abdeckplane zusammen mit den anderen Möbeln im Geräteschuppen meiner Eltern darauf, dass ich ein neues Zuhause fand. Würde es bald so weit sein? Vielleicht ja schon morgen?

Mir fielen die Nachrichten meiner Freundin Toni wieder ein und dass ich versprochen hatte, mich zu melden. War es zu spät, um sie anzurufen? Ich tastete in der Dunkelheit nach meinem Handy. Kurz nach elf, las ich auf dem Display. Ich schickte ihr eine Sprachnachricht. Ich wusste, dass es feige war, aber es erleichterte mich gleichzeitig, die Sache damit erst mal erledigt zu haben, ohne darüber diskutieren zu müssen.

»Hey, Toni«, sprach ich in mein Telefon. »Bitte sei mir nicht böse, dass ich mich erst jetzt melde …« Ich schaute in die Dunkelheit über mir, in der sich langsam die Umrisse von Holzstreben vor meinen Augen abzeichneten. »Deine Idee war an sich super, aber ich bleibe bei meinem Hamburg-Plan. Kannst du das deinem Freund Pablo sagen? Wir reden noch mal drüber, wenn wir uns sehen, ja?«

Am nächsten Morgen erwachte ich vom Sonnenlicht, das durch das kleine Fenster in meine Dachnische schien und meine Nase kitzelte. Ich hatte erstaunlich gut geschlafen hier oben. Eine Weile blieb ich noch liegen und sah den Staubpartikeln zu, die im Sonnenlicht tanzten. Dann griff ich nach meinem Handy, um auf die Uhr zu schauen, aber der Akku war leer. Und die einzige Steckdose unten neben der Spüle. Ich schob die Decke beiseite, reckte mich und stieg die Leiter hinunter. Mit kalten Füßen schlüpfte ich in meine Schlappen und ließ Wasser in den Kessel laufen, den ich neben einer French-Press-Kanne unter dem Waschbecken gefunden hatte. Dann holte ich das Ladekabel aus meinem Koffer, der geöffnet neben dem Lesesessel lag. Als ich das Handy anschloss und das Display aufleuchtete, sah ich, dass es erst sieben Uhr war. Ich hätte wirklich noch etwas schlafen können.

Ich löffelte Kaffeepulver in die Kanne, wartete, bis der Kessel pfiff, und goss das kochende Wasser hinzu. Mit einer Tasse Milchkaffee ging ich schließlich raus auf die Veranda. Es war noch frisch, und mich fröstelte. Ich holte mir einen Pullover, setzte mich auf die Bank vor der Laube und schnupperte an meinem dampfenden Kaffee. Ruhig saß ich da und beobachtete die Bienen, die sich auf den Blüten der Wildblumen vor mir niederließen. Morgentau glänzte an den Halmen der Gräser. Ein paar röhrende Motoren mischten sich in die Stille, Türen wurden geknallt, Leute riefen sich etwas zu. Es war nicht zu überhören: Hinter den Grenzen des Schrebergartenvereins erwachte die Stadt. Von der anderen Seite des Fleetes drangen lautes Klappern und Stimmen herüber. Ich stand auf und lief in Richtung Wasser. Zwischen den Bäumen der Gärten gegenüber konnte ich Lieferwagen und Marktstände erkennen. Hier wurde offenbar ein Wochenmarkt aufgebaut. Ich fragte mich, ob um diese Uhrzeit schon andere in ihren Lauben waren. Mit der Kaffeetasse in der Hand ging ich zum Rand der Parzelle, die mit dichten Hecken zugewachsen war, bückte mich und schob die Zweige auseinander. Der Zaun dahinter grenzte an einen Garten, der nicht unterschiedlicher zu diesem hätte sein können. Der Rasen war dicht und kurz gemäht. Helle Steine umrandeten die unkrautfreien Beete, in denen herrliche Rittersporn- und Margeritenstauden blühten. Vor einer hübschen, weiß lackierten Laube standen große Töpfe mit Tomatenpflanzen und Lavendel. Ob die Besitzer sich ärgerten über den Schandfleck nebenan? Gerade kam eine schlanke Dame mit grauem Zopf und Gartenschürze aus der Laube. Erschrocken wich ich einen Schritt zurück. Sie blickte ernst in meine Richtung, aber weil ich mir nicht sicher war, ob sie mich zwischen den Zweigen überhaupt sehen konnte, hob ich nur zaghaft eine Hand zum Gruß. Doch sie wandte sich wieder ab und begann, an einer der Topfpflanzen zu zupfen. Unauffällig schlich ich zurück zur Laube. Ich sollte mich meiner Nachbarin vorstellen, dachte ich. Aber Esther hatte mich gebeten, mich bedeckt zu halten, also würde ich es lieber bleiben lassen.

Mit einem unguten Gefühl ging ich hinein. Ich musste dringend einkaufen gehen, denn außer trockenem Toast hatte ich nichts zum Frühstücken da. Von draußen schallten weiterhin die Geräusche vom Markt zu mir herüber. Dort könnte ich etwas besorgen, beschloss ich.

Hinter der Laube inspizierte ich die Gießkannenkonstruktion. Das Wasser hatte noch keine Gelegenheit gehabt, sich aufzuwärmen, aber ich brauchte jetzt eine Dusche. Etwas skeptisch sah ich mich um. Diese Stelle des Gartens lag so versteckt zwischen Laube und Bäumen, dass mich niemand sehen würde. Also zog ich mich aus, stellte mich unter die Gießkanne und griff nach dem Seil. Eiskaltes Wasser platschte unsanft auf mich nieder. Zähneklappernd wusch ich mich, so schnell es ging. Zumindest war ich nun richtig wach.

Mit einer Leinentasche über dem Arm trat ich wenig später wieder auf die Veranda. Der Geruch von frischem Gebäck lag in der Luft. Offenbar backte hier gerade jemand, was mir erneut bewusst machte, wie hungrig ich war. Als ich abschließen wollte, fiel mein Blick auf den kleinen Tisch neben der Tür. Darauf stand ein geblümter Teller mit drei kreisrunden, ordentlich aufgereihten Brötchen. Erstaunt sah ich mich um. Wer hatte die dorthin gestellt? Niemand war zu sehen. Ich nahm eins der Brötchen. Es war noch so warm, dass ich mir fast die Finger verbrannte. Wem hatte ich die zu verdanken? Filiz konnte es nicht gewesen sein. Erstens war sie eine hoffnungslose Langschläferin, und zweitens hatte sie keinerlei Interesse am Kochen und Backen – zum Bedauern ihrer Mutter. Außerdem hätte sie doch etwas gesagt, wenn sie hier gewesen wäre. Vielleicht hatten Esther oder Vicky vorbeigeschaut und mich verpasst, weil ich hinter der Laube geduscht hatte? Verzückt setzte ich mich auf die Bank und zupfte ein Stück von dem Brötchen ab, das leicht dampfte. Es war außen knusprig und schmeckte so gut nach frischem Teig und irgendetwas Süßem, dass ich kurz die Augen schloss. Beim nächsten Stück biss ich wieder auf etwas Süßes, und diesmal erkannte ich, was es war: Apfelstückchen. Mit Zimt.

Als ich alle drei Brötchen genüsslich aufgegessen hatte, leckte ich mir die letzten Krümel von den Fingern. Wem auch immer ich dieses Geschenk zu verdanken hatte – es hatte mir buchstäblich den Morgen versüßt. Ich spülte den geblümten Teller ab, suchte nach meinem Notizbuch, riss eine Seite raus und schrieb: »Vielen herzlichen Dank für dieses wunderbare Frühstück!« Den Zettel legte ich mit einem kleinen Stein beschwert auf den Teller, den ich zurück auf den Tisch stellte. Vielleicht würde die Person, die ihn hier platziert hatte, ihn in meiner Abwesenheit wieder abholen.

Auf dem Wochenmarkt war an diesem Dienstagmorgen schon einiges los. Mütter und Väter mit Kindern an der Hand schlenderten an den bunten Ständen vorbei, die Händler riefen laut ihre Preise für Erdbeeren und den letzten Spargel in die Menge, vor einem zum Kaffeestand umgebauten Lastenrad standen Anzugträger Schlange, vermutlich auf dem Weg zur Arbeit. Ich kaufte so viel frisches Obst, Gemüse und Käse, wie in meinen Leinenbeutel passte. Dabei fragte ich mich, ob ich schon einmal hier gewesen war, denn die Straße am Fleet kam mir bekannt vor. Ich stellte mich in die Schlange bei einem Stand mit frischer Pasta. Während ich wartete, schickte ich Filiz eine Nachricht und lud sie zum Essen in die Laube ein. Die Sonne schien warm vom Himmel, und ich freute mich jetzt schon auf den Abend mit meiner Freundin im Freien. Sie war offenbar früh aufgestanden, um zu arbeiten, denn sie antwortete sofort: *Ich bringe Wein mit! Grüß Mama!*

Da fiel es mir wieder ein. Ich war schon einmal mit Filiz hier gewesen, an einem der Stände ihrer Eltern. Offenbar kamen sie noch immer hierher. Ich beobachtete die anderen Leute, die mit Kinderwagen oder Hunden über den Markt spazierten und ihre Wocheneinkäufe erledigten. Als ich mit Ricotta und Thymianhonig gefüllte Tortellini und Limettenpesto gekauft hatte, schlenderte ich weiter und hielt nach dem Stand von Filiz' Eltern Ausschau. Zwischen einem Händler mit Ölen und einem Imker fand ich den mit bunten Blüten lackierten Kastenwagen. Filiz' Mutter Ayda stand höchstpersönlich hinter der Verkaufstheke. Wie jedes Mal, wenn ich sie von Weitem erblickte, dachte ich kurz, es wäre meine Freundin selbst, so ähnlich sahen sich die beiden. Vor dem Wagen hatte sich eine lange Schlange gebildet. Die hausgemachten Pasten, Salate, eingelegten Oliven und gefüllten Paprika der Familie waren weit über die Stadtgrenze hinaus bekannt. Ich wusste genau, warum. Filiz' Mutter war die beste Köchin, die ich kannte. Obwohl ich eigentlich noch von den süßen Brötchen satt war, lief mir angesichts der Sachen in ihrer Auslage das Wasser im Mund zusammen. Ich wollte mich gerade anstellen, als Ayda mich bemerkte. Sie schrie kurz auf, flüsterte ihrer Mitarbeiterin etwas zu und verschwand im hinteren Teil des Wagens. Zunächst wunderte ich mich, weil sie minutenlang nicht wieder auftauchte, dann sah ich sie an der Seite heftig winken. Ich lief zu ihr, und sie drückte mich fest an ihren sehnigen Körper.

»Ina, mein Schatz, wie schön, dass du da bist!« Sie sprach wie immer ziemlich laut, und genau wie bei Filiz sprangen ihre wilden Locken dabei in die Luft. »Filiz hat mir erzählt, dass du nach Hamburg ziehst, ich freue mich so! Wann besuchst du uns? Du musst zum Essen kommen, wann, diese Woche noch?« Sie sprach so schnell, dass ich kaum dazwischenkam. »Donnerstag, am Wochenende, wann kannst du, mein Herz, sag einfach Bescheid …«

Als sie endlich eine Atempause einlegte, antwortete ich: »Ich komme sehr gern.«

Sie musterte mich kritisch und strich mir zärtlich über die Wange, als sei ich ein kleines Mädchen. »So schön, du bist immer noch so schön, wann heiratest du, mein Kind?«

Ich grinste schief, denn sie fragte mich das jedes Mal. Wie meine Omi, auch wenn das die einzige Gemeinsamkeit war, die die beiden Frauen hatten. Bei ihrer Tochter, behauptete Filiz zumindest, hatte Ayda mittlerweile aufgegeben, aber bei mir bestand ihrer Meinung nach noch Hoffnung. »Ich weiß nicht, Ayda, ich bin ziemlich glücklich so.«

»Richtig«, sagte sie und hob den Zeigefinger. »Wir brauchen keine Männer, ich bin auch Feministin, wusstest du das?« Sie lachte ihr heiseres Lachen. »Nur meinen Medi, den behalten wir.« Ich war froh zu hören, dass Filiz' gutherziger Papa nach wie vor willkommen war. Es wäre zu schade um ihn und seine Anekdoten gewesen, die gern mal eine halbe Stunde dauern konnten.

Ayda holte etwas hinter ihrem Rücken hervor. »Ich hab dir was eingepackt, meine Ina. Damit du nicht verhungerst.«

Dankbar nahm ich ihr die Tüte ab, in der ich auf den ersten Blick einige Pasten, Oliven und Brot erkennen konnte – genug, um eine vierköpfige Familie für eine Woche zu ernähren. »Ayda, das ist viel zu viel! Was bekommst du?«

Sie zeigte strahlend auf ihre gerötete Wange. »Einen Kuss! Du bist wie meine zweite Tochter, was fällt dir ein?«

»Danke, du bist lieb.« Ich beugte mich vor und küsste sie, woraufhin sie mich schnappte und wieder an sich drückte. Sie roch nach frischem Knoblauch und Olivenöl, wie immer.

Ihre Mitarbeiterin rief etwas auf Türkisch, und plötzlich wurde Ayda geschäftig. Sie hatte mit ihren Spezialitäten nicht umsonst ein erfolgreiches kleines Unternehmen mit mittlerweile zehn verschiedenen Marktständen und Foodtrucks aufgebaut. Zackig erwiderte sie etwas, dann schaute sie mich lächelnd an. »Ich muss los, meine Ina, die Kunden warten, die Arbeit ruft. Sag Bescheid, wann du zum Essen kommst, wir freuen uns.«

Mit diesen Worten eilte sie davon. Eine halbe Minute später sah ich sie strahlend Schafskäseröllchen und gefüllte Weinblätter über die Theke reichen.

Gerade wollte ich mich mit meinen Einkäufen auf den Weg in Richtung Schrebergarten machen, als mich jemand ansprach. »Ina?«

Ich zuckte zusammen. Neben mir stand Sebastian. Filiz hatte recht. Hamburg war wirklich ein Dorf. Er trug wieder seine engen Laufklamotten und hielt eine angebissene Essiggurke in der Hand. Ich sah von seiner Hand zu ihm.

»Die gibt es bei einem Stand weiter unten, kann ich nur empfehlen.« Sebastian biss beherzt in die Gurke und fügte kauend hinzu: »Ist gesund.«

Ich blickte etwas verlegen auf die Packungen mit Käsecreme, die oben aus meiner Tüte lugten. Sebastian sah mich undurchdringlich mit seinen dunklen Augen an.

»Warst du laufen?«, fragte ich unnötigerweise, nur um irgendetwas zu sagen.

Er nickte. »Ja, meine Morgenrunde.« Sein Gesicht hellte sich ein wenig auf. »Willst du mal mitkommen?«

»Auf keinen Fall«, entfuhr es mir.

Er guckte mich irritiert an.

»Nichts gegen dich …«, fügte ich hinzu. »Ich mache nur aus Prinzip keinen Sport.«

Er biss noch einmal in seine Essiggurke und wirkte nun ehrlich verstört.

Ich zog mein Handy heraus und blickte auf die Uhr – nicht dass ich am Ende zu spät zu meiner Besichtigung kam. Dabei bemerkte ich, dass Toni mir geantwortet hatte. Ein Emoji, sonst nichts. Das mit einer Träne im Augenwinkel.

»Ich muss los.« Ich ließ das Handy wieder in die Tasche gleiten. »Ich gucke mir gleich eine Wohnung an.«

»Viel Erfolg.« Irgendwie klang Sebastian sarkastisch.

»Danke, hab einen guten Tag!« Ich wollte gerade los, als er hinzufügte: »Ich fahre am Wochenende übrigens nach Hause. Falls du mitwillst.« Er strich sich das Haar zurück. »Also, ich weiß ja nicht, ob du ein Auto hast.«

Hatte ich nicht. Das hatte ich verkauft, als ich beschlossen hatte hierherzuziehen.

Aus einem spontanen Impuls heraus sagte ich: »Ich habe tatsächlich drüber nachgedacht, ob ich dieses Wochenende fahre.«

»Samstagmorgen um acht breche ich am Schinkelplatz auf. Such einfach nach dem kleinsten gelben Auto, das du finden kannst. Wenn du pünktlich bist, nehme ich dich gern mit.«

O Mann, schoss es mir durch den Kopf, als ich ihn davonlaufen sah. Wollte ich wirklich fast zwei Stunden neben ihm im Auto sitzen? Außerdem war ich gerade erst angekommen. Ich konnte doch nicht jetzt schon wieder nach Nordfriesland zu meiner Familie fahren? Ein paar Tage länger würden Merle und die anderen es schon noch ohne mich aushalten. Und ich es ohne sie.

5

Um elf Uhr könne man die Wohnung in Wandsbek-Süd besichtigen, hatten sie in der Internetanzeige geschrieben. Die Fahrt von Winterhude aus dauerte etwa zehn Minuten, und ich war erleichtert, dass ich schon einige Minuten früher dort ankam. Doch das war offenbar nicht früh genug. Schon beim Festschließen meines Rades fiel mir die lange Schlange an der vierspurigen Straße auf. Sofort sank meine Laune. Ich stellte mich etwas missmutig hinten an und hörte mit halbem Ohr einem jungen Paar zu, das darüber diskutierte, ob es nun eine Badewanne gab oder nicht.

Die Wohnung lag in einem schmucklosen Achtzigerjahrebau und kostete dreimal so viel Miete wie meine alte Wohnung in Husum, dafür war sie nur etwa halb so groß und hatte keine Küche. Darum müsse sich der Mieter selbst kümmern, teilte mir die stark geschminkte Maklerin mit, die mich nach etwa einer Stunde Anstehen in Empfang nahm und mir nicht mal richtig in die Augen sah. Ich blickte mich kurz um, bemerkte die Schimmelflecken in einer Fensterecke und das winzige Bad – natürlich ohne Wanne. Vermutlich würde ich Abstriche machen müssen, was den Preis und die Größe meiner neuen Wohnung anging, aber nicht so viele. Noch nicht. Also trug ich mich beim Hinausgehen gar nicht erst in die lange Liste ein, die die Maklerin auf eine staubige Fensterbank gelegt hatte.

Gerade als ich frustriert aufs Rad steigen wollte, klingelte mein Handy. Eine mir unbekannte Hamburger Nummer blinkte auf. Ich ging dran.

»Ina, hallo, wie geht es dir?«

Auf der Stelle rutschte mein Magen eine Etage tiefer. Das war Tim. Mein vielleicht zukünftiger Chef Tim. Der Tim, der mit meinen Gefühlen Achterbahn gefahren war. Tim, der mich auch heute noch mitten in meinem Vorstellungsgespräch völlig aus dem Konzept bringen konnte.

»Hey, hallo«, sagte ich und merkte, wie hoch meine Stimme plötzlich klang.

»Ich hoffe, ich störe dich nicht, ich wollte nur kurz etwas zu deinen Unterlagen fragen. Wir gehen gerade noch mal alle Bewerbungen durch, um für die zweite Runde auszuwählen.« Ich hörte ihn blättern. »Irgendwie fehlt dein Zeugnis vom zweiten Staatsexamen.«

Ich stutzte, denn ich war absolut sicher, es beigelegt zu haben. »Oh, das ist komisch.«

»Ach«, erwiderte Tim. »War bestimmt nicht dein Fehler. Wir haben viele Bewerbungen erhalten, da gelangt schon mal etwas auf den falschen Stapel. Aber ich brauche dieses Zeugnis für den weiteren Auswahlweg, könntest du mir vielleicht noch eine Kopie vorbeibringen? Ist blöd, ich weiß. Entschuldige den Aufwand.«

Mist, dachte ich. Alle Unterlagen waren noch bei meinen Eltern. »Ach was, ich danke dir fürs Bescheidgeben«, brachte ich hervor und grübelte angestrengt, wie ich das Problem lösen sollte. »Wie eilig ist es? Die meisten meiner Unterlagen sind noch in Umzugskartons.«

»Auf ein paar Tage kommt es nicht an. Schaffst du Anfang nächster Woche?«

Das dürfte klappen. Es musste. »Ja, kein Problem. Soll ich die Kopie beim Empfang hinterlegen?«

Tim zögerte einen Moment. »Ach, weißt du was, komm doch kurz in mein Büro, wenn du schon da bist. Passt dir vielleicht Montag, so um sechs?«

»Klar, das passt.«

»Dann bis Montag. Danke, Ina.«

Etwas ratlos legte ich auf. Ich freute mich auf die Aussicht, Tim wiederzusehen, ohne seine einschüchternde Kollegin Julia Schäfer und nicht in einer Bewerbungssituation. Aber wie kam ich jetzt an diese Zeugniskopie? Ich könnte meine Mutter bitten, mir die Unterlagen zu schicken oder abzufotografieren. Aber eigentlich war es mir nicht recht, dass sie in meinen Kisten wühlte. Bestimmt würde sie am Ende das Falsche schicken und überdies tausend Fragen stellen. Seit ich in Husum gekündigt hatte, machte sie sich ohnehin ständig Sorgen. Vor meiner Abreise nach Hamburg hatte sie bei jedem unserer Gespräche am Telefon gesagt: »Du findest wieder eine Stelle, Ina, da bin ich mir ganz sicher.« Wir beide wussten, dass sie das nicht gesagt hatte, um mich zu beruhigen, sondern vor allem sich selbst. Ich hatte ihr ganz bewusst nichts von diesem Bewerbungsgespräch erzählt, damit sie nicht jeden Tag fragte, ob es schon Neuigkeiten gäbe. Nein, ich musste das Zeugnis selbst holen. Blieb nur noch zu überlegen, ob ich mir eine Zugfahrkarte gönnen oder Sebastians Angebot annehmen sollte.

Ich schrieb zwei Nachrichten.

An meine Mutter: *Komme Samstag nach Hause, Küsschen an alle.*

Und an Toni: *Sei bitte nicht enttäuscht, deine Idee war gut, nur nicht das Richtige für mich gerade. Bin am Wochenende zu Hause, hast du Zeit, noch mal drüber zu reden?*

Ich schob das Rad die letzten Meter durch die Schrebergartenanlage. Dabei spähte ich möglichst unauffällig über die Hecken. Wer waren diese Leute, die ihre Freizeit damit verbrachten, ihre Gärten zu hegen und zu pflegen? Wenn ich das richtig beobachtete, verursachten die Parzellen vor allen Dingen Arbeit. Ich sah auch heute niemanden in einem Liegestuhl sitzen und das Gesicht in die Nachmittagssonne halten. Die meisten standen mit Gummistiefeln in Beeten und jäteten Unkraut, knieten auf dem Rasen und rupften Löwenzahn aus der Erde oder bewässerten ihre Obstbäume und Blumenkübel. Sogar die Kinder hatten kleine

Schaufeln in der Hand und vergruben neue Blumenzwiebeln.

Ich öffnete das Tor und lief über die Wildwiese zur Laube. Diese Parzelle hegte und pflegte niemand. Hier durfte alles so wachsen und verwelken, wie es wollte, was mich ein wenig traurig stimmte. Die Lage des Gartens war ein Traum, und ich konnte nur erahnen, was jemand daraus machen würde, der ihn zu schätzen wusste. Ich trat auf die Veranda und blickte auf den Tisch. Der Teller war weg. Nur noch der Stein lag dort, und als ich genauer hinsah, bemerkte ich meinen Zettel darunter. Unter meinen Dank hatte jemand ein Smiley gemalt.

Ich bereitete mir einen Snack aus Fladenbrot und Käsecremes zu, schnappte mir meinen Laptop, setzte mich an den Tisch und suchte weiter nach einer Wohnung. Leider hatte ich hier kein WLAN, und das Handynetz, das ich mit meinem Laptop verbunden hatte, war schlecht. Die Seiten brauchten ewig, um sich aufzubauen, und ich spürte, dass ich immer wieder mit den Gedanken zu Tim abschweifte. Es war ein gutes Zeichen, dass er mich wegen dieses Zeugnisses angerufen hatte. Oder etwa nicht?

In meinem Notizbuch vermerkte ich ein paar Besichtigungstermine. Wäre doch gelacht, wenn da nicht irgendetwas dabei wäre, was vielversprechender war als die Wohnung heute früh.

Irgendwann hängte mein Laptop sich vollends auf,

und ich klappte ihn resigniert zu. Noch zwei Stunden, bis Filiz zum Abendessen kam. Ich könnte mich auf den Steg ans Wasser setzen und die Sonne genießen. Dann fielen mir wieder die fleißigen Leute in ihren gepflegten Schrebergärten ein. Kurzerhand stand ich auf und lief um die Laube herum. Mal schauen, wo die Mädels ihre Gartenutensilien verstauten. Ich entdeckte schließlich einen Wandschrank auf der Rückseite des Toilettenhäuschens. Darin stand immerhin eine rostige Gießkanne, allerdings leckte sie ziemlich. Daneben stieß ich auf einen kleinen Eimer und eine Schaufel, deren Griff abgebrochen war. Ich seufzte. Aber was sollte es, ich würde jetzt einfach mal anfangen. In einer Ecke hinter der Laube fand ich eine alte Holztonne, auf deren Boden etwas Gestrüpp lag. Das würde mein Komposthaufen werden, beschloss ich. Ich begann mit bloßen Händen, vertrocknetes Gestrüpp auszureißen. Hob angefaultes Fallobst auf. Sammelte abgerissene Zweige und altes Laub ein. Und irgendwann dämmerte mir, warum Filiz und ihre Mitbewohnerinnen hier nichts machten: Wenn man erst mal zu lange gewartet hatte, erschien einem die Aufgabe unlösbar. Hier war zu viel Chaos für eine einzige Person. Meine Hände waren zerkratzt, in meinen Haaren hingen Gräser und Blätter.

Plötzlich stand Filiz vor mir. »Was tust du da?«

Ich kniete gerade neben einem Busch, um den Disteln wucherten. Ächzend rappelte ich mich auf. »Ich mache mich nützlich.«

Filiz schüttelte ihre Locken. »Das brauchst du nicht, Süße.«

Ich stand auf und versuchte, den Dreck von meinen Händen zu reiben. »Ich weiß. Aber ich möchte gerne.«

Filiz stemmte ihre Hände in die Taille. »Das ist ein Fass ohne Boden, spar dir die Mühe.«

Ich pustete mir eine Haarsträhne aus der verschwitzten Stirn. »Das merke ich auch gerade. Weißt du, ich finde, ihr könntet mit diesem hübschen Fleckchen Erde ruhig ein bisschen liebevoller umgehen.«

Filiz schob das Kinn vor. »Uns gefiel es bisher auch so. Aber wenn du hier herumrupfen willst, nur zu.« Plötzlich musste sie grinsen.

Ich blickte auf. »Was?«

Sie kam näher und pflückte mir einen kleinen Zweig vom T-Shirt. »Du hast überall Zeugs hängen.«

Ich grinste zurück. »Gut, dass es hinter der Laube eine so wunderbare Dusche gibt.«

Eine halbe Stunde später saßen Filiz und ich auf der Veranda. Ich hatte immerhin lauwarm geduscht und die Ravioli gekocht, die nun mit dem Limettenpesto beträufelt auf unseren Tellern dampften.

Filiz goss uns Wein ein. »Prost!« Sie hielt mir ihr Glas entgegen. »Auf Hamburg.«

»Auf uns gemeinsam in Hamburg«, fügte ich hinzu.

Wir stießen an und begannen zu essen.

Ich betrachtete meine Freundin, die eine heiße Nudel auf ihrer Gabel anpustete. Sie wirkte durch ihre

Natürlichkeit noch immer jünger, als sie war, und trotzdem hatte sich auch in ihr Gesicht etwas Erwachseneres geschlichen. Eine gewisse Strenge, die ihr gut stand.

Filiz bemerkte meinen Blick und wurde mit einem Mal ernst. »Warum hattest du es eigentlich plötzlich so eilig? Ich meine… warum musste es jetzt und sofort sein?«

»Mit Hamburg?«

Filiz schob die Gabel in den Mund und angelte sich eine Tomate. »Ja.«

Ich zögerte. »Der letzte Streit mit meinem Chef war der eine zu viel. Zur gleichen Zeit habe ich diese Stellenanzeige entdeckt. Und plötzlich konnte ich keinen weiteren Tag warten, egal wie die Sache ausgeht.« Ich spießte zwei Ravioli auf einmal auf. »Ich habe mich mit einem Mal gefragt, worauf ich eigentlich gewartet habe, warum ich diesen Schritt nicht längst gegangen bin. Kannst du das nachvollziehen?«

Sie nickte. »Total. So ähnlich war es mit mir und den Mädels aus der WG. Ich war vor etwa vier Monaten wie so oft bei denen zu Gast, es gab eine wilde Party, und ich hab auf dem Handy nachgesehen, wann die letzte S-Bahn geht. Und plötzlich dachte ich: Ich bin dreiunddreißig. Wenn ich nachher die Tür aufschließe, liegt meine Mutter mit ihrer Bettdecke auf dem Sofa, weil sie sichergehen will, dass ich gut nach Hause gekommen bin. Vicky hatte da gerade mit Nadine Schluss gemacht und…«

Ich ließ die Gabel auf halbem Weg zu meinem Mund sinken. »Stopp, ich komme nicht mit.«

Filiz gestikulierte mit einer Portion Pasta in der Luft. »Vicky war vor ihrem jetzigen Freund mit Nadine zusammen, die auch in der WG gewohnt hat. Und die ist nach einer dramatischen Trennung überstürzt ausgezogen.«

Ich schmunzelte anerkennend. »Vicky hat ein aufregendes Liebesleben.«

»Das kannst du laut sagen.«

»Und dann bist du eingezogen?«

Sie nickte lachend. »Quasi über Nacht. Mama und Papa hatten vorher jahrelang lamentiert, dass sie mich nie loswerden, aber da haben sie beide geheult, das kannst du dir nicht vorstellen.«

»Oh doch, kann ich. Danke, dass du mich auch so spontan aufgenommen hast. Wenngleich etwas anders als geplant.«

»Nichts lieber als das.«

Wir aßen schmunzelnd weiter, bis Filiz irgendwann unvermittelt fragte: »Was treibt eigentlich Dirk?«

Ich malte Muster in die Soßenreste. »Er ist glücklich verheiratet. Sie bekommen das zweite Kind, glaube ich. Ich hab ihn in Husum manchmal beim Einkaufen getroffen.«

Filiz schob ihren leeren Teller weg. »Tut es weh?«

Ich legte meine Gabel ab. »Meinst du das ernst?«

Sie zog die Stirn in Falten. »Na ja. Du hast viel für ihn aufgegeben.«

Ja, dachte ich. Beinahe sogar unsere Freundschaft. Laut sagte ich: »Keine Sorge. Ich würde ihn nicht mehr geschenkt haben wollen.«

Ich schlief auch die zweite Nacht friedlich wie ein Baby unter dem Dach der Gartenlaube. Nach dem Aufwachen blieb ich noch einige Minuten liegen und lauschte den Vögeln, die draußen sangen. Dann stieg ich die Leiter runter und machte mir einen Kaffee. Mit der dampfenden Tasse trat ich auf die Veranda. Und da waren sie. Drei duftende Brötchen. Ich berührte eins davon. Sie waren auch diesmal so warm, dass sie noch nicht lange hier stehen konnten. Wer auch immer sie mir gebracht hatte – er hatte es lautlos getan. Dann entdeckte ich noch etwas. Neben dem geblümten Teller, der dem von gestern glich, lagen eine Schaufel und eine Harke. Überrascht sah ich mich um. Ich hatte es bereits befürchtet: Ich war knappe achtundvierzig Stunden hier, und schon hatte jemand mitbekommen, dass ich hier wohnte.

Es wiederholte sich auch an den nächsten Tagen: Jeden Morgen standen neue Brötchen auf meinem Tisch. Nur die Füllung variierte. Einmal waren es Nüsse und Trockenfrüchte, ein anderes Mal Schokolinsen, die im Ofen geschmolzen waren. Jedes Mal saß ich da und musste kurz die Augen schließen, weil sie so köstlich schmeckten. Daneben lagen andere nützliche Utensilien. Einmal waren es lange Gummihandschuhe, ein großer Eimer und eine Gartenschere, am nächsten Tag eine Spitzharke und ein Rechen. Ich hinterließ immer einen Zettel mit einem Dankeschön. Und jedes Mal, wenn ich von meinen Wohnungsbesichtigungen kam, fand ich eine Antwort in Form eines Smileys darauf. Ich freute mich auch deswegen so besonders über diese geheimnisvollen Botschaften und Geschenke, weil sie mich nach den frustrierenden Terminen aufmunterten. Innerhalb weniger Tage hatte ich etwa zehn Wohnungen besichtigt, und schon jetzt verließ mich der Mut. Dabei hatte ich keine hohen Ansprüche. Ich brauchte keinen Balkon, keinen Echtholzboden, keine Fußbodenheizung, und eine Badewanne hatte ich längst abgehakt. Aber Fenster, die richtig schlossen, wären praktisch. Ein Ausblick auf etwas anderes als eine Großbaustelle wäre toll. Genau wie ein Badezimmer, in dem nicht die Silberfischchen auseinanderstoben, sobald man die Tür öffnete. Nur eine Wohnung, nicht weit von hier, war bisher ganz okay gewesen, aber dementsprechend viele Interessenten hatten sich eingetragen. Wäre ich bereits Ärztin an der Uniklinik, wäre die Sache bestimmt leichter. Hoffentlich sagte Tim mir am Montag, dass ich es in die nächste Runde geschafft hatte.

Fürs Erste blieb mir nur weiterzusuchen, abzuwarten – und dieser Garten. Mit meinen neuen Gerätschaften stürzte ich mich weiter in die Arbeit – so aussichtslos sie sein mochte. Ich tat es, weil ich gerade nicht viel anderes zu tun hatte. Und weil es sich deutlich besser anfühlte, als darauf zu hoffen, dass Filiz nach der Arbeit herkam oder mich in die WG einlud. Verständlicherweise hatte sie nicht immer Zeit für mich. Und solange ich weder einen Job noch eine Wohnung hatte, blieb mir nichts als dieses Fleckchen Erde mit seinen störrischen Bodenflechten und bemoosten Steinen und von Unkraut umgebenen Obstbäumen.

Am Samstagmorgen lag kein Gartengerät neben den Brötchen. Stattdessen stand dort eine kleine Flasche mit dottergelbem Inhalt. Sah aus wie Eierlikör. Offenbar fand die- oder derjenige, der die Sachen hier hinstellte, dass ich mir am Wochenende mal eine Pause gönnen könnte. Ich holte einen neuen Zettel und schrieb darauf: »Ich bin erst morgen Abend zurück. Tausend Dank für die vielen lieben Gaben in dieser Woche.« Dann beschwerte ich den Zettel wie jeden Tag mit einem Stein. Die Brötchen verputzte ich diesmal nicht sofort, auch wenn es mir schwerfiel. Ich steckte sie in eine Papiertüte, die ich noch von meinen Markteinkäufen hatte, packte sie mit der Flasche Eierlikör zusammen in meine Tasche und lief damit in Richtung Schinkelplatz.

6

Etwa eine halbe Stunde später saß ich neben Sebastian in seinem kleinen gelben Achtzigerjahre-Peugeot. Es war wirklich nicht schwer gewesen, ihn zu finden. Am Schinkelplatz parkten ansonsten dicht an dicht nur große, breite graue oder schwarze Wagen. Dazwischen erinnerte Sebastians Gefährt an Zeiten, in denen Autos noch keine Panzer waren.

Sebastian selbst wirkte hinter dem Steuer noch größer, als er ohnehin war. Die Knie ragten ihm bis zum Bauch, sein volles Haar, das nach Duschgel duftete, berührte das Innendach. Ich stellte meine Tasche auf den Rücksitz neben einen Kasten Pfandflaschen und einen Karton voller Altpapier. Zu meinen Füßen lagen mehrere Papierchen von irgendwelchen Fitnessriegeln, im Türfach schrumpelte ein Apfel vor sich hin. Nachdem ich in Sebastians cleaner Wohnung gewesen war, war ich erstaunt, aber auch ein wenig erleichtert, dass nicht alles in seinem Leben bis ins Letzte durchgestylt war.

Hamburgs Straßen waren noch leer um diese Uhrzeit, und wir waren schnell auf der Autobahn. Als wir die Stadtgrenze hinter uns gelassen hatten, zog ich die Tüte aus meiner Tasche.

»Es gibt Frühstück«, verkündete ich. »Und ja, es ist Zucker und Weißmehl drin. Aber ich bitte dich, eins zu probieren.«

Er hob nur kurz den Blick von der Straße und sah auf das Brötchen in meiner Hand, als wäre es eine fette Spinne. »Ich frühstücke eigentlich nie vor zehn.«

Ich knurrte laut, und er zuckte zusammen. »Einmal probieren, für mich.«

»Na gut, ausnahmsweise.« Er griff nach dem Brötchen, biss zögerlich hinein und begann konzentriert zu kauen. Schließlich sagte er: »Das ist nicht so schlecht.«

Ich nahm mir ebenfalls eins und ließ mich in meinen Sitz zurücksinken. »Wenn du jetzt das Gegenteil behauptet hättest, hätte ich dich endgültig abgeschrieben.«

»Sehr charmant.« Lächelnd kaute er weiter.

Als ich mein Brötchen vertilgt hatte und das dritte aus der Tüte fischte, löste Sebastian zu meiner Überraschung eine Hand vom Steuer und hielt mir die offene Handfläche hin.

»Ach so.« Ich kicherte. »Na dann.« Ich teilte das Brötchen in zwei Hälften, gab ihm die größere und sah zu, wie er genüsslich hineinbiss.

»Hast du die selbst gebacken?«, fragte er, nachdem er fertig gekaut hatte.

Ich zerknüllte die leere Tüte und steckte sie zurück in meine Tasche. »Ne, leider nicht. Irgendjemand stellt sie mir jeden Morgen vor die Tür.«

»Im Ernst?«

»Ja, ich weiß, es klingt schräg.« Ich zögerte, weil ich mich fragte, ob Sebastian demnächst in halb Nordfriesland herumerzählen würde, dass ich zurzeit in einer Kleingartensiedlung hauste. Aber dann entschied ich, dass mir das egal wäre. »Ich wohne gerade nicht mehr in der WG, sondern in einer Gartenlaube.«

Er warf mir einen überraschten Blick zu.

»Bis ich eine Wohnung habe«, fuhr ich fort. »Ist nicht ganz so komfortabel wie dein Schlafsofa, hat dafür aber einen eigenen Steg.«

»Oh, eins der Grundstücke am Fleet.«

»Genau.«

Die Sonne schob sich zwischen den Wolken hervor. Sebastian klappte die Sonnenblende herunter. »So eins hätte ich auch gern.«

»Echt?«

»Ja, wäre super zum Paddeln, Schwimmen und zum Fotografieren.«

Mir fielen die Aufnahmen an seiner Wand wieder ein. »Fotografieren ist dein Hobby, oder?«

»Stimmt.«

Wir redeten noch ein wenig über die Schrebergartenanlage, durch die Sebastian manchmal auf seinem Rückweg vom Joggen lief. Die geheimnisvollen Geschenke, die ich jeden Tag bekam. Seinen IT-Job, das Fotografieren und mein Bewerbungsverfahren an der Klinik. Und ehe ich michs versah, verließen wir in Heide die Autobahn. Wir hatten uns die ganze Zeit unterhalten. Es ging also doch.

Sosehr ich mein neues Leben in der Großstadt gerade feierte – ich genoss den Anblick der Weiden, die an uns vorbeizogen, die grünen Deiche und die Reetdachhöfe, auf deren alten Schornsteinen die Störche nisteten.

Mit wohligem Gefühl sah ich aus dem Fenster. »Kommst du noch gern her?«, fragte ich Sebastian.

»Klar. Jedes Mal.«

Ich lächelte ihn an. »Ich bin kaum weg, und es geht mir genauso.«

Ich spürte, dass ich mich ehrlich auf meine Familie freute, auch wenn ich sie erst vor wenigen Tagen zuletzt gesehen hatte. Sebastian fuhr hinter Tating auf den Deich, um mich nach Hause zu bringen. Der Milchhof seiner Familie lag etwas weiter nördlich in Westerhever.

Als wir uns dem Haus meiner Eltern näherten und Sebastian vom Deich hinunter darauf zufahren wollte, sagte ich: »Lass mich ruhig hier raus.«

Er sah mich skeptisch an. »Wie du magst.« Neben dem Schild, auf dem meine Eltern für unsere Wohnmobilstellplätze warben, hielt er an.

Ich nahm meine Tasche vom Rücksitz und lächelte ihn an. »Danke dir.«

Er nickte. »Klar.« Bevor ich ausstieg, sagte er: »Ich fahre morgen gegen drei wieder, passt dir das?«

Ich schmunzelte. »Nach dem sonntäglichen, heiligen Familienmittagessen.«

Er versuchte vergeblich, seine langen Beine ein wenig zu strecken. »Genau.«

»Das heißt, du nimmst mich wieder mit?«

»Kommt drauf an.« Er schaute ernst. »Du müsstest schon wieder einen ähnlich guten Proviant für die Fahrt dabeihaben.« Jetzt grinste er, und ich dachte nicht zum ersten Mal, dass ihm das ziemlich gut stand.

Ich griff in meine Tasche und reichte ihm den Eierlikör, den ich heute Morgen vor der Laube gefunden hatte. Als kleines Dankeschön, denn ich machte mir selbst nicht viel daraus, und meine Omi hatte noch die halbe Vorratskammer voller Selbstgemachtem. Er sah die Flasche skeptisch an.

»Vielleicht für deine Mama«, sagte ich achselzuckend, da ich annahm, dass er keinen Alkohol trank.

»Danke.« Er ließ mein Geschenk etwas unbeholfen im Seitenfach der Fahrertür verschwinden.

»Dann bis morgen.« Kurz überlegte ich, ihn zu drücken, befürchtete aber, dass ihn so viel körperliche Nähe überfordern könnte. Also hob ich nur die Hand und verabschiedete mich. Dann stieg ich aus und lief den Deich hinunter zum Hof meiner Eltern. Hinter mir hörte ich, wie Sebastian das Auto wendete und davonfuhr.

Schon von Weitem sah ich meine Eltern und meinen Bruder am Geräteschuppen. Mein Vater Gerret stand neben dem Traktor, meine Mutter Dorthe hatte einen Futtereimer in der Hand. Beide redeten sie auf Martin ein, der hier nach und nach die Geschäfte übernahm und gerade mit dem Oberkörper halb im Motorraum des Traktors hing. Mein Vater bemerkte mich als Erster und winkte mir fröhlich zu. Meine Mutter folgte seinem Blick. Dann stellte sie den Eimer ab, kam auf mich zu und drückte mich an ihre weiche Brust. »Hallo, Mäuschen, wie geht es dir?«

»Gut, danke, Mama.« Sie roch nach Zuhause und ihrer Zigarette hinterm Stall, die sie, seit ich denken konnte, jeden Vormittag rauchte und von der sie noch immer dachte, sie wäre ihr Geheimnis.

Sie löste sich von mir und betrachtete mich. »Gut sieht du aus, Mäuschen, Hamburg bekommt dir, was?«

»Ja, ist schön da.«

Sie strahlte mich an. Meine hübsche Mama, dachte ich. Ihre Hände, ihr kräftiger Körper, ihr pausbäckiges Gesicht – alles an ihr war irgendwie rundlich, weswegen sie immer noch erstaunlich jung für ihr arbeitsreiches Leben aussah. »Hast du schon eine Wohnung, was macht die Jobsuche?«

»Super, es läuft super an.« Ich spürte selbst, dass ich etwas zu euphorisch klang, um glaubwürdig zu wirken.

Hinter meiner Mutter sah ich meinen Vater und Martin auf uns zukommen.

»Hilfst du uns beim Düngen?«, rief Martin schon von Weitem und lächelte schief.

Ich umarmte erst ihn, dann Papa, wobei ich mich trotz meiner eins achtundsiebzig beide Male auf die Zehenspitzen stellen musste.

»Du weißt, wie gerne ich das tun würde«, antwortete ich. »Aber leider bin ich schon mit Toni am Strand verabredet.«

Martin grinste breit. Ernsthaft hätte mich hier niemand um Hilfe bei der Feldarbeit gebeten. Ich war das Kind, das studiert hatte. Während die Männer zurück über den brüchigen Asphalt zum Traktor gingen, drückte meine Mutter noch einmal meinen Arm, als müsste sie sich vergewissern, dass ich wirklich vor ihr stand. »Merle schläft gerade.«

»Um diese Uhrzeit?«

Meine Mutter zuckte mit den Schultern. »Ja, wir waren heute alle früh auf.«

»Ich sehe trotzdem mal nach ihr.«

»Mach das. Und dann viel Spaß mit Toni, grüß sie schön von mir.« Sie war schon wieder auf dem Weg zu den anderen, als ihr noch etwas einfiel und sie mir hinterherrief: »Mäuschen, aber morgen zum Essen …«

Ich legte den Kopf schräg. »Da bin ich natürlich dabei.«

Als ich das Haus betrat, schlug mir der vertraute Geruch von Salzkartoffeln, Ofenholz und Omis scharfen Hustenbonbons entgegen. Schon im Flur hörte ich das Knarzen des Schaukelstuhls und ging durch die Küche ins Wohnzimmer. Meine Omi Jantje hatte die Augen geschlossen und atmete gleichmäßig. Die grauen Haare trug sie wie immer im Nacken zum Knoten gebunden, die Hände waren vor ihrem runden Bauch ineinander verschränkt, als würde sie beten. Ihre Lesebrille thronte noch auf ihrer Nase. Wie mein Vater war sie in diesem Haus geboren. Sie hatte ihre Eltern hier bis zu ihrem Lebensende gepflegt. So würden es auch meine Eltern mit ihr machen und später Martin mit ihnen. Manchmal fühlte ich mich schuldig, dass ich aus diesem Kreislauf ausgestiegen war, obwohl mir nie jemand einen Vorwurf gemacht hatte. Vorsichtig nahm ich ihr die Brille ab und legte sie auf den Couchtisch.

Daneben stand Merles leerer Rollstuhl. Meine kleine Schwester schlief friedlich auf dem Sofa. Sie hatte sich ihre geliebte Kuscheldecke bis zum Kinn gezogen und schnorchelte leise im Schlaf. Ich hätte ihr gern einen Kuss auf die Stirn gegeben, aber ich wollte sie nicht wecken. Also sah ich ihr einfach beim Schlafen zu und spürte, wie ich ruhig wurde. In ihrem feinen blonden Haar hatten sich Knötchen gebildet, die man nur schwer rauskämmen könnte. Als wäre sie nicht neunundzwanzig, sondern noch immer sechs.

Eine Zeit lang stand ich noch so da, dann schlich ich mich leise hinaus und brachte meine Tasche nach oben in mein altes Kinderzimmer. Im ersten Stock wohnten mittlerweile Martin und seine Frau Barbara. Sie hatten dafür gesorgt, dass das alte Reetdachhaus aus dem siebzehnten Jahrhundert in den vergangenen Jahren nach und nach renoviert worden war. Die Holzböden abgeschliffen, die alten Bauernmöbel mit modernen Teilen kombiniert, die Bäder mit neuen Fliesen, Duschwannen und Waschbecken versehen – alles im unteren Bereich barrierefrei. Auch mein Zimmer hatten wir vor ein paar Jahren ausgeräumt, es war nun ein Gästezimmer mit einem schlichten Bett, einem Schrank und einem Hometrainer, auf den Papa angeblich manchmal ging. Nur an den Wänden hingen noch die Fotos von früher. Merle, Martin und ich – am Strand, im Stall, mit Ponys und Katzenbabys. Ich liebte es, mir die Bilder anzuschauen und mich an den Moment zu erinnern, in dem sie geschossen worden waren. Etwas widerstrebend löste ich den Blick und sah auf mein Handy. Eine Nachricht von Toni: *Bin schon an unserer Stelle. Komm einfach, wenn du so weit bist.*

Ich packte meine Sonnenbrille und Sonnencreme ein und machte mich auf den Weg nach St. Peter-Ording.

Am Strand fand ich meine Freundin an unserem üblichen Treffpunkt zwischen dem Piraten-Kinderspielplatz und der Badeaufsicht auf einer Decke. Sie trug eins ihrer Surfergirl-Kleider, ihre blonde Zopfpalme flatterte im Sommerwind. Als sie mich sah, stand sie auf und kam mir lächelnd entgegen.

»Hey, Hamburgerin, wie geht es dir?«

Ich drückte sie. »Danke, ich bin gut angekommen, aber ich weiß noch nicht, ob es mit dem Job klappt. Und der Wohnungsmarkt …« Ich seufzte tief.

»Das kann ich mir vorstellen.«

Ich sah in Richtung Wasser, in dem heute keine Kitesurfer in die Luft sprangen, weil nicht genug Wind war. »Wollen wir ein Stück gehen? Ich hab so lange im Auto gesessen …«

»Klar, gern.« Toni griff nach der Decke, legte sie zusammen und verstaute sie in ihrem Rucksack.

Ich streifte meine Chucks ab, und wir liefen in Richtung Brandung. Toni war wie immer bereits barfuß, ihre braungebrannten Füße wirkten im fast weißen Pudersand noch dunkler als sonst. »Jetzt erzähl«, begann sie. »Warum hast du es dir anders überlegt mit Ecuador?«

»An dem Abend klang das alles super aufregend und wie der perfekte Ausweg«, sagte ich nun im Laufen zu ihr. »Aber als ich dann etwas darüber nachgedacht habe, wurde mir klar, dass ich mich jetzt erst mal um eine neue Stelle in Deutschland kümmern muss.«

Hier, ganz in der Nähe, hatten wir gesessen, auf der Decke, die sie gerade eingerollt hatte. Und ich hatte ihr mein Leid geklagt und dass ich nun endlich kündigen wolle. Und Toni hatte sofort glänzende Augen bekommen und mir erzählt, sie habe erst vor wenigen Tagen mit einem alten Surfer-Kumpel telefoniert, der eine kleine Praxis für Straßenkinder in Quito eröffnet habe. Er brauche bestimmt noch Unterstützung, sie würde ihn direkt anrufen. Ich müsse ohnehin mal raus, das wäre jetzt genau das Richtige für mich. In unserer übermütigen Sektlaune hatte ich den Zeitpunkt verpasst, ihr zu widersprechen.

Wir waren am Wasser angekommen, und Toni watete ein Stück hinein. »Ach Mann, schade. Ich halte es immer noch für eine Spitzenidee. Nicht nur, weil es eine gute Sache ist. Auch weil… Du warst noch nie wirklich weit weg von zu Hause.« Sie schirmte mit der Hand die Augen vor der Sonne ab. »Ich meine so weit, dass man nicht mal schnell in den Zug oder Bus oder ins Auto springen und nach Hause fahren kann.«

Ich folgte ihr ein Stück weit ins Wasser, und wir schlenderten mit den Füßen in der Nordsee an der Brandung entlang weiter. »Ich weiß, was du meinst. Aber ich glaube, das ist dein Weg, nicht meiner.«

»Du hast es ja noch nie probiert.« Ich spürte Tonis Vorsicht. Sie wusste, dass sie längst verloren hatte, aber es fiel ihr offenbar schwer, das zu akzeptieren.

»Ich will wirklich nach Hamburg, Toni«, sagte ich daher. »Ich möchte diese Stelle an der Uniklinik haben, und ich möchte endlich wissen, was gewesen wäre, wenn.«

Wir wichen ein paar Kindern aus, die im matschigen Sand buddelten. »Wenn was?«

»Wenn ich es mich damals schon getraut hätte.«

Toni blieb stehen und zwirbelte ihre Zopfpalme. »Ist es gerade nicht etwas völlig anderes?«

»Ja, natürlich. Aber es ist meine Chance herauszufinden, ob das passt mit mir und der Großstadt.«

»Also kein Ecuador?« Sie gab sich nicht so leicht geschlagen, das musste man ihr lassen.

»Kein Ecuador, zumindest jetzt nicht. Aber danke, dass du das für mich organisieren wolltest.«

Sie winkte ab. »Ich rufe Pablo nachher an.« Etwas leiser fügte sie hinzu: »Er wird enttäuscht sein.«

»Tut mir leid.« Ich wandte mich zum Horizont. Die Sonne war hinter einer Wolke verschwunden. Mit einem Mal lag der ganze Strand im Halbschatten, und es war mehrere Grad kühler. Ich sog die Luft ein, die nach Salzwasser roch. Wie oft würde ich das noch tun können, wenn ich die Stelle am Uniklinikum bekam? Als Neuzugang auf der Station wären mir alle Nacht- und Wochenenddienste gewiss. Meine Füße im Meer, die Nase im sandigen Wind – das würde ich vermissen. Oder war das gerade wieder mein innerer Schweinehund, der versuchte, mich auf ganz billige Weise zu boykottieren und mir einzureden, dass ich lieber hierbleiben sollte? Ich hatte das Gefühl dafür verloren.

Als wir weitergingen, sagte Toni, als könnte sie meine Gedanken lesen: »Ich wünsche mir für dich, dass du dich diesmal traust, es durchzuziehen.«

Beim Abendbrot war es laut. Wie immer bei uns. Bei der Stimmgewalt der Petersens mussten auch die Frauen, die in die Familie einheirateten, fast zwangsläufig mithalten können. Das galt auch für meine Mutter und Martins Frau Barbara. Was sich für Besucher vielleicht wie Streit anhörte, war schlicht unsere normale Betriebslautstärke. Gerade zum Beispiel erzählte Barbara von ihrem letzten 3D-Ultraschalltermin, und Omi unterbrach sie ständig mit erhobenem Zeigefinger, um anzumerken, dass es das früher alles nicht gegeben hatte.

»Ja, Omi, wissen wir, du bist noch auf Dinos geritten«, konterte Barbara und erzählte ungerührt weiter.

Martin und mein Vater riefen sich über die Köpfe der anderen zu, dass man den Traktor Montag besser zur Werkstatt bringen müsse. Meine Mutter, Merle und ich saßen dazwischen und hörten hauptsächlich zu. Merle wirkte heute schlecht gelaunt. Ständig stützte sie ihren Kopf in die Hände, pflückte lustlos an ihrem Schinken herum und wiederholte in ihrem typischen Singsang, dass sie gar nicht hungrig sei. Schließlich gab Mama klein bei und brachte sie ins Wohnzimmer vor den Fernseher.

Als sie zurück an den Tisch kam, fragte ich: »Was ist mit ihr?«

Meine Mutter massierte ihre Schläfen. »Sie hat ein neues Medikament bekommen. Ich glaube, es macht sie müde.«

Ich wollte nicht gegen den allgemeinen Geräuschpegel anschreien, daher beugte ich mich etwas zu ihr hinüber. »Oh, warum hast du das nicht mit mir abgesprochen?«

Ihr Blick wanderte von Barbara, die soeben ihr T-Shirt hochschob und zeigte, wo der nächste Petersen sie gerade getreten hatte, zu mir. »Du, Ina, wir sind bei Dr. Gezer in guten Händen.«

Ich kannte das. Als Ärztin in der Familie wurde man schon mal mitten in der Nacht wegen erhöhter Temperatur aus dem Bett geklingelt, aber die wirklich ernsten Sachen überließ man lieber den vermeintlich echten Profis.

»Schatz, lass Ina doch trotzdem mal auf die Packung schauen, kann ja nicht schaden«, mischte sich plötzlich mein Vater ein, der es offenbar irgendwie geschafft hatte, mit einem Ohr unserer Unterhaltung zu folgen. Er zwinkerte mir liebevoll über den Tisch hinweg zu. Gerret Petersen konnte die Bedürfnisse anderer gut erkennen – die von Frauen im Besonderen, was für meine Mutter in der Vergangenheit mitunter schwierig gewesen war, weil es dabei nicht immer um ihre ging.

Meine Mutter, die ihm trotz aller Fehltritte auch heute noch so ergeben war, dass es mitunter wehtat, warf ihm einen Luftkuss zu und holte die Tabletten.

Als ich wenig später Merle ins Bett brachte, war sie so müde, dass ich ihr aus den Kleidern und in den Schlafanzug helfen musste, auch wenn sie das eigentlich weitestgehend selbstständig konnte. Ich kuschelte mich neben sie ins Bett und las ihr aus *Gretchen Sackmeier* vor, unserem Lieblingsbuch. Ich hatte ihr schon öfter andere Bücher aus der Stadtbibliothek mitgebracht oder in einer Buchhandlung gekauft, aber jedes Mal, wenn ich hier war, zeigte sie auf diesen Band. Und jedes Mal schlief sie ein, wenn ich ihr daraus vorlas. Auch jetzt hörte ich sie leise und gleichmäßig an meiner Schulter atmen. Es war gut, dass ich in Hamburg nur wenige Zugstunden weg war und nicht am anderen Ende der Welt, dachte ich und spürte wieder, wie auch ich ruhig wurde.

Schließlich war Merle tief und fest eingeschlafen, und ich schlich auf Zehenspitzen hinaus und nach oben in mein Zimmer. Dort suchte ich ein paar Klamotten raus, die ich mit nach Hamburg nehmen wollte. Außerdem packte ich meinen gesamten Ordner mit Zeugnissen ein, sicher war sicher. Von unten hörte ich die Stimmen der anderen, die offenbar zusammen irgendeine Quizshow im Fernsehen anschauten und laute Kommentare abgaben. Irgendwie war mir gerade nicht danach zumute, mich zu ihnen zu setzen. Ich beschloss, einen kleinen Spaziergang zu machen und zu schauen, ob Toni noch Lust auf ein Schwätzchen zu später Stunde hatte. Ich wurde das Gefühl nicht los, dass sie es mir doch übel nahm, dass ich mich gegen Ecuador entschieden hatte, und hätte das gern mit ihr geklärt.

Leise zog ich unten die Tür ins Schloss. Die Außenbeleuchtung auf dem Hof sprang an und ließ mich zusammenzucken. Ich sah den grauen Schatten einer unserer Katzen in die Scheune flitzen, vermutlich einer Maus hinterher. Von unserer Campingwiese war Musik zu hören, in der Feuertonne flackerte rot-gelbes Licht. Drum herum standen ein paar Gäste. Die Luft war deutlich frischer als heute Nachmittag. Ich zog meine Jacke zu und lief auf den Deich. Oben blies mir der Wind noch stärker ins Gesicht. Keine Motorengeräusche, keine Stimmen, kein Autotürenknallen weit und breit. Ich hörte nur meine eigenen Schritte auf dem Deich und den Wind, wie er durchs Reet am Feldrand pflügte.

Der Hof von Tonis Eltern lag wenige Hundert Meter von unserem entfernt. Ein paar erleuchtete Fenster tauchten in der Dämmerung vor mir auf. Ich konnte mich gut daran erinnern, wie meine Eltern über unsere neuen Nachbarn geschimpft hatten: Öko-Weltverbesserer-Berliner, die meinten, sie wüssten, wie man es richtig macht. Die würden sicher nicht lange durchhalten mit ihren Ferienwohnungen in den alten Schweineställen, in denen es noch lange nach mehr Tier riechen würde, als es die meisten Urlauber ertragen konnten. Tonis Mutter hatte mir leidgetan, als sie mit ihrem im Fahrradkorb leicht zerbröselten Kuchen vor der Tür stand und sich vorstellte. Sie konnte ja nicht ahnen, dass ein Großteil von Mamas Eisigkeit daher rührte, dass mein Vater die neue Nachbarin so interessiert musterte, wie er das gern mal bei fremden Frauen tat. In diesem Fall verstand ich ihn, denn Petra war »besünners«, wie meine Omi Jantje gern sagte. Ein wenig exzentrisch und mit einem ganz eigenen verqueren Stil, auch heute noch, wo sie unter beginnender Demenz litt. Kein Wunder, dass meine Mutter, die immer mit ihrem Gewicht und um meinen Vater kämpfte, in ihr eine Bedrohung sah. Ich weiß jedenfalls noch, wie ich mich neben ihrer Tochter fühlte, als ich sie zum ersten Mal sah. Irgendwie klobig, als gäbe es uns hier auf dem Land nur eine Nummer gröber. Zu meinem Frust war Toni nicht nur bildhübsch – sie war auch noch richtig nett und bei allen beliebt. Ein weiterer Grund, warum ich sie immer eine Armeslänge auf Abstand gehalten hatte. Erst als Toni nach Jahren des Reisens als Erwachsene zurück in ihre Heimat kam und alle alten Teenager-Konkurrenzkämpfe lange hinter uns lagen, hatten wir uns richtig kennengelernt und angefreundet. Bis vor Kurzem hatten wir sogar ein gemeinsames Bandprojekt mit unserem Kumpel Andy gehabt, aber der war jetzt zu seiner Freundin gezogen, und Toni pendelte zum Studieren nach Flensburg. Damit war die Sache leider eingeschlafen. Ich bedauerte das, denn es hatte mir großen Spaß gemacht.

Ich war nun fast am Hof von Tonis Familie angelangt und konnte schon die Schafe in ihrem Verschlag auf der Weide hören. Ein Esel reckte seinen Kopf über ein Gatter. In zwei der Ferienwohnungen brannte noch Licht. Das schwere Tor zum Hof stand offen, und ich ging am Haupthaus vorbei. Durchs Fenster sah ich Petra am Tisch sitzen. Bestimmt handwerkte sie wieder etwas. Seit der Demenzdiagnose sah ihre Familie ihre mitunter wagemutigen Basteleien kritisch, aber für mich war sie noch immer die energische Person, die meiner Mutter so lange zerbröselten Kuchen gebracht hatte, bis die keine Bedrohung mehr in ihr sah. Mama hatte neulich erzählt, Petra besuche mehrmals wöchentlich einen tollen Heilpraktiker und es läge nur an den Bachblüten, die er ihr verschrieb, dass ihr Verlauf bisher so leicht war. Als Medizinerin hatte ich gelernt, in solchen Momenten milde lächelnd zu schweigen.

Ich lief über die Wiese auf den alten Schuppen zu, in dem Toni schon als Jugendliche gewohnt hatte. Auch jetzt, da sie studierte, kam sie regelmäßig und half ihren Eltern und ihrer Schwester Caro, die mit ihrer Familie ebenfalls hier lebte, auf dem gemeinsamen Kinderhof. Ich sah, dass auch bei Toni noch Licht brannte, und wollte schon klopfen, da hörte ich meine Freundin lachen und dann eine Männerstimme. Das war bestimmt ihr Freund Florian, der mittlerweile in Flensburg als Lehrer arbeitete und oft mit ihr gemeinsam am Wochenende hierher pendelte. Jedes Mal, wenn ich die beiden zusammen sah, dachte ich nicht ohne Neid, dass sie aussahen wie aus einer Surfklamotten-Kampagne.

Ach schade, dachte ich, Toni hatte offenbar heute keine Zeit mehr. Auf keinen Fall wollte ich die zwei stören. Einen Moment stand ich noch da und blickte auf die Schafswiese. Dann machte ich kehrt. Ich würde bald wieder hier sein, und bestimmt hätten wir noch einmal die Möglichkeit, in Ruhe darüber zu reden. Und wer weiß, vielleicht hatte sie das Ganze auch längst abgehakt, und ich machte mir zu viele Gedanken. Ich steckte die Hände in die Jackentaschen und machte mich auf den Weg zurück durch die sich immer schneller herabsenkende Dunkelheit. Dabei fiel mir ein, was Toni über Hamburg gesagt hatte. Dass sie hoffte, ich würde mich diesmal trauen, es durchzuziehen. Das hoffe ich auch, dachte ich und stemmte mich mit jedem Schritt dem Wind entgegen.

7

Zum Familienessen gab es wie jeden Sonntag einen Schweinebraten, den meine Omi zubereitete. Seit dem Tod meines Opas vor einigen Jahren saß sie eigentlich die meiste Zeit des Tages mit einer Wolldecke über dem runden Bauch in ihrem Schaukelstuhl und blätterte in Illustrierten. Doch an Sonntagvormittagen kam Leben in sie. Stundenlang werkelte sie in der Küche und warf jeden raus, der ihr beim Übergießen des Fleisches oder beim Schälen der Kartoffeln helfen wollte. Wenn wir dann alle um den Tisch saßen und ihr Essen lobten, unterdrückte sie ein stolzes Lächeln und winkte unsere Komplimente mit dem Hinweis ab, dass sie eigentlich zu alt sei, um für so viele Leute zu kochen.

Papa half gerade Merle, ihr Fleisch klein zu schneiden, als Omi mich von der Seite ansah. Etwas in meinem Nacken versteifte sich, denn ich wusste genau, was nun kam. Sie justierte den Knoten in ihrem Nacken. »Mien Kind, wann darf ich mal wieder für einen Fründ von dir kochen?«

Ich setzte mich etwas aufrechter hin. »Ich bringe sicher bald mal Filiz aus Hamburg mit.« Aus dem Augenwinkel sah ich, wie Barbara Martin einen Blick zuwarf.

»Die kenne ich schon.« Omi klang ungehalten, weil ich ihr auswich.

Meine Mutter legte ihr eine Hand aufs Knie. »Komm schon, Omi, lass sie mal in Ruhe essen.«

Papa schob Merle ihren Teller hin, die fröhlich begann, die Fleischstücke mit der Gabel aufzupiksen. Sie wirkte heute zum Glück deutlich wacher als gestern.

»Ina Marie Petersen.« Omi tupfte sich mit ihrer Serviette über den spitzen Mund. »In deinem Alter hatte ich drei Kinner.«

Mein Vater stöhnte laut. »Mutti, ernsthaft? Jetzt lass bitte das Kind in Ruhe essen, sonst kommt sie uns bald gar nicht mehr besuchen.«

Egal wie alt man wurde, dachte ich. Hier war ich noch immer »das Kind«. Barbara und Martin schmunzelten in ihr Essen hinein. Schön, dass zumindest die zwei ihren Spaß hatten.

»Schon gut, Papa«, lenkte ich ein und nahm mir etwas vom Braten. »Es geht mir bestens, Omi, du musst dich nicht um mich sorgen.«

Meine Omi zerdrückte grummelnd mit der Gabel ihre Salzkartoffeln. Mein Vater versuchte, das Gespräch auf die aktuellen Camper zu lenken, für die er heute Abend Marshmallows am Lagerfeuer grillen wollte. Meine Mutter erhob sich und füllte die Schale mit Kartoffeln auf. Ich spürte unter dem Tisch Merles kalte Hand, die nach meiner tastete. Ich sah zu ihr, und sie zwinkerte mir verschmitzt kauend zu. Ich drückte ihre Hand und zwinkerte dankbar zurück.

Auf dem Rückweg waren Sebastian und ich deutlich schweigsamer als auf dem Hinweg. Wir hingen vermutlich beide unseren Gedanken nach. Ich dachte an Merle, die mich beim Abschied gar nicht mehr loslassen wollte. An Omi, die mir mitleidig mit ihren knochigen Fingern die Wange getätschelt hatte.

Ich sah rüber zu Sebastian, dessen Augenbrauen ernst zusammengeschoben waren, als ob auch er über etwas nachgrübelte.

»Wie geht es deiner Familie?«, fragte ich.

»Muss ja«, antwortete er. »Mein Bruder modernisiert gerade den Hof, da gibt es manchmal Konflikte mit meinen Eltern und Großeltern.«

Ich nickte. Das kannte ich von Martin, der schon länger dafür plädierte, sich nach der Aufgabe unserer Viehwirtschaft auch vom Ackerbau zu verabschieden und sich rein auf den Tourismus zu konzentrieren. Sein Vorschlag, Alpakas anzuschaffen, hatte neulich für handfesten Streit gesorgt. »Ist ihnen dein Leben in Hamburg fremd?«, fragte ich Sebastian.

Er zuckte mit den Schultern. »Na ja, meine Oma erkundigt sich jedes Mal, wann ich heirate.«

Ich drehte mich überrascht zu ihm. »Meine auch!«

Er nahm eine Hand vom Steuer und rieb sich über die Stirn. »Aber ich glaub, die sind auch stolz auf mich. Mein Vater sagt immer, wenn er mich jemandem vorstellt: Das ist mein Jüngster, er hat studiert und lebt in Hamburg.«

Ich lachte. »Das ist bei mir auch so. Mein Vater erzählt jedem, dass ich Ärztin bin, ob er es hören will oder nicht.«

»Zu Recht.« Er warf mir einen kurzen Blick zu. »Das ist so ziemlich der respekteinflößendste Beruf, den ich mir vorstellen kann.«

Ich wusste, was er meinte, dennoch fragte ich aus reiner Verlegenheit: »Warum?«

»Na ja, was könnte man Sinnvolleres tun, als Menschenleben zu retten?«

Der Satz klang in mir nach, als er mich abgesetzt hatte und ich mit meiner Tasche über der Schulter durch die Schrebergartensiedlung ging. Es war früher Abend, und in den Gärten saßen hier und da noch Familien an Biertischgarnituren. Grillgeruch stieg mir in die Nase. Eine Hummel flog summend vorbei und verschwand in Richtung einer üppig blühenden Magnolie, deren Äste über einen Zaun ragten. Ich bückte mich und sammelte eine heruntergefallene Blüte auf. Rosé-weiß gemasert schimmerte sie in meiner Hand. Ja, dieser Job sollte mir das Gefühl geben, etwas Sinnvolles zu tun. Warum nur hatte ich in den vergangenen Jahren so oft damit gehadert? Mich so oft gefragt, ob es das Richtige für mich war? Ob ich den Anforderungen gewachsen war? Ob ich doch etwas ganz anderes hätte machen sollen und damit zufriedener gewesen wäre? Etwas, bei dem Fehler im Zweifel keine Frage von Leben und Tod waren. Hatte ich das Medizinstudium nur aus einem alten Versprechen meiner kleinen Schwester gegenüber durchgezogen? Verdiente ich die Bewunderung, die ich offenbar in manchen hervorrief, wenn ich sagte, was mein Beruf war? Sollte er nicht wirklich eine Berufung sein, wie die Leute so oft behaupteten?

Ich lief zwischen den Gärten hindurch und überlegte, ob Sebastian sich heute Abend nach dem bei seiner Familie bestimmt ebenso üppigen Sonntagsessen nur noch einen grünen Smoothie gönnen würde. Über diesen Gedanken musste ich schmunzeln. Er war wirklich schräg, aber eigentlich ganz nett, wenn man ihn erst mal ein bisschen näher kennengelernt hatte. Er hatte sogar am Ende gefragt, ob wir Nummern austauschen wollten. Falls er demnächst noch einmal nach Hause fuhr und ich mitkommen wollte.

Als ich das Tor der Parzelle aufschloss, entdeckte ich Esther, die in der Hängematte lag. Ich seufzte innerlich, da ich nach dem Tag bei meiner Familie gerade das Bedürfnis nach Ruhe verspürte. Sie hatte dicke Kopfhörer auf den Ohren und war so in die Musik versunken, dass sie mich gar nicht bemerkte. Ich beschloss, erst mal meine Tasche in die Laube zu bringen. Dabei streifte mein Blick den Tisch auf der Veranda. Darauf lag nichts. Nicht mal der Stein, mit dem ich meine Zettel beschwerte. Zu meiner Überraschung spürte ich, dass ich enttäuscht war.

Als ich wieder herauskam, hatte Esther sich aufgesetzt und winkte mir zu.

Ich ging zu ihr hin.

»Kann ich mich setzen?«

Sie nickte und schob die Kopfhörer herunter, sodass sie nun um ihren Hals klemmten. Irgendwie wirkte sie angeschlagen.

Ich setzte mich zu ihr auf den Rand der Hängematte. »Habt ihr wieder gefeiert?«

Sie strich sich durch den kurzen Pony. »Nein, ich schlafe nur gerade schlecht. Wegen der Diss und … ach.«

Der dünne Stoff ihres Kleides klebte an meinem Oberschenkel. Ich versuchte, ein Stück wegzurutschen. »Liebeskummer?«

»Ja.«

»Der Tinder-Typ?«

»Hm.«

»Darf ich fragen, was schiefgelaufen ist?«

»Ach.« Sie seufzte so tief, dass ihr schmaler Körper bebte. »Ich dachte, wir sind seelenverwandt. Ich hätte niemals vermutet, dass ich mit einem Mann solche Gespräche führen könnte wie mit ihm. Nicht persönlich natürlich, aber wir haben geschrieben, dauernd.«

Ich ließ mich ein Stück zurücksinken. Über den Abendhimmel flog eine Formation Gänse. »Und dann hat er sich plötzlich nie wieder gemeldet?«

»Woher weißt du das?«

»Och, das hab ich selbst schon erlebt.«

Sie sah mich überrascht an. Alles an ihr wirkte irgendwie grazil, sogar die dunklen Schatten um ihre Augen. »Tinderst du auch?«

Ich zog die Nase kraus. »Ne. In Husum, wo ich bisher gewohnt habe, konnte das schnell unschön werden. Da hast du dich durch die Männer gewischt, und vier von zehn kamen aus deinem näheren Bekanntenkreis. Zwei davon verheiratet.«

»Das ist hier auch so.« Sie wickelte sich das Kabel ihrer Kopfhörer um den Finger. »Weißt du, ich halte mich für sehr unabhängig, ich bin wirklich nicht auf der Suche nach einem Mann.«

Der raue Stoff der Hängematte rieb an meinen Ellenbogen. »Das glaub ich dir.«

»Ist echt so«, unterbrach sie mich. »Aber… aber manchmal ertappe ich mich dabei, dass ich Sehnsucht nach jemandem verspüre, der abends im Bett meine Füße wärmt. Jemandem, der sich für alles interessiert, was ich zu erzählen habe, einfach nur, weil ich sein Mensch bin. So entsetzlich altmodische Sachen.«

»Liebe?«, fragte ich vorsichtig, aber es klang eher wie eine Feststellung.

Sie schluckte laut. »Ja, vielleicht. Ich hab echt zu viele romantische Komödien gesehen in meiner Jugend, fürchte ich.« Erstmals seit ich sie kannte, wich die Beherrschtheit aus ihrem Gesicht. Schlagartig sah sie so verletzlich und jung aus, dass sich Große-Schwester-Gefühle in mir regten.

Ich wünschte, ich hätte ihr berichten können, dass das bei mir mit Ende zwanzig auch so war und dass sich das ein paar Jahre später ändern würde. Dass diese Wünsche sich verflüchtigten und man realistischere Vorstellungen bekam. Aber ich wollte nicht lügen und erwiderte daher: »Du bist auch nur ein Mensch. Die meisten von uns sind eben Rudeltiere.« Ich wies auf ihre Kopfhörer. »Was hörst du da?«

Sie wich meinem Blick aus. »Irgendeine Playlist von Vicky.«

»Wieder hauptsächlich Songs von wütenden Frauen?«

Sie zog die langen Beine an ihre Brust, sodass sie fast ganz unter ihrem Kleid verschwanden. »Eher nicht.«

»Verstehe.«

»Manchmal will ich nicht mehr wütend sein. Manchmal will ich traurig sein.«

»Kenne ich.« Ich blickte zur Laube und musste daran denken, wie meine Mutter früher, wenn ich traurig war, mit mir zum Strand gefahren war und wir uns Pommes geholt hatten. »Hast du Hunger?«, fragte ich. »Ich habe noch Pasten und Fladenbrot von Ayda.«

Esther schob das Kinn in ihren Kleidkragen. »Sind die vegan?«

Ich zuckte mit den Schultern.

»Hm, 'kay.« Sie schwang die Beine aus der Hängematte, stand auf und lief vor mir her in Richtung Veranda.

Wir unterhielten uns noch ziemlich lange, während wir Fladenbrotfetzen in Pasten tunkten. Esther erzählte mir von den philosophischen Nachrichten, die sie mit Ted, ihrer unglücklichen Tinder-Liebe, ausgetauscht hatte, von ihrer Dissertation und ihrer Familie, in der die meisten einen Doktortitel besaßen und ihre gesellschaftliche Verantwortung sehr ernst nahmen. Überraschung! Irgendwann spürte ich, dass ich müde wurde. Was auch Esthers feinen Antennen offenbar nicht entging, denn sie sagte plötzlich ziemlich unvermittelt: »Ich mach mich dann mal auf.« Sie streckte ihren langen Körper. »Soll ich dir noch spülen helfen?«

»Nein, lass mal.«

Sie drückte mich. »Danke. Fürs Essen und so.«

»Gern.«

Als sie schon auf den Rasen getreten war, fiel ihr noch etwas ein: »Ach, da lag ein Zettel, ich glaube, der ist für dich, den hab ich reingelegt.«

Ich horchte auf. »Ah. Wohin?«

»Aufs Bücherregal, ich hatte vorher auf dem Tisch meine Unterlagen ausgebreitet.«

Als ich ihre leisen Schritte jenseits des Gartentors auf dem Schotter hörte, ging ich rein. Und tatsächlich, auf dem Bücherregal lag mein Stein und darunter ein frischer Zettel, der nicht aus meinem Notizbuch stammte. Darauf stand:

Willkommen zurück.
Du bist eingeladen:
Morgen 19 Uhr.
Parzelle 345, zweimal links, einmal rechts.
Du brauchst nichts mitzubringen, außer guter Laune.

8

Auf der Inneren Station des Universitätsklinikums Eppendorf war nicht mehr viel los, als ich am Montagabend über die Gänge lief. Lediglich eine späte Besucherin kam mir mit einem Blumenstrauß entgegen, zwei Schwestern unterhielten sich vor der Kaffeeküche, ein Pfleger schob einen Tropfständer vor sich her in ein Patientenzimmer. Alles wirkte freundlich und modern. Würde ich hier bald arbeiten?

Ich hatte das Kleid angezogen, das Filiz umgeschneidert hatte, und ordentlich Kajal aufgelegt, obwohl ich wusste, dass das albern war. Ich gab nur ein Zeugnis ab, das ich vorhin im Copyshop kopiert hatte. Aber es war eben Tim, dem ich es überreichte. Als ich das Büro mit seinem Namen an der Tür fand, schluckte ich einmal und rollte die Schultern zurück. Die Tür war nur angelehnt. Ich löste meinen Blick vom Linoleumboden und klopfte an. Die Tür gab nach und öffnete sich langsam. Tim saß hinter seinem Schreibtisch, vertieft in irgendwelche Papiere. Ich ging einen Schritt vor und klopfte erneut. »Tim?«

Er hob den Blick. Als er mich sah, zog ein Strahlen über sein Gesicht, das mich augenblicklich ansteckte.

»Ina, wie schön, komm rein.« Er stand auf, ging um den Schreibtisch herum und war mit zwei Schritten bei mir. Dann umarmte er mich auf diese besondere Weise, wie nur wenige Menschen es tun. Kein angedeutetes, zaghaftes Tätscheln, sondern ein echtes, festes In-den-Arm-Nehmen, mit dem er mich fast von den Beinen geholt hätte. Als er mich wieder losließ, hatte ich das Gefühl zu glühen.

»Du siehst toll aus«, sagte er und strahlte mich offen an. »Hast du am Wochenende das gute Wetter genossen?«

»Ich …« Wohne in einem Garten. Habe gerade nichts zu tun, außer in der Erde zu wühlen. »… war am Wochenende zu Hause an der Nordsee.«

»Wie schön! Komm, setz dich.« Er wies auf den Besucherstuhl, schob ein paar Akten beiseite und ließ sich auf der Schreibtischkante nieder. »Erzähl, wie ist es dir ergangen die letzten Jahre? Ich will alles wissen.«

Ich stockte. Wo sollte ich beginnen? Bei meiner absurden Entscheidung, damals nicht hier anzufangen, sondern in einem Regionalkrankenhaus, was sich als Riesenfehler entpuppt hatte? Oder bei meiner überstürzten Kündigung vor ein paar Wochen und der anschließenden Umzugs-Kurzschlussreaktion, die mich nun auf den Stuhl vor seinem Schreibtisch geführt hatte? Eher nicht.

Doch Tim redete weiter, bevor ich anfangen konnte, ihm irgendwelche Lügen aufzutischen. »Weißt du, was, ich habe eine Idee. Hast du … Hast du vielleicht auch Hunger? Wollen wir, was meinst du, wollen wir uns was holen und bei dem schönen Wetter irgendwo raussetzen, ich bin hier seit heute früh um sieben, und... ich würde gern mal den Himmel sehen, bevor es dunkel wird, also...«

»Klar«, hörte ich mich laut sagen. »Gern, ich habe großen Hunger, ehrlich gesagt.«

»Perfekt.« Er war bereits dabei, seinen Arztkittel auszuziehen. Darunter kam ein weißes T-Shirt zum Vorschein, das noch immer erahnen ließ, warum ein amerikanischer Highschool-Coach ihn während seines Austauschjahres in seine Football-Mannschaft berufen hatte. Nur um dann festzustellen, dass der Deutsche zwar das breite Kreuz besaß, aber leider zu harmoniebedürftig für diesen Sport war. Es waren kleine Geschichten wie diese, die Tim irgendwann einmal erzählt hatte und die ich niemals vergessen würde. Ich kannte noch seinen Lieblingssong als Jugendlicher (»Under the Bridge« von den Red Hot Chili Peppers), den Namen seiner ersten Freundin an seiner Schule in Hamburg-Ottensen (Mara, sie brach ihm wegen eines kiffenden Franzosen das Herz) und wusste, wann er festgestellt hatte, dass sein Haar sich an der Stirn bereits lichtete, woraufhin er beschlossen hatte, es raspelkurz zu rasieren (mit vierundzwanzig).

Er verschwand hinter einem Paravent und kam mit Oldschool-Adidas-Trainingsjacke und Käppi zurück. Ich erinnerte mich daran, wie überrascht ich gewesen war, als ich ihn erstmals so cool und leger in Zivil gesehen hatte. »So, auf geht's«, sagte er, zog den Reißverschluss der Jacke zu und schulterte einen bereits ziemlich abgewetzten Trekking-Rucksack.

Fast hätte ich vergessen, warum ich hier war, aber im Türrahmen fiel es mir wieder ein. »Das Zeugnis …«

Tim stoppte und schob die Kappe zurecht. »Ja, Mensch, stimmt, das hätte ich fast verbaselt vor lauter Wiedersehensfreude, entschuldige.«

Ich kramte in meiner Tasche nach der Klarsichtfolie und reichte sie ihm. Während er das Papier überflog, blieben meine Augen an dem schlichten Ehering an seiner Hand hängen. Obwohl ich wusste, dass er verheiratet war, versetzte mir der Anblick zu meiner Überraschung einen Stich.

Tim schaute auf. »Super, das ist perfekt, war nur pro forma, du kennst ja die Regularien.« Er legte mein Zeugnis auf den großen Stapel Akten auf seinem Tisch. Angesichts der Unordnung schwand meine Verwunderung darüber, dass die erste Kopie verloren gegangen war. Anschließend schob er mich vor sich her aus dem Raum und den Gang hinunter. Es war mir schon damals aufgefallen, dass er sich anders bewegte, wenn er den Arztkittel abgelegt hatte. Als fiele damit ein Stück seiner Seriosität von ihm ab. Das hatte sich also auch mit über vierzig nicht geändert.

Offenbar bemerkte er meinen Blick, denn er sagte schmunzelnd: »Im Gegensatz zu dir bin ich gealtert, ich weiß.«

»Das ist es ja.« Ich wurde schon wieder rot. »Du siehst aus wie immer.«

Er lehnte sich zu mir, legte seinen Arm um meine Schultern und zog mich lachend an sich. »Vielen Dank. Ich wusste doch, dass es mir guttun würde, dich zu treffen.«

Wie entspannt Tim mit körperlicher Nähe umging. Wie unbefangen er war, als wären wir alte Kumpel. Mit mir, seiner ehemaligen Praktikantin, seiner vielleicht baldigen Mitarbeiterin. Auch in diesem Punkt hatte er sich gar nicht verändert.

Wir verließen die Station und liefen an den anderen Abteilungen vorbei in Richtung Ausgang. Tim behielt seinen Arm die ganze Zeit auf meiner Schulter. Was, wenn Julia Schäfer uns sah?, dachte ich und warf ihm einen verstohlenen Seitenblick zu. Er war nicht viel größer als ich, aber kräftiger, was mir das seltene Gefühl gab, zart zu sein. Erst am Haupteingang ließ er mich los und schob mich raus in die milde Abendluft.

»Bist du mit dem Rad da?«, fragte er.

Ich nickte.

»Umso besser.«

Tim steuerte auf ein Hollandrad ohne Stange zu, an dem ein Helm angeschlossen war. Er tauschte ihn gegen sein Käppi, das er im Rucksack verstaute. Ich holte ebenfalls mein Rad, dann machten wir uns auf den Weg.

In gemütlichem Tempo fuhr er vor mir her durch die Straßen von Eppendorf. In den Restaurants am Straßenrand wurden an diesem sonnigen Montagabend Tapas-Platten und Drinks mit Gurkenscheiben serviert.

Wir waren etwa zehn Minuten unterwegs, als Tim

sein Rad in einer Seitengasse an einer Laterne parkte. »Ich habe dich nicht gefragt, ob du das hier magst, weil ich mich daran erinnere, dass du eine Allesesserin bist.« Er nahm den Helm ab und schloss ihn mit an, zog sein Käppi aus dem Rucksack und setzte es wieder auf. »Ich hoffe, das gilt noch. Du warst eine der wenigen Frauen, mit denen ich ohne Schuldgefühle in die Kantine gehen konnte.«

Ich spürte, wie mir ein warmer Schauer den Rücken hinunterlief. Er erinnerte sich auch.

Ich sperrte mein Rad ebenfalls ab und folgte ihm zum offenen Fenster eines Imbisses, aus dem es nach Bratfett und Kreuzkümmel roch. »Vertraust du mir bei der Auswahl?«, fragte Tim und zog sein Portemonnaie aus der Gesäßtasche. »Du bist auch eingeladen.«

Ich winkte ab. »Ne, komm, das brauchst du nicht…«

Er grinste. »Du bist beim nächsten Mal dran. Pils dazu?«

Ich nickte dankbar und wartete etwas abseits. Es hatte sich eine kleine Schlange vor dem Laden gebildet. Tim unterhielt sich mit einem jungen Pärchen, das hinter ihm wartete. Ich konnte nicht verstehen, was er sagte, aber sie lachten laut.

Kurz darauf kam er mit zwei in Alufolie gewickelten Päckchen zurück, reichte mir die beiden Pilsflaschen, die er unter den Arm geklemmt hatte, und sagte: »Drei Straßen weiter können wir uns hinsetzen.« Im Gehen wies er mit dem Kinn über die Schulter. »So lustig, die Leute kenne ich von der Hundewiese.«

»Hast du einen Hund?«

»Ja, seit ein paar Jahren. Ich hab mich zuerst mit Händen und Füßen dagegen gewehrt, aber mittlerweile gehört er zur Familie.«

»Was für eine Rasse?«

Er fing an zu grinsen. »Eine kleine Bulldogge, aber wir haben nicht ihn ausgesucht, sondern er uns. Lange Geschichte. Er hat ein ausgesprochen gewinnendes Wesen, wirst sehen, wenn ich ihn dir mal vorstelle.«

Als wir um die nächste Ecke bogen, schien mir die Sonne ins Gesicht. Vor uns schimmerte Wasser. Wir waren an der Außenalster angelangt. Tim steuerte auf den Rasenstreifen am Ufer zu. Er zog seine Trainingsjacke aus, legte sie auf den Boden und sagte: »Sie hatten reserviert?«

»Eigentlich nicht«, erwiderte ich lachend. »Ich bin eher so der Rasentyp.« Ich machte es mir auf dem Boden bequem, und er schob lachend die Jacke zur Seite. Dann setzte er sich neben mich.

»Ich hatte kurz vergessen, wie herrlich unkompliziert du bist.«

Tim verhielt sich, als würden wir das jede Woche machen. Als würden wir seit zehn Jahren gemeinsam in die Kantine gehen, durchs abendliche Hamburg laufen, Persönliches miteinander teilen.

Kritisch beäugte er die Alupäckchen in seiner Hand. »Welches war jetzt extrascharf? Da wollte ich lieber kein Risiko eingehen.« Er fand eine schwarze Markierung und reichte mir das andere. »Lass es dir schmecken, ist eine Art Hipsterdöner mit allerlei Gemüse und so.«

Wir stießen mit dem Pils an und wickelten die gerollten Teigfladen aus, die herrlich würzig dufteten. Ich biss hinein und schmeckte eingelegtes Gemüse, Hummus und eine andere, schärfere Paste heraus. Es war gar nicht so leicht, das hier zu essen, ohne dass dabei Krautsalatstreifen herausfielen oder Soße auf dem Kinn landete. Richtig aufs Essen konzentrieren konnte ich mich ohnehin nicht, weil Tim so nah neben mir saß, dass sein Bein zwischendurch meins streifte. Um uns herum setzten sich immer mehr Menschen ans Ufer und schauten auf die Skyline von Hamburg. In das Blau des Himmels mischten sich Rottöne. Das Wasser plätscherte sanft gegen die Steine am Ufer. Ein Schwan glitt majestätisch an uns vorüber, als würde er sein Volk begrüßen, das einzig und allein gekommen war, um ihn zu bewundern. Ich hatte erst wenige Bissen verspeist, da wischte Tim bereits seine Finger an der Serviette ab. Unauffällig wickelte ich den Rest der Rolle wieder ein und ließ ihn in meiner Tasche verschwinden. Den würde ich lieber später unbeobachtet aufessen. Tim tippte auf sein Handy ein und schaute erst auf, als auch ich meine Hände säuberte.

»Und?« Er steckte das Handy wieder weg. »Hat es dir geschmeckt?«

»Köstlich.« Ich zerknüllte die Serviette und ließ sie ebenfalls in meiner Tasche verschwinden. »Du hast nicht zu viel versprochen.«

Tim sah wieder auf die Alster, auf der die Segelboote im sanften Wind fuhren. »Wie kam das eigentlich?«, fragte er unvermittelt. »Erzähl, was hat dich jetzt doch noch hierher getrieben?«

Ich schluckte. Ein Teil von mir schrie geradezu danach, ihm alles zu erzählen, die ganze Wahrheit. In seiner Gegenwart neigte ich dazu, jegliche Vorsicht zu vergessen, aber ich musste mich beherrschen. Er war schließlich immer noch der Mann, der maßgeblich darüber entschied, ob ich einen ziemlich vielversprechenden Job bekommen würde.

»Du musst dir da übrigens keine Sorgen machen«, fügte er hinzu, als könne er meine Gedanken lesen. »Wir sind heute Abend als Freunde hier, ich kann das trennen.«

Ich hob den Blick und sah ihm in die Augen. »Ich weiß ehrlich gesagt nicht, ob ich das kann.« Meine Stimme klang belegt.

Sein Gesichtsausdruck wurde ernster. »Das …« Er rückte seine Kappe zurecht. »Das verstehe ich. Ich kann dir nur versichern, dass ich es kann. Den Rest musst du entscheiden.«

Ich sah zu dem Schwan hinüber, der nun von zwei jungen Frauen gefüttert wurde. »Ich brauchte einen Tapetenwechsel. Du weißt ja, dass ich schon lange mit dem Gedanken spiele, nach Hamburg zu ziehen.«

Tim strahlte nun wieder. »Ich habe immer gehofft, dass wir noch einmal miteinander arbeiten.«

Ich versuchte vergeblich, seinem Blick standzuhalten, und scheiterte doch noch im letzten Moment, worüber ich mich insgeheim ärgerte. »Ich auch.«

Das Piepen von Tims Handy rettete mich. »Entschuldige.« Er zog es wieder hervor. »Meine Frau schreibt wegen der Übergabe von Murmel.«

Ich sah ihn fragend an.

Er lachte. »Murmel ist unsere Bulldogge.«

Ein paar Möwen flogen über unsere Köpfe, mitten in der Stadt. »Ah.«

»Katrin hat gerade den Hund, die nächsten Tage übernehme ich.« Er tippte wieder etwas in sein Handy.

»Murmel.« Ich schüttelte grinsend den Kopf.

»Wenn du ihn kennenlernst, wirst du verstehen, warum er so heißt«, sagte Tim noch im Tippen und ließ das Handy dann wieder verschwinden.

»Wieso Übergabe?«, traute ich mich zu fragen.

Tim rieb sich über den Dreitagebart. »Du erinnerst dich, dass Katrin schreibt?«

Ich nickte.

»Sie sitzt gerade an ihrem neuen Roman und hat sich eine Wohnung genommen, sie brauchte etwas Raum für sich. Und der Hund muss jetzt wie ein Scheidungskind hin und her.« Er lachte, aber seine Augen erzählten eine andere Geschichte.

Der Schwan war vor uns ans Ufer geklettert und streckte seine weiten Flügel aus. »Sie ist eine tolle Autorin, ich habe mal etwas von ihr gelesen.« Es war reine Verlegenheit, und ich bereute sofort, nicht den Mund gehalten zu haben.

»Ja, sie ist…« Er blickte in Richtung des Schwans. »Sie ist toll, da hast du recht. Ich habe großes Glück.« Er rückte seine Kappe zurecht. »Was meinst du, gehen wir noch ein Stück?«

»Gern.«

Wir schlenderten an der Alster entlang, den Blick aufs schimmernde Wasser gerichtet. Das Gefühl, neben Tim herzugehen, als wären wir ein Paar, war eine weitere Erinnerung, die ich in mir hütete. Damals, mit Anfang zwanzig, als ich seine Praktikantin war und er zehn Jahre älter, der Assistenzarzt, mein Vorbild. Es hatte sich schon einmal so angefühlt, als wäre da mehr zwischen uns. Ich versuchte, mein Herz daran zu erinnern, wie die Sache ausgegangen war, aber es rannte bereits voraus, wie ein junger Hund, dem jemand einen Stock wirft.

Viel zu schnell waren wir wieder bei unseren Rädern. Viel zu schnell hatte er seines aufgeschlossen, das Käppi gegen den Helm getauscht, doch dann sagte er: »Komm, ich schiebe noch mit bis zu dir. Wohin müssen wir?«

Ich nannte ihm Filiz' Adresse in der Jarrestadt, und er sah in seinem Handy nach. »Ach, da ist das, tolle Ecke hast du dir ausgesucht.«

Wir schoben die Räder durch Straßen voller Altbauvillen. Immer wieder mussten wir kleine Brücken überqueren, unter denen das Wasser leise gluckerte. Wie ich diese Stadt liebte!

Irgendwann sagte Tim: »Es tut mir leid, dass ich es

nicht geschafft habe, den Kontakt zu dir zu halten.« Er sah mich ernst an. »Ich hätte dir ein besserer Freund sein sollen.«

Und das war der Moment, in dem ich mir wieder sicher war: Die Blicke an den Spinden, die maximal ausgedehnten Mittagspausen am hintersten Tisch der Cafeteria, bei denen wir über alles sprachen, bei denen es noch keine Geheimnisse gab und ich ihm alles offenbarte – das war Freundschaft. Alles andere war nur in meinem Kopf. Ich spürte, wie mir das Herz schwer wurde, und sagte: »Es lag an uns beiden.«

»Na ja.« Tim seufzte tief. »Ich hatte versprochen, dir eine Art Mentor zu sein, ich wollte dich unterstützen, aber irgendwie war ich damals zu sehr mit mir selbst beschäftigt. Und dann hast du dich für Husum entschieden. Und ich habe Katrin getroffen.«

Andersherum, dachte ich. Du hast Katrin getroffen. Auch deswegen habe ich mich für Husum entschieden.

Er sah vor sich auf den Gehweg, der inzwischen von den Straßenlaternen beleuchtet wurde. »Tja, und irgendwie kam dann das Leben dazwischen.«

Das Leben. Und Katrin. Und Dirk. Und meine unerwiderten Gefühle.

»Jetzt, wo ich dich wiedersehe, tut mir das leid.« Er blieb stehen. Das Licht der Laterne schien so auf seinen Helm, dass sein Gesicht halb im Schatten lag. »Nicht weil du mich gebraucht hättest, natürlich nicht. Aber …« Ich konnte nur ahnen, dass er den Blick senkte. »… ich glaube, ich hätte dich zwischendurch gebraucht.« Er lachte unsicher, als wäre ihm diese Aussage plötzlich unangenehm. »Ist mir erst bewusst geworden, wo du wieder vor mir stehst. Schon komisch.« Er nahm eine Hand vom Lenker und fummelte am Kinnriemen seines Helms herum. Dann schoben wir schweigend weiter durch die Dämmerung. Bei jedem einzelnen Schritt überlegte ich, was ich erwidern könnte, aber alles erschien mir entweder zu viel oder zu wenig.

Dann war der Augenblick auch schon vorbei, und Tim sagte: »Das ist wirklich eine super Ecke, die du dir ausgesucht hast. Wir wohnen gar nicht weit weg.«

»Oh.«

»Ja, andere Alsterseite in Richtung Eppendorf, aber wir kommen oft auf den Wochenmarkt in der Nähe oder gehen mit dem Hund im Stadtpark spazieren, der ist ja auch gleich um die Ecke.«

Ich konnte weiter die Straße runter das Backsteinhaus erkennen, in dem Filiz wohnte. »Ich bin bei einer Freundin untergekommen, so lange, bis ich etwas Eigenes gefunden habe. Bei Filiz, ich hab dir mal von ihr erzählt.«

»Klar, ich erinnere mich!«

»Okay, dann …« Plötzlich hatte ich es eilig. Wir sollten lieber keinem der Mädels begegnen. Womöglich würden sie mich auffliegen lassen und fragen, was ich um diese Zeit noch hier wollte.

Zu spät: In diesem Augenblick kam Filiz die Straße

entlang. Neben ihr ging ein Mann, den ich noch nie zuvor gesehen hatte. »Warte kurz«, flüsterte ich Tim geistesgegenwärtig zu. Er blieb stehen und sah mich fragend an. Ich hielt mir den Finger an den Mund. Filiz bemerkte uns offenbar nicht, denn wir standen im Schatten eines großen Vorgartenbusches. Außerdem war sie ziemlich beschäftigt. Sie trat auf die Stufe vorm Hauseingang und lachte laut. Der Mann an ihrer Seite war kaum größer als sie und genau wie sie eher schmal. Er trug die Haare zu einem großen Afro gestylt. Sie beugte sich ein Stück zu ihm und küsste ihn stürmisch. Das muss Moritz sein, dachte ich. Der Nachbar Moritz, bei dem sie am Partyabend gewesen war und der ihr Nachrichten schrieb, bei denen sie die Kontrolle über ihren Gesichtsausdruck verlor. Aus dieser Entfernung konnte ich nicht viel von ihm erkennen, nur dass er sie beim Küssen heftig an sich drückte. Filiz zog ihn an der Hand ins Treppenhaus.

Etwas verlegen erklärte ich Tim: »Filiz hat was mit unserem Nachbarn. Und bisher hat sie ihn mir noch nicht vorgestellt.«

Er nickte schmunzelnd. »Na, dann wette ich, dass sie heute eher in einem anderen Stockwerk übernachtet.«

»Das schätze ich auch.« Ich sah auf meinen Lenker. »Danke für das leckere Essen und den schönen Abend.«

»Ich danke dir.« Er hielt mit einer Hand sein Rad und zog mich mit der freien in eine Umarmung, wieder so innig, dass mir augenblicklich warm wurde. Dummes, dummes Herz.

»Gute Nacht, bis bald.« Ich löste mich von ihm.

Er schwang sein Bein von hinten über das Rad, obwohl es keine Stange hatte. »Ich habe die Woche noch ein paar Tage frei, Überstunden abbummeln, und ich wollte mal gegen Abend mit Murmel an die Elbe. Magst du mit?«

Was sagt deine Frau dazu?, wollte ich fragen. Aber wir waren ja nur Freunde, warum sollten wir nicht gemeinsam an der Elbe spazieren gehen, es war nichts dabei. »Klar, das können wir machen.«

»Übermorgen?«

Überrascht hielt ich noch einmal inne. »Ja, das müsste passen.«

»Ich schicke dir den Treffpunkt. Schlaf gut!« Er wendete das Rad und fuhr los.

Ich schob langsam am Busch vorbei Richtung Eingang. Zwei Minuten wartete ich noch, dann machte ich mich auf den Weg zum Schrebergarten.

Erst am Eingang der Anlage fiel es mir wieder ein: Ich war heute Abend eingeladen gewesen, bei meinem geheimen Brötchenspender. Ich hatte fest vorgehabt, die Einladung anzunehmen, nachdem ich das Zeugnis abgeliefert hatte. Und dann war ich Tim blind in seine Pläne für den Abend gefolgt und hatte alles andere um mich herum vergessen. Ich schämte mich. Wie lieb war diese Einladung gewesen! Wie freundlich die Person, die mich seit Tagen mit Gartenutensilien und Leckereien versorgte.

Der Übermut der vergangenen Stunden verließ mich. Mit hängenden Schultern schlurfte ich über die Schotterwege. Aus einem der Gärten tönten noch Musik und fröhliche Stimmen. War das die Feier, zu der ich eingeladen war? Ich konnte nicht genau zuordnen, woher die Geräusche kamen. Als ich an meinem Gartentor angekommen war, blieb ich stehen. Sollte ich vielleicht jetzt noch hingehen? Ich sah auf mein Handy. Es war fast zehn. Ich könnte aus der Ferne schauen, wer dort feierte, und dann entscheiden. Ich schob das Rad durchs Tor auf die Parzelle, lehnte es an einen Baum und machte kehrt. Zweimal links, einmal rechts, stand auf dem Zettel geschrieben. Ich lief den Weg ab, auf die Geräusche der Feier zu. Bis ich zu einem Tor mit der Nummer 345 gelangte.

Hinter der großen Hecke blieb ich stehen und horchte. Ich konnte mehrere Männerstimmen hören und die einer Frau. Sie lachten. Jemand spielte ein paar Akkorde auf einer Gitarre. Es roch nach Asche, wie bei uns zu Hause, wenn die Feuertonne für die Campinggäste brannte. Jetzt setzte der Gitarrenspieler erneut an, und alle fingen an zu singen. Es klang wie ein altes Seemannslied, dessen Text ich nicht verstand, vermutlich war es auf Plattdeutsch. Omi sprach noch mit ihren Freundinnen Platt und manchmal auch mit meinem Vater. Dass der es versäumt hatte, die Sprache an seine Kinder weiterzugeben, brachte ihm bis heute bissige Kommentare von seiner Mutter ein. Ich lauschte noch eine Weile, dann beschloss ich, doch lieber umzukehren. Es war zu spät, ich kannte niemanden, ich traute mich schlichtweg nicht. Vorsichtig wollte ich umdrehen, als das Gitarrenspiel abrupt endete.

»Hey«, rief jemand in die plötzliche Stille hinein.

»Was ist denn?«, hörte ich die Frau sagen.

»Hey«, rief die Männerstimme erneut. »Hereinspaziert, wir brauchen noch Stimmen!«

Mein Herz klopfte mir bis zum Hals. Wie in Zeitlupe drückte ich die Klinke des Gartentores hinunter. Als ich eintrat, sah ich sie dort sitzen: zwei ältere Männer und eine Dame auf Bänken um eine Feuerstelle. Einen der Männer glaubte ich im Vorbeigehen schon einmal beim Rasenmähen gesehen zu haben. Er trug eine alte Schiebermütze und noch die Gummistiefel von der Gartenarbeit. Etwas grimmig sah er mich an. Neben ihm saß die rundliche ältere Dame mit der lichten Dauerwelle, die Filiz neulich gegrüßt hatte, Frau Jaworski. Sie hatte sich offenbar zur Feier des Tages einen Blumenkranz geflochten. Ihr gegenüber hielt ein großer, hagerer Kerl eine Gitarre im Schoß. Er trug einen gepflegten grauen Bart, einen modischen Streifenstrickpullover und musterte mich freundlich. »Je später der Abend …«

Ich schloss das Gartentor hinter mir und ging einen weiteren Schritt auf das Trio zu. »Bitte entschuldigen Sie, ich war noch auf einem Termin und habe die Zeit aus den Augen verloren.«

»In Hamburg sagt man du«, stellte der kleinere Mann mit der Schiebermütze mit starkem Hamburger Akzent klar.

Der Große im Streifenpulli lachte und klopfte auf seine Gitarre. »Na, jetzt bist du ja hier. Setz dich zu uns.«

Zögerlich näherte ich mich und ließ mich auf der Bank nieder. Die ältere Dame betrachtete mich neugierig. »Kennst du irgendwelche Karnevalslieder?«

Ich hielt meine Hände in Richtung Feuer. »Ähm. Nein. Ich komme aus Nordfriesland.«

Der Herr neben mir klopfte wieder auf seine Gitarre. »Ein weiterer Fischkopp. Renate, was sagt man dazu?«

Die Frau lachte schrill auf. Ich sah unsicher in die Runde. Der kleine Mann verzog keine Miene.

Renate kicherte. »Arno und ich sind aus dem Rheinland. Wir vermissen den Karneval, weißt du. Und unser Deal mit Heiner ist, dass wir abwechseln. Mal bringt er uns Seemannslieder bei, mal dürfen wir ihm ein Karnevalslied beibringen. Ich bin die Renate.«

Ich schüttelte ihre Hand und hielt sie dann dem Mann mit der Schiebermütze hin. »Ina.«

»Heiner.« Grummelnd schlug er ein.

»Und ich bin Heiners Mann Arno«, sagte der Gitarrenspieler. »Verrätst du uns ein Lied aus deiner Heimat?«

Ich schluckte. Spontan fiel mir eines ein, das meine Omi früher für mich und Merle vor dem Zubettgehen gesungen hatte. Sie summte es bis heute oft beim Kochen vor sich hin. »Das Regenleed?«

Arno zupfte einen Ton. »Kennst du das, Heiner?«

Heiner brummte nur.

Renate klatschte begeistert in die Hände. »Passt doch super, ist viel zu trocken dieses Jahr.«

Alle sahen mich erwartungsvoll an.

»Na, du musst es uns schon vorsingen«, fügte sie hinzu.

Ich schluckte. Bei mir in der Familie war immer viel gesungen worden. Mein Vater war von jeher Mitglied in einem plattdeutschen Männerchor, bei dem es mindestens zu fünfzig Prozent um den Schnaps ging, der dabei konsumiert wurde. Ich sang seit meiner Jugend regelmäßig bei Karaokeabenden in meiner Stammkneipe und war sogar zuletzt mit Toni und Andy bei einigen Sommerfesten aufgetreten. Dort, zu Hause, in großer Runde, hatte ich mich daran gewöhnt. Vor diesen drei Fremden in der nächtlichen Gartensiedlung schämte ich mich. Aber aus der Nummer kam ich jetzt nicht mehr raus, das war mir bei einem Blick in ihre gespannten Gesichter klar. Ich räusperte mich. Dann schloss ich die Augen und sang leise los, so gut ich mich eben erinnerte.

Regen, Regen, druus,
wi sitt hier warm in Huus!
De Vageln sitt in Boom to kurn.
De Köh, de staht an Wall to schurn:
Regen, Regen, druus,
wi sitt hier warm in Huus!

Zu meiner Überraschung setzte Arno bei der zweiten Strophe mit ein paar Akkorden ein. Er spielte nach Gehör, was mich beeindruckte. Ich öffnete vorsichtig die Augen und sah Renate gestikulieren, ich solle in Schleife weitermachen. Also fing ich, begleitet von Arno, wieder von vorn an. Zuerst legte Renate los. Sie besaß einen glockenklaren Sopran, und sie sang rein nach Lautsprache, das hörte man, aber das Meiste sprach sie für meine Begriffe richtig aus. Arno summte zunächst nur und fiel dann ebenfalls leise mit ein. Seine Stimme war gefühlvoll und rauer, als ich es erwartet hatte. Zuletzt erklang ein dunkler, voller Bariton. Heiner schmetterte mit, so laut und inbrünstig, wie ich es ihm nie zugetraut hätte. Erstaunt sah ich ihn an. Sein Gesicht veränderte sich, wenn er sang. Plötzlich wirkte er nicht mehr übellaunig und verschlossen, sondern recht fröhlich und lebendig. Wir wiederholten das Lied fünf Mal hintereinander, bis alle den Text kannten. Bei jedem Durchgang wurden wir lauter, sodass ich mich innerlich schon auf zwei freundliche Polizisten einstellte, die bestimmt jemand von den Nachbarn gerufen hatte und die jeden Moment eintreffen würden. Schließlich gab uns Renate wie eine Dirigentin ein Handzeichen, den letzten Ton ausklingen zu lassen.

Als er verklungen war, ballte sie jubelnd die Fäuste. Auch die beiden Männer klatschten begeistert. Vom Ufer gegenüber der Anlage hörten wir ebenfalls Klatschen. Von diesem Garten aus konnte man die Fenster der zwei oberen Stockwerke sehen. In einem davon lehnten Leute, deren Umrisse sich im Gegenlicht abzeichneten. Sie winkten fröhlich. Arno winkte zurück.

»Darauf müssen wir trinken.« Renate lief zu einer Laube, die mir erst jetzt auffiel. Sie hatte die Form eines Kubus und sah ziemlich modern aus. Davor stand ein niedriger Tisch mit einer Flasche und kleinen Gläsern. Renate schenkte ein und kam mit einem Tablett zurück. Jeder nahm sich ein Glas, und wir stießen an. Ich versuchte mit aller Kraft, nicht das Gesicht zu verziehen.

Arno wischte sich mit dem Handrücken über den Mund. »Den brenne ich aus unseren eigenen Quitten. In einem guten Jahr hat er vierzig Prozent.«

»Wow …« Ich musste husten. Mir fiel der Rest der Gemüserolle in meiner Tasche ein und dass es vermutlich gut gewesen wäre, ihn vorher zu essen.

Arno ließ sich noch den letzten Tropfen in den Mund laufen. »Und du wohnst jetzt hier?«

Ich betrachtete das Licht der züngelnden Flammen, das sich im Kristallschliff meines Glases brach. »Ich ziehe gerade nach Hamburg. Ich suche eine Wohnung. Und so lange …« Etwas unsicher hob ich den Blick.

Renate zwinkerte mir zu. »Du bist nicht die Einzige, die hier übernachtet, mach dir keine Sorgen.«

»Ist es denn nicht verboten?«

»Doch.« Renate stand auf, holte die Flasche und goss uns allen nach. »Aber was das Ordnungsamt nicht weiß …« Die drei lachten herzlich.

»So, und jetzt lernst du ein Karnevalslied.« Arno griff wieder nach seiner Gitarre.

»Wat singen wir, Schätzeken?«, fragte Renate, deren rheinländischer Dialekt mit jedem Gläschen mehr zum Vorschein kam. »Drink doch ene met?«

Heiner schob seine Mütze etwas tiefer ins Gesicht. »Aber nur, wenn wir das wörtlich nehmen.«

Aber da hatte Arno schon angestimmt, und Renate schmetterte los.

Als ich mich etwa zwei Stunden und einige Schnäpse später erhob, war ich doch etwas wackelig auf den Beinen. Und das, obwohl ich tatsächlich noch die Rolle vertilgt hatte. Arno fragte mit schwerer Zunge zum Abschied: »Morgen Apfelfüllung genehm, junge Dame?«

Ich lächelte ihn schräg an: »Hauptsache, ich bekomme was ab.«

Um seine Augen bildeten sich unzählige sympathische Lachfältchen. »Nachbarinnen, die singen können, füttern wir am liebsten.«

9

»Ina!« Ich hörte Filiz' Stimme wie durch Watte. »Ina, hey! Pennst du noch?«

Es dauerte ein paar Sekunden, bis ich die Augen öffnen konnte. Verschwommen tauchten die Dachschrägen vor mir auf. Helles Sonnenlicht schien auf Filiz, die am Fußende der Matratze saß. Sie hatte eine Hand auf meinem Bein liegen und rüttelte es leicht.

»Ja, bis eben habe ich noch gepennt.« Meine Stimme klang heiser. Ich schloss die Augen wieder. Es war einfach zu hell.

»Alter Schwede, Ina, hast du gesoffen gestern? Habe ich eine wilde Party verpasst?« Sie krabbelte näher an mich ran, ließ sich auf den Bauch fallen und stützte den Kopf auf ihren Händen ab.

»So ähnlich.« Ich rieb mir übers Gesicht. »Ich war bei einer kleinen Gartenfeier unter Rentnern eingeladen. Wir haben gesungen und Quittenschnaps getrunken.«

Sie kicherte. »Du hast Anschluss gefunden, sehr gut. Vor allem, da deine Freundin nie Zeit für dich hat.« Sie machte einen Schmollmund.

Ich wälzte mich auf die Seite und bettete das Gesicht blinzelnd auf meinen Arm. »Ja, das stimmt. Meine Freundin macht sich ziemlich rar.«

Filiz kippte den Kopf nach vorn, sodass ihr die Locken ins Gesicht fielen. Ein paar davon kitzelten meinen Arm. »Ist gerade so viel zu tun.«

»Kein Problem, Süße. Ich habe nicht erwartet, dass ich hier auftauche und du deinen Terminkalender für mich räumst.« Mir lag noch der eine oder andere Kommentar zu Moritz auf der Zunge, aber ich behielt ihn für mich. Filiz würde sich mir schon anvertrauen, wenn ihr danach war.

Sie hob den Kopf und sah mich an. »Danke für dein Verständnis. Fühlst du dich wohl hier?«

Ich lächelte matt. »Total. Hier ist es schöner als in den allermeisten Wohnungen, die ich besichtige.«

»Keine dabei bisher?«

»Leider nicht.«

Draußen vor der Laube sang eine Amsel. Filiz blickte in Richtung Fenster. Im hellen Morgenlicht bemerkte ich ihre Augenringe. Sie sah ungewöhnlich müde aus.

»Wie läuft es im Laden?«, fragte ich.

»Ganz okay. Ich komme kaum hinterher.«

»Wie wäre es, wenn ich dir helfe?«

Sie schaute mich fragend an.

»Na, ich wohne hier umsonst, ich esse wochenlang von den Vorräten, die deine Mutter mir schenkt.«

Sie senkte wieder den Blick, und ich griff nach ihrem Handgelenk. »Komm schon, Süße, lass mich dir helfen. Ich hab doch gerade nichts zu tun, außer diesen Garten umzugraben und eine Wohnung zu suchen.«

Etwas widerwillig strich sie sich die Haare aus der Stirn. »Okay. Vormittags wäre es ganz gut, wenn du vielleicht ab und an …«

»Klar.«

Sie kaute auf ihrem Daumennagel. »Dann könnte ich etwas mehr nähen und …«

»Wann soll ich anfangen?«

Endlich lächelte sie.

Erst als Filiz gegangen war, begriff ich, wie früh es eigentlich war. Sie hatte mich bereits vor sieben geweckt. Kein Wunder, dass sie müde ausgesehen hatte. Das war überhaupt nicht ihre Zeit. Wenn sie freiwillig so früh aufstand, musste sie wirklich deutlich mehr zu tun haben, als sie während der normalen Arbeitszeiten bewältigen konnte.

Filiz' Laden öffnete erst um elf, kurz vorher hatte ich noch einen Termin für eine Wohnungsbesichtigung in der Nähe. Was tun mit der geschenkten Zeit? Ich stand auf der Veranda und blickte in den Garten. Erst mal einen Kaffee und dann etwas Gartenarbeit, beschloss ich.

Als ich ein paar Minuten später mit der Tasse in der Hand nach draußen trat, kam mir Arno über die Wiese entgegen. Seine grauen Haare standen in alle Richtungen ab, als wäre er gerade erst aus dem Bett gestiegen. Überrascht lachte er. »Hey, du hast mich erwischt.«

Ich grinste. »Ich lag seit dem Morgengrauen auf der Lauer.«

Er kam näher und stellte ein Weckglas auf den Tisch. »Leider gibt es keine Brötchen, nach dem Abend war ich heute früh nicht in der Lage zu backen. Das ist Heiners Spezialmüsli, angeblich hilft es sogar gegen Kater.«

»Ist Rollmops drin?«

Arno lachte schallend und sah sich um. »Sag mal ...« Er kratzte sich am Kopf. »Wo wir jetzt beide wach sind. Ich würde mal meine Sense holen. Mit dem Rasenmäher kommen wir nicht weit ...«

Erst als er schon wieder unterwegs war, wurde mir bewusst, dass das keine Frage gewesen war. Ich zog mir fix etwas an und aß ein paar Löffel von dem Müsli, das weniger gesund schmeckte, als es aussah.

Ein paar Minuten später kehrte Arno mit einer Schubkarre voller Gerätschaften zurück und sah sich um. »Eigentlich ist es schade, alles plattzumachen.«

Er ging vor mir her durchs hohe Gras und fasste ein paar Blüten an. »Das ist so eine tolle Naturwiese. Darin lebt einiges an Insekten, da bin ich mir sicher. Schau mal hier, der Fadenklee, oder ...« Er kniete sich hin. »Wusstest du, dass das wilder Fenchel ist?« Er rieb ein Blatt zwischen den Fingern und hielt es mir hin. Ich schnupperte daran. Roch nach Fenchel, eindeutig.

»Also ...« Arno richtete sich wieder auf. »Darf ich einen Vorschlag machen?«

Ich nickte, war mir aber sicher, dass er nicht auf meine Zustimmung wartete.

»Ich würde sagen, wir mähen ein wenig im Eingangsbereich und um die Laube herum, machen ein paar Wege frei, auch am Uferbereich. Den Rest lassen wir bis zum Herbst stehen und schauen dann noch mal.«

»Einverstanden.« Ich trank meinen Kaffee aus und zeigte auf die Tasse. »Du auch einen?«

»Ne, ich muss auf meinen Blutdruck achten.«

Ich schob mir noch einen Löffel Müsli in den Mund, lobte es ausdrücklich, worüber er sich sichtlich freute, und dann legten wir los.

Arno schnitt das Gras, wie er es vorgeschlagen hatte, und rief mir zwischendurch Anweisungen zu. »Die Brennnesseln lass ich hier stehen, die Raupen lieben sie. Aber bitte schneide hier mal die Ränder mit der Gartenschere.«

Zwischendurch rechte ich alles zusammen und trug es auf den Komposthaufen. Als ich mit dem leeren Eimer zurück zu Arno ging, der mittlerweile oberhalb der Treppen zum Ufer angelangt war, bemerkte ich wieder die Dame auf dem Nachbargrundstück. Sie trug heute eine Pumphose und ein luftiges T-Shirt und rollte gerade eine Yogamatte zwischen zwei Bäumen aus. Von Weitem würde ich sie auf unter vierzig schätzen, aber die grauen Haare, die sie zu einem Dutt hochgebunden hatte, verrieten, dass sie schon deutlich älter sein musste. Sie sah kurz zu uns herüber, grüßte jedoch nicht, und ich wendete mich ebenfalls wieder ab.

»Kennst du meine Nachbarin?«, flüsterte ich Arno

zu und spähte wieder unauffällig rüber. Sie saß jetzt in Gebetshaltung im Schneidersitz auf der Matte.

Arno folgte meinem Blick. »Ne, die integriert sich hier nicht. Man kann die Leute nicht zwingen, weißt du.«

Ich musste daran denken, wie hartnäckig er in meinem Fall vorging. Aber was wusste ich schon – vielleicht hatte Arno meiner Nachbarin auch Brötchen vor die Laube gestellt, und sie hatte sie mit dem Hinweis zurückgebracht, dass sie grundsätzlich auf Zucker und Weißmehl verzichte. Sie erhob sich nun zu einem Sonnengruß, der auf mich so professionell wirkte wie in dem Videotraining, das Toni mir mal empfohlen hatte. Ich hatte es nach vier Minuten ausgestellt, weil ich es als so frustrierend empfand, dass ich nicht bis zu meinen Füßen kam, wenn ich mich vornüberbeugte. Meine Nachbarin machte gerade eine vorbildliche Vorwärtsbeuge und berührte ihre Zehen, mit geradem Rücken, versteht sich. Kopfschüttelnd rechte ich weiter.

Einen Eimer nach dem anderen leerte ich in meine Komposttonne, bis diese so voll war, dass auch mit viel Herumgedrücke nichts mehr hineinpasste.

»Wir haben noch Platz, bring es doch auf unseren Haufen rüber«, schlug Arno vor.

Während er sich weiter durch die Rabatten pflügte, machte ich mich mit einer vollen Schubkarre auf den Weg. Bei Heiner und Arno angekommen war ich verzückt, wie hübsch der Garten im Hellen aussah. Der Rasen war akkurat geschnitten, am Rande eines Weges aus Baumstammscheiben entdeckte ich in den Boden eingelassene Lichter. Die Laube war ein schlichter Quader, wie ich es schon im Dunklen bemerkt hatte, mit großer Fensterfront und schwarzen Metallstühlen davor. Das hier hatte nichts mit der altmodischen Heimeligkeit von Gartenzwergen, Rosenrankentoren und Goldfischteich zu tun, sondern sah aus wie von einem Architekten entworfen. Ich lag richtig mit meiner Einschätzung, hatte ich gestern erfahren, denn das war einmal Arnos Job gewesen.

Ich fand den Komposthaufen hinter dem Haus. Er war in einem Aluminiumkasten untergebracht, der aussah, als wäre er aus einem alten Schiffscontainer geschweißt worden, und er war tatsächlich nicht besonders voll. Kein Wunder, hier war alles tipptopp, kein Unkraut weit und breit. Nur neben dem Kompost wucherte zu meiner Verwunderung der Löwenzahn. Ob den auch die Raupen so gern mochten? Es hatte ganz sicher seinen Grund.

Ich wollte schon wieder aufbrechen, als ich im Laubenkubus ein Husten hörte. Ich zögerte, spähte dann aber doch durch das seitliche Fenster hinein. Im Dämmerlicht drinnen war nicht viel zu erkennen, aber ich erahnte so etwas wie eine Chaiselongue und eine Kücheninsel. Auf der Chaiselongue lag Heiner. Er schlief offenbar noch. Kein Wunder. Hätte Filiz mich nicht so früh geweckt, läge ich vermutlich auch noch im Bett, statt mit Arno die Wildwiese auf Vordermann zu bringen.

Ich verließ den Garten so leise ich konnte, um Heiner nicht zu wecken.

Arno schlug gerade in Ufernähe mit der Hacke weiß blühende Kräuter ab. »Also hier wächst der Giersch so dicht, da kommst du fast nicht durch. Damit werden wir noch Spaß haben.« Er wischte sich über die Stirn, auf der Schweiß stand. »Gut, dass wir so früh dran sind, das wird warm heute.« Er wies mit dem Kopf in Richtung Steg. »Da sollten wir auch die ein oder andere Latte austauschen, die sehen mir etwas morsch aus.«

Ich sah nachdenklich vom Steg zu ihm. »Womit habe ich diese Hilfe eigentlich verdient? Und das Frühstück?«

Arno lächelte mich an. »So sind wir Kleingärtner. Wir helfen einander. Heiner meinte neulich, als er vom Rudern kam: Da ist jetzt eine junge Frau auf der Party-Parzelle, ganz allein.«

Ich horchte auf. Party-Parzelle nannten sie den Garten also.

Ich rechte etwas von dem bereits abgehackten Giersch zusammen. »Heiner schläft noch, oder?«

»Ach.« Arno machte eine kurze Pause. »Es geht ihm gerade nicht so. Er kommt morgens schwer hoch. Vor allem, wenn wir abends hierbleiben, die Matratzen zu Hause sind doch weicher.«

Am Ufer gegenüber kam ein älterer Herr auf den Steg, nur in Badehose, und grüßte Arno übers Fleet hinweg. Dann stieg er über eine Leiter ins Wasser und begann zu schwimmen.

Ich schüttelte amüsiert den Kopf. Nicht für Geld würde ich da reingehen.

Arno bückte sich neben mir und begann, mit dem Unkrautstecher riesige Löwenzahnkolonien zu bearbeiten.

Ich zeigte darauf. »Den ganz raus? Oder mögen den auch die Insekten?«

»Wir lassen auf jeden Fall etwas stehen, die Bienen lieben ihn.«

Ich tippte mir an die Schläfe. »Verstehe, deswegen hast du Löwenzahn stehen lassen bei euch am Kompost.«

Arno sah mich kurz ertappt an und wandte dann den Kopf in Richtung Wasser, wo der ältere Nachbar gerade auf dem Rücken schwamm. Hatte ich etwas Falsches gesagt? Bestürzt sah ich, dass er sich eine Hand vor die Augen legte.

»Arno?«, fragte ich leise. »Ist alles okay?«

»Das hat mich jetzt kurz … Entschuldige.«

Er legte den Unkrautstecher auf den Boden und fuhr sich durch die abstehenden Haare. »Weißt du, Heiners Enkelin Sophie ist so gern bei uns zu Gast. Wir übernachten immer alle zusammen in der Laube auf einem Matratzenlager am Boden. Sie ist sechs, ein wahnsinnig tolles, aufgewecktes Kind. Wenn Sophie bei uns ist, muss ihre Mutter danach immer den Hochdruckreiniger nehmen, um sie sauber zu bekommen.« Er lachte ein wenig zu laut dafür, dass diese Geschichte offensichtlich keine fröhliche war. »Das sagen wir immer im Scherz. Sie liebt es, in der Erde zu wühlen und mir im Garten zu helfen. Mit Heiner geht sie rudern und angeln.«

Seine Augen füllten sich mit Tränen. »Im letzten Sommer hat Sophie von einer Rudertour mit Heiner Hände voller Pusteblumen mitgebracht. Hat sie irgendwo am Ufer gepflückt. Bei Heiner darf sie alles, der kann bei ihr nie Nein sagen.« Kurz blieb ihm die Stimme weg. »Sie wollte sie aussäen, damit sie im nächsten Sommer blühen und wir uns über viele Pusteblumen freuen können. Ich habe ihr das Gemüsebeet neben dem Kompost dafür freigeräumt, die Möhren wuchsen in dem Jahr ohnehin nicht gut.« Er wandte das Gesicht ab, und ich konnte hören, wie er gegen die Tränen ankämpfte. »Ich werde nie vergessen, wie sie da am Boden saß und mit ihrem kleinen Zeigefinger jedes einzelne Samenschirmchen in die Erde gedrückt hat.« Ein paar Minuten blickten wir beide aufs Wasser, bis er hinzufügte: »Das war das letzte Mal, dass sie hier war vor der Diagnose.«

Ich schluckte. »Welcher Diagnose?«

Arno zögerte, als ob er darüber nachdachte, das furchtbare Wort lieber doch nicht laut auszusprechen. Schließlich antwortete er: »Leukämie. Den ganzen Herbst und Winter ist sie untersucht worden, hat zig Medikamente, am Ende Chemo, Bestrahlung bekommen. Und nun suchen sie seit Monaten einen passenden Stammzellspender. Sie liegt in der Uniklinik, kennst du die?«

»Ja.« Ich versuchte, mir nicht anmerken zu lassen, wie sehr mich die Geschichte traf. »Dort fange ich vermutlich bald an. Also an der Uniklinik …« Ich fummelte an einem Gierschstängel herum, den ich aufgehoben hatte. »Ich hab mich dort beworben. Ich bin Ärztin.«

»Ach so.« Arno wischte sich übers Gesicht. »Entschuldige, es ist nur … Jetzt kann sie die vielen Pusteblumen nicht bewundern.« Er atmete tief durch. »Ich hab ihr Fotos davon gezeigt, aber es ist nicht dasselbe, sie …«

Aus einem Impuls heraus ließ ich Rechen und Giersch fallen und umarmte ihn. Arno ließ es geschehen und klopfte mir dankbar auf die Schulter.

»Es tut mir so leid«, sagte ich leise. »Aber dort arbeiten tolle Mediziner, ich bin mir sicher, dass sie alles Menschenmögliche tun, damit es ihr bald besser geht.«

Arno löste sich langsam von mir. »Ja, bestimmt.« Er holte ein Stofftaschentuch aus seiner Hosentasche und schnäuzte hinein. Nachdenklich steckte er es wieder weg. »Meinst du, du könntest mir einen Gefallen tun?«

Arnos Geschichte begleitete mich auf meinem Weg zur Wohnungsbesichtigung. Ich hatte versucht, sie mit der letzten Ladung Unkraut auf dem Kompost abzuladen. Hatte versucht, sie unter der Gießkannendusche abzuspülen, sie in meinen Gartenarbeitsklamotten zu lassen, als ich diese gegen Rock und T-Shirt tauschte. Doch sie ließ sich nicht abschütteln, ich dachte auch dann noch darüber nach, als ich das winzige Apartment voller Menschen verließ, das an einer S-Bahn-Schneise lag, erneut, ohne mich in eine Liste einzutragen. Und auch auf meinem Rückweg nach Winterhude radelte sie mit. Wie furchtbar für die Familie, dachte ich, wie furchtbar für die kleine Sophie. Das, was Arno über die Therapien gesagt hatte, ließ nichts Gutes erahnen. Ich hätte ihm so gerne mehr Mut gemacht, irgendwie Beistand geleistet. Dass das manchmal schlicht nicht möglich war, gehörte zu den schwierigsten Dingen in meinem Beruf.

Die Sonne stand bereits hoch am Himmel, und wie Arno vorausgesagt hatte, war es richtig warm geworden. Ich fuhr am Waschsalon, Schuster und Nachbarschaftscafé vorbei, dessen Kellnerin mich freundlich grüßte, als würden wir uns schon ewig kennen. Dann bog ich in den Hinterhof ein und stellte mein Rad ab.

Ich fand Filiz an der Nähmaschine. Sie sah noch immer so blass aus wie heute früh und vielleicht sogar noch ein wenig müder.

»Hey, Süße, wie geht es dir?«, begrüßte ich sie.

Sie zog gerade Chiffonstoff aus der Nähmaschine und sah nur kurz auf. »Geht so. Es kam noch eine Bestellung von zwölf Brautjungfernkleidern für eine Hochzeit in wenigen Wochen rein. Ich hab das alles etwas unterschätzt.«

Ich trat näher und fasste den Stoff an, der sich noch leichter anfühlte, als er aussah. »Ist doch super, dass der Laden brummt.«

Sie stand auf und drückte mich kurz. Noch ehe ich ganz registrieren konnte, dass sie irgendwie fremd roch, eilte sie vor mir her zur Kasse. »Hier ist das Kartenlesegerät. Wenn Leute nach Größen fragen: Alles kann für alle angepasst werden. Für individuelle Bestellungen musst du Termine ausmachen.« Sie griff nach einem Taschenkalender, der auf der Anrichte lag. »Hier siehst du, wo noch was frei ist. Je nach Aufwand blocke ich mir pro Kundin dreißig bis fünfundvierzig Minuten. Ich glaube, das kannst du einschätzen, oder?«

»Bestimmt.« Ich war überrascht von ihrem geschäftsmäßigen Ton. So kannte ich meine Freundin noch nicht. Die Chefin ihres eigenen Unternehmens. Irgendwie rührte es mich, vermutlich auch, weil ich noch immer so angeschlagen von Arnos Geschichte war. Aber jetzt ging es um Filiz. »So mache ich es. Sonst frage ich dich kurz.«

»Logo, du weißt ja, wo du mich findest.« Sie eilte zurück in ihren Nähraum. Sekunden später hörte ich ihre Nähmaschine rattern.

Ich lief durch den Laden und sah mich etwas genauer um. Die Kleider auf den Stangen waren allesamt traumhaft schön. Trotzdem wusste ich: Wie schön sie wirklich waren, sah man erst, wenn man sie trug. Besonders ein Kleid fiel mir auf, ein schlichtes nachtblaues, mit leicht ausgestelltem Rock. So etwas war eigentlich gar nicht mein Stil, aber es war so wunderschön, dass ich mir vornahm, es später anzuprobieren. Ich staunte über den Preis, den Filiz in ihrer nach vorn geneigten

Linkshänderschrift auf das Etikett aus Stoffresten geschrieben hatte. Aber ich zweifelte keine Sekunde daran, dass ihre Arbeit so viel wert war.

In ein paar Minuten war es elf Uhr, dann würde ich den Laden aufsperren. Ich betrachtete den Raum. In jeder Ecke fielen mir liebevolle Details auf. Auf kleinen Tischen oder Wandregalen standen Sukkulenten in Tontöpfen, um die Filiz bunte Stoffbahnen zu Schleifen gebunden hatte. Die Kleiderstangen waren mit alten Gürteln an der Decke befestigt. Als Offen/Geschlossen-Schild diente eine Vintage-Lederhandtasche, die Filiz besprayt hatte. Ich wendete es von »Ein andermal gern« auf »Hereinspaziert« und schloss die Ladentür auf.

Wenig später kamen tatsächlich die ersten Kundinnen herein, drei Freundinnen. Alle trugen Frappuccino-Becher und hatten sich die Sonnenbrillen ins Haar geschoben. Sie wirkten jung auf mich, höchstens um die zwanzig. Umso überraschter war ich, wie selbstbewusst sie auftraten. Echte Großstadtgirls. In Jeans, deren Bund hoch über dem Bauchnabel endete, mit langen seidigen Haaren, die sie sich mit manikürten Fingern über die Schultern warfen. Ich sah mich selbst in dem Alter vor mir, in meinen weiten Sweatshirts, die ich gebatikt hatte, weil ich so das Gefühl hatte, individuell zu sein. Mein Haar war damals kurz geschnitten, und ich hatte es kupferfarben getönt. Von Natur aus war es straßenköterblond. Mein ganzes Leben war straßenköterblond, da mussten es wirklich nicht auch noch meine Haare sein.

Während ich einer der jungen Kundinnen ein ärmelloses Kleid raussuchte, das sie offenbar auf Instagram gesehen hatte, fragte ich mich kurz, ob ich noch Erde unter den Nägeln hatte. Mein Blick streifte einen der Spiegel. Ich trug das Haar jetzt länger, aber den Kupferton hatte ich beibehalten. Ich färbte schon so lange, dass ich manchmal aus Versehen log, wenn jemand fragte, ob es mein Naturton sei.

Die Kundin kam mit dem Kleid aus der Umkleidekabine. Sie drehte sich vor dem Spiegel um sich selbst und betrachtete sich kritisch. Sie war so schlank, wie viele Neunzehn-/Zwanzigjährige es sind, und ich brauchte nur einen kurzen Blick, um zu begreifen, dass sie selbst das nicht so empfand. Ich sah mich hinter ihr im Spiegel. Meine Hüften, meine Arme, mein Kreuz – alles an mir war massiger als bei ihr. Und dann geschah etwas Merkwürdiges. Ich spürte, dass es mir egal war. Zeit meines Lebens hatte ich femininer, graziler sein wollen. Einmal nicht auf den ersten Blick der Dorftrampel. Einmal das Reh und nicht die Kuh. Und jetzt, neben diesem Mädchen, dachte ich erstmals: Ich bin eine ganz normale erwachsene Frau.

Sie wandte sich zu mir um. »Ich bin nicht sicher, ob es hier aufträgt.« Sie hielt die Hände flach an ihre Hüften. Das Kleid war aus klein kariertem Stoff, lang und eng anliegend.

»Ich finde, es steht dir ausgezeichnet«, sagte ich. »Aber meine Meinung ist ja nicht entscheidend. Entscheidend ist nur, wie du dich darin fühlst.«

Sie sah mich überrascht an. Auch ihre Freundinnen kamen aus der Umkleidekabine. Die eine trug einen kurzen Hosenanzug aus Jeansstoff, die andere einen hellblauen Faltenrock mit Rüschenbluse. Als sie sich die Modelle raussuchten, hatte ich vermutet, sie würden darin aussehen, als hätten sie mit Mamas Sachen Verkleiden gespielt. Aber sie standen ihnen hervorragend, man konnte fast meinen, sie wollten gleich los auf ihren Abiball. Kichernd zupften sie vor dem Spiegel an sich herum.

»Dürfen wir Fotos machen?«, fragte die im Jeansanzug.

»Klar«, antwortete ich, denn ich wusste, wie wichtig diese kostenlose Werbung für Filiz' Geschäft war.

Schon hatten sie ihre Handys gezückt und schmissen sich in Pose. Sie räkelten sich auf Filiz' altem Sofa und machten Schmollmünder. Wenn sie nicht in eine Kamera schauten, lachten sie wieder wie junge Mädchen, und ich erwischte mich bei dem Gedanken, wie viel besser sie dann aussahen.

Am Ende kauften zwei von ihnen ihre Outfits und passende Taschen dazu. Geld schien keine allzu große Rolle zu spielen, denn sie reichten mir ohne mit der Wimper zu zucken ihre Kreditkarten.

In den nächsten vier Stunden kamen einige Kundinnen. Viele sahen sich nur um. Andere machten Fotos. Manche probierten etwas an, und ein paar kauften auch etwas. Ich nahm mehrere neue Bestellungen auf und trug persönliche Termine in den Taschenkalender ein. Ich hatte kaum Zeit, um weiter über Heiners Enkelin nachzugrübeln, was mir guttat. Vor lauter Trubel vergaß ich sogar, dass ich eigentlich unausgeschlafen war und einen Kater hatte.

Um kurz vor vier übernahm eine Aushilfe von Filiz, und ich beschloss, uns etwas zu essen zu besorgen. Meine Freundin war die ganze Zeit nicht mehr aus dem Hinterraum gekommen. Mehrfach wollte ich nach ihr sehen, doch dann hatte ich entschieden, sie lieber nicht zu stören. Als ich jetzt aus dem Laden auf den schattigen Innenhof trat, spürte ich, wie hungrig ich war. Nach dem Müsli heute früh hatte ich nichts mehr gegessen. Ich machte mich auf den Weg zum Café im Vorderhaus.

Als ich zurückkam, steckte Filiz' Mitarbeiterin gerade einer Kundin den Rocksaum ab. Ich nickte beiden freundlich zu und ging nach hinten. Vorsichtig schob ich den Paravent beiseite. Filiz saß noch da wie heute früh um kurz vor elf, tief über die Nähmaschine gebeugt.

»Dingdong, große Pause!«, rief ich. Sie sah skeptisch auf. Ich wedelte mit der Papiertüte, die ich mitgebracht hatte.

Sie stand auf und reichte mir etwas aus Jeansstoff. »Hier, hab ich dir genäht.«

Ich nahm es ihr ab und betrachtete ihr Werk. Es war eine Schürze, gefertigt aus einer alten Jeans. »Ey, du hast doch schon genug zu tun!«

»Das ging ganz schnell, nur ein kleines Dankeschön für deine Hilfe. Ist für deine Gartenarbeit.«

Ich warf ihr eine Kusshand zu. »Das ist so lieb! Danke.«

»Sehr gern geschehen.« Sie öffnete eine Hintertür und ging hinaus. Ich folgte ihr.

Im Hof setzten wir uns auf ein schattiges Mäuerchen. Ich blickte am Fabrikgebäude hoch. Hinter den Loftfenstern konnte man ein stilvoll eingerichtetes Großraumbüro erkennen.

Ich reichte Filiz ein belegtes Sandwich und einen Milchkaffee. »Du musst auch mal etwas essen und trinken, Süße.«

Sie stöhnte leise. »Ich komme gerade echt nicht hinterher.«

Ich runzelte die Stirn. »Ich bin stolz auf dich, aber ich mache mir auch etwas Sorgen.«

»Ach, ich denke, das ist normal, wenn man ein Geschäft aufmacht. Am Anfang ist es wild.« Beherzt biss Filiz in das knusprig geröstete Sauerteigbrot.

»Ich glaube, so mancher Unternehmer würde sich darüber freuen, wenn es direkt wild ist.« Ich trank einen Schluck Kaffee.

Sie lächelte müde. »Danke, dass du heute geholfen hast. Ich gebe dir nachher was dafür …«

»Spinnst du? Ich hab doch gesagt, es ist ein Freundschaftsdienst. Außerdem hast du mir schon die Schürze geschenkt.«

»Okay.« Sie klang zerknirscht. »Aber du hast was bei mir gut.«

Eine Zeit lang aßen wir schweigend. Dann sagte ich: »Ich würde den gern bald einlösen.«

Kauend sah sie auf. »Hm?«

»Den Gutschein. Ich würde gern mal ausgehen. Irgendwohin, wo du gern hingehst. Nur mal ein Bier zusammen trinken. Vielleicht tut dir das auch ganz gut.«

Sie steckte sich den Rest Sandwich in den Mund. Nach einer Weile sagte sie: »Stimmt, das könnte guttun.«

10

Sommerliche Ruhelosigkeit lag über der Stadt, als Filiz und ich an diesem Dienstagabend durch die Straßen radelten. Die Luft war herrlich warm. Überall saßen Leute draußen auf Balkonen, spazierten durch Straßen oder hatten Decken auf Wiesen ausgebreitet. Die Alsterfleete waren voller Kanus, Ruderboote und Stand-up-Paddle-Boards. Aus verschiedenen Richtungen war Musik zu hören. Filiz hatte offenbar nach der Arbeit noch schnell geduscht, denn ihre Locken glänzten feucht und ihre Wangen leuchteten frisch. Sie düste auf ihrem Rad so schnell vor mir her, dass ich Schwierigkeiten hatte, ihr zu folgen. Wir überquerten im Norden die Außenalster, fuhren einmal über die Kopfsteinpflasterstraßen von Harvestehude und die Alleen von Hoheluft, bis wir im Schanzenviertel – einem der Ausgehviertel der Stadt – ankamen. An der U-Bahn-Haltestelle schlossen wir die Räder an und drängelten uns durch die vielen Leute in Richtung Schulterblatt, wo sich Restaurants und Bars mit Außenterrassen aneinanderreihten. Dort fanden wir Esther und Vicky, die bereits einen Tisch vor einer Tapas-Bar frei hielten. Kurz keimte Enttäuschung in mir auf, denn ich hatte gehofft, Filiz diesen Abend für mich allein zu haben. Ich schob meine Gefühle jedoch schnell beiseite und setzte mich zu den anderen. Esther begrüßte mich für ihre Verhältnisse geradezu stürmisch, und ich freute mich, dass unser gemeinsames Abendessen neulich im Garten offenbar das Eis gebrochen hatte. Noch ehe Filiz und ich in die Speisekarten schauen konnten, wurden Tabletts voller Essen auf den Tisch gestellt. Wir griffen alle zu, und ich beobachtete Esther, die sich ein Fleischbällchen nach dem anderen schnappte.

Sie hatte offenbar meinen überraschten Blick bemerkt. »Andere fangen wieder an zu rauchen«, meinte sie gereizt.

»Ey, alles, was dir guttut«, sagte ich und nahm mir ebenfalls eins.

Mir fiel auf, dass Esthers blasses Gesicht ein bisschen runder und rosiger wirkte, was ihr gut stand. Ich konnte nur erahnen, wie gut es ihr erst stehen würde, wenn sie Filiz erlauben würde, ihre Klamotten auf Figur zu schneidern.

Zu wenig zu zeigen war eindeutig nicht Vickys Problem. Jedes Mal, wenn sie sich vorbeugte, um bei den Tapas zuzugreifen, fiel mein Blick unabsichtlich auf ihr Dekolleté. Ich registrierte auch die Blicke der Jungs am Biertisch nebenan und sah, wie Vicky sie erwiderte. Es musste toll sein, so entspannt mit der eigenen Sexyness umgehen zu können.

Nachdem wir die Platten leer gegessen hatten, verkündete Esther, sie wolle nach Hause gehen.

Vicky protestierte. »Ach komm schon. Du weißt doch, dass man gerade in deiner Situation unter Leute muss. Das Letzte, was du jetzt brauchst, ist, noch mal *Bridgerton* zu bingen und unsere Lakritzvorräte aufzufuttern.«

Esther verschränkte trotzig die Arme. »Ich hatte eher an *Wonderwoman* gedacht.«

Vicky zupfte an ihren Topträgern. »Zum hundertsten Mal?«

Esther nickte stur.

»Komm, bitte, bleib hier und geh mit uns feiern.« Vicky sprach so laut, dass die Jungs vom Nachbartisch interessiert ihre Köpfe in unsere Richtung drehten.

»Jetzt lass sie!« Filiz legte einen Arm um Esther. »Jede geht anders mit Herzschmerz um.«

»Ja, genau.« Esther beugte sich zu Vicky hinüber, küsste sie auf die Wange, tat das Gleiche bei mir und Filiz und stand auf. »Ich überweise euch meinen Anteil mit PayPal. Have fun, girls.«

Mit flatterndem Zeltkleid schwebte sie übers Schulterblatt davon.

Vicky winkte mit ihren dunkelrot lackierten Nägeln dem Kellner. »Langsam ist mal gut mit dem Typen, sie kannte den doch kaum.«

»Ja, aber sie hatte eben viel Hoffnung auf ihn gesetzt«, erwiderte ich. Vicky sah mich überrascht an. »Hat sie mir erzählt«, fügte ich etwas kleinlauter hinzu.

Der Kellner kam mit der Rechnung, doch Vicky schüttelte den Kopf, als ich mein Portemonnaie zückte.

»Das mit dem PayPal war nur so ein Spruch«, zischte sie.

Als sie anschließend auf der Toilette verschwand, fragte ich Filiz: »Zahlt sie immer für alle?«

»Meistens, sie bekommt jeden Monat eine saftige Überweisung von ihren Eltern.«

»Aber ich dachte, sie will unabhängig sein.«

»Ist sie ja auch.« Filiz wischte mit dem letzten Brotrest über das Tapas-Tablett. »In allen anderen Dingen ist sie das.«

Irgendwie musste ich in diesem Moment an Toni denken und an das Hilfsprojekt in Ecuador und daran, wie ungerecht Geld manchmal verteilt war. »Spenden ihre Eltern viel?«

Filiz tupfte sich den Mund mit einer Serviette ab. »Klar, die sind voll wohltätig, die geben so Bälle und so.«

»Hm.« Ich nahm mir vor, Vicky bei Gelegenheit mal den Link zu Pablos Website zu schicken.

Die Bar, in die die beiden mich führten, war so voll, dass ich fast rückwärts wieder hinausgefallen wäre. Es handelte sich um eine dieser Eckkneipen, bei denen man von außen denkt, dass nur Herren über fünfzig sie betreten, und die es irgendwie geschafft hatten, kultig zu werden. Filiz und Vicky quetschten sich an den anderen Gästen vorbei, und ich folgte ihnen. Schließlich schafften wir es bis zur holzvertäfelten Bar, wo Vicky dem Barkeeper, der in etwa so alt war wie der

Laden, ein Zeichen machte. Wenig später standen wir mit einer Astraknolle in der Hand in der Menschenmenge. Ich spürte, wie mir ein Rinnsal Schweiß den Rücken hinunterlief.

»Draußen war es auch schön«, sagte ich an Filiz gewandt. Aber sie stand gar nicht mehr neben mir. Sie hatte sich gerade jemandem an den Hals geworfen. Jetzt erkannte ich ihn an seinem Afro: Das war der Mann, mit dem sie gestern Abend vor der Tür geknutscht hatte.

Filiz löste sich aus ihrer Umarmung und tippte mich an. »Das ist unser Nachbar Moritz«, sagte sie mir etwas zu laut ins Ohr.

Ich hielt ihm meine Hand hin. »Hey, freut mich, ich bin Ina.«

Er lächelte mich so offen an, dass ich zurückgrinsen musste, und antwortete: »Freut mich sehr, viel von dir gehört.«

»Ebenso.«

Wir grinsten uns noch eine Weile an.

Filiz zwickte mich in die Seite. Moritz' Augen blitzten frech.

Den mag ich, dachte ich überrascht. Er hatte Tattoos auf den Fingerknöcheln und trug angesagte Sneakers, alles an ihm schrie nach cooler Hund, aber er war offensichtlich ein Lieber. Der Erste von Filiz' Typen, der lieb war.

Moritz wandte den Kopf ab und schmachtete meine Freundin an. Dann küsste er Filiz, und mir wurde flau. Der war total verknallt, kein Zweifel. Er hielt ihr Gesicht fest in den Händen und war so in sie versunken, dass ich wegsehen musste. Zum Glück startete in diesem Augenblick die Musik: »Viva la Vida« von Coldplay. Überrascht registrierte ich bei den ersten Takten, dass nicht nur ich zuhörte, sondern alle anderen auch. Die Gespräche um mich herum verstummten. Bis nach dem Instrumentalintro die ersten Liedzeilen erklangen. Denn dann geschah etwas, worauf ich noch weniger gefasst war: Alle sangen mit. Nicht nur so, wie man halt mitgrölt, wenn man einen Song mag, sondern so, als ob sie ein Chor wären, konzentriert und – richtig schön.

Filiz fing meinen Blick auf. »Kneipenchor, kennste nicht?«, brüllte sie.

Ne, kannte ich nicht. Ich sah Vicky vorn auf die Bar klettern und aus voller Kehle schmettern. Hier fiel man eher auf, wenn man nicht mitsang, also machte ich mit. Erst zögerlich, aber Lied für Lied wurde ich lockerer. Bei »Every Breath You Take« von The Police war ich noch verhalten, aber bei »Ohne dich« von der Münchener Freiheit brachen auch bei mir alle Dämme. Mittlerweile war ich klitschnass geschwitzt. Ich war ganz bei mir, ich sang einfach, so laut ich konnte. Ab und an blickte ich mich um. Ich sah gerötete Gesichter, weit aufgerissene Münder, leuchtende Augen. Manche tanzten entrückt, andere wirkten konzentriert wie bei einer Aufführung. Nur Filiz' und Moritz sangen nicht, sie waren zu sehr mit Knutschen beschäftigt.

In dem Gedränge entdeckte ich plötzlich ein Gesicht, das mir bekannt vorkam. Volles dunkles Haar, dichte Augenbrauen, markantes Kinn. Der Mann sah mich an und verstummte. Erst als er lächelte, erkannte ich ihn. Das war Sebastian. Was um Himmels willen machte der denn hier? Er winkte kurz und sang dann weiter. Ich winkte zurück und drehte mich etwas weg, bevor auch ich weitersang. Nicht mehr ganz so entspannt wie vorher, aber ich versuchte mir einzureden, dass er mich nicht beobachtete.

Etwa fünf Songs später kündigte die Kettenraucherstimme des Barkeepers eine Pause zum Trinken und Lüften an. Ich sah, wie Filiz und Moritz nach draußen verschwanden, und drängelte ihnen hinterher. Ich brauchte unbedingt frische Luft. Als ich es vor die Kneipe geschafft hatte, konnte ich sie nirgends mehr entdecken.

Ich stellte mich etwas abseits unter einen Baum und atmete tief durch. Die Luft war immer noch warm, aber im Vergleich zu drinnen regelrecht erfrischend. Ich entdeckte Vicky, die mit ein paar anderen Frauen an einer Hauswand lehnte und laut lachte. Der Barkeeper kam heraus, gesellte sich zu ihnen und teilte sich eine Zigarette mit ihr. Von Filiz und Moritz fehlte nach wie vor jede Spur.

Dafür steuerte nun Sebastian auf mich zu. In der Hand hielt er zwei Flaschen.

»Kannst du Gedanken lesen?«, begrüßte ich ihn. Sein Gesicht war gerötet, eine verschwitzte Haarsträhne fiel ihm in die Stirn. Er trug Jeans und ein T-Shirt, das am

Hals so weit ausgeschnitten war, dass ein Stück wohldefinierter Oberkörper zu sehen war.

»Wer sagt, dass das für dich ist? Ich habe viel Durst.« Er grinste und reichte mir eine Flasche Wasser.

Hamburg ist ein Dorf, schoss es mir durch den Kopf. Sebastian wirkte im Gegensatz zu mir nicht überrascht, mich in einem anderen Viertel in einer kleinen Eckkneipe beim Gruppensingen zu treffen. Wir tranken beide mit hastigen Schlucken.

»Ich wusste nicht, dass du singst«, sagte ich schließlich. Als er nicht reagierte, fügte ich hinzu: »Spielst du eigentlich noch Schlagzeug?«

Er wischte die verschwitzte Haarsträhne nach hinten. »Nein, dazu komme ich gar nicht mehr. Aber diese Abende hier finde ich lustig.«

Ich musterte ihn möglichst unauffällig. Seine Gesichtszüge wirkten heute entspannter als sonst. Genau wie seine ganze Körperhaltung.

»Und sonst so?«, fragte ich, weil mir nichts Besseres einfiel.

»Passt alles«, antwortete Sebastian und trank noch etwas.

Ich blickte mich um. Keine Filiz zu sehen. Vermutlich knutschte sie in einem Hauseingang mit Moritz. Gerade als ich mich fragte, ob die beiden eventuell schon heimgefahren waren, schlenderten sie über die Straße auf uns zu, jeder eine Eiswaffel in der Hand.

»Hey, da bist du ja!«, rief Filiz. »Hab dich nicht mehr gesehen. Und du guckst mal wieder nicht auf dein

Handy.« Sie wies auf ihr Eis. »Sonst hätte ich dir eins mitgebracht.« Jetzt fiel ihr Blick auf Sebastian neben mir. »Oh, hallo.«

Ich zupfte an meinem verschwitzten Top. »Das ist Sebastian, von eurer Party, der aus Nordfriesland.«

Filiz verzog den Mund zu einem süffisanten Grinsen und hielt Sebastian die eisfreie Hand hin. »Filiz, freut mich.«

Sebastians Körperhaltung versteifte sich. »Hey«, antwortete er knapp. Dann streckte er Moritz die Hand hin. Moritz zog seine aus der Gesäßtasche von Filiz' Jeansrock, um lässig einzuschlagen, was allerdings nur halb gelang.

»Du hast eine krasse Stimme«, meinte Moritz jetzt an mich gewandt und grinste wieder frech. »Ich hab dich tatsächlich rausgehört.« Dann wurde sein Grinsen noch breiter und frecher. »Wäre noch cooler gewesen, wenn jemand anderes mir nicht so ins Ohr geschrien hätte.«

Filiz boxte ihm auf den Oberarm, woraufhin er laut auflachte. Mit einer Hand streckte er sein Eis von sich. Mit der anderen versuchte er, Filiz an sich zu ziehen, um sie zu küssen. Ich hatte meine Freundin noch nie so mit einem Mann gesehen. Während des Studiums hatten wir es eine Zeit lang richtig krachen lassen. Ich eigentlich nur, weil ich den, den ich wirklich wollte, nicht haben konnte, Filiz, weil sie der felsenfesten Überzeugung war, dass Männer nur zum Spaßhaben da waren. Ich war mir immer sicher gewesen, dass das nur eine Phase war. Dass sie sich später bei mir dafür entschuldigen würde, dass sie sich so über meine Schwärmerei für Tim lustig gemacht hatte. Dass sie eines Tages auch wegen eines Mannes wach liegen und ihren Freundinnen die Ohren vollheulen würde. Bis heute hatte ich damit unrecht behalten. Filiz war nie länger als ein paar Monate mit jemandem zusammen. Selten bezeichnete sie einen Mann als ihren Freund, und selbst wenn, war es meistens wenig später wieder vorbei, weil er ihr »zu sehr klammerte« oder was auch immer sie gerade störte. Meiner Ansicht nach war sie in Beziehungen nie ganz sie selbst. Als präsentiere sie ihrem jeweiligen Partner nur eine kühlere Version von sich, um ihr großes Herz zu schützen. Aber mit Moritz war sie anders. Vertraut, entspannt, völlig unverstellt. Außerdem knisterte es zwischen den beiden derart, dass auch Sebastian etwas betreten wegsah, als Moritz Filiz endlich erwischte und ihr die Eisreste aus dem Mundwinkel küsste.

Er sah mich hilfesuchend an. »Wollen wir uns auch eine Kugel holen?«

Ich blickte wieder zu Filiz, die so mit Moritz beschäftigt war, dass ihr beinahe die Waffel aus der Hand rutschte. Die Hoffnung, heute noch ein bisschen Zeit mit ihr allein zu verbringen, konnte ich getrost begraben. »Klar«, antwortete ich.

»Probiert Milchreis mit Himbeere, das ist Hammer!«, rief Moritz mir noch zu, bevor er von Filiz' Eiswaffel abbiss.

»Geht's noch?«, hörte ich sie schimpfen, als wir die Straßenseite wechselten.

»Das schmilzt doch alles, Babe …«, erwiderte er lachend. Dann fuhr ein Auto vorbei und übertönte ihr Gekabbel.

Schmunzelnd leerte ich mein Wasser. Vor der Eisdiele stellte Sebastian die beiden Flaschen in eine Leergutkiste, und wir bestellten uns beide eine Kugel Milchreis mit Himbeere.

Damit setzten wir uns auf die kleine Bank vor dem Laden und sahen dem Partyvolk zu, das von Bar zu Bar zog. Ein sanfter Wind wehte um meine Beine, und ich stellte erleichtert fest, dass mir nicht mehr ganz so warm war.

Ich musterte Sebastian, der genüsslich sein Eis aß. »So kenne ich dich gar nicht.«

Er blickte auf. »Wie?«

»Na, das hier ist doch sicher alles nicht gut für dein Training.«

Er grinste schräg. »Nach ein paar Bier vergesse ich das gern mal.«

»Hm.« Ich biss in meine Eiskugel und stimmte Moritz innerlich zu. Wirklich köstlich. »Freut mich zu sehen, dass du auch mal loslassen kannst.«

Kurz dachte ich, zu weit gegangen zu sein, weil er nichts erwiderte. Doch nach einer Weile sagte Sebastian: »Wir Schlagzeuger machen uns nicht umsonst unsichtbar, weißt du?«

»Wie meinst du das?«

Sebastian aß sein Eis so langsam, dass es ihm in kleinen Rinnsalen über die Finger lief. »Die meisten Schlagzeuger sind froh, sich auf der Bühne hinter viel Material verstecken zu können.«

Ich sah auf meine Eiswaffel, von der nur noch ein Stummel übrig war. »Das kann ich gut verstehen.«

»Du?«

»Aber hallo.«

»Du bist doch die geborene Frontfrau, das coolste Mädchen in ganz Nordfriesland.«

Ich prustete los. »Ja, genau.« Das war eindeutig Toni, fügte ich in Gedanken hinzu.

Sebastian blickte auf die Milchreis-Himbeer-Soße in seiner Waffel. »Wir hatten alle Schiss vor dir.«

Ich lachte laut auf. »Bullshit.«

»Ne, ehrlich. Du hast ein freches Mundwerk. Du konntest echt feiern.« Er zögerte. »Man wollte dir einfach gefallen.«

Ich schüttelte ungläubig den Kopf. Ich hatte das schon mal gehört, hatte aber immer das Gefühl, dass die Leute über eine andere Person sprachen, denn die großkotzigen Sprüche und das Mit-den-Jungs-Mithalten beim Trinken waren nie mehr als ein Schutzschild gegen meine Schüchternheit gewesen.

»Glaub mir«, sagte ich lächelnd und warf mir das letzte Waffelstückchen in den Mund. »Der erste Eindruck trügt oft.«

»Stimmt.« Sebastian stand auf und warf den Rest seiner durchweichten Eiswaffel weg. Dann wischte er sich die Hände an einer Serviette ab. »Noch mal singen oder nach Hause?«

Ich betrachtete die vollen Terrassen der Lokale um uns herum und dachte sehnsüchtig an die Hängematte in meinem Schrebergarten. Wie gern würde ich jetzt noch ein bisschen darin schaukeln und die Sterne anschauen. »Ich glaube, mir reicht es für heute. Die Luft da drin …«

»Ja, sehe ich auch so. Musst du dich noch von deiner Freundin verabschieden?«

Ich zuckte mit den Schultern. »Ich glaube nicht.«

»Fahren wir zusammen?«

»Gern.«

Wenige Minuten später radelten wir schweigend durch die ruhelose Stadt, die im Gegensatz zu uns eindeutig noch lange nicht genug hatte von diesem Sommerabend.

11

Den Eingang zum Kinderkrankenhaus fand ich nicht auf Anhieb. Als ich hier mein Praktikum gemacht hatte, lag die Station noch in einem anderen Gebäude. Vor ein paar Jahren wurde dann eine eigene Klinik gebaut. Das neue Haus wirkte fast wie ein Architekturmuseum. Ich ging am Empfang vorbei und folgte den Pfeilen, wie Arno es mir beschrieben hatte. Ich hatte ihm versprochen, zumindest mal nach Sophie zu sehen. Schon als er mich gestern Morgen darum gebeten hatte, war mir mulmig geworden. Natürlich taten die Ärzte hier genug für ihre Patienten, und wer war ich schon, das zu hinterfragen? Trotzdem hatte ich es nicht geschafft, ihm den Wunsch abzuschlagen. Und da für heute keine Wohnungsbesichtigung auf dem Plan stand, war ich gleich hergekommen. Auch wenn es nach so vielen Jahren eher unwahrscheinlich war: Vielleicht lief ich ja einem vertrauten Gesicht über den Weg und konnte etwas in Erfahrung bringen. Wenn nicht, hatte ich es wenigstens versucht.

Die Klinik war hell und freundlich. An den Wänden zwischen den Zimmertüren hingen selbst gemalte Kinderbilder, überall stand Spielzeug herum wie in einer

Schule oder einem Kindergarten. Die Möbel in verschiedenen Kindergrößen waren bunt lackiert. Durch eine geöffnete Tür konnte ich in einen Aufenthaltsraum sehen, in dem es ein großes Holzpferd und ein Bällebad gab. Ohne die medizinischen Geräte hier und da könnte man glatt vergessen, dass dies ein Krankenhaus war. Ich folgte den Nummern bis zu dem Krankenzimmer, in dem Heiners Enkelin liegen musste. Den Gang hinunter räumte ein Pfleger etwas in ein Regal, Ärzte entdeckte ich keine. Und wenn doch, würde ich sie wohl kaum ansprechen. Ich klopfte und machte die Tür vorsichtig einen Spaltbreit auf. In einem Bett blätterte ein Kind in einem Bilderbuch.

»Kann ich irgendwie helfen?«, fragte jemand hinter mir.

Erschrocken fuhr ich herum und sah mich einem Mann im Arztkittel gegenüber, mit kinnlangem Haar und Harry-Potter-Brille. Er kam mir bekannt vor, war aber viel zu jung, um ein Kollege von früher zu sein.

»Oh, hallo«, sagte ich schnell. »Ich sollte für einen Freund … Ich bin eine Kollegin.«

Er sah mich skeptisch an. Sein herbes Aftershave stieg mir in die Nase. Und da wusste ich es wieder. Filiz' Feier am ersten Abend. Der »Notfall«. Er war mir zuvorgekommen.

»Wir kennen uns«, sagte ich. »Du warst doch neulich auf der Party in der WG.«

Jetzt entspannte sich sein Gesicht. »Ah, super Abend. Aber die Drinks waren für manche offenbar zu stark.«

Er sah mich prüfend an. »Entschuldige bitte, hatten wir uns unterhalten?«

Ich machte einer Schwester Platz, die einen Getränkewagen an uns vorbei in Sophies Zimmer schob. Ich hörte sie drinnen mit dem Mädchen sprechen. »Nur flüchtig. Wir waren beide am Gehen.«

Er verschränkte die Arme. »Boah, da war ich schon so müde. Und du arbeitest auch hier?«

»Quasi, ich fange vermutlich bald auf der Inneren an.« Ich zuckte angesichts dieser kühnen Aussage innerlich zusammen, aber er bemerkte es offenbar nicht.

Im Gegenteil, ich konnte sehen, dass sich etwas im Blick meines Gegenübers änderte. Als würde er mich erst jetzt richtig wahrnehmen. »Magst du … Magst du vielleicht einen Kaffee?«

Eigentlich nicht. Aber dies war meine Chance. »Gern.«

Er hielt mir die Hand hin. »Lennard, ich bin hier Assistenzarzt.« Wie damals Tim, dachte ich und schüttelte seine Hand.

»Ina, freut mich.« Ich folgte ihm über den Gang in die Stationsküche, die fast so nett aussah wie eine Ausstellungsküche bei Ikea.

Lennard nahm zwei Tassen aus dem Schrank und stellte eine unter den Vollautomaten. »Milch, Kaffeesahne?«

»Nur ein Schuss Milch, danke.«

»Okidoki.« Dampfend sprudelte der Kaffee aus der Maschine. Er goss etwas H-Milch aus einer Tüte hinzu, drückte nochmals auf den Knopf und ging mit beiden

Tassen zu einem Tisch vor dem Fenster. Wir setzten uns einander gegenüber.

Er strich sich die Haare hinter die Ohren. »Wann fängst du drüben an?«

»Nun ja, ich bin noch mitten im Bewerbungsverfahren.«

»Ah.« Er pustete in seinen Kaffee. »Die nehmen nur die Besten hier.«

Es faszinierte mich, dass er das ohne jeglichen Anflug von Ironie sagte. Und damit ohne Zweifel sich selbst meinte.

Ich nahm einen noch viel zu heißen Schluck und verbrannte mir prompt die Zunge. »Kann ich mir vorstellen. Deswegen ist Sophies Familie froh, dass sie hier in guten Händen ist.«

Er sah mich fragend an.

»Sophie Hausmann, Zimmer 64.«

Er nickte knapp.

»Sie ist die Enkelin eines Freundes. Medizinisch kein leichter Fall, aber wenn ihr jemand helfen kann, dann ihr hier.«

Er lächelte geschmeichelt. »Ja, kein leichter Fall.«

»Was ist eure Strategie?« Ich versuchte, einfach nur interessiert zu klingen, hörte aber, wie gekünstelt meine Frage rüberkam.

Lennard fühlte sich jedoch offenkundig hinreichend gebauchpinselt, um mir mehr zu erzählen. »Du weißt ja selbst, dass ich dir das so nicht sagen darf. Aber unter Kollegen … wir tappen da etwas im Dunkeln.«

Ich spürte, wie seine Aussage etwas tief in mir weckte. Eine alte Wut. Wie ein Monster schlich sie an die Oberfläche. »Stammzellspender werden gesucht, hab ich gehört.«

»Die berühmte Nadel im Heuhaufen.« Er wich meinem Blick aus.

Ich nickte. »Ja, ist gut, dass ihr so vernetzt seid, ihr ruft sicher auch über die sozialen Medien und so auf?«

Lennard trank mit abgespreiztem kleinem Finger. »Die Eltern machen das, nehme ich an.«

Ich musste kurz wegsehen, weil ich spürte, dass das Monster in mir zum Sprung ansetzte. Zum Glück zog in diesem Moment jemand anderes Lennards Interesse auf sich, denn er riss erschrocken die Augen auf.

»Herr Biehler, wie gemütlich. Wir waren vor drei Minuten für eine Besprechung verabredet.«

Ich drehte mich um. Hinter mir stand eine zierliche Frau mit Pixie-Schnitt und raumfüllender Präsenz. Auf den ersten Blick war mir klar, dass sie nur die Chefärztin sein konnte.

Lennard sprang auf, kippte den Rest seines Kaffees in die Spüle und räumte die Tasse mit hektischen Bewegungen in die Spülmaschine. »Frau Prof. Dr. Ludwig, ich habe kurz im Gespräch mit einer neuen Kollegin die Zeit vergessen, bitte entschuldigen Sie …« Seine Vorgesetzte war schon auf dem Weg nach draußen, als Lennard mir noch »Sorry! Du findest raus?« zuraunte.

Ich hob den Daumen und stand auf. Im Flur hörte

ich ihn sagen: »Sie wissen, wie wichtig es mir ist, neuen Kolleginnen behilflich zu sein …«

Ich kippte den Rest meines Kaffees ebenfalls weg und machte mich auf den Weg nach draußen.

Die Menschen strömten aus allen Ecken an den Elbstrand. Kein Wunder: Es war ein herrlicher Sommertag. Ich fand ein freies Zaunstück um ein großes Grundstück an der Elbchaussee, an das ich mein Rad schloss. Tim hatte als Treffpunkt die Treppen oberhalb der Strandperle vorgeschlagen. Ich lief den steilen Weg hinunter und blieb zwischendurch immer wieder stehen. Ehrfürchtig ließ ich den Blick schweifen, um die Aussicht zu genießen. Unter mir funkelte die Elbe. Darüber streckten sich erhaben die Hafenkräne in den Abendhimmel. Meine Füße rutschten in den Chucks nach vorn, so steil bergab ging es. Am Wegesrand waren Häuser in den Hang gebaut worden, die mit ihren Fachwerkfassaden, Erkerfenstern und efeuumrankten Holztüren allesamt aussahen wie aus einem ZDF-Sonntagabendfilm. In jedes einzelne davon wäre ich sofort eingezogen.

Etwa auf halber Strecke sah ich auf meine Handyuhr. Noch eine Viertelstunde, bis Tim und ich verabredet waren. Spontan lehnte ich mich an die Mauer eines Vorgartens und wählte die Nummer meiner Mutter.

Sie ging sofort dran. »Ina, mein Schatz, alles gut?«

»Hey, Mama, alles gut. Wie ist es bei euch?« Ich drückte mich noch etwas näher an die Mauer, um einer größeren Gruppe, die an mir vorbei nach unten lief, Platz zu machen. Alle trugen Strandtaschen über dem Arm, einer hatte Boxen mitgebracht, aus denen wummernde Beats schallten.

»Wunderbar, die Wiese ist voller Camper bei dem tollen Wetter. Ist es bei euch auch so warm?« Ich konnte meine Mutter bei dem Lärm kaum verstehen und presste das Handy ans Ohr.

»Total. Wie geht es Merle, ist sie immer noch so schlapp?« Mir fiel ein, dass ich Dr. Gezer nicht angerufen und wegen der Medikamente gefragt hatte.

»Ne, es wird mit jedem Tag besser.« Sie klang nicht ganz überzeugt, und ich fragte mich, ob sie mich nur beruhigen wollte, damit ich mich raushielt. »Gibt es was Neues bei der Jobsuche?«

»Noch nicht, aber ich rechne jeden Tag mit einer Nachricht.« Ich hatte jetzt wenig Lust, dieses Thema zu vertiefen, daher fügte ich schnell hinzu: »Du müsstest meinen Ausblick sehen, ich bin gerade an der Elbe.«

»Oh, schick bitte nachher mal ein Foto, das klingt toll.« Meine Mutter klapperte im Hintergrund mit etwas. »Schatz, sei nicht böse, kann ich dich vielleicht morgen zurückrufen? Ich hab ein Brot im Ofen, und Omi ruft.«

»Kein Problem, grüß alle und gib Merle einen Kuss.«

Als wir aufgelegt hatten, stieg ich die letzten Meter hinab, wo der steile Pfad in einen kleinen Fußweg mündete, der oberhalb des Strandes verlief. Ich war hier schon einmal mit Filiz gewesen, erinnerte ich mich, allerdings an einem trüben Herbsttag, an dem wir fast allein am Ufer entlangspaziert waren.

Heute war alles voller Menschen, und ich sah mich suchend nach meiner Verabredung um. Ich entdeckte Tim an der Treppe. Er trug Retro-Sneakers und sein Käppi und hatte den Blick suchend in die Menge gerichtet. Als ich näher kam, bemerkte ich den Hund, der neben ihm saß. Er war grau-weiß gefleckt und hatte einen massiven Unterbiss. Er blickte mich an.

»Ina!« Tim hatte mich ebenfalls entdeckt und kam strahlend auf mich zu. »Hast du alles gut gefunden?«

»Ja.«

Tim zeigte neben sich. »Darf ich vorstellen: Ina, Murmel. Murmel, Ina.« Die Bulldogge sah etwas gelangweilt auf den Boden. Ich beugte mich hinunter und hielt ihr vorsichtig meine Hand hin. »Hey, du.« Murmel drehte den Kopf weg.

Tim tätschelte ihm den Nacken. »Der braucht immer etwas, bis er auftaut.«

»Das kenne ich.« Lachend richtete ich mich wieder auf.

Wir liefen ein paar Stufen runter zum Strand. Tim schlüpfte aus seinen Turnschuhen. Ich tat es ihm nach und trat mit den Füßen in den warmen Sand. Leise Loungemusik klang aus den Boxen an der Strandbar. Als ich mit Filiz hier gewesen war, hatte nur ein Kiosk aufgehabt. Jetzt standen Tische und Stühle dicht an dicht auf der Terrasse und dem umliegenden Sand, alle besetzt. Vor der Getränkeausgabe hatte sich eine lange Schlange gebildet.

Tim wies mit dem Kopf strandaufwärts. »Ist es für dich okay, wenn wir uns da ein Plätzchen suchen?«

»Klar.«

Nebeneinander stapften wir durch den Sand, vorbei an zahllosen Lagern mit fröhlichen Hamburgern, die feierten, dass endlich der Sommer da war. Tim ließ Murmel von der Leine, und der Hund flitzte angesichts seiner Körperfülle überraschend flink aufs Wasser zu. Ich ertappte mich bei dem Gedanken, dass Hund und Besitzer ganz gut zueinanderpassten. Beide kompakt, aber sportlich. Kleine Wellen rollten an den Strand, und Murmel verausgabte sich bei immer neuen Versuchen, sie zu jagen. Ich sah zu Tim und musste über seinen Gesichtsausdruck grinsen. Er bemerkte meinen Blick und schüttelte lachend den Kopf. »Ich hab's dir gesagt, ich bin total verschossen in dieses Tier.«

Murmel rannte hin und her, jagte jede Welle, und bald hing ihm die Zunge weit aus dem Hals. Tim wies auf eine freie Stelle im Sand. »Da?«

Ich nickte. Er holte eine Picknickdecke aus der großen Strandtasche, die er über der Schulter trug – ein schickes Plaid mit Fransen am Rand und dunkler Isolierfolie an der Unterseite. Außerdem hatte er noch zwei Fleecedecken mitgebracht.

»Katrin friert immer so schnell, deshalb …«, erklärte er, dann unterbrach er sich und legte alles vor uns auf den Sand. Vermutlich war ihm aufgefallen, dass diese Bemerkung etwas unpassend war.

Ich setzte mich neben ihn und holte aus meiner Tasche die Box mit Wurstbroten, die ich geschmiert hatte. Dazu Gurken aus Arnos und Heiners Garten. »Ich wollte dich ja eigentlich zurück einladen«, begann ich. »Aber da dies ein Picknick ist, gibt es Stullen. Und zum Nachtisch was Süßes. Ich hätte selbst gebacken, allerdings habe ich gerade keinen Ofen.«

»Oh, gibt es in der WG-Küche keinen?« Tim beugte sich interessiert über meine Tupperdose.

Ich hätte mir beinahe auf die Zunge gebissen. »Gerade nicht«, log ich. »Greif zu.«

Ich öffnete die Dose mit den Wurstbroten, was Murmel dazu veranlasste, die Wellen Wellen sein zu lassen und sich vor Tim in Stellung zu bringen. Der Hund sah sein Herrchen mit kreisrunden Augen an, ein Speichelfaden tropfte aus seinem halb offenen Maul. Tim holte eine Schale aus seiner Tasche, in die er Wasser aus einer Aluflasche füllte. Dann wickelte er etwas Längliches, Braunes aus einer Serviette und reichte es dem Hund. »Selbst gebacken, Murmel hat einen empfindlichen Magen.« Tim zuckte entschuldigend mit den Schultern.

Die Bulldogge schnappte gierig nach dem knochenförmigen Hundekuchen und legte sich kauend zwischen uns. Gab es etwa Backformen in Knochenform?, fragte ich mich amüsiert.

»Ich hol uns noch schnell was zu trinken«, verkündete Tim und war schon auf den Beinen. »Murmel, bleib«, befahl er. Dann sah ich ihn durch den Sand Richtung Strandperle davonstapfen.

Murmel ließ den Hundekuchen fallen und hob den Kopf. Aufmerksam lugte er seinem Herrchen hinterher und fiepte leise.

»Alles gut«, tröstete ich ihn und streichelte seinen Kopf. »Er kommt gleich wieder.« Der Hund schaute wiederholt skeptisch von seinem sich entfernenden Herrchen zu mir. Dann seufzte er tief und kletterte auf meinen Schoß. Ich spürte seine Krallen durch den Stoff meines langen Jeanshemdes. Etwas unsicher kraulte ich ihn hinter den Ohren. Murmel begann zu schmatzen, es gefiel ihm also offenbar.

So saßen wir noch da, als Tim mit zwei Flaschen Alster wiederkam. »Aha. Das hätte ich mir denken können.« Er grinste. »Natürlich nutzt Murmel die Situation gnadenlos aus.« Er ließ sich neben mich auf die Decke fallen. »Im Ernst, das macht er nicht bei jedem. Er spürt, dass du eine Gute bist.«

Prompt sprang der Hund von meinem Schoß und versuchte, Tim abzuschlecken, was dieser nur halbherzig abwehrte. Danach nagte Murmel wieder an seinem Leckerli herum, während wir schweigend Stullen aßen, Alsterwasser tranken und den Blick auf die schimmernde Elbe richteten. Tim wirkte heute irgendwie abwesend, dachte ich.

»Langer Tag?«

»Hm?« Er sah mich an. »Oh, entschuldige, ja, irgendwie hatte ich zu Hause tausend Sachen zu klären, statt mich an meinem freien Tag zu erholen. Aber das hier tut gerade gut.«

Wir picknickten, Elbfähren tuckerten an uns vorbei, und irgendwann traute ich mich, ihn nach Sophie zu fragen. »Was meinst du, ist sie in der Kinderklinik in guten Händen?«

Er sah mich ein wenig empört an. »Natürlich ist sie das. Ganz bestimmt.« Dann wanderte sein Blick weiter zu Murmel, der seinen Hundekuchen vertilgt hatte und nun platt auf dem Bauch zwischen uns schlief.

Ich hätte eigentlich gern noch weiter mit ihm über diese Sache geredet, aber ich spürte, dass es da eine Grenze gab. Oder er wollte an seinem freien Tag einfach nicht über die Arbeit sprechen.

Tim lehnte sich zurück, wobei seine Hand meinen Arm streifte. Er ließ diese Berührungen einfach so geschehen, und vermutlich waren sie tatsächlich unbeabsichtigt, aber in mir entzündeten sie kleine Feuerwerke. Nun legte er sich auf den Rücken und guckte in den Himmel. Uns trennte nur der schlafende Hund. Ich dachte darüber nach, ob ich mich ebenfalls hinlegen sollte. Wäre dies ein Liebesfilm, würde ich es tun. Ich würde mit ihm in den Himmel schauen und am Hund vorbei nach seiner Hand greifen. Allein bei dem Gedanken wurde mir ganz flau im Magen. Aber dies war kein Liebesfilm. Der Mann neben mir war verheiratet. Mit einer Frau, die leicht fror. Weswegen er extra Decken mitgebracht hatte.

Plötzlich machte mich das traurig. Der Hafen vor

mir im Abendlicht. Die vielen Menschen, die alle irgendwie zusammengehörten. Und ich hier mit jemandem, zu dem ich mich hingezogen fühlte und der etwas anderes von mir wollte als ich von ihm.

»Schau mal«, riss Tim mich aus meinen Gedanken. Er setzte sich auf und weckte damit auch den Hund, der kurz verschlafen den Kopf hob. Tim zeigte die Elbe hoch. Ich folgte mit dem Blick seinem Finger und sah, was er meinte. Ein großes Containerschiff schob sich vor den blassrosa Abendhimmel. Patrouilliert von zwei Lotsenbooten glitt es langsam an uns vorbei. Einige Leute um uns herum wandten die Gesichter zum Ufer und schauten ihm zu.

»Manchmal denke ich, ich hätte zur See fahren sollen«, sagte Tim neben mir. »Wie muss es sein, so ein Teil zu steuern?«

Ich blickte dem Schiff hinterher, das auf die Landungsbrücken zuhielt. »Du? Du hattest zwar auch mal stressige Phasen, aber für dich ist der Job doch wirklich Berufung«, gab ich ungläubig zurück.

Tim schüttelte leise lachend den Kopf. »Nicht immer, nein.«

»Komm schon!«

Er streichelte Murmel, der die eingedrückte Schnauze auf seinem Knie abgelegt hatte. »Auch ich habe Tage, an denen ich Dinge mit nach Hause nehme und damit hadere, nicht mehr tun zu können.«

Das Containerschiff war nun fast aus unserem Blickfeld verschwunden. »Das hätte ich nicht gedacht.«

»Tja«, Tim sah mich ernst an. »Manche Menschen schützen sich durch Leisesein.« Er legte eine Hand auf seine Brust. »Andere durch Lautsein.« Er schluckte hörbar. »Und die, die sich am allercoolsten geben, sind oft die mit dem allerweichsten Herz.«

Ich sah ihn mit großen Augen an. Für einen Moment stand die warme Abendluft zwischen uns still.

»Du bist vielleicht der Erste, der das durchschaut hat«, sagte ich mit belegter Stimme.

Diesmal war er es, der meinem Blick nicht standhielt. Der eine der Decken nahm und sie mir hinhielt. »Brauchst du die?«

Ich nahm sie, auch wenn mir wärmer nicht hätte sein können. Dann legte ich sie doch neben mich und rappelte mich auf. »Diesmal bin ich mit dem Getränkeholen dran. Noch ein Alster?«

Mit den kühlen Flaschen in der Hand sahen wir ein paar kleineren Schiffen dabei zu, wie sie in den Hafen hinein- oder herausfuhren. Aßen etwas von den Franzbrötchen, die ich mitgebracht hatte. Winkten den Passagieren eines Kreuzfahrtschiffes, die aufgereiht am Geländer standen und sich von dieser wundervollen Stadt verabschiedeten. Und langsam entspannte ich mich wieder und konnte dies als das sehen, was es war: ein netter Abend mit einem alten Freund.

Zu später Stunde kam noch einmal Leben in Murmel. Er rannte wie wild geworden durch den Sand, wobei er laute Grunzgeräusche von sich gab. Dabei war er so außer sich, dass er auch über fremde Picknicklager peste und Tim ihm hinterhereilen musste, um ihn wieder einzufangen. Es gelang ihm schließlich auf der Decke eines Pärchens, das etwas weiter vorn am Wasser saß. Die Frau trug die Haare zu einem wilden Knoten hochgesteckt, was das Tribal-Tattoo in ihrem Nacken gut zur Geltung brachte. Der Mann hatte einen massiven Lockenkopf. Als er das Gesicht hob und mit Tim sprach, erkannte ich ihn: Das war Moritz. Da saß Filiz' Moritz, zusammen mit einer anderen Frau auf einer Decke. Noch während ich versuchte, diese Information einzuordnen, kam ein Mädchen angelaufen, schätzungsweise im Vorschulalter, und stürzte sich regelrecht auf Murmel. Moritz schnappte sie am Arm und zog sie liebevoll auf seinen Schoß. Die Frau mit dem Dutt wuschelte ihr durch die dichten blonden Locken. Es dauerte ein paar Sekunden, bis ich begriff, was ich da gerade sah. Und plötzlich verstand ich Filiz' Skepsis. Die Augenringe. Ihren Stress. Es hatte nicht nur mit dem neuen Laden zu tun. Und ich war nicht die Einzige, die einen Mann mochte, der vergeben war.

Tim und Moritz lachten laut miteinander, als würden sie sich kennen. Sie schlugen sich zum Abschied lässig ein, und Tim hielt auch dem kleinen Mädchen die Faust hin. Es erwiderte die Geste so kraftvoll, dass Tim sich danach die Hand hielt, was wieder alle zum Lachen brachte.

Dann stapfte er mit Murmel unter dem Arm auf mich zu. Er war nicht klassisch schön, dachte ich, war er nie gewesen. Er besaß weder eine so coole Frisur wie Moritz noch die lässige Attitüde. Sein alter Trekkingrucksack, der Fahrradhelm, die Retro-Sportklamotten – nichts davon passte auf den ersten Blick so richtig zusammen. Und dann doch wieder alles daran. Denn für mich besaß Tim das netteste und ansteckendste Lachen, das ich je bei einem Mann erlebt hatte. Außerdem war er vermutlich der freundlichste Mensch der Welt. Und nichts hätte ihn für mich attraktiver machen können.

»Danke, dass du mitgekommen bist«, sagte er, als er sich wieder neben mich setzte. »Ich hatte lange keinen so entspannten Abend mehr.« Er leinte Murmel an, der geräuschvoll seine Wasserschale leerte.

Ich ließ etwas Sand durch meine Finger rieseln, der hier dunkler und grober war als in meiner Heimat. »Darf ich dich etwas fragen?«

»Klar.« Tim schaute dem Sand nach, der nach und nach von meiner Handfläche rutschte.

»Die Leute, die sich besonders cool geben … Hast du damit mich gemeint?«

Er sah mich fragend an.

Ich blickte auf den Boden, anschauen konnte ich Tim gerade nicht. »Na ja, seit ich ein Teenager bin, höre ich, dass Leute, vor allem Männer, sich vor mir fürchten, dass ich unnahbar oder kühl bin. Dabei empfinde ich mich selbst ganz anders.«

Jetzt sah ich ihn an.

Er war ungewohnt ernst. »Ich fürchte, ich habe dich durchschaut, Ina Petersen.« Etwas in seinem Blick flackerte. »Und vermutlich ist das vor allem so, weil du zu mir noch nie unnahbar oder furchteinflößend oder kühl warst.«

Ich spürte, wie die Flecken meinen Hals hinaufwanderten, und kurz fühlte es sich an, als hätte er mir hier, mitten auf dem goldgelben Elbstrand voller Menschen, die Klamotten vom Leib gerissen.

»Tja, manche behaupten, ich rede zu wenig.« Er lachte, aber es wirkte angespannt. »Bei dir denke ich manchmal, ich rede zu viel.«

»Keineswegs.«

Ich versuchte, seinen Blick einzufangen, doch er ließ ihn wieder über den Hafen schweifen, während er gleichmäßig dem Hund über den Rücken streichelte.

Ein paar Minuten schwiegen wir, dann sagte Tim: »Wollen wir langsam aufbrechen?«

12

»Ina! Den Hammer!« Heiner klang genervt. Als hätte ich etwas an den Ohren, wiederholte er: »Ina! Könntest du mir bitte den Hammer geben?«

»Nun lass sie doch!« Noch ehe ich mich bücken konnte, griff Arno an mir vorbei in die Werkzeugkiste. »Sie hat nicht gut geschlafen.«

Ich fasste mir an die Stirn. »Entschuldigt bitte, ich bin heute etwas langsam, es war zu heiß unter der Dachschräge, ich habe kaum ein Auge zugetan.«

Natürlich lag es nicht nur an der Hitze, dass ich schlecht geschlafen hatte, sondern vor allem daran, dass ich die halbe Nacht über Tim nachgegrübelt hatte. Aber das wollte ich den beiden lieber nicht erzählen.

»Wird Zeit, dass es gewittert«, grummelte Heiner. »Diese Spannung in der Luft macht die Leute bekloppt.«

Er hämmerte auf die Holzstreben ein.

Die zwei hatten heute früh unangekündigt im Garten gestanden, der eine mit einer Werkzeugkiste unter dem Arm, der andere mit einer Schubkarre voller Bretter. »Der Steg muss repariert werden. Und außerdem brauchst du ein Hochbeet«, hatte Arno verkündet.

»Danke. Aber warum ein Hochbeet?«, hatte ich in meinen Kaffee gemurmelt und ein verständnisloses Kopfschütteln geerntet, gefolgt von: »Alle haben jetzt eins.«

Und seitdem sägten und hämmerten die Herren, und ich unterstützte sie offenbar nicht so enthusiastisch, wie sie es sich vorgestellt hatten.

Etwas lustlos rührte ich im Müsli, das sie mir mitgebracht hatten. Arno hatte mir vorher zugeraunt, dass Heiner sich beschwert hatte, dass er so zulege, wenn Arno jeden Morgen süßes Gebäck zum Frühstück serviere. Also gab es jetzt bis zum Wochenende erst mal eingeweichte Haferflocken mit Obst.

Ich betrachtete Heiner, der ein Brett zersägte. Ein Schweißfilm hatte sich auf seiner Oberlippe gebildet. Wie er sich wohl fühlte wegen Sophie? Ich würde nicht nachfragen, entschied ich. Bestimmt ging es Arno bei dieser Hochbeet-Aktion auch darum, Heiner abzulenken. Richtig gute Laune bekam er davon allerdings augenscheinlich nicht.

»Du bist keine große Hilfe«, motzte er mich an. »Ich dachte, du bist auf einem Bauernhof aufgewachsen.«

»Na und?« Ich löffelte stoisch mein Müsli. »Muss ich deswegen Hochbeete bauen können?«

Heiner wischte sich mit dem Handrücken den Schweiß ab. »Aber anpacken solltest du schon können, oder?«

Er grummelte, dass er noch einen anderen Schraubenzieher brauche, und ging in seinen Garten. Arno sah ihm mit liebevollem Blick nach. »Dass er dich so anmotzt, bedeutet im Grunde nur, dass du für ihn jetzt zur Familie gehörst. Mit den meisten redet er gar nicht.«

Ich zog die Nase kraus.

»Ehrlich, er mutet sich nur Leuten zu, die er mag.«

Ich schob den letzten Löffel Müsli in den Mund. »Ich fühle mich zutiefst geehrt.«

Arno hatte noch immer diesen liebevollen Blick. »Wir sind seit vierundzwanzig Jahren ein Paar.«

Erstaunt sah ich ihn an. »So lange schon?«

Arno nickte selig. »Er war früher einmal mit Ulrike verheiratet, hat eine Tochter aus dieser Verbindung, etwa in deinem Alter. Aber dann traf er mich, und was soll ich sagen? Manchmal soll es so sein.« Er lächelte versonnen in sich hinein. »Aber wir haben ein gutes Verhältnis. Ulrike hat wenige Jahre später wieder geheiratet und noch mal zwei Kinder bekommen. Wir feiern alle zusammen Weihnachten.«

»Das klingt toll.«

»Ist es, ist es.« Er zögerte. »Weißt du, Heiner wirkt oft ein wenig muffelig, aber wenn du es einmal in sein Herz geschafft hast, geht er für dich durchs Feuer.«

Schon kam Heiner zurück, einen weiteren Schraubenzieher in der Hand. »Habt ihr nichts zu tun, oder was steht ihr hier rum?«, raunzte er uns an. Arno gab ihm einen schmatzenden Kuss auf den Mund, was Heiner grummelnd über sich ergehen ließ.

Nach etwa drei Stunden war der Steg repariert, und dort, wo früher das kaputte Gewächshaus gestanden hatte, befand sich nun ein neues Hochbeet.

Arno betrachtete stolz unser Werk. »Vorschlag: Wir holen noch Dünger, Mulch und Erde aus unserem Garten. Und du besorgst uns vom Markt drüben was zum Mittagessen.«

Ich gähnte leise, wissend, dass das nicht wirklich ein Vorschlag war. »Deal.«

Mit schweren Augenlidern ging ich über den Wochenmarkt, der nicht nur dienstags, sondern auch, wie heute, donnerstags sowie samstags stattfand. Ich hatte mir vorgenommen, Ayda zu besuchen und türkische Pizza mit ihrer Spezialfüllung für uns zu holen, doch vor einem Gemüsestand lief ich Moritz in die Arme.

»Hey, Ina, was geht?«, rief er mir fröhlich zu.

Der hatte Nerven. Gestern Abend mit seiner Familie am Elbstrand abhängen und jetzt so tun, als sei nichts gewesen.

»Hey, Moritz«, erwiderte ich etwas schmallippig. »Alles klar bei dir?«

Da bemerkte ich, dass er seine Tochter an der Hand hielt. Von Nahem sah sie mit ihren blonden Locken und den großen blauen Augen noch süßer aus.

»Das ist Josefine«, sagte Moritz. »Wir nennen sie Fine.« Eine Erinnerung schoss mir durch den Kopf, von dem Tag, an dem ich hier angekommen war. Die Puppe mit dem Post-it auf dem Bauch. »Fines?«, hatte jemand daraufgeschrieben. Sie hatte vor einer Wohnung gesessen. Vor der von Moritz' Familie.

Konnte es wahr sein, dass Filiz eine Affäre mit einem Mann hatte, der zwei Stockwerke unter ihr mit Frau und Kind wohnte? Die Sache wurde immer merkwürdiger.

Fine trug weite Shorts und ein Shirt mit großem Schriftzug wie ihr Vater, und wie er hatte sie stylische Sneakers an den Füßen. Sie knabberte an einer sauren Gurke, die genauso aussah wie die, die Sebastian neulich gegessen hatte. Dabei starrte sie mich unverwandt an. »Du hast schöne Haare.«

»Oh, danke.« Ich lächelte ihr zu. »Das Gleiche habe ich gerade über deine gedacht.«

»Meine kann man nicht kämmen.« Fine zog an einer Locke und ließ sie zurückspringen. »Wie die von Filiz.«

Sie kannten sich. Natürlich kannten sie sich.

Moritz fuhr Fine durch die Locken. »Hey, meinst du, ich kann demnächst mal mit dir sprechen?«

Ich sah ihn unsicher an.

»Über Filiz, ich … Ich glaube, ich brauche da mal den Rat ihrer Freundin, es geht um ein Geschenk.«

»Ähm …« Ich schaute von Fine, die mich immer noch interessiert musterte, zu ihm. »Ja, sicher. Kennst du den Schrebergarten der WG, da …«

Er nickte. »Den kenne ich.«

»Ich liebe den Garten!«, rief Fine. »Ich will mit.«

Moritz zwinkerte mir zu. »Klar, das machen wir auch bald.«

Etwas unsicher standen wir voreinander. »Na dann«, sagte ich schließlich. »Tschüss, Moritz, tschüss, Fine, bis bald.«

»Bis bald, ich melde mich!« Moritz zog Fine sanft weiter. »Komm, Mausi, wir kaufen noch Erdbeeren, ja?«

Fine ließ sich mitziehen, blickte sich aber noch mehrmals nach mir um.

Ich fand Ayda hinter ihrem Stand, wo sie gerade neue Fladenbrote holte.

»Ina, mein Herz, du warst ja immer noch nicht bei uns!« Sie drückte mich fest.

»Entschuldige, Ayda, ich habe gerade echt viel zu tun mit der Wohnungssuche und so.«

Sie hievte eine weitere Kiste Brot aus dem Auto und stellte sie auf die andere. »Medi und ich planen unser Sommerfest, kommst du? Filiz sagt, sie weiß nicht, ob sie es schafft. Ich sehe sie gar nicht mehr, obwohl sie nur zweihundert Meter Luftlinie entfernt wohnt.«

»Ja, sie …« Ich zögerte. »… hat gerade einiges auf dem Zettel.« Wenn du wüsstest.

Sie wischte sich die Locken aus der Stirn, und ich dachte, was für ein Zufall es war, dass Fine fast die gleichen Haare hatte, nur in hell, und glatt als ihr Enkelkind durchgehen würde. »Wenn du kommst, kommt sie auch, also? Du darfst auch deinen Verlobten mitbringen.«

Ich lächelte etwas müde. »Ich verspreche, wenn ich bis dahin einen finde, bringe ich ihn mit.«

Mit drei prall gefüllten türkischen Pizzen und zwei Schalen Erdbeeren in der Tasche machte ich mich auf den Weg zurück. Ob ich wohl noch jemanden von den wenigen Menschen, die ich in meinem neuen »Dorf« kannte, treffen würde? Als ich an den letzten Ständen des Marktes angelangt war, wusste ich die Antwort: Ich würde. Ich erkannte Tims Kollegin sofort, obwohl sie Jeans und keinen Arztkittel und statt einer steilen Stirnfalte ein freundliches Lächeln im Gesicht trug. Ich drehte mich schnell weg und betrachtete interessiert eine Kiste Kartoffeln an einem der Stände. Das Letzte, was ich jetzt brauchte, war ein Zusammentreffen mit gezwungenem Small Talk mit Julia Schäfer. Dabei konnte ich nur verlieren. Zum Glück war sie ohnehin abgelenkt, denn sie unterhielt sich angeregt mit einer anderen Frau. Auch diese kam mir irgendwie bekannt vor. Sie sah jünger aus, hatte glänzende braune Haare und ein weiches, freundliches Gesicht, das dezent geschminkt war. Ihr luftiges gestreiftes Kleid schmiegte sich um ihre wohlproportionierte Silhouette. Sie war eine dieser Frauen, die man niemals in ausgeleierten Shorts antraf. Ich würde nie begreifen, wie sie das anstellten. Waren sie schlicht eitler als ich, die ich hier gerade in meinem staubigen, verschwitzten Gartenshirt stand? Investierten sie mehr Zeit und Geld und Mühe? Oder wurden sie so geboren: niemals verschwitzt, stets in gut sitzenden Klamotten und mit diesem Teint, der nie fahl oder fleckig aussah? Die Frau kicherte über etwas, das Julia Schäfer sagte, dann waren sie auch schon an mir vorbeigezogen. Erst da sah ich den Hund, den die andere an der Leine führte. Und wusste wieder, woher ich sie kannte.

Arno und Heiner hatten mich nach dem Essen allein gelassen, um ein Mittagsschläfchen zu machen. Das Hochbeet, hatte Heiner verkündet, würde ich ja wohl selbst bepflanzen können. Netterweise hatte Arno mir Radieschensamen und Kohlrabisetzlinge überlassen, außerdem Pflücksalat und Spinat. Behutsam setzte ich die winzigen Pflänzchen in die lockere, tiefbraune Erde. Dabei kreisten meine Gedanken um Katrin. Tims Frau. Wir waren uns bis heute nie persönlich begegnet. Aber ich hatte selbstverständlich im Internet nach ihr recherchiert, immer mal wieder. In den vergangenen Jahren fand man mehr und mehr über sie, denn Katrin war als Schriftstellerin mittlerweile ziemlich erfolgreich, und es gab jede Menge Fotos, auf denen sie stets so aussah wie jemand, den man gern als Freundin hätte. Ich musste mir die Sache mit Tim endgültig aus dem Kopf schlagen, entschied ich, während ich Radieschensamenkörner in die Erde drückte. Es war nicht gesund für mich, mich in Fantasien zu verlieren, von denen ich nicht mal selbst wollte, dass sie wahr wurden. Ich hatte mir immer geschworen, niemals diejenige zu sein, die sich in eine andere Beziehung drängt. Tim war glücklich verheiratet, mit einer wirklich tollen Frau. Ich nahm mir vor, mich ab jetzt einfach für ihn zu freuen. Schluss mit diesen privaten Dates, so ging es wirklich nicht weiter.

Nachdem alle Samen und Setzlinge in der Erde waren, duschte ich. An diesen heißen Tagen war das Wasser, das aus der Gießkanne plätscherte, so badewannenwarm, dass ich mich nach der Erfrischung sehnte, die es anfangs gewesen war. Ich warf mir ein langes Sommershirt über und setzte mich damit auf meinen frisch instand gesetzten Steg. Voller Genuss hielt ich die Füße ins Wasser und beobachtete, wie die Seerosen an der Oberfläche schimmerten. Zumindest das Wasser der Alster war noch einigermaßen kühl. An mir vorbei glitten Stand-up-Paddler, Ruderer und Tretboote. Kein Wunder, bei dem Wetter waren alle am oder auf dem Wasser.

»Hey«, rief plötzlich jemand zu mir herüber. Ich hob den Blick. Da war Sebastian. In einem roten Kanu.

Ich winkte ihm. »Hey.«

Er paddelte etwas näher ran. »Nicht schlecht, so einen Steg ganz für sich zu haben, oder?«

»Allerdings.«

Er griff mit einer Hand nach einem Pfahl und zog sich seitlich zu mir heran.

»Cooles Boot.«

»Ja, ich war auch froh, heute mal wieder loszukönnen.« Als ich nicht weiter nachfragte, sagte er: »Ich baue Überstunden ab.«

»Hm.« Ich sah, dass er barfuß im Kanu saß, nur mit Badeshorts bekleidet, eine Sportlersonnenbrille über den Augen. Hinter ihm war eine dieser Tonnen festgezurrt, die man wasserdicht verschließen kann. »Macht bestimmt Spaß.«

»Total.« Er drehte geschickt das Paddel in den Händen. »Hast du schon was vor? Du könntest mitpaddeln.«

Ich zog die Nase kraus. »Du weißt doch, dass ich allem Sportlichen gegenüber herzlich abgeneigt bin.«

Er legte den Kopf schräg. »Man muss nicht besonders sportlich dafür sein.«

Ich schob die Hände unter meine Oberschenkel. »Ich habe es auch nicht so mit Wasser.«

»Verstehe.«

Sebastian stieß sich bereits wieder ab, als etwas in mir protestierte. Ich hatte heute nichts vor. Filiz war bestimmt wieder bei Moritz, die nächste Wohnungsbesichtigung war erst morgen, das Wetter war herrlich. Und alle sagten, am schönsten sei Hamburg vom Wasser aus.

»Warte!«, rief ich Sebastians leicht gerötetem Rücken zu. »Ich komme doch mit. Was brauche ich?«

Sebastian wendete flink das Boot und sah an seinem Sixpack hinunter. »Nichts.«

Erst als ich schon zu ihm in das wacklige Kanu gestiegen war, fiel mir ein, dass die Laube offen stand und dass darin mein Portemonnaie, mein Laptop und mein Handy lagen. Dass ich mich vielleicht hätte eincremen sollen. Aber hey, es würde ja nur ein kurzer Ausflug werden.

Es stimmte, was alle sagten. Vom Wasser aus war Hamburg noch schöner. Zunächst fuhren wir das Fleet entlang an anderen Schrebergärten vorbei, die eigene Wasserzugänge besaßen. Manche der Parzellenpächter hatten Stühle ans Ufer gestellt, andere Sonnenliegen. Dichtes Schilf wuchs um die Stege. An vielen lagen Boote bereit, in einem saß ein Angler und nickte uns zu. Oben an der Straße hinter den Gärten konnte ich den Wochenmarkt, ja sogar Aydas Stand erkennen, und für einen kurzen Moment war ich mir sicher, ihre laute Stimme zu hören. Wir fuhren unter einer mit Graffiti besprayten Brücke hindurch, an einer Restaurantterrasse vorbei, dann bogen wir in einen engen, von Hauswänden eingerahmten Kanal ab, der voller Boote und Paddler war.

»Wir müssen hier kurz warten«, sagte Sebastian. Ich drehte mich um und sah, wie er die Tonne zu sich heranzog. Er wühlte darin herum und holte eine Tube heraus, aus der er ein walnussgroßes Häufchen Sonnencreme auf seine Hand drückte. »Du auch?« Er verteilte die Creme auf seinen Schultern.

»O ja, bitte«, sagte ich, obwohl ich vermutete, dass Sebastian bei seinem Teint Lichtschutzfaktor 5 benutzte, was mir bei meiner Haut nicht mal im Winter weiterhelfen würde. Aber da meine zähflüssige 50-plus-Paste in der Laube lag, war dies hoffentlich besser als nichts. Er reichte mir die Tube nach vorne. Zu meiner Überraschung war es eine Dreißiger-Lotion – ein Glück, das sollte für eine halbe Stunde Schutz bieten. Ich schmierte mir großzügig Creme auf Arme, Beine und Gesicht.

»Ich kaufe dir eine neue!« Schuldbewusst schaute ich auf die ziemlich ausgequetschte Tube. »Ich brauche viel, ich bin empfindlich.«

»Das sehe ich.« Seine Mundwinkel zuckten. »Du bist… sehr weiß.«

Energisch cremte ich weiter. »Danke, sehr charmant, ja, ich bin weiß, und im Sommer werde ich dunkelweiß, hat Martin früher immer gesagt.«

Mir fiel auf, dass Sebastian auf meinen Arm blickte. »Ich meinte wegen der Creme.« Ich folgte seinem Blick. Stimmt, ich war wirklich ziemlich dick eingecremt.

Ich verrieb die Schlieren darauf. »Viel hilft viel.«

Er lachte glucksend, was seine Bauchmuskeln tanzen ließ. Ich war lange keinem halb nackten Mann mehr so nah gewesen, dachte ich und zwang mich, wieder nach vorn zu schauen. Zu meiner Entschuldigung konnte ich allerdings anführen, dass nicht nur mich Sebastians freier Oberkörper aus dem Konzept brachte. Drei Frauen in Bikinis, die in einem Schlauchboot an uns vorbeifuhren, stand kurz der Mund offen – und sie sahen ganz sicher nicht mich an. Genauso wenig wie die zwei braungebrannten Typen auf Stand-up-Paddle-Boards, die offensichtlich angetan den halb nackten Kerl hinter mir im Kanu musterten. Mich schien dabei niemand zu bemerken. Die, die es doch taten, fragten sich bestimmt, was der Hottie mit der weiß zugekleisterten Frau im Longshirt wollte, die ganz offensichtlich keine Ahnung hatte, wie man mit einem Paddel umging. Ich war erleichtert, dass ich mir vor meiner

Arbeit in Filiz' Laden wenigstens noch die Zehennägel lackiert hatte. Alle hier waren augenscheinlich auf den Sommer vorbereitet. Ganzkörper-vorbereitet. Deswegen ging ich in Nordfriesland im Sommer nicht allzu oft an den Strand. Ich fühlte mich auf nackte Haut in der Öffentlichkeit eigentlich nie vorbereitet. Anders als Sebastian, aber wofür rannte man sonst ständig um die Alster und verzichtete auf Kohlenhydrate, wenn nicht dafür, das Ergebnis auch präsentieren zu können?

Als wir uns weiter durch das Gedränge auf dem Wasser schoben, erkannte ich, warum es hier so voll war. Aus einem Fenster in einer Hauswand wurde etwas herausgereicht: Flaschen, Kuchen, Eis am Stiel.

»Was magst du haben?«, fragte Sebastian und nahm erstmals die Sonnenbrille ab.

Ich wandte mich um und überlegte. »Was nimmst du denn? Ein stilles Wasser?« Er verzog das Gesicht, als ich hinzufügte: »Nicht dass ich nicht schon Übung darin hätte, dir etwas vorzuessen, ich wollte nur mal hören.«

Er schubste uns mit dem Paddel an der Häuserwand weiter. »Das Meloneneis ist gut.«

»Dann bitte zwei Mal.«

Als wir an der Reihe waren, reckte Sebastian sich nach oben, bestellte und bezahlte unser Eis und legte es mit seinem Portemonnaie in die Tonne. Dann fuhren wir weiter. Das Paddeln an sich war nicht besonders schwer, aber ich schaffte es nicht, das Kanu in eine bestimmte Richtung zu lenken. Zum Glück hatte Sebastian hinter mir das voll im Griff. Mir entging allerdings nicht, dass er immer wieder ordentlich gegensteuern musste.

Der Kanal mündete in ein etwas größeres Fleet, das von dicht bewachsenen Gartengrundstücken umgeben war. Sebastian hörte auf zu paddeln. Wir ließen uns treiben, und er reichte mir mein Eis. Ich riss das Eispapier auf und probierte. Herrlich fruchtig, genau das Richtige. Wir aßen und ließen uns von den sanften Wellen der Alster schaukeln. Nach einer Weile drehte ich mich ein weiteres Mal zu Sebastian um, der sich lässig zurückgelehnt hatte und in sein Eis biss. Er grinste mich an. Ich lächelte zurück. Plötzlich beugte er sich vor und streckte die Hand nach mir aus. Ich wich überrascht zurück.

»Warte mal.« Sein Finger kam näher. »Deine Nase.«

»Meine Nase?«

Da hatte er sie schon angefasst. Ich sah ihn mit großen Augen an.

»Sie ist schneeweiß.« Er betrachtete seinen cremigen Finger. »Schneeweiß, Ina.« Jetzt musste er lachen.

Ich lachte mit.

»Du hast eine winzige Nase.« Er gluckste. »Wie kann man so viel Creme auf eine so kleine Nase schmieren?«

Ich zuckte mit den Schultern. »Ich kann ziemlich viel, weißt du?« Von einem der anderen Boote schallte der sanfte Beat von »Summer Dreaming« zu uns herüber.

Sebastian lehnte sich, nach wie vor breit grinsend,

zurück. Erneut fiel mir auf, dass er noch besser aussah als ohnehin schon, wenn er lachte. Irgendwie deutlich nahbarer. Etwas Eis tropfte auf seine Badeshorts, und er versuchte eilig, den Rest einigermaßen würdevoll vom Stiel zu schlecken. Mein Eis war natürlich längst aufgegessen.

Als auch er fertig war, steckte Sebastian die klebrigen Holzstiele und Papierchen in eine kleine Plastiktüte, die er in seiner Tonne verstaute, und wir wuschen uns die Eisfinger im Fleet. Dann paddelten wir weiter. Vorbei an Alsterdampfern, in deren Salons ältere Herrschaften Torte aßen, und Grundstücken mit Häusern, die aussahen wie Paläste mit ihren Türmchen und Säulen und ihrem Jahrhundertwende-Fassadenschmuck. Die meterlange Stege hatten, auf denen sicherlich problemlos festliche Tafeln für zwölf Leute Platz fänden und durch deren hohe Fenster ich Kronleuchter an den stuckverzierten Decken hängen sah. Bis wir auf die Außenalster gelangten. Im Süden flimmerte die Skyline der City im Sonnenlicht. Segelboote glitten über die glatte Wasseroberfläche, am Ufer flanierten Spaziergänger. So viel Wasser. So viel Sommer. So viel Hamburg.

»Okay«, holte Sebastian mich aus meinem Staunen. Er packte seine Sonnenbrille in die Tonne. »Ich gehe jetzt trainieren.« Er holte eine Schwimmbrille und klemmte sich eine kleine Klammer über die Nasenlöcher. Die Tonne verschloss er wieder.

»Wie …«

Aber da war er schon ins Wasser gerutscht. Ich blieb

allein in dem leicht schaukelnden Kanu zurück und sah ihm irritiert nach. Ein paar Meter weiter tauchte er wieder auf. Ich umklammerte mein Paddel.

»Wie kommst du wieder rein?«, rief ich ihm zu.

Er winkte nur knapp und begann zu kraulen. Was war meine Aufgabe?, fragte ich mich. War ich eine Art Begleitboot, wie man sie manchmal bei Ärmelkanalüberquerungen sah, das den Schwimmern mit etwas Abstand folgte und von dem man ab und an einen Energydrink reichte? Oder sollte ich hier entspannen und warten? Ich entschied mich, ihm lieber zu folgen. Unbeholfen versuchte ich, Kurs zu halten, die Augen auf seine kreisenden Arme gerichtet. Zum Glück waren die Segelboote alle weit genug weg, und die Stand-up-Paddler, mit denen ich beinahe kollidierte, wichen mir gekonnt aus. Sebastian schwamm konzentriert vor sich hin. Ab und an hob er den Kopf, um Luft zu holen. Komischer Typ, dachte ich wieder. Wie kann man hier nur freiwillig schwimmen gehen? Und wie kann man jemandem wie mir sein Boot überlassen? Ich hatte den Gedanken noch nicht ganz zu Ende gebracht, da gab es plötzlich einen Knall. Etwas donnerte in das Kanu, das ins Kippen geriet. Ich sah noch, wie das Wasser näher kam, dann verschwand ich unter der Oberfläche. Etwas später tauchte ich nach Luft schnappend wieder auf. Es dauerte ein paar Sekunden, bis ich kapierte, was passiert war.

»Lebt die noch?«, hörte ich jemanden fragen.

Vor mir trieb Sebastians Kanu verkehrt herum auf

dem Wasser, daneben schwappte die Tonne. Ein paar Meter weiter sah ich ein Tretboot mit fünf jungen Typen, die mich anstarrten.

»Alles okay?« Sebastian schwamm seelenruhig neben mir. Ich spuckte etwas Alster aus. Er kraulte zu seinem Kanu, drehte es mit einem geschickten Handgriff wieder auf die richtige Seite und warf die Tonne und die Paddel hinein. Dann stieg er ein und half anschließend mir, was sich als äußert entwürdigende Aktion herausstellte. Bis ich schließlich triefend auf der Bank saß.

Er strich sich mit den Fingern das Wasser aus den Haaren. »Passiert schon mal.«

»So?« Ich fuhr mir über das nasse Gesicht. »Gut, dass du mir das nicht vorher gesagt hast.«

Mein Herz klopfte langsam wieder in einem normalen Tempo, allerdings spürte ich, wie die Flecken meinen Hals hinauf wanderten. Da wagte man sich einmal aus seiner Komfortzone und wurde von einem Boot voller alkoholisierter Kerle umgefahren, die Shirts trugen, auf denen »Letzte Auswärtstour« stand. Erst jetzt bemerkte ich, dass sie mich noch immer anstarrten.

»Brauchst du einen Schnaps?«, rief einer herüber.

»Alles gut, danke«, winkte ich, so lässig es mir möglich war, ab. Dabei sah ich, dass auf meinem Arm eine Alge klebte. Ich zog sie ab und warf sie über Bord.

Sebastian reichte mir eine Metallflasche. »Trink mal lieber das hier.«

»Es ist wirklich alles gut.« Trotzdem nahm ich einen Schluck.

Schließlich fuhren die Tretboot-Jungs davon. Einer von ihnen hatte gerade auf seiner Boombox »Cordula Grün« angestellt.

Sebastian reichte mir mein Paddel. »Ich bringe dich dann mal nach Hause. Ist dir kalt?«

Jetzt erst sah ich an mir hinunter. Mein Shirt war in nassem Zustand deutlich durchsichtiger, als angenehm gewesen wäre.

»Ne«, sagte ich schnell. »Aber lass uns trotzdem mal los.« Ich fing an zu paddeln, und wir machten uns auf den Weg zurück durch die Fleete, wobei ich versuchte, die Blicke zu ignorieren, die ich auf mich zog. Ich war nass, na und? Irgendwann hörte ich Sebastian hinter mir glucksen. Ich drehte mich empört um. »Ja, lach mich ruhig aus.« Ich musste trotzdem mitlachen. Doch als ich einmal angefangen hatte, wurde mein Lachen fast hysterisch. Zwischendurch drohte es ins Heulen zu kippen. Vermutlich war es der Schock, aber es war mir trotzdem hochgradig unangenehm.

Sebastian brachten neurotische Frauen offenbar nicht aus der Ruhe. Er paddelte ungerührt weiter.

Als wir an meinem Steg anlegten, hatte ich mich einigermaßen beruhigt. Sebastian band das Boot fest und half mir beim Aussteigen. Danach stand er etwas unschlüssig auf dem Steg. »Sag mal …«

Ich zupfte an meinem klammen Shirt herum. »Sorry, morgen habe ich leider keine Zeit zum Paddeln.«

Er schmunzelte. »Ich wollte fragen, ob ich mir den Garten ansehen kann.«

Als ich nicht sofort antwortete, fügte er hinzu: »Ich suche immer nach Locations für Shootings.«

»Okay, komm mit.« Ich stieg vor ihm die Treppen hoch. Dabei war ich mir bei jedem Schritt bewusst, dass der Stoff an meinem Körper klebte. Oben angekommen sagte ich: »Sieh dich ruhig um, ich ziehe mir kurz etwas anderes an.«

Als ich in trockenen Klamotten aus der Laube trat, fand ich Sebastian in ein Gespräch mit Renate verwickelt. Ich hielt im Türrahmen kurz inne und betrachtete das überraschende Szenario. Bis sie mich bemerkten. »Ina, schön, dich zu sehen.« Renate strahlte mich an. »Ich wollte dich abholen zum Eierlikörabend bei mir, und da habe ich deinen Bekannten gleich mit eingeladen.«

Der Satz enthielt zu viele verstörende Details, als dass ich ihn direkt hätte verarbeiten können. »Eierlikörabend?«, versuchte ich es.

Renate sah mich empört an. »Ja, den mache ich doch jedes Jahr um diese Zeit.«

Ich wollte sie gerade daran erinnern, dass ich erst seit wenigen Tagen hier wohnte, beschloss dann aber, dass es zwecklos war. »Wann … was …?«

»Ihr braucht nichts mitzubringen.« Sie sah Sebastian an und kicherte. »Nicht mal ein T-Shirt.«

Mir fiel auf, dass Renate ein gebügeltes Wickelkleid trug und ihr Haar offenbar mit ziemlich viel Haarspray voluminös zu einer Art Baiser aufgetürmt war. Mitten in dem Kunstwerk prangte eine Magnolie. »Heiner hat schon den Grill angeschmissen.« Sie sah mich fragend an.

Ich sah zu Sebastian, der nur mit den nackten Schultern zuckte. Ich wischte mir einen Tropfen von der Stirn, der aus meinen Haaren lief. »Von mir aus.«

»Na, dann los.« Renate war bereits auf dem Weg zum Tor.

Ich nahm meine Haare zum Zopf zusammen und ließ das Wasser auf den Rasen tropfen. »Jetzt?«

»Aber ja«, bestätigte Renate spitz.

Sebastian sah von mir zu Renate. »Ich hole mir nur kurz was Trockenes aus dem Kanu.« Seine kleine Tonne beinhaltete offenbar Utensilien für alle Eventualitäten. Aber mich überraschte heute gar nichts mehr.

Renates Garten war ein wahres Blumenparadies – Pfingstrosen, Hortensien, Gladiolen, Bartnelken und noch viel mehr. Kaum ein Fleckchen, das nicht farbig leuchtete. Ihre Laube sah mit ihrem spitzen Giebel, dem rot gestrichenen Holz und den weiß lackierten Fensterrahmen aus wie ein Schwedenhäuschen. Davor saß in einer Hollywoodschaukel Arno und stimmte seine Gitarre. Auf dem Rasen stand Heiner am Rost, über seinem Bauch spannte sich eine Schürze mit dem Aufdruck »Seriengriller«. Renate kam mit einem Tablett voller unterschiedlicher Flaschen aus dem Häuschen, darunter offenbar selbst gemachter Eierlikör sowie diverse andere Spirituosen. Sie stellte es vor Sebastian und mich auf den Tisch mit der geblümten Wachstischdecke und ließ einen der Schnappverschlüsse ploppen. »Was meint ihr, zum Anstoßen Kikeriki oder Fluffy Duck?«

Ich hörte, wie Heiner am Grill leise fluchte. »Ihr wollt mich doch umbringen.«

Arno hob den Blick von den Saiten. »Erst einmal Kikeriki, Fluffige Ente ist besser für nach dem Essen.«

Ich wandte mich mit vielsagendem Gesichtsausdruck an Sebastian. »Ich bin nicht sicher, ob du weißt, worauf du dich eingelassen hast.« Und leiser: »Ich weiß es jedenfalls nicht.«

Er zog eine Augenbraue hoch. »Ich bin Kummer gewohnt, ich habe eine große Familie.«

Ich nickte. »Später werden noch Karnevalslieder gesungen.«

Renate mixte mit freizügiger Hand die Eierlikör-Cocktails mit den merkwürdigen Namen, und wir stießen an. Schließlich stellte Heiner eine Platte mit dunkelbraunen Steaks auf den Tisch. »Auf einen fröhlichen Abend!«, rief Arno, legte die Gitarre beiseite und gesellte sich eilig zu uns.

Ich weiß nicht, ob es an den Drinks lag, jedenfalls sprach Sebastian viel an diesem Abend. Und er aß viel. Er wirkte insgesamt ziemlich offen und freundlich, und ich begann mich zu fragen, ob seine kauzige Art am Ende nichts mit ihm zu tun hatte. Sondern mit mir.

Je später es wurde und je großzügiger Renate bei ihren Mischungen, desto häufiger machte sie leicht anzügliche Kommentare in unsere Richtung, was Sebastian nicht zu kratzen schien. Zumindest ließ er sich nichts anmerken. Bis ich nach der dritten Fluffy Duck und einigen mit schwerer Zunge geschmetterten Liedern merkte, wie müde ich war. Mein Kopf dröhnte, und meine Haut glühte von der Sonne und vom Alkohol. Sebastian reagierte allerdings regelrecht enttäuscht, als ich verkündete, ins Bett zu müssen, er amüsierte sich offenbar köstlich.

»Ach, Inalein.« Arno hielt mich am Arm fest, als ich, schon leicht schwankend, auf Renates topgepflegten Pflastersteinen stand.

»Ja?«

Er zog mich ein Stück zur Seite. »Ich wollte dich noch um etwas bitten. Wegen Sophie.«

Schlagartig fühlte ich mich wieder nüchtern.

»Was kann ich tun?«

Sebastian stand neben Renate, die ihn zum wiederholten Mal kräftig drückte. Die Magnolie in ihrem Baiserhaar war ihr bis knapp übers Auge gerutscht.

Arno ließ meinen Arm los. »Morgen ist ein Termin mit der Familie wegen der weiteren Behandlung, und alle sind immer so nervös, dass sie nur die Hälfte verstehen. Würdest du mitgehen? Nur damit wir später noch mal nachfragen können?«

»Klar«, sagte ich etwas überfordert. »Mache ich gern.«

»Gut, wir holen dich morgen um zehn ab?«

Ich nickte und drückte ihn. Er roch nach Grillkohle und Eierlikör.

Sebastian trat neben mich. Er hielt einen Teller voll Fleisch in der Hand, bei dem Heiner es mit den Röstaromen besonders gut gemeint hatte.

»Das könnt ihr euch doch morgen noch mal aufwärmen«, erklärte mir Renate. Dann raunte sie mir mit Blick auf Sebastian, der sich gerade von Arno verabschiedete, zu: »Wenn der ein bisschen weniger schön und ich ein paar Jahre jünger wäre ...« Sie schnalzte mit der Zunge. »Aber mit solchen hat man am Ende nur Ärger.«

Ich grinste sie kopfschüttelnd an. »Na, dann sind die Fronten ja geklärt.«

Alle winkten uns enthusiastisch hinterher.

Ich kicherte, als wir auf dem Schotterweg angelangt waren. »Was für eine Truppe.«

Die Steinchen knirschten unter unseren Füßen.

Sebastian trat einen kleinen Stock beiseite. »War doch lustig.«

Die Hecken links und rechts des Weges schwankten vor meinen Augen, und ich begann zu bereuen, dass ich so viel getrunken hatte. Diese Eierlikör-Cocktails hatten es in sich.

»O Mann, kommst du mit dem Kanu jetzt überhaupt noch nach Hause?«, fragte ich, als wir vor meiner Laube angekommen waren.

»Klar. Ich bin Mitglied in einem Bootsclub nicht weit von hier, da habe ich immer Zugang.« Ob es wohl eine Promillegrenze für Kanufahrer gab?, fragte ich mich, aber ich sagte es nicht laut, zumal Sebastian auf mich deutlich nüchterner wirkte als ich selbst. Dann verschwand ich in der Laube.

Sebastian wartete, bis ich mit einer Tüte von Ayda zurückkam, in die ich das Fleisch packte. »Bitte, kannst du das mitnehmen?«

»Klar, das stelle ich morgen in unsere Büroküche. Meine Kollegen essen alles, was umsonst ist.«

Er steht ziemlich nah vor mir, dachte ich. Und Mann, er sieht echt gut aus im Mondlicht.

Sebastian streckte seine Hand aus und stupste mir sachte mit dem Zeigefinger auf die Nasenspitze. »Ich hoffe, du hast dir heute nicht deine süße Nase verbrannt.«

Meine süße Nase. »So, dann …«

Er kam noch einen Schritt näher.

»Danke, dass du so spontan mitgekommen bist.« Ich stand wirklich nicht mehr ganz sicher auf den Beinen.

Sebastian beugte sich zu mir herunter und küsste mich auf die Wange. Er fühlte sich ein bisschen kratzig an und roch überraschend frisch. Nach einem heißen Tag und einem Bad in der Außenalster. Erstaunlich. Ich hielt mich ein bisschen an ihm fest, einfach, weil ich betrunken war und weil es sich gut anfühlte. Dann spürte ich, wie er sich verspannte.

Gerade als er etwas unbeholfen einen Arm um mich legte, ließ ich ihn verlegen wieder los. »Tschau. Komm gut heim.«

Er sah auf seine Füße. »Danke. Bis dann.« Und schon war er auf dem Weg in Richtung Steg. Ich spürte, dass ich dunkelrot anlief, und das hatte nichts mit den Sonnenstunden heute zu tun. Nie wieder Eierlikör-Cocktails, schwor ich mir.

Kurz darauf hörte ich Sebastian die Stufen hinuntersteigen. Ein leises Plätschern. Dann war alles ruhig. Ich rieb mir übers Gesicht, auf dem noch Reste von der Sonnencreme klebten.

In die Stille hinein sagte jemand: »Du dumme Nuss.«

13

Die Stimme kannte ich genauso gut wie die Silhouette, die sich in der Hängematte abzeichnete. Da saß Filiz. Es war ziemlich dunkel, aber ich konnte trotzdem sehen, dass sie breit grinste.

»Wie lange bist du da schon?« Meine Stimme leierte.

»Lange genug.«

»Warum sagst du denn nichts, du hast mich fast zu Tode erschreckt.«

»Hör mal, ich wollte nicht die Kussszene zerstören. Aber das hast du ja selbst hinbekommen.«

Ich schwankte zu ihr und kletterte in die Hängematte. Mein Arm berührte ihren, der sich im Gegensatz zu meinem angenehm kühl anfühlte. »Ich bin leider betrunken.«

»Offenbar nicht betrunken genug.«

»Was meinst du?« Ich schloss die Augen, öffnete sie aber schnell wieder, als sich alles zu drehen begann.

»Mensch, Ina, Sebastian ist … heiß!«

Ich stöhnte leise, es ging mir wirklich nicht besonders. »Er sieht nicht schlecht aus, stimmt.«

Sie schnalzte mit der Zunge. »Dachte ich neulich schon beim Kneipenchor. Und du sagst, der ist nur ein alter Bekannter. Unfassbar, du bist echt schlecht in diesen Dingen.«

»Erzähl mir etwas Neues.« Ich lehnte mich nach hinten, doch ich stellte schnell fest, dass das leichte Schaukeln der Hängematte meinen Zustand nicht gerade verbesserte.

Filiz kuschelte sich an mich. »Bist du verknallt?«, fragte sie nah an meinem Ohr.

Ich lachte. »In Sebastian? Nein.«

»Du musst das jetzt nicht leugnen, Süße. Ich war gerade live bei eurer kleinen Romantikszene dabei.«

Irgendwie war sie mir zu laut und zu nah. Ich versuchte, ein paar Zentimeter von ihr wegzurücken, rutschte aber immer wieder zurück. »Wir hatten nur beide zu viel von diesen Eierlikör-Drinks. Ich finde ihn nett, mehr nicht. Und ich glaube kaum, dass ich sein Typ bin. Hatte ich erwähnt, dass er täglich um die Außenalster joggt?«

Filiz kicherte. »Wie gesagt: dumme Nuss. Du hast es immer schon als Letzte kapiert, wenn einer dich gut fand.«

Ich musste an eine Mensaparty denken, bei der Filiz einen Kerl auf mich zugeschoben hatte mit den Worten: »Das ist Jakob. Jakob sagt, du bist immun gegen seine Flirtversuche.« Vielleicht schnallte ich nicht immer alles als Erste, das konnte schon sein. Und trotzdem hatte Filiz unrecht. Denn wenn ich jemanden mochte, übersah ich nichts. Im Gegenteil, dann interpretierte ich zu viel in alles rein. Wie bei Tim, damals und heute. Und wie bei Dirk, den Filiz immer kritisch gesehen hatte. Wenn der dich so mag, warum kommt er dich nie in Kiel besuchen? Warum musst du immer nach Husum zu ihm fahren? Wieso hat der überhaupt kein Interesse an deinen Freunden? Wie, er hat dir einen Gutschein zum Geburtstag geschenkt und du sollst dir selbst etwas aussuchen? Filiz war überzeugt gewesen, dass Dirks Gefühle für mich nicht so stark waren wie meine für ihn. Aber ich hatte nur sein »Geh nicht nach Hamburg, ist gerade so schön mit uns« gehört. Sein »Wir könnten uns zusammen was suchen in Husum«. Den Nachsatz »Ist dann auch günstiger für beide« hatte ich überhört. Nein, ich war nicht blind dafür, wenn mich jemand mochte, es war schlimmer: Wenn ich jemanden mochte, sah ich Zeichen, wo keine waren.

»Selbst wenn er mich mögen würde…« Ich blickte in den Sternenhimmel, der heute erstaunlich klar war. »Ich stehe nicht auf ihn.«

Filiz stieß sich mit den Beinen am Boden ab und ließ uns schaukeln. »Okay, verstehe ich. Du willst auch lieber allein bleiben. Pakt der unabhängigen Frauen forever.«

O ja, an dem Abend hatten wir viel getrunken und waren etwas übermütig gewesen. Wir hatten uns geschworen, dass wir niemals von einem Mann abhängig sein wollten und vorsichtshalber lieber Single blieben, ehe wir uns je irgendetwas von einem Kerl verbauen ließen. Etwa drei Monate später traf ich Dirk.

Ich seufzte tief. »Das ist es nicht. Ich kann mir durchaus so etwas wie eine Partnerschaft vorstellen.«

Sie schnaubte. »Wenn das so ist: Bessere liefern sie gerade nicht. Du bist unfassbar, Petersen.«

Ich versuchte, die Sterne am Himmel scharf zu stellen, aber sie blieben helle Schlieren vor schwarzem Hintergrund. War ich betrunken genug, um Filiz zu gestehen, dass es jemand anderes gab? Oder sollte ich lieber die Klappe halten, weil ich sogar in meinem Zustand ahnte, dass ich es morgen bitter bereuen würde? Doch meine Freundin kannte mich zu gut, sie hatte mein Schweigen auch so begriffen.

Plötzlich setzte sie sich auf. »Warte. Nein!«

Ich schloss kurz die Augen, als ob mich das retten würde.

Kerzengerade saß sie neben mir. »Bitte sag mir, dass es nicht wegen diesem Tim ist. Du machst dir da nicht wieder Hoffnungen?«

Ich legte beide Hände vors Gesicht, als könnte das irgendetwas an meiner Lage ändern.

Filiz lehnte sich zurück, was die Hängematte erneut zum Schaukeln brachte. »Ina. Er ist verheiratet.«

Ich nahm die Hände wieder runter. »Es läuft nichts, keine Sorge. Ich hab auch beschlossen, ihn besser nicht mehr privat zu treffen. Aber Gefühle kann man nicht einfach so abstellen. Außerdem …« Ich atmete tief ein. »Du datest doch auch einen Familienvater.«

Filiz rutschte so heftig in der Hängematte hin und her, dass ich fast hinausfiel. »Moritz?«

»Ja, hat der nicht Frau und Kind?«

Sie zögerte. »Er hat Fine, ja. Und Constanze, die gehört natürlich wegen Fine immer noch dazu, obwohl sie schon seit Jahren getrennt sind.«

Erleichtert horchte ich auf, das erklärte es. Sie waren nicht mehr zusammen.

Filiz zögerte, dann fügte sie hinzu: »Und trotzdem hast du recht. Ich hätte mich nie drauf einlassen sollen.«

»Wieso denn nicht?«

»Einen Vater zu daten ist irgendwie mehr Verantwortung. Ich wollte nur Spaß mit ihm haben, aber natürlich ist Fine oft dabei. Die Kleine liebt mich. Ich will da keine falschen Hoffnungen wecken.«

Die Blätter über uns raschelten leise in einer sanften Brise. »Aber du bist doch total verknallt in Moritz.«

»Na ja, ich mag ihn schon. Aber ich bin nicht bereit für mehr. Und er drängt drauf, ist ja klar, er will Klarheit für Fine. Ich muss das beenden.«

Jetzt setzte ich mich auf. »Nein, Filiz, bitte nicht. Diesen hier mag ich.«

Sie gab ein lang gezogenes »Pfff« von sich. »Das ist eigentlich noch ein Grund mehr, Schluss zu machen, bei deinem Männergeschmack.«

Ich boxte sie in die Seite und ließ mich wieder neben sie sinken. »Es wäre so schade, denk noch mal drüber nach.«

Sie legte ihren Kopf an meine Schulter. Ihre Locken kitzelten mich am Hals. Gemeinsam blickten wir in den sternenklaren Nachthimmel. Um uns herum zirpten die Grillen.

»Sag mal, Filiz?«, fragte ich irgendwann.

»Ja?«

»Woher wusstest du, dass du das wolltest? Also … das Nähen, den Laden.«

Sie überlegte ein paar Minuten. »Mein Vater hat mal zu mir gesagt: Es ist mir egal, ob du studierst oder wie du dein Geld verdienst. Ich wünsche mir nur, dass du beim Arbeiten lächelst wie deine Mama.«

»Und du liebst das Nähen?«

»Ich gebe zu, gerade ist es stressig, aber ja. Ich konnte an meiner Mutter sehen, was es bedeutet, etwas zu tun, das dich vollständig erfüllt. Du weißt doch, dass sie viele Kinder wollte. Der Job hat sie gerettet, als das nicht geklappt hat. Wenn mein Vater meine Mutter verlassen und ihre einzige Tochter sie nur alle paar Monate besuchen würde, wäre sie immer noch ein zufriedener Mensch. Ihr Kochen, ihre Mitarbeiter, die Kunden – das gibt ihr alles, was sie zum Überleben braucht.«

Ich musste an meine Mutter denken. Daran, dass sie sich wohl nie gefragt hatte, was eigentlich ihre Leidenschaft war. Sie hatte einen Landwirt geheiratet. Sie arbeitete mit ihm auf dem Hof seiner Familie, und das würde sie weiter tun, solange ihre Gesundheit mitmachte. Nein, diese Arbeit füllte sie nicht aus, nicht vollends. Sie brauchte meinen Vater, sie brauchte Merle und mich. Wäre sie glücklicher, wenn es nicht so wäre? Ich hatte sie nie danach gefragt.

»Und bei dir ist es auch so, oder?«, richtete ich meine Aufmerksamkeit wieder auf Filiz. »Dich füllt dein Laden genauso aus, mehr brauchst du nicht, oder?«

Sie nickte.

Ich musste daran denken, wie enttäuscht ich von ihr gewesen war, als sie das Medizinstudium kurz vor dem Ziel abbrach. Ich hatte in ihr eine talentierte Ärztin gesehen. Sie wäre die Erste aus ihrer Familie mit einem Studienabschluss gewesen. Ich hatte mir das so sehr für sie gewünscht, für ihre Eltern, für uns, weil wir dann diesen Weg gemeinsam hätten weitergehen können. Aber sie brach trotzdem ab, zog zurück nach Hamburg, nähte, jobbte in Cafés.

»Es tut mir übrigens leid«, flüsterte ich.

»Was meinst du?« Sie klang müde.

»Dass ich damals nicht kapiert habe, warum du dich so entschieden hast.«

Sie sah mich in der Dunkelheit an. In ihrem Gesicht zeichnete sich Erstaunen ab.

»Du wärst eine fantastische Ärztin geworden, aber vielleicht nicht glücklich. Du hast genau das gemacht, was richtig für dich war.«

Mondlicht schimmerte in ihren großen Augen.

»Es tut mir leid, dass ich dich da nicht unterstützt habe.«

Sie beugte sich zu mir vor, küsste mich auf die Stirn und legte dann wieder ihren Kopf auf meine Schulter. »Angenommen«, flüsterte sie.

Eine Zeit lang schwiegen wir. Ich war kurz davor

wegzudösen, als sie sagte: »Scheiße, Mann. Gefühle sind so scheiße.« Es dauerte ein paar Sekunden, bis ich begriff, dass sie wieder von Moritz sprach. »Ich hätte mich gar nicht erst drauf einlassen sollen. Fang niemals etwas mit deinem Nachbarn an, ich sag es dir.« Schwerfällig erhob sie sich aus der Hängematte. »Ich muss morgen früh raus.« Sie küsste erneut meine Stirn. »Schlaf gut, Süße!«

Über uns war ein schmaler Sichelmond aufgegangen. Im Wegdämmern hörte ich ihre Schritte, die sich langsam entfernten.

Ich erwachte irgendwann mitten in der Nacht. Es war stockfinster, und mein Rücken schmerzte vom Liegen in der Hängematte. Stöhnend schälte ich mich aus dem mittlerweile klammen Stoff. Eine Decke lag über mir, obwohl ich mich nicht erinnerte, mich zugedeckt zu haben. Alles war dunkel, nur von nebenan schien etwas Licht. In der Laube meiner Nachbarin flackerte etwas, was nach Kerzenschein aussah. Ich war also nicht die Einzige, die die Nacht hier verbrachte, dachte ich im Halbschlaf, tappte über die nasse Wiese und verschwand in meiner eigenen Laube. Und ich war nicht die Einzige, die gerade nicht schlief. Ich machte die Handytaschenlampe an und stieg die Leiter hinauf. Auf dem Display stand, dass ich zwei Nachrichten bekommen hatte. Eine war von Sebastian:

Am nächsten Wochenende ist bei meinen Eltern Hoffest. Falls du auch nach Hause willst.

Die andere war von Tim:

Ich war nicht ganz ehrlich zu dir. Können wir uns bitte bald noch mal treffen?

Als ich Stunden später wieder erwachte, schmerzte nicht nur mein Rücken, sondern auch mein Kopf. Mein Schlafanzug war nass geschwitzt. Es war hier definitiv zu stickig und zu warm unter dem Dach. Umso mehr, wenn man am Abend zuvor zu viel getrunken hatte. Ich brauchte doch eine richtige Wohnung. Es war herrlich hier, und ich hatte mich schon fast daran gewöhnt, in einer Gartenlaube zu leben, aber an diesem Morgen merkte ich, dass ich gern wieder eine richtige Dusche hätte, die nicht versiegte, wenn noch Schaum in meinen Haaren klebte. Dass ich gern einen richtigen Spiegel hätte und nicht nur den milchigen über dem Außenwaschbecken, der genau in Augenhöhe gerissen war. Ich vermisste ein Sofa, auf das ich mich jetzt mit meiner Bettdecke lümmeln könnte, um alte *Friends*-Folgen zu streamen. Dieses ständige Draußensein war eine Zeit lang okay, aber es gab da auch diesen Drinni in mir, nicht nur weil ich eher introvertiert war, sondern weil ich einfach mal wieder irgendwo drinnen abhängen wollte. Erst jetzt spürte ich, wie erschöpft ich war von der Gartenarbeit, dem ständigen Unterwegssein, der Wohnungssuche. Und gerade als ich beschloss, Filiz zu fragen, ob ich vielleicht heute tagsüber mal für ein paar Stunden auf ihre Couch dürfte, fiel mir ein, was ich gestern Arno versprochen hatte. O nein. Ich fühlte mich überhaupt nicht in der Verfassung für den Termin im Krankenhaus. Aber es half nichts, da musste ich jetzt durch.

Als ich mit Arno, Heiner, seinem Schwiegersohn Stefan und seiner Tochter Laura durch die Grünanlagen des Krankenhauses lief, hoffte ich inständig, nicht zufällig Tim zu begegnen. Ich hatte ihm noch nicht auf seine Nachricht geantwortet. Was hatte er nur damit gemeint, dass er nicht ganz ehrlich zu mir gewesen war? Heute, wo ich wieder einigermaßen wach und nüchtern war, versetzte mich diese Aussage in große Unruhe, und ich fühlte mich so instabil, dass eine Begegnung mit ihm mir sicher den Rest gegeben hätte. Heiners Tochter Laura und ihr Mann Stefan sahen fahl und ernst aus. Ich fühlte mich elend. Ich kannte diese angespannten Gesichter, diese dauermüden Augen, diese Schwere, die sich vor lauter Sorgen auf alles und jeden legte. Meiner Familie war es nicht anders ergangen mit Merle. Als sie krank wurde, schwebte über unserem Haus für Jahre ein Schatten. Wenige trauten sich zu uns, weil niemand wusste, wie er mit uns umgehen sollte. Einen Teil meiner angeblichen Coolness hatte ich mir definitiv in dieser Zeit zugelegt. Besser so gucken, dass niemand dich anspricht. Besser nicht so wirken, als bräuchtest du eine Umarmung. Ich wollte es den anderen und mir ersparen, denn nichts, was sie sagten, konnte den Kummer schmälern. Weil ich das wusste, sprach ich nicht mit Sophies Eltern. Ich stellte keine Fragen, ich versuchte nicht, angestrengt heiter Small Talk zu betreiben. Ich ging nur neben ihnen her und beobachtete, wie Stefan Lauras Hand nahm. Ich beobachtete Heiner, der den Blick nicht vom Asphalt hob. Er trug heute nicht seine Schiebermütze, sondern hatte die licht gewordenen Haare von einer Seite auf die andere gekämmt. Der Anblick seines Haars – verschwitzt wegen des Wetters und der Anspannung, aber ordentlich gekämmt – rührte mich beinahe zu Tränen. Denn die Aussage war klar: Das hier ist wichtig.

Drinnen begrüßten uns Lennard und seine Chefin, die neulich unser Kaffeetrinken jäh beendet hatte. Beide wunderten sich offenbar nicht über meine Anwesenheit. Niemand hinterfragte meine Funktion, und so war es mir, ehrlich gesagt, am liebsten. Während des halbstündigen Gesprächs erklärten die Ärzte der Familie, wie es um Sophie stand und was die nächsten Schritte sein würden. Ich nahm alles konzentriert auf, versuchte jedes Detail zu speichern, falls die Familie anschließend Fragen hatte. Doch schon nach wenigen Sätzen war mir klar, dass es keine geben würde.

14

Auch an diesem Wochenende und in den Tagen darauf fand ich keine Wohnung. Je mehr abgelebte Apartments, winzige Zimmer und überteuerte Studios ich von innen sah, desto weniger glaubte ich daran, dass es in dieser Stadt die richtige Kombination für mich gäbe: etwas, das gleichzeitig bewohnbar, verfügbar und bezahlbar war. Zweimal besichtigte ich Wohnungen, die mir gefielen, aber ich sah auch die jungen Pärchen mit ihren Bewerbungsmappen voller Gehaltsabrechnungen, Arbeitsverträgen und Bürgschaften der Eltern und wusste, dass ich als Ärztin ohne laufenden Vertrag keine Chance hatte. Gleichzeitig wurde mir von Tag zu Tag klarer, dass ich nicht für immer in der Laube würde wohnen können. Sosehr ich es auch gerade genoss, morgens mein Hochbeet zu wässern und dabei zuzuschauen, wie die Pflänzchen wuchsen. Sosehr ich es liebte, die Füße vom Steg ins Wasser zu halten und abends bei Renate und den anderen zu sitzen, bis das Gras unter unseren Füßen feucht und kalt wurde. Ich brauchte ein richtiges Bad, ein festes Dach über dem Kopf, einen Briefkasten und WLAN.

Ich stürzte mich also weiter in die Wohnungssuche,

auch weil ich sonst pausenlos über Sophie grübelte. Ich konnte es noch immer nicht ganz glauben, dass die Ärzte keine besseren Nachrichten für uns gehabt hatten.

Außerdem musste ich immer wieder an Tim denken. Ich hatte auf seine rätselhafte Nachricht von letzter Woche nur kurz geantwortet, dass ich gerade keine Zeit hätte und mich wieder melden würde. Einerseits war ich stolz darauf, dass ich es diesmal durchzog und nicht sofort wieder angerannt kam. Andererseits ließen mir seine Worte keine Ruhe. Was meinte er damit, dass er nicht ganz ehrlich zu mir gewesen war? Wieso wollte er mich deswegen noch einmal treffen? Immer und immer wieder stellte ich mir diese Fragen, was natürlich völlig zwecklos war, denn die Antwort kannte nur Tim. Aber ich hatte es nun einmal so entschieden, um mich selbst zu schützen: Diese privaten Treffen mussten aufhören. Ich musste jetzt stark sein, dann würde die Sehnsucht in mir schon verblassen. Es war nur eine Frage der Zeit.

Am Mittwochabend saß ich mit Filiz, Vicky und Esther auf den Sofas in der WG. Die drei redeten sich die Köpfe heiß, während ich vor allem zuhörte. Vor den bodentiefen Fenstern der Dachwohnung ging die Sonne unter, und plötzlich wurde ich wehmütig. Vielleicht war ich naiv gewesen zu glauben, ich könnte einfach so herkommen und alles würde sich schon fügen. Vielleicht sollte es doch nicht sein mit Hamburg und mir. Vielleicht sagte die Stadt mir auf diese Weise, dass es hier doch keinen Platz für mich gab. Nicht wirklich, nicht für immer. Dass auch diese Hamburg-Zeit für mich eine Episode werden würde, an die ich noch lange sehnsüchtig denken würde. Eine, die endlich war.

Am Wochenende fuhr ich mit Sebastian nach Nordfriesland. Ich hatte Sehnsucht nach Merle und dem Rest meiner Familie.

Während der Autofahrt war Sebastian geradezu gesprächig. Er erzählte von seiner Arbeitswoche, seinen Trainingsfortschritten trotz der Hitze und den Vorzügen einer Altbauwohnung zu dieser Jahreszeit, da es darin nie zu warm wurde. Ich hörte zu, schaffte es aber nicht, seine gute Laune zu teilen. Bis er irgendwann fragte: »Alles okay bei dir?«

Ich blickte auf die vorbeirauschende Landschaft. »Ach.«

Er umfasste das Lenkrad etwas fester. »Dachte ich mir irgendwie.«

Er bohrte nicht weiter nach, und vermutlich war das genau der Grund, warum ich anfing zu reden. Ich berichtete ihm von Sophie, vom Gespräch mit den Ärzten, ihrer schlechten Prognose, wenn nicht bald eine passende Knochenmarkspende gefunden würde. Er hörte zu, ohne etwas zu sagen, und irgendwann vergaß ich fast, dass er neben mir saß. Als erzählte ich mir das alles nur selbst, um es irgendwie zu verarbeiten. »Ich habe den Spendenaufruf schon überall geteilt«, schloss ich irgendwann. »Hoffentlich registriert sich bald jemand, der passt. Aber das wäre ein mittleres Wunder.«

Ich hatte so lange geredet, dass ich gar nicht mitbekommen hatte, dass wir bereits von der Autobahn abgefahren waren. Gerade steuerten wir durch Gardings Altstadt mit ihren schmucken Häusern. Nachdem wir auch Tating hinter uns gelassen hatten, lenkte Sebastian seinen kleinen gelben Peugeot auf den Deich, der zu unserem Hof führte. In gemächlichem Tempo fuhr er am Grundstück von Tonis Familie vorbei, auf dem sie einen Ferienhof für Kinder betrieben. Das Tor stand offen, und ich konnte im Vorbeifahren sehen, dass Hündin Motte, die mittlerweile fast so groß war wie ein Kalb, neben dem Hühnerstall im Schatten döste. Von der Familie entdeckte ich niemanden.

»Siehst du Toni noch manchmal?«, fragte ich Sebastian.

»Ab und an. Vielleicht kommt sie heute zum Hoffest.«

»Ah, cool. Ich werde mich bei ihr melden.«

Am Hof meiner Eltern angekommen öffnete ich die Beifahrertür. »Du bist der Beste, danke. Wann fährst du morgen wieder?«

Er sah mich irritiert an.

Ich stockte. »Fährst du nicht?«

»Doch, es ist nur…« Er rieb sich übers ordentlich rasierte Kinn. »Ich hatte gedacht, du kommst heute Abend.«

Ich machte große Augen. »Zum Hoffest deiner Eltern?«

Er sah jetzt ehrlich beleidigt aus. »So hatte ich dich verstanden.«

Ich fuhr mir durch die Haare. »O wow, wir brauchen einen Kurs in Kommunikation. Hattest du mich eingeladen?«

»Äh, ja.« Finster fixierte er sein Lenkrad.

Ich versuchte mich zu erinnern. War das an unserem Eierlikörabend gewesen und ich hatte es vergessen, weil ich so betrunken gewesen war? Dann fiel mir seine Nachricht wieder ein. Er hatte geschrieben, dass er nach Hause fahren würde wegen des Festes und ob ich mitfahren wollte. Als Einladung hatte ich das wirklich nicht interpretiert.

»Ha.« Ich lachte. »Ich glaub, das habe ich missverstanden.«

Er stellte den Motor an. »Na, dann sehen wir uns morgen, oder?«

»Jetzt warte doch mal«, unterbrach ich ihn. »Wann geht es los?«

Seine Gesichtszüge entspannten sich etwas. »So um fünf.«

»Alles klar, dann bis später. Danke für die Einladung.«

Als ich ausstieg, lächelte er leicht.

Ich lief den Deich hinunter und genoss die kühle Brise, die mir entgegenwehte. Der Wind sorgte hier das ganze Jahr über dafür, dass es nie allzu heiß wurde. Als ich fast am Haus angelangt war, entdeckte ich Merles Rollstuhl neben dem Zaun zur Wiese. Dort ritt sie auf ihrem Pferd Paulchen, geführt von Papa, der sich in Reittherapie fortgebildet hatte. Ein Glück, denn meine kleine Schwester liebte diese Stunden. Ich ließ meine Tasche neben der Tür stehen und trat an den Zaun, um Papa zu winken, der eine Hand an Merles Hüfte und eine an ihren Oberarm gelegt hatte. Die beiden entdeckten mich und strahlten.

»Hey, Merle, wie geht es dir, macht es Spaß?«, rief ich hinüber.

Merle quietschte vergnügt.

»Hey, Mäuschen«, rief Papa zurück. »Sie hält sich super da oben heute, findest du nicht?«

»Megagut.« Ich reckte den Daumen nach oben, woraufhin Merle noch mehr strahlte. Eine Zeit lang lehnte ich noch am Zaun, dann machte ich mich auf den Weg ins Haus.

Ich fand meine Mutter in der Küche. »Mäuschen.« Sie drückte mich. »Du kommst genau richtig, ich brauche etwas Hilfe. Papa will nachher grillen.« Vor ihr schwammen in einem Topf mit Wasser mehrere Kilo geschälte Kartoffeln.

Ich wusch mir die Hände am Waschbecken, neben dem auf Zeitungspapier bereits ein Haufen Kartoffelschalen lag. »Klar helfe ich dir. Aber heute Abend bin ich leider verplant.«

»Och schade, dann lasse ich dir etwas Kartoffelsalat übrig, den kannst du mit nach Hamburg nehmen.« Sie schnürte Omis Spitzenschürze enger. »Triffst du Toni?«

Ich nahm mir eine der frischen Kartoffeln, die in einem Kartoffelsack bereitlagen. »Vermutlich, ich bin bei Ahrens zum Hoffest eingeladen.«

»Ah.«

»Sorry, war kurzfristig.« Ich öffnete eine Schublade und holte ein Messer raus.

»Hm.« Meine Mutter schälte so schnell, dass es schwer war, ihren Bewegungen zu folgen.

»Das ist doch okay für dich?«

Meine Mutter blickte nicht auf. »Ja, klar.«

Irgendwie wurde ich das Gefühl nicht los, dass sie nicht die Wahrheit sagte. Ich legte die fertige Kartoffel in den Topf zu den anderen. »Ist alles okay, Mama?«

»Ja, es ist nur …« Sie hielt in der Bewegung inne, eine ungeschälte Kartoffel in der Hand. »Was machst du eigentlich schon wieder hier?« Als sie meinen verblüfften Gesichtsausdruck sah, fügte sie schnell hinzu: »Entschuldige, das klang jetzt ganz falsch. Ich freue mich natürlich, wenn du uns besuchst, ich dachte nur … Na, ich dachte, jetzt bist du in Hamburg und hast da bestimmt deine Freundinnen und …«

»Ja, aber ich komme auch immer noch gern zu euch.« Ich schälte etwas irritiert weiter.

Sie lächelte milde. »Zum Glück ist es so. Ich will nur nicht, dass du denkst, du müsstest so oft herkommen.« Sie hielt immer noch die Kartoffel in der Hand und kratzte mit dem Daumennagel Erde von der noch unversehrten Schale. »Wir kommen ganz gut klar, weißt du. Wir und Merle.«

Der Satz hing ein wenig in der Luft, ehe ich antwortete. »Klar, das weiß ich doch.«

Der Ahrenshof wurde eingerahmt von mehreren modernen Ställen, einer übergroßen Garage mit den neuesten landwirtschaftlichen Fahrzeugen und einem Sixpack imposanter Getreidesilos. Dazwischen wirkte das alte Fachwerkhaus mit den kleinen Fenstern und dem Reetdach, unter dem die Schwalben nisteten, ein wenig wie eine Puppenstube. Neben dem Eingang standen ein Bierwagen mit Pils vom Fass, wie ich ihn von der Kirmes kannte, ein Würstchenstand und ein Foodtruck, bei dem es Burger gab. Vor den Ständen hatten sich bereits Schlangen gebildet. Auf einer Bühne mittendrin baute gerade eine Band ihr Equipment auf. Ich kannte die Musiker, sie wohnten alle in der Gegend und spielten regelmäßig bei Hochzeiten oder Dorffesten ihr Repertoire an Gassenhauern.

Auf den Heuballen neben der Bühne saßen mein Kumpel Andy und seine Freundin Steffi. Erleichtert, jemanden gefunden zu haben, den ich kannte, steuerte ich auf die beiden zu. »Hey, ihr.«

Steffi schenkte mir ihr Julia-Roberts-Lächeln und schlang ihre tätowierten Arme um mich. »Hey, Ina, wie schön!«

Andy drückte mich ebenfalls. »Wie cool, ich wusste gar nicht, dass du da bist.«

Ich musterte ihn schmunzelnd. Das passierte also mit wilden Kerlen, wenn sie auf die richtige Frau trafen. Früher war er hager gewesen und hatte ausgesehen wie jemand, dessen Leben zu aufregend für genügend Schlaf ist. Seit er bei Steffi in Husum wohnte, wölbte sich unter seinem Band-Shirt ein kleines Wohlfühlbäuchlein. Auch die Wangen unter dem gestutzten Dreitagebart wirkten rundlicher.

Er bemerkte meinen Blick und zuckte mit den Schultern. »Zu zweit schmeckt alles besser.«

Ich grinste ihn an. »Du siehst glücklich aus.«

Er küsste Steffi geräuschvoll auf die rougerote Wange. »Bin ich auch.«

Sie gab ihm einen Schmatzer auf den Mund. Dann wandte sie sich wieder mir zu. »Warum tretet ihr hier eigentlich nicht auf?«

»Weil dein Freund nicht mehr so heiß auf Proben ist, seit er dich getroffen hat.«

Andy verzog das Gesicht und fing plötzlich an zu grinsen. »Also einen Schlagzeuger hätten wir schon mal.« Er machte einen Schritt an mir vorbei und schlug mit Sebastian ein. »Basti, altes Haus, die Hamburger Luft bekommt dir, was?«

Sebastian grinste verlegen und begrüßte dann auch Steffi und mich mit ungelenken Umarmungen. Er trug ein eng geschnittenes weißes Hemd, die Ärmel akkurat hochgekrempelt, sodass seine sehnigen Unterarme hervorschauten. Über seinen sauberen Turnschuhen blitzte ein Stück braun gebrannter Knöchel hervor, wie schon bei Filiz' Party. Ich musste insgeheim grinsen, weil er mit diesem Großstadtlook so gar nicht in diese Umgebung passen wollte. Er rieb sich die gepflegten Hände. »Sitzt ihr hier noch auf dem Trockenen?«

»Vorsicht!«, rief jemand hinter ihm. Es war Toni. Sie stellte das Tablett voller Biergläser auf einen der Heuballen. Dann umarmte sie mich. »Hey, du.«

»Hey.« Ich drückte sie zurück.

Die Band begann zu spielen, einen Partykracher von Lionel Richie. Sebastian nahm die Gläser vom Tablett und reichte sie uns.

Ich stieß mit den anderen an. »Prost, Leute. Mehr als eins geht bei mir heute leider nicht, ich hatte diese Woche schon einmal zu viel.«

Sebastian schmunzelte mich wissend an.

Toni sah von ihm zu mir. »Stimmt, ihr seid ja jetzt beide in Hamburg. Hat Basti dir schon die Hotspots gezeigt?«

Zu meiner Überraschung wurde Sebastian rot. »Na ja, wir waren mal paddeln und… haben was zusammen getrunken.«

»Hm.« Toni nahm einen Schluck Bier und musterte uns mit Röntgenblick.

Ich drehte mich in Richtung Band, die gerade die ersten Takte von »Love Is All Around« anstimmte. Vor der Bühne tanzten bereits einige Gäste, darunter Tonis Eltern Petra und Wolfgang, Sebastians Eltern und sogar seine Großeltern. Die Ahrens-Männer waren alle groß und schlank wie er. Doch das schöne Gesicht und die vollen Haare hatte er eindeutig von seiner Mutter Gabi, die eine echte Erscheinung war. Ich erinnerte mich, dass ich früher als Kind eingeschüchtert gewesen war, wenn sie uns besucht hatte. So eine stolze Frau mit dichten Augenbrauen und strengem Blick. Früher waren sie und ihr Mann häufiger bei meinen Eltern gewesen, da sie zusammen mit anderen Nachbarn eine Art Kochzirkel gegründet hatten. Einmal im Monat kochte ein Paar für die ganze Gruppe. Ich erinnerte mich gut daran, wie ich auf der Treppe gesessen und versucht hatte, etwas von den Gesprächen der Erwachsenen aufzuschnappen. Bis Omi mich irgendwann nach oben ins Bett gescheucht hatte. Wie viel Zeit war seitdem vergangen? Ich war auf jeden Fall noch ein Kind gewesen. Irgendwann musste diese Tradition eingeschlafen sein.

Die Band beendete den Song, und alle klatschten. Als sie danach »Westerland« von den Ärzten anstimmten, legte Steffi ihre Hand in Andys. Dabei fiel mir auf, dass sie beide eine feine tätowierte Linie um den Ringfinger trugen. »Habt ihr euch verlobt?«, schrie ich über die Musik hinweg.

Mit glückstrunkenem Grinsen zog Steffi Andy vor die Bühne.

»Glückwunsch!«, brüllte ich ihnen noch hinterher.

Sebastians Mutter Gabi lief an den beiden vorbei und winkte Andy freundlich zu, dann sah sie sich suchend um und steuerte mit langen Schritten auf uns zu.

Sebastian sackte leicht in sich zusammen, als sie

ihn ansprach. »Herzchen, könntest du mir kurz mit dem Spanferkel helfen?« Sie hatte diese klangvolle, tiefe Stimme, die man besonders gut durch Türen hören konnte, erinnerte ich mich. Und sie hatte immer einen großen Redeanteil gehabt, wenn sie bei meinen Eltern zu Besuch gewesen war. Sie zupfte eine Fluse von Sebastians Hemd, der dies regungslos über sich ergehen ließ. Dann bemerkte sie Toni. »Hallo, Antonia, schön, dass du da bist.« Sie musterte Toni interessiert. Zuletzt fiel Gabi Ahrens' Blick auf mich. Ihre dichten Augenbrauen hoben sich überrascht. »Ina, dich habe ich ja ewig nicht gesehen. Du ähnelst deiner Mutter immer mehr.« Gerade als ich mich fragte, ob das als Kompliment gemeint war, wies sie mit dem Kopf auf Sebastian: »Ihr bekommt ihn gleich zurück. Habt Spaß, Mädels!«

Wir sahen Sebastian nach, der hinter seiner Mutter hertrottete, als hätte er etwas ausgefressen.

Als die zwei aus unserem Blickfeld verschwunden waren, stand Toni auf. »Komm, lass uns da hinten quatschen.«

Wir liefen am Bierwagen vorbei bis zu einem Gatter, hinter dem junge Rinder herumtollten. Davor lagen ebenfalls ein paar Heuballen, auf die wir uns setzten.

Ich hielt Toni mein Glas entgegen. »Und, wie läuft es so bei dir?«

Toni stieß mit mir an und nippte an ihrem Bier. »Viel spannender finde ich, wie es so bei dir läuft. Erzähl, was geht da mit Basti?«

»Absolut nichts, ernsthaft. Wir haben uns zufällig auf einer Party getroffen und seitdem ein paarmal gesehen. Allzu viel zu sagen haben wir uns nicht, wir hatten ja schon früher nichts miteinander zu tun.«

Toni verschluckte sich beinahe beim Trinken. »Natürlich hatten wir das.«

»Ja, du! Es war deine Band, erinnerst du dich?« Als ich ihren erschrockenen Blick bemerkte, fügte ich schnell hinzu: »Und das war auch gut so.« Was natürlich nur die halbe Wahrheit war. Ich wäre liebend gern mit fünfzehn die Sängerin dieser Band geworden, aber selbstredend hatten die Jungs sich für das hübsche wütende Mädchen aus Berlin entschieden. Genau wie David, für den ich schwärmte, seit ich denken konnte. Bis er mit neunzehn gegen einen Baum fuhr und dabei ums Leben kam. Als er gerade mitten in der Nacht auf dem Weg zu mir war. Nicht, weil er mich plötzlich doch liebte, da hatte ich mir nie Illusionen gemacht. Sondern weil er sich mal wieder mit Toni gestritten hatte, der eigentlich sein Herz gehörte. Mit mir hatte er sich immer nur getröstet.

Danach hatte ich lange Zeit gedacht, meine Fähigkeit, mich zu verlieben, sei mit ihm gestorben. Aber das war alles lange her. Vergeben und vergessen. Ich sah sie versöhnlich an. »Echt jetzt, ich hab dir da nichts verheimlicht.«

»Schade.« Wir sahen beide in Richtung Bühne. Davor wirbelte gerade Tonis Papa Wolfgang seine Petra im Kreis. Unglaublich, wie gut er sich erholt hatte, nachdem er im letzten Sommer vom Baumhaus gefallen war – ein Drama, das die ganze Region beschäftigt hatte. Ich wandte mich zu Toni. »Alles okay bei dir?«

»Alles gut.« Sie baumelte mit den Beinen. »Aber ich wollte dich noch was fragen. Sag mal ganz ehrlich: Warum wolltest du nicht nach Ecuador?«

Mein Gefühl am Abend nach unserem Strandbesuch hatte mich also nicht getäuscht, es gab da noch Redebedarf. Ich blickte in mein Bier, das halb leer war. »Als wir neulich am Strand saßen, da habe ich mich von dir mitreißen lassen. Aber ehrlich gesagt wusste ich da schon von der Anzeige in Hamburg und dass ich die Stelle unbedingt haben will.«

Sie nickte leicht. »Und das ist echt der Grund? Nicht, weil du Schiss hattest vorm Ausland oder dich deiner Familie gegenüber verpflichtet fühlst?«

Ich zog einen dicken Halm aus dem Ballen, auf dem ich es mir bequem gemacht hatte. »Klar hätte es mir auch Angst gemacht, so weit weg von allen zu sein. Aber letztendlich ging es darum, dass ich jetzt all meine Energie in Hamburg stecken will.«

Etwas in Tonis Gesicht wurde weich. »Okay, verstehe. Entschuldige, dass ich da so hartnäckig war, ich dachte wirklich nur, es könnte dir guttun.«

Ich knickte den Halm und versuchte, ihn zu zerreißen, aber er war zu fest. »Mir tut es leid. Du hast da was Tolles für mich organisiert, und es wäre eine super Sache gewesen.« Ich warf den Halm ins Gras vor mir.

Jetzt beugte Toni sich rüber und nahm mich in den

Arm. Sie roch nach Kokosöl und ein kleines bisschen nach Bier. »Kein Grund, sich zu entschuldigen. Hauptsache, du bist glücklich.«

Ich atmete in ihre Schulter. »Keine Ahnung, ob ich das bin.« Ich spürte mein Handy in der Tasche vibrieren. »Es ist nicht so einfach, wie ich es mir vorgestellt habe. Ich habe noch immer nichts gehört nach meinem Bewerbungsgespräch, und die Wohnungssuche ist so was von hoffnungslos. Es fühlt sich ein bisschen so an, wie wenn man einseitig verliebt ist. Ich will Hamburg, aber ich fürchte, Hamburg will mich nicht.«

Toni stemmte ihre Hände in die Hüften. »So einfach gibst du doch nicht auf. Du wirst schon sehen, am Ende wird Hamburg kapieren, dass es dich nie mehr gehen lassen möchte.«

»Ach.«

»Ganz bestimmt!« Sie erinnerte mich an das wütende fünfzehnjährige Mädchen, das sie einst gewesen war. Wütend und immer noch niedlich.

Die Band spielte »Zusammen« von den Fantastischen Vier in einer tanzbaren Discofox-Version. Toni wippte im Takt mit. Ich fischte mein Handy aus der Tasche und überflog die Nachricht, die eben angekommen war. Sie war von Tim.

Ist alles okay? Ich mache mir etwas Sorgen, weil ich nichts mehr von dir gehört habe.

Alles gut. Bin zu Hause bei meinen Eltern und morgen Abend zurück, tippte ich hastig. *Melde mich dann noch mal in Ruhe.*

Ich steckte das Handy wieder weg und sah zu Toni, die nun im Sitzen tanzte. »Wo ist eigentlich Flo?«

»Der hat den Ferienkindern für heute eine Nachtwanderung versprochen, daher konnte er leider nicht mitkommen.« Ihr Gesicht bekam diesen entrückten Ausdruck, wie immer, wenn sie von ihrem Freund sprach.

Von Weitem sah ich, wie Sebastian mit seiner Mutter das Spanferkelbüfett eröffnete. Er wirkte in dieser Umgebung mit seinem Städtereinheitslook so deplatziert, dass ich schon wieder unvermittelt lachen musste.

Toni kicherte auch. »Ich hab immer geahnt, dass er von den Jungs derjenige ist, der zuletzt lacht.«

Ich zog die Nase kraus. »Wie meinst du das?«

»Na ja, früher haben alle für David und Andy geschwärmt. Basti war irgendwie pausbäckig und... normal.« Sie nickte bekräftigend. »Es ist wie bei Take That.«

Jetzt verschluckte ich mich beinahe an meinem Bier. »Wie bitte?«

»Ja, früher waren alle verrückt nach Robbie und Mark oder einem dieser Tänzerjungs. Der langweilige, pummelige Gary Barlow durfte nur dabei sein, weil er singen konnte.« Sie sah mich eindringlich an, als wolle sie sichergehen, dass ich ihr folgen konnte.

Ich hob die Handflächen. »Ja, und?«

Sebastian hatte die Eröffnung des Spanferkelbüfetts hinter sich gebracht und kam nun auf uns zu.

»Schau sie dir heute an«, fuhr Toni fort. »Alle sind ein bisschen verlebt und aufgedunsen, in die Jahre gekommen. Bis auf Gary.« Sie hob den Zeigefinger. »Heute würden wir am ehesten Gary nehmen, oder?«

Ich lachte laut auf. »Vermutlich hast du recht.«

»Sag ich doch.« Toni flüsterte jetzt, weil Sebastian nur noch wenige Meter von uns entfernt war. »So ist das auch bei dem da. Heute ist er hot. Wer hätte das gedacht?« Kurz bevor er wieder zu uns stieß, fügte sie in normaler Lautstärke hinzu: »Außer mir.«

Später am Abend tanzten Toni und ich noch zu »I Can't Dance« und »Never Gonna Give You Up«. Toni überredete uns sogar, ein Stück als Band zu spielen, »Surfer Girl«, das Lieblingslied ihrer Eltern. Andy saß am Keyboard, ich sang die erste, Toni die zweite Stimme. Nur Sebastian hatte sich nicht überreden lassen, uns am Schlagzeug zu unterstützen. »Meine aktive Bühnenzeit ist ein für alle Mal vorbei«, verkündete er, mischte sich mit verschränkten Armen unter die Menge und sah uns bei unserem Auftritt zu. Es machte Spaß, mal wieder mit den anderen Musik zu machen, und als unser Song vorüber war, war ich ein bisschen wehmütig, nicht einfach weitersingen zu können. Das gleiche Bedauern sah ich in Tonis Gesicht, die noch einmal mit der Hand über den Mikrofonständer strich, bevor sie die Bühne verließ. Ein weiterer Grund zurückzukommen, dachte ich. Andy war aktuell vielleicht nicht mehr so motiviert, aber Toni und ich könnten weiter zusammen proben. Vielleicht würden wir andere Mitstreiter finden.

Nachdenklich stieg ich die Stufen von der Bühne hinunter. Sabotierte ich mich mit solchen Gedanken selbst? Suchte ich nur nach Gründen, die gegen Hamburg sprachen, weil ich nicht den Mut hatte, dort wirklich neu anzufangen? Und wäre das so schlimm? Es gab nun mal Menschen, die sich in ihrer vertrauten Umgebung am wohlsten fühlten, die nicht in die Ferne strebten und trotzdem zufrieden waren. Am Bühnenrand blieb ich stehen und schaute mich um. So viele bekannte Gesichter, die hiergeblieben und glücklich waren. Fragten die sich je, ob das schon alles gewesen war? Drängte die je jemand, den Kontinent zu verlassen oder wenigstens ab und zu die Komfortzone? Vielleicht war die Komfortzone am Ende das, was wir alle suchten. Und vielleicht hatte Toni ihre immer dabei, in sich selbst, und meine lag – hier.

In diesem Augenblick wünschte ich mir, mit Merle über alles reden zu können. Ihre Meinung zu hören – zu meiner Komfortzone, zu Hamburg, meinen Zweifeln, zu Tim. In Phasen wie diesen, wenn ich nicht weiterwusste, fragte ich mich bis heute, wie wir als Schwestern gewesen wären, wäre sie nicht krank geworden.

Ich bemerkte, dass Toni bereits auf Sebastian zustrebte, der sie mit frischen gekühlten Getränken empfing. Andy war auf dem Weg zu Steffi, die beim Spanferkel anstand. Ich folgte Toni und nahm mir auch ein

Glas vom Tablett. Mit halbem Ohr hörte ich Sebastian sagen, dass wir toll gesungen hätten.

Ich sah ihn an, und er prostete mir zu.

»Woher wusstest du eigentlich, dass du hier wegziehen willst?«, fragte ich ihn unvermittelt.

Er grübelte einen Moment lang. »Es war irgendwie immer klar.«

Wir sahen beide der Band zu, die sich neben der Bühne versammelt hatte.

»Verstehe.«

Der Gitarrist stimmte seine Gitarre nach. Sebastian knibbelte an seinem aufgekrempelten Hemdsärmel herum. »Ich wollte dir noch etwas vorschlagen.«

»Ja?« Ich trank einen großen Schluck von meiner Limo.

»Ich musste noch mal nachdenken über die kleine Sophie. Vielleicht können wir doch etwas tun.«

»Was meinst du? Uns als Spender registrieren lassen? Das hab ich längst getan.«

»Nein, ich meinte irgendeine Aktion starten, Plakate aufhängen, Fotos posten?«

Ich sah ihn fragend an.

»Na ja, ich als Hobbyfotograf finde, dass Dinge immer dann besondere Aufmerksamkeit bekommen, wenn Menschen zu sehen sind. Wenn die Geschichte ein Gesicht bekommt.«

»Wir haben doch schon Fotos von Sophie gepostet.«

»Hm.« Er sah in Richtung Bühne, wo die Band sich wieder an ihre Instrumente begab. »Aber vielleicht bringt es mehr, jemanden zu zeigen, mit dem sich die potenziellen Spender identifizieren können. Also die Erwachsenen.«

Die Band legte so laut wieder los, dass ich kurz zusammenzuckte. »Was meinst du?«, rief ich dagegen an.

Sebastian beugte sich weit zu mir vor: »Wir könnten Fotos von Heiner und Arno machen.«

Ich war nicht sicher, ob ich ihn richtig verstanden hatte, und lehnte mich näher zu ihm hin.

»Dazu schreiben wir: ›Enkelinnen sollten länger leben als ihre Opas‹ oder so.«

Ich spürte eine Gänsehaut meinen Arm hinauf wandern. »Das ist genial.«

Er sah jetzt ein bisschen stolz aus. »Ist nur so eine Idee.«

In meinem Enthusiasmus umarmte ich ihn so stürmisch, dass er kurz taumelte. Er ließ es relativ entspannt geschehen, vermutlich halfen die Biere, die er bereits getrunken hatte.

Als ich mich von ihm löste, traf mein Blick den von Toni, die noch immer ein paar Schritte weiter stand. Sie grinste nur.

15

Auf der gemeinsamen Heimfahrt nach dem sonntäglichen Familienessen verabredeten Sebastian und ich uns für den darauffolgenden Dienstagabend, um die Fotos zu machen. Jetzt mussten nur noch Heiner und Arno zusagen. Zurück in Hamburg ging ich sofort zu ihnen rüber. Ich erwischte sie zum Glück noch im Aufbruch nach einem langen Tag im Garten.

»Ich muss mal wieder in unsere Wohnung, ein paar Waschmaschinen anstellen und so«, verkündete Arno.

Ich verhaspelte mich mehrmals beim Erklären, was wir vorhatten, so aufgeregt war ich.

Zu meinem Glück unterbrach Arno mich irgendwann: »Du, wir müssen jetzt. Dienstagabend geht klar.«

Heiner wirkte heute besonders niedergeschlagen. Aber er widersprach seinem Mann nicht, sondern folgte ihm schweigend mit zwei großen Reisetaschen über der Schulter. Erleichtert sah ich ihnen nach. Noch gab ihnen unsere geplante Aktion vielleicht keine neue Hoffnung, aber ich hatte ein richtig gutes Gefühl dabei.

Auch ansonsten startete die Woche vielversprechend. Am Montagvormittag besichtigte ich die erste Wohnung, in die ich gern eingezogen wäre. Sie befand sich in der Jarrestadt, wie Filiz' WG, und genau wie diese lag sie in einer der Backsteinhäuserzeilen. Wohnküche und Schlafzimmer waren winzig und das Bad so eng, dass nur eine Person darin stehen konnte, aber alles war hell und freundlich und einigermaßen renoviert. Ich sah mich schon am Gasherd stehen und meinen Kaffee kochen, mit dem ich mich dann auf den Mini-Balkon setzen und hinunter in den begrünten Innenhof schauen würde, in dem Kinder Ball spielten. Ohne mir große Hoffnungen zu machen, trug ich mich in die Liste ein, denn auch hier waren Hunderte Interessenten gekommen. Trotzdem schenkte mir die Besichtigung neuen Mut. Es gab sie nämlich, die guten Wohnungen, und in eine davon würde ich früher oder später einziehen. Toni hatte recht gehabt, so schnell würde ich nicht aufgeben. Ich konnte Hamburg noch für mich gewinnen. Vielleicht war in mir nicht diese Klarheit, die Sebastian immer gespürt hatte, aber da war ein Wunsch, schon lange, und ich wollte ihn endlich ernst nehmen.

Ein Anruf aus der Klinik einige Stunden nach der Wohnungsbesichtigung bestärkte mich weiter in dieser Ansicht. Ich half gerade Filiz im Laden, als sich jemand aus der Personalabteilung meldete und mir mitteilte, dass ich es in die nähere Auswahl geschafft hatte. In der nächsten Woche sollte ich zu einem weiteren Gespräch kommen. Es war gerade keine Kundin im Laden, also wagte ich es, Filiz kurz zu stören.

Vorsichtig schob ich den Paravent beiseite. »Hey, Süße, stell dir vor: Ich bin eine Runde weiter im Bewerbungsverfahren!«

Sie blickte mit matten Augen von ihrer Nähmaschine auf. »O super.«

Ich kam näher an ihren Arbeitstisch. »Hey, alles okay?«

»Ja, ist doch toll.« Sie klang ungewöhnlich kraftlos. Anscheinend merkte sie es selbst, denn sie fügte hinzu: »Entschuldige, ich kann es gerade nicht so zeigen, aber ich freue mich wirklich für dich.«

»Zu viel zu tun?« Ich ging um den Tisch herum und stellte mich neben sie.

Sie wich meinem Blick aus. »Ja, leider, aber wir feiern das ein andermal.«

Kurz fühlte ich mich an die Zeit erinnert, als wir uns gegen Ende des Studiums auseinandergelebt hatten. Es hatte so gutgetan, das nun endlich hinter uns zu lassen. Oder waren wir uns in den letzten Wochen gar nicht wieder nähergekommen, und ich hatte es nur nicht sehen wollen? Diesmal würde ich es nicht zulassen, entschied ich, während Filiz sich bereits wieder über den Stoff beugte. Diesmal würde ich kämpfen – auch um Filiz.

Ich beugte mich etwas zu ihr runter. »Komm schon, sag mir, was los ist, ja?«

Zu meiner Überraschung legte sie den Kopf seitlich auf die Tischplatte. Wie auf einem Kissen lag ihr Gesicht auf ihre Haare gebettet da. Sie starrte ins Leere und sagte leise: »Es ist wegen Moritz.«

Ich hatte recht gehabt. Der Augenblick, in dem Filiz wegen eines Mannes Kummer hatte – er war gekommen. »Was hat er angestellt?«, fragte ich sanft.

Sie nahm den Kopf hoch und sah mich verständnislos an. »Nichts. Ich habe einen Schritt zurück gemacht, wie ich dir gesagt hatte.«

Ich setzte mich auf ihre Schreibtischkante. »Das war sicher hart.«

Meine Freundin lehnte sich in ihrem Stuhl zurück und zog die Beine an den Bauch. »Ja, aber es ist besser so.« Sie stützte das Kinn auf ihre Knie. »Das ist nicht mein Problem.«

»Was dann?«

Sie seufzte tief. »Er kapiert es irgendwie nicht. Ich dachte, wenn ich keine Zeit mehr für ihn habe und mich nicht mehr melde, ist alles klar. Aber er ist so verständnisvoll. Und je mehr ich mich zurückziehe, desto mehr Gas gibt er.« Nun legte sie die Stirn auf die Knie, sodass ich ihr Gesicht nicht mehr sehen konnte.

»Ach, Filiz.« Ich rutschte vom Schreibtisch, trat hinter sie und massierte ihre Schultern, die sich ziemlich verspannt anfühlten. »Ich glaube, er denkt, ihr seid ein Paar.« Sie ächzte leise – wohl mehr angesichts dieses Gedankens als wegen meiner Massagekünste. »Ich fürchte, du musst richtig Schluss machen«, fuhr ich fort. »Auch wenn es mir lieber wäre, wenn du das nicht tust.« Ich trommelte sanft mit den Handkanten über ihren Nacken. »Siehst du denn gar keine Chance für euch?«

Im Ladenraum tönte die Türklingel. Filiz hob den Kopf. »Übernimmst du das? Heute muss ich zu Mama, aber hast du die Woche Zeit, ausführlich zu reden?«

»Für dich immer«, rief ich, während ich schon in Richtung Verkaufsraum ging und den Paravent wieder zuzog.

»Ich meld mich«, hörte ich sie noch leise sagen.

Es kamen einige Kundinnen an diesem Mittag, sodass ich keine Zeit mehr hatte, mit Filiz zu sprechen. Ich holte ihr kurz vor Ende meiner Schicht noch einen Kaffee und ein Stück Bananenbrot, ansonsten ließ ich sie in Ruhe arbeiten. Als ich von einer anderen Mitarbeiterin abgelöst wurde, trat ich ein wenig müde in den Hinterhof vor dem Loftgebäude. Die warme Luft blies mir entgegen wie ein Fön. Die Party im Schrebergarten und die bei Sebastians Eltern hatten ihre Spuren hinterlassen. Heute musste ich unbedingt mal früh ins Bett. Hoffentlich hatten meine Gartennachbarn nicht wieder andere Pläne mit mir. Wer hätte gedacht, dass mal drei Senioren mein Freizeitprogramm bestimmen würden?

Mein Handy klingelte. Bestimmt war es Sebastian, der noch etwas für das Fotoshooting besprechen wollte. Ich unterdrückte ein Gähnen und ging dran. »Hallo?«

»Ina, hier ist Tim.«

Mein Herz begann zu klopfen. »Hey.« Kurz überlegte ich, mich zu rechtfertigen, weil ich mich noch immer nicht gemeldet hatte, aber ich schluckte sämtliche Ausflüchte hinunter.

»Hör mal, ich hoffe, ich erwische dich nicht gerade ungünstig.« Die Pause, die er machte, war so kurz, dass ich es nicht schaffte, etwas zu erwidern. »Ich bin nur gerade in der Nähe. Und … Ich wollte dich fragen, ob du … Ach, das ist jetzt echt blöd …«

Ich spürte, wie mir warm wurde. »Was denn? Sag schon.«

»Du hast nicht zufällig gerade Zeit?«

»Doch, eigentlich schon«, hörte ich mich sagen. Ich lief an dem Café im Vorderhaus vorbei und bog in eine Seitengasse ein.

»Ach Mann, das ist mir so peinlich, aber ich habe gleich einen Zahnarzttermin, und mein Hundesitter hat kurzfristig …«

Ich musste lachen. »Ich soll auf deinen Hund aufpassen?«

Ich konnte ihn am anderen Ende atmen hören. »Das passt dir sicher nicht, ich weiß, ich musste nur gerade … Weil du doch hier um die Ecke wohnst, also …«

»Wo seid ihr? Klar mache ich das.« Vom Straßenrand aus sah ich eine große Fensterscheibe, die Kinder mit Fingerfarben von innen angemalt hatten. Dahinter erkannte ich kleine Tische und Bänke.

Er machte wieder eine Pause. »Wirklich? Du bist ein Schatz!« Der letzte Satz klang mir in den Ohren, als ich auflegte und über mich selbst den Kopf schüttelte. *Klar mache ich das*. Das klappte ja super mit dem Nicht-sofort-angerannt-Kommen.

Wenige Minuten später traf ich Tim in der Straße, in der der Markt stattfand. Heute parkten hier dicht die Autos. Tim stand mit leicht gerötetem Gesicht auf dem Gehweg und winkte mir. Als ich näher kam, hielt Murmel schnuppernd die kurze Schnauze in die Luft und begann in Ermangelung eines Schwanzes, mit dem er hätte wedeln können, wild mit dem Popo zu wackeln. Dabei gab er grunzende Geräusche von sich.

»Na, da freut sich aber einer.« Tim zupfte an seinem T-Shirt, als wollte er Luft zwischen sich und den Stoff fächeln. »Ich umarme dich lieber nicht, ich habe mich so beeilt, und diese Hitze …«

Ich würde dich in jedem Zustand umarmen, dachte ich und wurde sofort rot, obwohl Tim meines Wissens nach keine Gedanken lesen konnte.

»Das ist echt unangenehm«, fing er wieder an. »Murmel kann nicht gut allein bleiben, er hat schlechte Erfahrungen gemacht, und der Hundesitter …«

»Ich mache das wirklich gern«, unterbrach ich ihn. »Sag mir einfach, wann wir uns wo wieder treffen sollen.« Ich nahm ihm die Leine aus der Hand.

Er sah auf die Uhr. »Die Zahnarztpraxis liegt in Richtung Stadtpark. Sagen wir am Eingang zum Stadtparksee in anderthalb Stunden? Kennst du die Ecke?«

»Finde ich!«

Noch einmal sah Tim besorgt auf seinen Hund neben meinen Füßen, dessen Zunge vor lauter Freude weit aus dem Maul hing.

Ich schüttelte lachend den Kopf. »Wir kommen klar,

versprochen. Zu Hause haben wir immer schon Hunde gehabt, und die meisten davon waren etwa doppelt so groß.«

»Es ist nur, weil er so sensibel …«

»Tim!« Ich sah ihn streng an, und er machte sich mit einem zerknirschten Lächeln auf den Weg. Murmel sah ihm erst leise fiepend hinterher, dann hob er den Blick zu mir. »Wir, Kumpel, gehen uns jetzt ausruhen«, sagte ich zu dem hechelnden Hund. »Es ist zu heiß für so viel Aufregung.« Ohne einen weiteren Mucks folgte die Bulldogge mir die Straße entlang über die Brücke, bis wir in meinem Garten angekommen waren.

Ich schloss das Tor hinter mir und leinte Murmel ab. Er schnupperte begeistert im hohen Gras. Ich ging in die Küche und füllte eine Schale mit frischem Wasser, aus der er laut schlabbernd trank. Danach ließ er sich auf meiner Veranda auf den Bauch plumpsen und blieb flach liegen. Ich setzte mich auf die Bank und legte die Füße auf den Tisch. Nach wenigen Minuten hörte ich Murmel neben mir schnarchen. Ich betrachtete den Rücken des kleinen Hundes, der sich gleichmäßig hob und senkte. So viel zum Thema keine privaten Treffen mehr mit Tim. Jetzt saß ich hier und sittete seine verwöhnte Bulldogge. Wo war eigentlich seine Frau? Konnte Murmel nicht unter Katrins Schreibtisch pennen, während sie schrieb? Dass Tim ausgerechnet mich fragte, die ich den Hund erst ein Mal gesehen hatte, wunderte mich. Murmel schmatzte im Schlaf. Er fühlte sich offenbar sicher hier. Sein Schnarchen wirkte auf mich wie die Meditations-CD, die Mama manchmal hörte, wenn sie nicht einschlafen konnte, und die ich durch die alten Wände hörte. Nach ein paar Minuten fielen mir die Augen zu.

Kurze Zeit später schreckte ich hoch. Ich hatte tief und fest geschlafen. Mein Mund fühlte sich trocken an. Ich sah zu meinen Füßen, wo Murmel flach auf der Veranda gelegen hatte. Doch er war nicht mehr da. Ich reckte mich und stand auf. Auch auf dem Rasen entdeckte ich ihn nicht. Im Laufschritt eilte ich zur Hängematte, unter der Arno und ich das Gras nicht gekürzt hatten. »Murmel?«, rief ich. Nichts geschah. Ein ungutes Gefühl machte sich in mir breit. Wo war der Hund? Der Garten war eingezäunt, beruhigte ich mich selbst. Er würde doch nicht einfach so ins Wasser springen? Ich rannte zur Böschung und die Stufen hinunter zum Steg. »Murmel?«, rief ich lauter. Nichts. Nur die glatte Wasseroberfläche, auf der die Seerosenblätter sanft hin und her schaukelten. Auf einem Steg gegenüber saß der ältere Herr, der letztens schwimmen gegangen war, und angelte.

»Haben Sie eine kleine Bulldogge gesehen?«, rief ich zu ihm hinüber.

Er schüttelte den Kopf.

Ich schob das Schilf beiseite. Hier war Murmel nicht. Ich hastete zurück nach oben und kontrollierte, ob die Wildblumenwiese irgendwo niedergedrückt war. Fasste in Brennnesseln, bis meine Haut brannte. Ich krabbelte unter die Büsche und hinter den Kompost. Ich sah hinter dem Haus nach und drinnen, sogar in der Toilette suchte ich nach ihm. Dabei wurde ich immer panischer. Da vertraute mir Tim seinen geliebten Hund an, und ich verlor ihn innerhalb der ersten halben Stunde. Mir wurde schwindelig bei dem Gedanken, dass ich ihn gleich anrufen und ihm sagen musste, dass Murmel verschwunden war. Wie hatte ich so naiv sein und ihn einfach von der Leine lassen können? Tim wusste bis jetzt nicht einmal von diesem Garten. Es wäre peinlich, wenn er auf diese Weise herausfand, dass ich ihn angelogen hatte. Viel schlimmer aber war der Gedanke: Was, wenn Murmel etwas zugestoßen war?

Ich musste in den anderen Gärten nachsehen, die Nachbarn fragen. Mit immer größer werdender Panik lief ich zum Tor hinaus auf den Weg. Immer wieder rief ich Murmels Namen.

Ich war nur wenige Meter weit gekommen, als ich eine Frauenstimme neben mir hörte. »Ist das Ihrer?«

Abrupt blieb ich stehen. Am Zaun stand meine Nachbarin. Sie trug ihre Gartenschürze und hatte die grauen Haare zum Zopf gebunden. Auf ihrem Arm hielt sie Murmel.

Die Erleichterung, die mich überkam, war so groß, dass mir kurz schwarz vor Augen wurde. »Murmel!«, rief ich. »Da bist du ja.«

Der Hund schnaufte und wand sich so heftig auf dem Arm der Frau, dass sie ihn kaum noch halten konnte. Sie wuchtete den zappelnden Hund über den Zaun in meine Arme. Er war deutlich schwerer, als ich gedacht hatte. Grunzend versuchte er, mein Gesicht abzuschlecken. Ich drehte mich lachend weg. Murmel roch nach Erde. Kein Wunder, seine Schnauze und Pfoten waren voll davon.

Ich wandte mich wieder meiner Nachbarin zu, die mich ernst fixierte. »Er hat sich unter dem Zaun zu mir durchgegraben.«

»O nein.« Ich setzte Murmel ab und leinte ihn an.

»Das tut mir leid.«

»Hauptsache, es kommt nicht wieder vor.« Die Dame sah mich noch immer regungslos an. Sie hatte hohe Wangenknochen und eine lange gerade Nase. Die leicht mandelförmigen hellen Augen wirkten auf mich, als hätten sie schon einiges in diesem Leben gesehen.

Murmel schnupperte an ihrem Zaun herum. »Ich passe ab jetzt besser auf«, versprach ich. »Bitte entschuldigen Sie nochmals.«

Sie nickte und wandte sich ohne einen Gruß ab.

»Wiedersehen«, rief ich ihr hinterher. »Und danke, dass Sie ihn eingefangen haben.«

Aber sie reagierte nicht mehr.

Zurück in meinem Garten ging ich mit dem angeleinten Hund den Zaun zum Nachbargrundstück entlang. Die Stelle, wo er gebuddelt hatte, fand ich hinter einigen besonders hohen Gräsern. Dort türmte sich ein Erdhaufen. Wie hatte er es nur so schnell geschafft, ein so großes Loch zu graben? Ich hatte nicht länger als zehn Minuten geschlafen. Der Drahtzaun war an dieser Stelle leicht verbogen, weil er sich offenbar darunter durchgequetscht hatte. Auf der anderen Seite hatte Murmel ein ziemliches Chaos hinterlassen. Auch dort türmte sich die Erde im ansonsten gepflegten Beet. Blumenzwiebeln lagen kunterbunt durcheinander, einige Pfingstrosen waren abgeknickt. Mist, dachte ich, während ich auf meiner Seite mit den Füßen die Erde zurück ins Loch schob. Das würde das Verhältnis zu meiner Nachbarin nicht gerade verbessern.

Wenig später wartete ich mit Murmel wie besprochen am Eingang zum Stadtpark. Der kleine Hund saß schwer auf meinen Füßen. Er wirkte erschöpft von den aufregenden Erlebnissen und war kaum dazu zu bewegen gewesen, in der Hitze hierherzulaufen. Erst als Tim auf der anderen Straßenseite auftauchte, witterte er sein Herrchen und begann aufgeregt an der Leine zu ziehen.

Tim begrüßte zuerst den Hund und dann mich. »Hey, ich weiß gar nicht, wie ich dir danken soll!« Diesmal vergaß er die Hitze und sein verschwitztes T-Shirt und drückte mich so fest, dass ich kurz das Gleichgewicht verlor. »War er brav?«

Ich nickte lächelnd und log: »Vorbildlich.« Murmel sah ergeben zu mir hoch. Sein kleiner Streich würde unser Geheimnis bleiben.

Tim zeigte auf seine Tasche. »Ich habe uns eine fancy Basilikumlimo vom Kiosk mitgebracht, wollen wir uns ein Plätzchen suchen?«

»Gern.«

Am Ufer des Stadtparksees führte Tim mich auf einen Steg, und wir setzten uns. Von einem anderen Steg sprangen mehrere Jugendliche übermütig ins Wasser und schwammen dann weit hinaus. Einer machte sogar einen Salto. Murmel legte sich zwischen uns platt auf den Bauch.

Tim zog die Schuhe aus und ließ die Beine ins Wasser baumeln. Ich machte es ihm nach.

»So, jetzt aber«, begann er. »Ich hatte dir doch geschrieben. Ich weiß, dass du gerade total viel um die Ohren hast, aber ich muss mit dir über etwas reden.«

Mir wurde mulmig.

Er räusperte sich. »Ich war nicht ganz ehrlich zu dir und würde das gern geraderücken.«

Ich schluckte. Ging es um das Bewerbungsverfahren?

Er pflückte behutsam eine Klette aus Murmels borstigem Fell. Der Hund rückte etwas näher an mich heran, wobei seine Schnauze meine Hand streifte. Sie war im Gegensatz zu seinem warmen Körper kühl und feucht.

Tim atmete tief ein. »Ich hab dir ja erzählt, dass Katrin gerade in einer anderen Wohnung ihren aktuellen Roman zu Ende schreibt.«

Ich nickte. Es ging also nicht um die Stelle.

Tim warf die Klette ins Wasser, wo sie auf der Oberfläche trieb. »Es liegt nicht nur am Buch. Katrin ist ausgezogen. Ich habe das anfangs nicht wahrhaben wollen. Aber … sie wohnt da jetzt seit drei Monaten. Und …« Er nahm die Kappe ab, rieb sich über den Kopf und setzte sie wieder auf. »Ich dachte, sie kommt zurück, aber das wird sie nicht. Es gab schon länger Probleme.« Er ließ die Füße im Wasser kreisen, wodurch sich kleine Strudel bildeten. »Entschuldige, wenn ich nicht ehrlich war. Ich habe mich entschieden, von jetzt an offen damit umzugehen.« Er blickte auf Murmel, der noch ein Stückchen näher an mich herangerobbt war. Seine weiche Pfote berührte mein Knie. »Murmel ist nun ein Trennungshund. Je nachdem, wie ich arbeiten muss, wechselt er zwischen Katrin und mir.«

Ich betrachtete die Hundenase, die wild zuckte. Murmel war eingeschlafen. »Wie verkraftet der Kleine das?«

Tim schaute zärtlich zu seiner schlafenden Bulldogge. »Anfangs fand er es kacke. Er ist ein Herdentier.« Wir wussten beide, dass wir nicht wirklich von Murmel sprachen. Aber es machte die Sache leichter, so zu tun, als ob. »So langsam hat er sich dran gewöhnt.«

Eine Zeit lang sahen wir beide stumm auf den Hund. Tim streichelte ihn, als müsste er ihn trösten. »Ich weiß, dass scheitern zum Leben gehört. Aber manches Scheitern tut mehr weh als anderes.«

Aus einem Impuls heraus griff ich über Murmel hinweg nach Tims Hand. Ich erschrak kurz über mich selbst, strich dann aber sanft über seine Finger, die neben meinen groß und kräftig aussahen. »Tut mir leid«, sagte ich leise und zog die Hand wieder zurück.

Tim sah mich ernst an. »Du bist lieb.«

Meine Hand, mit der ich über seine gestreichelt hatte, fühlte sich seltsam kribbelig an.

Er zog wieder Kreise mit den Füßen. »Ich wollte nur, dass du es weißt. Du bist mir wichtig.«

Ich spürte, wie sämtlicher Widerstand in mir schmolz. Dabei wollte ich doch stark sein. Ich wollte ihm sagen, dass ich das Private und Berufliche nicht länger vermischen konnte und wollte. Ich wollte mich schützen. Und nun sah ich hilflos dabei zu, wie sich in mir eine Frage ihren Weg nach oben bahnte wie eine Luftblase an die Wasseroberfläche: Was bedeutete das, was er mir gerade erzählt hatte, für uns?

Plötzlich gab es einen großen Platsch. Im Wasser neben meinen Füßen tauchte Murmels Kopf auf. Mit weit aufgerissenen Augen und hektischen Bewegungen schwamm er auf eine Entenfamilie zu. Tim und ich hüpften zeitgleich hinterher. Erstaunlich, dass ich dies freiwillig tat für ein Tier, das ich erst so kurz kannte. Der See war hier flach, aber doch so tief, dass Tim bis zu den Shorts im Wasser stand. Mein Hemdkleid trieb unterhalb der Hüfte auf der Oberfläche. Murmel drehte auf halber Strecke zu den Enten um und nahm Kurs auf Tim. Dieser packte ihn und setzte ihn zurück auf den Steg. »Du kleiner Racker!«

Murmel schüttelte sich ausgiebig und nieste dreimal hintereinander. Unter meinen Füßen spürte ich den sandigen Seegrund. Tim stand eine Armlänge vor mir. Wie gerne hätte ich ihn jetzt einfach an mich gezogen. Eine Erinnerung schoss mir durch den Kopf. Wir beide im Personalzimmer. Ich hatte mich gerade umgezogen, er wollte sich etwas aus dem Spind holen und ging nah an mir vorbei. Und blieb plötzlich stehen. Sekunden vergingen, wir standen voreinander, und ich hätte schwören können, nicht nur mein Herz, sondern auch seins schlagen zu hören. Noch Jahre später wurde mir warm, wenn ich an diesen Moment dachte. Und noch heute könnte ich schwören, es mir nicht eingebildet zu haben, dieses Knistern, das in der Luft lag. Wie jetzt. Die Sekunden verstrichen, mein Herz hämmerte wie verrückt, und dann wendete er sich ab. Wie damals. Stützte die Hände auf den Steg, drückte sich hoch und ließ sich neben Murmel nieder, der sich nun wohlig auf den Holzbohlen wälzte.

Ich fühlte mich, als würde ich durch Honig waten, meine Gliedmaßen gehorchten mir nicht. Ich musste viel Kraft aufwenden, um auf den Steg zu kommen und mich wieder neben ihn zu setzen. Dankbar registrierte ich, dass Tim keinen Versuch unternahm, mir dabei zu helfen.

»Ich muss dann mal los«, sagte ich in die angespannte Stille hinein und stand auf.

Tim strich über seine triefende Hose. »Habe ich was Falsches gesagt?«

»Nein, ich bin nass und …« Wasser tropfte von meinem Hemd auf das Holz.

»Natürlich, verstehe.« Er wirkte genauso verlegen, wie ich mich fühlte. »Wir könnten dich noch bringen?«

Ich sollte jetzt sagen, dass ich mich nicht mehr mit ihm treffen wollte. Eine klare Grenze ziehen. Aber ich hatte ja nicht ahnen können, dass die Ausgangslage nun eine ganz andere war. War sie das tatsächlich?

»Danke, lasst mal«, lehnte ich matt ab. Ich streichelte Murmel übers Fell, das bereits erstaunlich trocken war. »Wir sehen uns bei meinem Gespräch in der Klinik. Bis dann.«

Ich wandte mich zum Gehen, doch Tim griff sachte nach meinem nassen Knöchel. »Ina?«

Abrupt hielt ich inne und spürte meinen Puls dort, wo seine Hand meine Haut berührte. Auch dann noch, als er mich wieder losgelassen hatte.

Er sah zu mir hoch. »Danke fürs Murmel-Hüten. Und viel Erfolg. Du wirst es super machen, da bin ich mir sicher.«

16

Nach meinem Marktbesuch stellte ich am nächsten Morgen nur schnell die Einkaufstasche auf die Veranda, nahm den Karton mit den Blumen und lief gleich wieder los. Ich hatte nach dem ereignisreichen Tag gestern endlich einigermaßen geschlafen, fühlte mich aber noch immer wie gerädert. Hamburgs Sommer war in diesem Jahr wirklich besser als sein Ruf, vielleicht ein bisschen zu gut. Am Tor meiner Nachbarin blieb ich stehen und hielt nach ihr Ausschau, konnte sie aber nirgendwo entdecken.

»Hallo?«, rief ich in Richtung der hübschen Laube.

Nichts geschah. Ich wollte die Kiste schon vor ihrem Gartentor abstellen, als ihre aufrechte Gestalt zwischen den Schnüren des Perlenvorhangs erschien. »Ja?«

»Hallo!«, rief ich erneut zu ihr hinüber. »Ich wollte Ihnen kurz etwas geben.«

Meine Nachbarin zögerte, kam dann aber mit bedächtigen Schritten näher. Sie sah müde aus, dachte ich. Ihre Augenringe waren jedenfalls ähnlich tief wie meine. Vielleicht schlief sie bei der Hitze auch schlecht. Ich hielt ihr den Karton mit Glockenblumen und Löwenmäulchen entgegen. »Die habe ich Ihnen auf dem Markt besorgt, als Wiedergutmachung, weil Murmel bei Ihnen gebuddelt hat.«

Sie blickte mich regungslos an.

»Ich möchte mich noch einmal dafür entschuldigen.« Ich wies mit dem Kopf auf den Karton, der langsam schwer wurde.

Schließlich nahm sie ihn über das Tor entgegen.

Ich rieb mir über die schmerzenden Arme. »Soll ich Ihnen beim Einpflanzen helfen, ich könnte …«

»Nein, nein.« Sie zeigte mit einem spitzen Finger in Richtung meiner Parzelle. »Stecken Sie die Energie lieber in Ihren Garten.«

Ich lächelte unsicher. »Das mache ich.« Es war ihr also sehr wohl negativ aufgefallen, wie ungepflegt ihr Nachbargrundstück war. »Vielleicht trinken wir mal einen Kaffee zusammen?«, trat ich die Flucht nach vorn an. »Ich bin Ina.«

Ein paar Sekunden verstrichen. Wenn mich nicht alles täuschte, hatte sich ihr Gesichtsausdruck etwas entspannt.

Ich nickte. »Na dann … Haben Sie einen schönen Tag.«

Ich wollte schon gehen, als sie sagte: »Marion.«

Überrascht lächelte ich sie an. »Freut mich sehr. Bis bald, Marion.«

Na also, dachte ich auf dem Rückweg zu meiner Laube. Vielleicht war sie nur ein zurückhaltender Mensch und gar nicht so übel, wie Arno und die anderen annahmen.

Zu meiner Überraschung fand ich Moritz auf meiner Veranda, als ich zurückkam.

»Hi!«, rief ich ihm von Weitem zu.

»Hi«, entgegnete er fröhlich und umarmte mich entwaffnend herzlich. Er beugte sich über meine Tasche. »Du hast ja ordentlich eingekauft.«

»Ja, stimmt. Auf dem Markt sieht alles köstlich aus.«

Er nickte wissend und nahm eine Schale Erdbeeren und ein Bund Möhren heraus. »Wenn du so weitermachst, kannst du bald selbst ernten.« Er wies mit dem Kopf auf mein Hochbeet. Tatsächlich wuchsen meine Setzlinge so gut, dass ich jeden Morgen überrascht feststellte, wie groß sie schon waren.

Ich folgte Moritz in die Laube. Drinnen hockte er sich vor den Kühlschrank, und ich reichte ihm eine Salatgurke und ein Bund Radieschen an. Schon lustig, wie selbstverständlich das war: Er kam einfach her und räumte meine Einkäufe ein, als würden wir uns ewig kennen.

Als alles bis auf die Erdbeeren im Kühlschrank verstaut war, wischte er sich die Hände an den tief sitzenden Shorts ab. »Hast du kurz Zeit?«

»Klar, ich wasche uns die nur eben.« Ich spülte die Erdbeeren ab und legte sie in eine Schale, dann setzten wir uns gemeinsam auf die Veranda. Die Erdbeeren stellte ich zwischen uns und nahm mir die oberste. Sie schmeckte genauso süß, wie sie aussah.

Moritz aß ebenfalls eine Erdbeere und sagte dann: »Es geht um Filiz.«

Ich atmete tief ein.

Moritz verschränkte die Finger. »Ich habe Fine seit meiner Trennung von Conny noch nie eine neue Partnerin vorgestellt. Aber Filiz …« Er wuschelte sich durch den Afro. »Ich glaube, es passt wirklich mit uns.«

Mein Herz wurde schwer. Warum nur konnte Filiz seine Gefühle nicht erwidern? Und warum hatte er offenbar noch nichts von ihrem Rückzug bemerkt?

Er lächelte jetzt verträumt. »Ich möchte Filiz gern fragen, ob wir ganz offiziell ein Paar sein wollen. Bevor wir es Fine sagen. Und na ja, da dachte ich, ich frage vorher dich als ihre Freundin. Vicky und Esther würden vermutlich nur die Augen verdrehen …« Er lachte verlegen. »Ich will alles richtig machen, weil es mir so wichtig ist.«

Ich spürte, wie mich seine Worte rührten, und wandte mich schnell ab. Wie hatte ich es geschafft, in diese Situation zu geraten?, dachte ich verzweifelt.

Moritz sah mich erschrocken an. »Alles okay?«

Ich rieb mir schnell über die Augen. »Ja, ja, bisschen Heuschnupfen. Wegen Filiz, also …« Ich spürte, wie angespannt ich klang. »Wenn ich du wäre, würde ich erst mal mit ihr sprechen. In entspanntem Rahmen.«

Er verzog das Gesicht. »Meinst du? Schade, ich hatte mir das so cool vorgestellt. Ich wollte dich sogar fragen, ob ich den Garten für den Abend haben kann. Ich könnte uns hier was Feines kochen, ganz romantisch. Vielleicht schon morgen …«

»Auf keinen Fall morgen«, platzte es aus mir heraus.

»Da bin ich schon mit Filiz verabredet.« Es stimmte nicht, ich hatte nichts mehr von ihr gehört seit gestern, aber ich wusste mir nicht anders zu helfen.

»Das wäre doch perfekt.« Er klatschte in die Hände. »Dann lockst du sie her, und ich überrasche sie. Fine ist bei Conny, wir hätten Zeit.« Er suchte in meinem Gesicht nach Bestätigung. »Oder findest du es besser, wenn ich uns ein Hotel buche? Ich habe mal von einer kleinen Pension an der Ostsee gehört, in der man bis mittags Frühstück ans Bett serviert bekommt …«

Ich hob nervös die Hände. »Ich glaube, es ist so oder so besser, wenn du erst mit ihr sprichst. Filiz ist nicht der Typ für Überraschungen.«

»Ernsthaft?« Moritz stockte. »Schätze ich sie da so falsch ein? Ich hätte gedacht …«

Ich wich seinem Blick aus. »Ich glaube, sie wird halt nicht gern überrumpelt, nicht, dass du ihr am Ende Angst machst oder so.« Ich horchte meinen eigenen Worten nach.

Er sah mit einem Mal ernst aus. »Stimmt etwas nicht?«

»Doch, wieso, nein.« Ich warf mir eine Erdbeere in den Mund und verschluckte mich daran. »Nein, nein«, sagte ich hustend. »Sie hat nur gerade viel Arbeit und …«

Er zog die Stirn in Falten. »Ich verstehe nicht, was das miteinander zu tun hat.« Ich konnte sehen, wie er die Kiefermuskeln anspannte. »Du glaubst, es macht ihr Angst, das Ganze offiziell zu machen, richtig?«

Ich zog mein Shirt ein Stück höher über meinen bestimmt verräterisch fleckigen Hals. »Ich hoffe nicht.«

Moritz sackte ein bisschen in sich zusammen. Er war blass geworden. »Ach verdammt. Ich hätte es besser wissen müssen.« Er rieb sich übers Gesicht.

»Du solltest unbedingt in Ruhe mit ihr darüber sprechen«, versuchte ich es ein letztes Mal, aber Moritz starrte nur noch ins Leere.

Nach einer Weile stand er auf. »Sorry, ich … ich muss das jetzt erst mal verarbeiten.«

»Hör mal«, versuchte ich die Sache irgendwie zu retten. »Es ist noch nichts verloren, ich dachte nur, es wäre gut …«

Er winkte ab. »Danke für deine Offenheit.«

Ich war nicht offen gewesen, dachte ich, als er mich zum Abschied umarmte. Ich hatte mich um Kopf und Kragen geredet.

Er lief mit den Händen in den Hosentaschen in Richtung Tor. Sollte ich ihn aufhalten? Was konnte ich tun? Mist! Hatte ich gerade für Filiz mit ihrem Freund Schluss gemacht?

Als er außer Sichtweite war, versuchte ich, sie anzurufen, erreichte sie aber nicht.

Bitte ruf mich an!, schrieb ich ihr.

Zumindest darauf antwortete sie Minuten später. *Voll im Stress, ich muss heute diese Brautjungfernkleider für die erste Anprobe morgen fertig bekommen. Melde mich.*

Mist, Mist, Mist.

Am frühen Abend hatte ich noch immer nichts von Filiz gehört. Ich hatte mich irgendwie abgelenkt, mit dem Gartenschlauch mein Hochbeet und die trockene Wiese gewässert, hier und da Verwelktes aufgesammelt. Mehrmals war ich kurz davor, einfach zu meiner Freundin in den Laden zu gehen, weil ich die innere Unruhe nicht mehr aushielt. Aber dann, so befürchtete ich, würde ich sie aus der Arbeit reißen. Und dann würde sie ihren wichtigen Auftrag erst recht nicht mehr fertig bekommen. Schreiben wollte ich ihr von dem Debakel auf keinen Fall. Und deshalb würde ihr Problem so lange zu meinem werden, bis sie wieder Raum hatte, sich damit zu befassen.

Zum Glück kam Sebastian wie verabredet um halb sieben in den Garten. Er hatte einen großen Rucksack voller Objektive dabei und einen Rollkoffer, in dem Stative, Aufheller, Akkus und anderes Zubehör untergebracht waren. Sofort fing er an, mit seinem Lichtmesser durch den Garten zu laufen und nach Einstellungen zu suchen.

Wenig später kamen Heiner und Arno dazu, beide in weißen, frisch gebügelten Hemden. Heiner hatte auf Sebastians ausdrücklichen Wunsch seine Schiebermütze aufgesetzt. Ich sah die Anspannung in ihren Gesichtern.

»Was sind wir jetzt, Models oder was?«, motzte Heiner und schob die Mütze nach hinten.

Arno sprach überhaupt nicht, was mich in Sorge versetzte.

Zum Glück kam Renate hinzu, die verkündete, sie würde sich »um das Catering« kümmern, und Karaffen mit Limo und Sprudel sowie Tabletts voller Sandwiches auf den Verandatisch stellte. Alkohol hatte Sebastian verboten, damit alle voll konzentriert bei der Sache waren. Vermutlich war ihm unser Eierlikörabend noch in zu lebhafter Erinnerung.

Nach dem zweiten Sandwich fand Arno die Sprache wieder. Er ließ den Blick über den Garten schweifen. »Wir könnten ja auch unseren nehmen. Oder den von Renate.«

»Ne, ne«, lehnte Sebastian ab, der gerade ein Stativ vor den Obstbäumen aufbaute. »Ich mag gerade dieses etwas Wilde als Hintergrund.«

Renate reichte mir ein Glas Wasser. »Ist schon toll, was du aus dem Urwald hier gemacht hast.«

Ich sah mich um. Noch immer gab es große Flächen Wildwuchs zwischen den von Arno freigelegten Wegen, aber der Garten wirkte nicht länger wie brachliegendes Bauland, sondern wie eine blühende Sommerwiese. Der Wind ließ die Glockenblumen und die Lichtnelken tanzen. Bienen schwirrten um den im Abendlicht leuchtenden Klatschmohn. Der Duft des Wiesensalbeis wehte zu mir herüber. Alles hier war bunt und lebendig und – schön. Als hätten die Pflanzen nun den Raum, ihre volle Pracht zu zeigen. Vielleicht war es das, was manche Leute meinten, wenn sie behaupteten, man müsse seine Komfortzone verlassen. Vielleicht brauchten auch wir Menschen manchmal nur ein bisschen mehr Platz und Licht, um uns vollends zu entfalten. Oder diese eine Person, die bereit war zu sehen, wer wir unter all dem Gestrüpp wirklich waren.

»So, wir könnten dann mal einen Lichttest machen«, holte Sebastian mich aus meinen Gedanken.

Er schob Heiner und Arno, die beide noch an ihren Sandwiches kauten, sanft, aber bestimmt zwischen die Obstbäume. Heiners Gesichtsausdruck erinnerte mich an jemanden, der auf einem Zahnarztstuhl auf die Behandlung wartet. Sebastian stellte etwas am Scheinwerfer ein, schraubte an seinem Objektiv herum und murmelte vor sich hin. Heiner hatte zwar längst den letzten Bissen hinuntergeschluckt, aber seine Kiefer mahlten noch. Hoffentlich ging das gut.

Sebastian drückte mehrmals auf den Auslöser. Arno grinste, als wäre ihm das Lachen eingefroren, während Heiner nach dem zweiten Klicken die Augen geschlossen hielt. Wie ein kleines Kind, das hoffte, man würde es dann vielleicht nicht sehen.

»So«, verkündete Sebastian nach ein paar weiteren Testschüssen und justierte seine Kamera. »Jetzt können wir starten, Licht passt. Renate?«

»Hie-hiier«, trällerte sie von der Veranda, als hätte sie nur auf ihren Einsatz gewartet.

Sebastian zog etwas aus seinem Rollkoffer. »Könntest du den Aufheller halten?«

Flinker, als ich es ihr zugetraut hätte, war Renate bei Sebastian. Er zeigte ihr, wie sie den eingespannten

Stoff halten musste, damit Licht auf die Gesichter der Porträtierten fiel. Dabei himmelte sie ihn wieder so an wie neulich Abend in ihrem Garten, was Sebastian jedoch ganz offensichtlich nicht zu bemerken schien.

Das Abendlicht war wie ein natürlicher Weichzeichner. Zwischen den Zweigen der Obstbäume fielen einzelne Sonnenstrahlen auf die Szenerie. Es war zum Dahinschmelzen. Nur Arno und Heiner standen in ihren gestärkten Hemden da wie bestellt und nicht abgeholt.

»Sebastian?« Ich trat leise von hinten an ihn heran.

Er zuckte leicht zusammen, ich hatte ihn aus seinem Tunnel geholt. »Ja?«

»Nur so eine Idee: Wie wäre es, wenn Arno seine Gitarre hält?«

Sebastian überlegte kurz und nickte dann. »Probieren wir.«

Renate war schon auf den Beinen, um die Gitarre zu holen. Derweil fragte ich Heiner: »Was ist Sophies Lieblingslied?«

Er kratzte sich unter der Mütze am Kopf. »Ich vermute, es ist eins von diesem dünnen amerikanischen Mädchen, oder?« Er drehte sich zu Arno, der zu nicken begann.

»Ja, dieses ehemalige Cowgirl.«

Ich musste lachen. »Meint ihr Taylor Swift?«

Arno sah Heiner fragend an. »Meinen wir die?«

»Dann spiel es doch jetzt einfach mal!« Heiner klang ungehalten, das dauerte ihm hier offenbar alles zu lange.

Arno lehnte sich an einen der Bäume, zupfte an seiner Gitarre herum und begann dann, ein Lied zu spielen, das mir bekannt vorkam. Als er anfing, dazu zu summen, erkannte ich es: Das war »Shake It Off«. Auch Merle war seit Jahren Taylor-Swift-Fan, zu diesem Song hatten wir schon oft Hand in Hand abgerockt.

»Spiel einfach weiter«, sagte Sebastian und hob die Kamera.

Und Arno spielte. Ich begann, leise zu summen. Heiner holte tief Luft, stellte sich neben ihn und machte auch mit. Und plötzlich legte sich etwas über den Garten wie ein Filter vor ein Bild. Alles funkelte golden. Die Blätter der Bäume im Gegenlicht, die noch unreifen Äpfel, vor allem aber die Gesichter der beiden Männer davor. Arno spielte ein paar weitere Lieder, von denen er glaubte, dass Sophie sie mochte. Zwischendurch lächelten die beiden sogar in die Kamera.

Nach etwa einer halben Stunde verkündete Sebastian: »Wir haben unser Bild.«

Als Arno und Heiner sich, erschöpft von der Aufregung, verabschiedeten, sackten Renates Mundwinkel nach unten. »Ach schade, ich hätte noch Stunden zuschauen können. Endlich ist hier mal was los.«

Sebastian konnte offenbar ihre Gedanken lesen, denn als er vorschlug, auch von ihr ein Porträtfoto zu shooten, quietschte sie laut vor Freude und holte schnell ihren Lippenstift aus der Handtasche.

Sie posierte dann derart gekonnt vor der Kamera, dass ich lachen musste.

»Ich war ja früher lange bei den Funkenmariechen«, erklärte sie uns. »Und beinahe wäre ich mal Weinkönigin geworden.«

Sie wäre eine gute Weinkönigin, dachte ich schmunzelnd und beobachtete, wie sie die Arme kokett hinter dem Nacken verschränkte.

»Komm, Inalein, du auch!«, rief sie begeistert, nachdem Sebastian sie in zehn verschiedenen Posen abgelichtet hatte.

»Ach«, ich winkte ab. »Lass mal, ich fühle mich wohler hinter der Kamera.«

»Nun komm schon, einen Schnappschuss zum krönenden Abschluss.« Renate schob mich vor den Apfelbaum, durch dessen Zweige die letzten Sonnenstrahlen leuchteten.

Sebastian nahm die Kamera vom Stativ und kam näher. »Renate, hältst du noch mal den Aufheller?«

Der helle Stoff reflektierte das Licht so stark, dass ich kurz geblendet die Augen zusammenkneifen musste. Als ich sie wieder öffnete, stand Sebastian unmittelbar vor mir. Ich zuckte zusammen, doch bevor ich rot werden konnte, hatte er die Kamera schon heruntergenommen und verkündete, dass wir fertig seien.

Gemeinsam sahen wir der Sonne zu, die langsam hinter den Dächern der Stadt verschwand, und aßen dabei Renates Brote auf. Ich konnte sie gerade noch davon abhalten, den Eierlikör zu holen, denn Sebastian und ich wollten morgen früh mit der Fotoauswahl und dem Gestalten der Plakate beginnen.

Erst als auch Renate und Sebastian gegangen waren und ich die Teller abspülte, fiel mir Filiz wieder ein. Es war bereits nach zehn. Mit klopfendem Herzen schickte ich ihr eine Nachricht: *Noch wach?*

Kurze Zeit später leuchtete mein Handy. Aber es war keine Antwort von Filiz, sondern eine Nachricht von Tim:

Ich habe eine kleine Überraschung für dich. Morgen 18.00 Uhr Landungsbrücken. Bitte in Abendgarderobe. Kommst du?

17

Sebastian hatte schon in der Nacht erste Entwürfe mit einem Grafikprogramm gebastelt, die er mir zeigte, als ich am Mittwochmorgen wie verabredet in seine Wohnung kam. Ich setzte mich mit einem Kaffee vom Laden gegenüber an seinen hohen Küchentisch, und er klickte die verschiedenen Schriften an, die er für den Slogan ausprobiert hatte. Was mich aber am meisten beeindruckte, waren die Fotos von Heiner und Arno, die er eingefügt hatte. Die beiden sahen darauf aus wie die Opas, die sich jeder wünschte. Eben genau so, wie sie waren.

»Du weißt echt, was du tust«, sagte ich, während ich mich durch die Auswahl scrollte.

Sebastian stellte einen Teller mit frischem Toast vor mich hin und grinste. »Ich wusste nicht, ob Arno dich heute schon versorgt hat.«

Ich grinste zurück. »Hat er nicht. Danke.«

Wir waren uns schnell einig, welches Motiv wir nehmen würden: Arno, der mit geschlossenen Augen Gitarre spielte, während Heiner in die Kamera blickte. In seinem Blick lag alles auf einmal: Hoffnung, Angst und vor allem Liebe. Das war unser Bild, da waren wir uns sicher. Sebastian setzte eine schlichte Schrift darüber mit dem Spruch, den er sich ausgedacht hatte: »Enkelinnen sollten länger leben als ihre Opas.«

Darunter stand kursiv:

Lasst euch als Spender registrieren – noch heute! Damit unsere Sophie lebt.

Noch weiter darunter waren gut leserlich alle Infos zur DKMS aufgeführt, wo man sich als potenzieller Spender in ein Register aufnehmen lassen konnte.

Ich war selbst baff, aber wir saßen gerade mal eine Stunde zusammen und hatten schon ein fertiges Plakat. Ich hatte Arno und Heiner noch gefragt, ob sie es vorher freigeben wollten, aber Heiner hatte mich angeknurrt, sie hätten gerade wirklich andere Sorgen. Also machten wir uns einfach an die nächsten Schritte. Zunächst luden wir das Motiv auf unseren privaten Social-Media-Accounts hoch und schickten es an Sophies Mutter Laura. Innerhalb kürzester Zeit hatten wir jede Menge Likes und Reposts, der erste Dominostein war umgeworfen.

Irgendwann war plötzlich Mittag, der Toastteller längst leer, und Sebastian schlug vor, uns etwas zu kochen. Draußen schien hell die Sonne. Während ich mich darum kümmerte, die Daten zum Ausdrucken an einen nahe gelegenen Copyshop zu senden, bereitete Sebastian uns eine Gemüsepfanne zu, die er zwischen uns auf den Tisch stellte.

Ich probierte den ersten Bissen, der köstlich und irgendwie ein bisschen indisch schmeckte. »Wer hätte gedacht, dass du kochen kannst? Und dass wir noch mal Freunde werden?«

Er pikte mit seiner Gabel in ein Stück Brokkoli und sah mich nachdenklich an. »Allerdings.«

Wir aßen beide weiter, und erstmals empfand ich unser Schweigen als entspannt.

»Mir ist da noch etwas eingefallen«, meinte Sebastian, während er uns beiden einen Nachschlag auf den Teller lud. »Weil du neulich gesagt hast, dass dich deine Oma an jedem Sonntag nach einem Freund fragt.«

»Ach das.« Ich seufzte.

»Meinst du, sie gibt Ruhe, wenn ich mal mitkomme?«

Ich sah ihn groß an.

Er zog die Schultern hoch. »Na ja, meine Mutter denkt jetzt ohnehin, du wärst meine Freundin, seit sie uns beim Hoffest gesehen hat. Kann sein, dass es sowieso schon zu deinen Eltern vorgedrungen ist. Du weißt ja, wie schnell sich so was rumspricht.«

»Oh.«

»Ich hab es mal so stehen lassen. Dachte, dann lassen sie mich eine Zeit lang in Ruhe.«

Ich lachte. »Clever.«

»Ja, also, ich wollte nur sagen: Ich stehe zur Verfügung. Ich hab ein paar Tage Urlaub, da bin ich oben zum Trainieren, aber ich könnte mir zum Beispiel Sonntag ein paar Stunden freischaufeln. Wenn du möchtest, hängen wir in St. Peter-Ording Plakate auf und legen Flyer aus, bei den vielen Urlaubern gerade …«

»Deal«, sagte ich und aß vergnügt weiter.

Den Rest des Tages verteilten wir im ganzen Viertel die Plakate. Wir fragten in Cafés, ob wir die kleineren Flyer an Pinnwände heften oder neben die Kasse legen könnten, und platzierten die größeren in den Häuschen der Bushaltestellen oder klebten sie an Stromkästen, Ampel- und Laternenmasten. Dann tackerten wir noch einen Schwung an die Zäune von Spielplätzen. Irgendwann sah ich auf die Uhr, und mir wurde bewusst, dass ich in die Laube zurückkehren und mich umziehen musste, wenn ich um achtzehn Uhr an den Landungsbrücken sein wollte. Wir hängten gerade ein Plakat neben einem Kiosk unter einer Unterführung auf, über die ratternd die U-Bahn fuhr.

»Ich muss leider los«, sagte ich zu Sebastian, der sorgsam das Plakat glatt strich. Er sah mittlerweile ein bisschen abgekämpft aus, genau wie ich mich fühlte.

»Okay. Ich fahre noch zum Kulturzentrum am Kampnagel, dann mache ich auch für heute Schluss.« Er verstaute den Kleister, den er besorgt hatte, in seiner Ledertasche. Erneut fragte ich mich, warum er mir derart engagiert bei der Sache half. Er schulterte die Tasche. »Machen wir morgen weiter?«

»Abgemacht.«

Auf diesen Abend hatte das blaue Kleid gewartet. Seit ich es an jenem ersten Tag im Laden bewundert hatte, hatte ich mich gefragt, wann sich die Gelegenheit ergeben würde, es zu tragen. Heute war sie gekommen. Als ich es vom Bügel nahm, war ich erneut dankbar, dass Filiz es mir mitgegeben hatte. Sie hatte es mir geradezu aufgedrängt. Das sei ja wohl das Mindeste, da sie sich anders gerade nicht für meine Hilfe erkenntlich zeigen könne, hatte sie behauptet, dabei hatte sie mir doch schon die tolle Schürze genäht. Ich hatte trotzdem nicht Nein gesagt, das Kleid war einfach ein Traum. Nun schlüpfte ich hinein und begutachtete zufrieden das Ergebnis vor dem milchigen Außenspiegel. Das sah so gar nicht nach der lässigen Boyfriend-Style-Ina aus, die ich normalerweise war. Aber irgendwie gefiel es mir. Dann suchte ich nach meinem Handy. Filiz rief mich einfach nicht zurück, dabei hatte ich es heute schon mehrfach versucht. Bestimmt hatte sie wieder zu viel zu tun und keinen Kopf für irgendetwas anderes. Ich hätte vielleicht doch im Laden vorbeigehen sollen. Mein Gespräch mit Moritz lag bereits vierundzwanzig Stunden zurück, und es war nur eine Frage der Zeit, bis die zwei sich begegneten. Ich musste sie warnen. Doch auch diesmal ging sie nicht dran. Also entschloss ich mich, ihr kurz zu schreiben, auch wenn ich das eigentlich hatte vermeiden wollen.

Ich erreiche dich nicht, Süße. Moritz war gestern bei mir im Garten! Er wollte über eure Beziehung sprechen. Ich habe ihn gebeten, besser mit dir zu klären, wo ihr steht. Details, wenn du mich anrufst. Hoffe, du bist okay.

Ich föhnte meine Haare und schminkte mich sogar ein wenig. Während ich die Sommersprossen auf meiner Nase puderte, fragte ich mich, warum ich mir solche Mühe gab. Warum ging ich zu diesem Abend mit

Tim, der sich schon wieder anfühlte wie ein Date? Die Antwort kannte ich gut.

Nach Davids Tod war ich nie mehr richtig verliebt gewesen. Bis ich ein paar Jahre später nach Hamburg kam. Und bei meinem ersten Praktikum an der Klinik Tim kennenlernte. Lange kapierte ich gar nicht, was das war, das sich immer so warm anfühlte, wenn er in der Nähe war. Ich arbeitete an seiner Seite und war stolz, wenn er mich lobte. Ich blühte auf, weil er sich für mich interessierte, weil er mir so offen von sich erzählte. Irgendwann stand ich mit in einer Visite und sah, wie er einem kleinen Jungen, der unter Schmerzen litt, weil er sich das Bein gebrochen hatte, einen Zaubertrick beibrachte. Ich weiß heute noch, wie meine Wangen wehtaten, weil ich nicht mehr aufhören konnte zu strahlen. Und wie mir ganz plötzlich die Erkenntnis kam: Ich war verliebt in Tim.

Diese Liebe fühlte sich ganz anders an als die, die ich für David empfunden hatte. In Davids Nähe zu sein, war wie in Brennnesseln zu fassen. Du merkst erst, dass es wehtut, wenn es schon zu spät ist. Mit Tim zusammen zu sein war lustig und leicht. In seiner Nähe mochte ich mich selbst. Weil er mich mochte. Zum ersten Mal in meinem Leben hatte ich das Gefühl, bei einem Mann entspannt ich sein zu dürfen. Und trotzdem gut genug.

Als ich Filiz davon erzählte, machte sie ein ernstes Gesicht. »Süße, er ist zehn Jahr älter? Und er ist auch neu auf der Station? Und du bist seine Praktikantin?«

Diese drei kleinen Fragen rissen mich aus meinen Träumereien. Natürlich konnte er nichts mit einer so viel jüngeren Praktikantin anfangen. Erst recht nicht, da ihm von der Oberärztin aufgetragen worden war, sich um mich zu kümmern. Je länger ich darüber nachdachte, desto klarer wurde mir: Das zwischen uns ging nicht. Aber Momente wie der im Personalzimmer würden mich noch Jahre später rätseln lassen, ob nur ich diese Spannung zwischen uns gespürt hatte. Ob er insgeheim genauso für mich empfand wie ich für ihn. Ob auch er litt und wusste, dass nie mehr daraus werden konnte als vertraute Gespräche. Und tiefe Blicke. Als ich zurück nach Kiel ging, schrieben wir uns eine Zeit lang Mails. Bis irgendwann auch das einschlief. Sie lagen noch in einer Kiste in meinem alten Zimmer bei meinen Eltern. Ich hatte jede einzelne ausgedruckt und aufbewahrt.

Die Jahre vergingen, die Gefühle verblassten, und doch hatte ich immer mal wieder an Tim gedacht. Und mir die Frage gestellt: Was wäre, wenn? Nun war er erneut in mein Leben getreten und hatte alles aufgewirbelt, was in mir geschlummert hatte. Er war von Katrin getrennt. Ich konnte jetzt keinen Schritt zurück machen. Ich musste herausfinden, ob da etwas zwischen uns war. Ob das Leben uns vielleicht doch eine zweite Chance geschenkt hatte. Und deswegen tuschte ich mir nun die Wimpern, warf energisch mein frisch geföhntes Haar zurück und lief in silbernen Riemchensandalen, die ich mir von Vicky geliehen hatte, in Richtung U-Bahn-Station.

Von der Haltestelle Landungsbrücken überquerte ich die hohe Fußgängerbrücke zur Uferpromenade. Vor mir erstreckte sich der Hafen. Die Elbphilharmonie glitzerte mit dem Wasser um die Wette, die Hafenkräne warfen im Abendlicht lange Schatten. Aber ich war zu nervös, um den Ausblick wirklich zu genießen. Ich stieg die lange Treppe hinunter und eilte auf die Pontons der Landungsbrücken zu, an denen unter anderem die Fähren hielten, die die Touristen zum Museumshafen in Övelgönne oder zu den Musicaltheatern auf der anderen Elbseite brachten. Wie verabredet stand Tim unten an der Rampe. Er wirkte ungewohnt seriös in seinem Anzug und den Lederschuhen.

Meine Knie wurden weich, und das lag nicht allein am leicht schwankenden Untergrund. Bevor ich ihn begrüßen konnte, sagte Tim: »Du siehst fantastisch aus.« Er betrachtete mich mit feierlicher Miene.

Zwei Sekunden. Zwei Sekunden hatte es gedauert, bis mein Gesicht glühte. »Du auch. Danke.«

Jetzt drückte er mich an sich, nicht ganz so fest wie sonst, und entschuldigte sich gleich. »Kein Anzugwetter heute, tut mir leid, mir ist schon wieder viel zu warm.«

Ich nickte beklommen.

Er atmete tief ein. »Also, los geht's, ich bin gespannt, wie es dir gefällt.«

Gerade machte eine Fähre fest, und ich folgte Tim an Bord. Wir gingen hoch an Deck, und die Fähre legte ab. Ich sah hinunter ins Elbwasser, das gleichmäßige Wellen gegen den Bug warf. Blickte in den Himmel, wo sich rötliche Wolkenschlieren ins tiefe Blau mischten. Und drehte mich zu Tim um. Der mich anblickte. Mein Herz hüpfte, und ich ließ es. *Du hast nur dieses eine Leben*. Das hatte er mir einmal geschrieben.

»Weil ich ja beschlossen habe, ehrlich zu sein …« Er machte eine kurze Pause, und ich spürte, wie mir das Herz nun bis zum Hals schlug. »Eigentlich hatte ich diesen Abend vor langer Zeit mit Katrin geplant. Aber ich würde ihn gerade mit niemandem lieber verbringen als mit dir.«

Ich hielt seinem Blick stand, wenige Sekunden, dann schaffte ich es nicht mehr, wandte mich ab und beugte mich über die Reling. Wir fuhren nah an der Elbphilharmonie vorbei. »Ich war auch nicht ganz ehrlich zu dir«, sagte ich. »Ich lebe gar nicht bei Filiz in der Wohngemeinschaft.«

Er lehnte sich neben mir ans Geländer. »Nein?«

»Nein, ich wohne in einer Gartenlaube. Parzelle 127. Gegenüber vom Goldbekmarkt.«

»Warum hast du mir das nicht gesagt?«

Die Fähre legte auf der Rückseite der Elphi an einem Ponton an. »Es war mir unangenehm.«

Wir verließen das Schiff und liefen über die Brücke an Land. Tim wirkte nachdenklich. »Ich glaube manchmal, dass du ein falsches Bild von mir hast.«

Ich musste den Kopf in den Nacken legen, um das Konzerthaus mit dem Backsteinsockel und den wellenförmigen Fensterfronten in seiner ganzen Größe sehen zu können.

Tim neben mir war ebenfalls stehen geblieben und sah hinauf. »Glaub mir, ich habe deutlich mehr Schwächen, als du denkst.« Er legte eine Hand zwischen meine Schulterblätter und schob mich sanft weiter. Auf die Elbphilharmonie zu. »Ich hoffe, du magst Musik.«

Die nächste Stunde verlief wie im Traum. Wir schlenderten staunend durchs Treppenhaus der Elbphilharmonie. Ich war so aufgeregt, dass mich nicht mal meine roten Flecken störten. Beinahe hätte ich sogar vergessen, mich an der Garderobe zu erkundigen, ob ich einen Flyer aufhängen dürfe. Leider war es hier nicht erlaubt, aber ich hatte unbedingt fragen wollen.

»Tolle Aktion, die ihr da auf die Beine gestellt habt«, sagte Tim danach, als wir weitere kunstvolle Stufen hinaufstiegen, um zum Eingang für unsere Sitzreihe zu gelangen.

»Ja. Ich hoffe, es bringt was.«

»Ich drücke euch die Daumen. Ich habe von dem Fall gehört. Von einer Kollegin.«

Wir blieben vor einer Fensterfront stehen und blickten über Hamburg. Von hier aus konnte ich die Speicherstadt sehen, die sogenannten »Tanzenden Türme« an der Reeperbahn, den Michel.

Tim räusperte sich. »Dass du so was machst … für die kleine Patientin, das ehrt dich wirklich. Aber darf ich dir trotzdem einen Tipp geben? Nicht als älterer Kollege, bitte nicht falsch verstehen. Eher als Freund.«

»Klar.« Ich riss den Blick vom Panorama los und sah ihn an.

Er lächelte aufmunternd. »Du brauchst als Ärztin eine gewisse Distanz zu den Schicksalen, mit denen du zu tun hast. Sonst fressen sie dich auf. Ich weiß, wovon ich spreche.«

»Ist notiert, danke.«

Darauf ließ Tim es zum Glück beruhen, und nach einer Weile setzten wir uns wieder in Bewegung und trieben im Strom der anderen Besucher weiter.

Als wir den Großen Saal betraten, hörte ich kurz auf zu atmen. Wir nahmen unsere Plätze ein, dann sah ich mir die anderen Besucher genauer an. Auffällig viele waren in ihren Vierzigern. Mehrere trugen Take-That-Shirts. Tim grinste. »Damit keine falschen Hoffnungen aufkeimen: Es ist nur Gary. Der Rest hatte heute andere Verpflichtungen.«

Ich setzte mich grinsend in den weichen Klappsessel. »Ich wusste nicht, dass du auf Take That stehst.«

»Na ja, ich hätte mir hier auch gern etwas Klassisches angehört.« Er zögerte. »Aber …«

»… Katrin war in ihrer Kindheit Take-That-Fan«, beendete ich den Satz für ihn. »Warum hast du ihr die Karten nicht überlassen?«

Er strich mit den Händen über den grau melierten Stoff der Armlehne. »Sie wollte sie nicht. Ist mitten im Abgabestress. Und da dachte ich, vielleicht mache ich dir eine Freude. Auch wenn du wahrscheinlich zu jung warst, um Fan zu sein.«

Ich lehnte mich zurück. »Martin hat die Songs gehört, mein großer Bruder.«

Tim legte den Kopf schief. »Oh.«

»Ja.« Ich musste lachen. »Ich ziehe ihn heute noch damit auf.«

Und dann ging das Licht aus. Ich hätte gern über die Lehne nach Tims Hand gegriffen. Ein einzelner Scheinwerfer im Zentrum der Bühne ging an. Er beleuchtete einen Mikrofonständer. Applaus brandete auf, einige kurze Jubelschreie waren zu hören. Die Band begann zu spielen. Drei Töne, und es riss alle von den Sitzen. Als Gary in einem gut sitzenden Anzug in den Lichtkegel trat, übertönte der Jubel kurz die Musik. Gary nahm das Mikro vom Ständer und begann zu singen. Ich musste an Tonis Vergleich denken. Sie hatte recht. Er war heutzutage wirklich ziemlich fit und attraktiv. Und er machte eine Wahnsinnsshow. Bei »Pray« und »Relight my Fire« tanzte der ganze Saal. Bei »Back for Good« schunkelte Tim mit seiner älteren Sitznachbarin. Und bei »Forever Love« rannen mir die Tränen über die Wangen. Ich traute mich kaum, zu Tim zu schauen. Was musste so ein Song mit ihm machen, wo er doch hier eigentlich mit der Frau sitzen sollte, der er einst ewige Liebe versprochen hatte?

Als nach zwei Stunden als dritte Zugabe »Never Forget« erklang, hatte Gary längst das Jackett ausgezogen und ein Handtuch um den Nacken gelegt. Alle im Saal sangen mit. Ich hatte am ganzen Körper Gänsehaut, die auch dann blieb, als Gary nach unzähligen Standing Ovations endgültig hinter der Bühne verschwand. Schließlich verebbte der Applaus, und das Saallicht ging an. Ich war emotional und körperlich so ausgelaugt vom vielen Tanzen, Singen, Jubeln und Weinen, dass ich mich in meinen Sitz fallen ließ, in dem ich keine Minute des Konzerts gesessen hatte. Auch Tim sackte neben mir zusammen. Sein Gesicht war gerötet, seine Stirn glänzte schweißnass.

»Danke«, sagte ich leise, und dann nahm ich doch ganz kurz seine Hand und drückte sie.

In diesem Moment beugte sich die ältere Dame, die mit ihrer Tochter im »TT-Forever«-Shirt neben Tim gesessen hatte, zu ihm. »Auf Wiedersehen«, sagte sie. »Es hat großen Spaß gemacht mit Ihnen.«

Tim verbeugte sich leicht im Sitzen. »Die Freude war ganz meinerseits.«

Die Dame strahlte ihn an und wandte sich dann mit einem verschwörerischen Zwinkern an mich. »Den würde ich an Ihrer Stelle nicht mehr loslassen.«

Etwa eine halbe Stunde später standen wir draußen vor der Elbphilharmonie und blickten auf die dunkle Elbe, in der sich die Lichter der Stadt spiegelten. Tims Gesicht glühte noch immer. »Weißt du, was ich jetzt gern tun würde?«, fragte er leicht außer Atem.

Ich schluckte. »Äh, nein.«

Er wischte sich über die Stirn. »Ich würde gern zu Fuß nach Hause laufen. Durch die Stadt. Ich habe das

Gefühl, ich muss noch etwas auslüften und runterkommen, das war irgendwie …« Er suchte nach Worten.

»Viel«, sagte ich.

Er nickte. »Genau.«

Ich hakte mich bei ihm unter. »Ich bin dabei.«

Und dann zogen wir los. Über die Brücken der Speicherstadt mit ihren hohen Kontorgebäuden aus rotem Backstein. Durch die menschenleere Innenstadt, vorbei an erleuchteten Schaufenstern mit bunten Kleidern, entlang der Binnenalster mit ihrer Fontäne. Ich spürte den feinen Sprühregen auf meinem Gesicht. Tim ging schweigend neben mir her, und ich hätte zu gern gewusst, woran er dachte.

Erst als wir die Brücke zur Außenalster überquerten, fragte er unvermittelt: »Wie sieht es eigentlich bei dir in Sachen Liebe aus?«

Ich blickte über die weite Wasserfläche vor uns. »Jetzt fängst du auch noch an!« Ich meinte es freundlich, fügte aber vorsichtshalber mit einem Lächeln hinzu: »Filiz' Mama und meine Omi nerven mich immer damit.«

»Entschuldige, das wusste ich nicht.« Tim schob einen Ast beiseite, der uns den Weg versperrte. »Versteh mich nicht falsch, es muss ja nicht jeder in einer klassischen Partnerschaft leben. Ich hab es mir nur immer für mich so vorgestellt. Dass es sich zu zweit besser lebt.«

»Und, hat es das?«, traute ich mich zu fragen.

»Viele Jahre schon.« Neben dem Uferweg schwappte das Wasser leise gegen die Steine. »Wir waren immer unterschiedlich. Katrin pragmatisch und klar – und ich … manchmal echt am Schwimmen.«

Ich blieb stehen. »Wieso?«

Er fuhr sich über den Nacken. »Ach. Ich war einige Jahre ziemlich verloren. Das ging bis zum Burn-out, ich bin fast ein Jahr ausgefallen. Erst nach einer Therapie konnte ich mich besser abgrenzen von dem Leid, das ich bei der Arbeit erlebe.«

Langsam schlenderten wir weiter. »Ich hätte nie gedacht, dass dich das derart mitnimmt.«

»Ja, das geht den meisten so. Ich habe es dir ja schon mal gesagt: Manche kaschieren ihre Unsicherheit durch Leisesein, manche durch Lautsein. Katrin mag zwar jünger sein als ich, aber sie war immer meine Stütze, ich habe mir instinktiv eine starke Frau gesucht. Für die Dynamik in unserer Beziehung war das auf Dauer Gift.«

Neben mir am Ufer hatten ein paar Enten die Köpfe unter die Flügel geschoben. »Wie meinst du das?«

»Ich glaube, sie hat sich nach einem Partner gesehnt, an den sie sich auch mal anlehnen kann. Und das hat sie dann leider bei einem anderen gefunden.«

Ich blieb wieder stehen.

Tim lächelte traurig und schob mich sachte weiter. Offenbar fiel ihm das Reden beim Gehen leichter. »Sie hatte eine Affäre«, fuhr er fort. »Irgendwann hat sie mir gestanden, dass da was mit einem Schriftstellerkollegen läuft. Dass es mehr ist als ein Techtelmechtel. Dass Gefühle im Spiel sind.«

»Oh.«

»Ja, sie hat es dann zwar beendet und wir haben einige Monate um unsere Beziehung gekämpft, aber es wurde immer verkrampfter zwischen uns.«

Wir kamen an einer hell erleuchteten Bar auf einem breiten Steg vorbei, auf dem Gäste in Liegestühlen lagen. Musik schallte zu uns herüber. »Das muss hart gewesen sein.«

»Die schlimmste Zeit meines Lebens. Zum Glück war ich bereits in Therapie.« Er lachte auf, aber es klang traurig. »Wir waren uns schnell einig, dass wir erst mal Abstand brauchen.«

Eine Gruppe Jugendlicher kam uns entgegen und mit ihnen ein wilder Mix aus Männerparfüm. »Tut mir leid.«

Tim machte Platz, um die Gruppe vorbeizulassen. »Meine Mutter hat einmal zu mir gesagt, dass jeder im Laufe seines Lebens eigene Narben sammle. So ganz ohne geht es wohl nicht.«

Eine Zeit lang gingen wir schweigend weiter. Jemand spielte auf einer Gitarre einen Song, den ich kannte, aber ich kam nicht darauf, welcher es war. Er spülte eine Traurigkeit in mir an die Oberfläche, die ich vergeblich hinunterzuschlucken versuchte. Ich wäre gern hier mit Tim, weil es so sein sollte. Weil wir beide sein sollten. Und nicht, weil seine Frau ihn verlassen hatte.

Auch Tim wirkte nachdenklich, seit wir angefangen hatten, über Katrin zu sprechen. Ich dachte schon, er wolle lieber gar nicht mehr reden, als er sagte: »Jetzt hab ich so viel erzählt. Darf ich dich etwas ziemlich Persönliches fragen?«

»Nur zu.« Obwohl ich gar nicht so sicher war, ob ich es hören wollte.

Ich konnte spüren, dass er seine Worte sorgsam wählte, als ob er keineswegs etwas Falsches sagen wollte. »Wie geht es Merle heute?«

Ich horchte überrascht auf. Mich fragten selten Leute nach meiner Schwester, vermutlich weil sie nicht wussten, wie sie mit ihrer Behinderung umgehen sollten. »Gut. Es geht ihr meistens ganz gut. Sie bekommt viele Anwendungen, Mama fährt ständig mit ihr zu irgendwelchen Therapien nach Heide oder Husum. Wenn ich sie sehe, wirkt sie auf mich meistens zufrieden. Sie wird wohl nie ohne Hilfe laufen, aber vieles andere klappt ganz gut.«

Tim blieb stehen. »Und wie geht es dir damit?«

Zu meiner eigenen Überraschung schossen mir Tränen in die Augen.

Tim sah mich besorgt an. »Entschuldige, ich …«

»Nein, nein«, sagte ich schnell und wischte mir über die Wangen. »Es ist nur … Ich weiß nicht, ob mich das schon mal jemand gefragt hat.«

Er nickte traurig.

Eine Weile rang ich noch nach Fassung, dann antwortete ich: »Ich liebe sie, genau so, wie sie ist. Und trotzdem vergeht kein Tag, an dem ich mich nicht frage …« Die Stimme sackte mir weg, und ich brauchte ein paar

Sekunden, bis ich weitersprechen konnte. »An dem ich mich nicht frage, wer sie geworden wäre, wenn die Ärzte ihr schneller geholfen hätten.«

Tim streckte seine Arme aus und zog mich an sich. Ich ließ es geschehen. Nicht nur sein großer Körper, der mich umfasste, fühlte sich warm an. Es war seine innere Wärme, die zu mir durchdrang. Alles an mir glühte, als ich ihn wieder losließ und wir weiterliefen. Doch der Kloß in meinem Hals blieb.

Wie immer, wenn meine Gedanken zu Merle wanderten, kontrollierte ich mein Handy, das seit Stunden lautlos in meiner Tasche lag. Und dann sah ich sie. Die Anrufe in Abwesenheit. Alle von Filiz. Abrupt bremste ich ab. Tim bemerkte es erst ein paar Schritte weiter und drehte sich überrascht zu mir um.

Da wählte ich bereits ihre Nummer. »Entschuldige, ich muss kurz Filiz anrufen.«

»Wo zum Teufel steckst du?«, schallte es aus dem Hörer, noch bevor ich sie begrüßen konnte. »Ich versuche schon den ganzen Abend, dich zu erreichen.« Sie klang panisch, wütend, alles auf einmal.

Augenblicklich verschwammen die Konturen um mich herum. Ich nahm alles nur noch schemenhaft wahr – Tim, der mit beunruhigtem Gesichtsausdruck näher kam, die Außenalster, die lachenden Leute, die uns entgegenspazierten. »Entschuldige, ich hatte das Handy lautlos gestellt, ich war im Konzert«, stieß ich mit gepresster Stimme hervor.

»Wo bist du jetzt?«

Ich konnte mich nicht daran erinnern, wann ihre Stimme zuletzt so aufgebracht geklungen hatte.

Tim legte mir eine Hand auf den Arm und schaute mich fragend an. Vermutlich sah man auch im Dunkeln, dass sämtliche Farbe aus meinem Gesicht gewichen war. Ich reckte kraftlos den freien Daumen nach oben, alles okay, keine Katastrophe. Oder doch?

»Ich bin auf dem Heimweg. Ist alles okay?« Ich drückte das Handy an mein Ohr. »Du klingst… Was ist passiert?«

Ich hörte sie laut ausatmen. »Kannst du bitte so schnell wie möglich herkommen?«

18

Als Filiz mir die Tür öffnete, war offensichtlich, dass es sich nicht um ein kleines Problem handelte. Ihre Haare standen zerzaust vom Kopf ab, ihre Augen waren leer. Sie blickte grußlos auf das Kleid, das ich trug. Ihr Kleid. Das sie mit viel Liebe genäht und mir geschenkt hatte. Das perfekte Kleid für den perfekten Abend. Fast. Und sagte: »Lass uns in mein Zimmer gehen.«

Im Flur lief ich Vicky in die Arme, die nervös auf ihren Lipgloss-Lippen herumkaute. Filiz schob mich etwas unsanft in ihr Zimmer und schloss die Tür hinter sich. Sie legte gleich los. »Wie konntest du?«

Ich sah kurz zur Decke und suchte nach den richtigen Worten. »Du hattest recht, er hat nichts kapiert, er wollte sogar einen romantischen Abend im Garten planen. Ich habe lediglich …«

Sie stoppte mich mit ausgestrecktem Zeigefinger. »Warum hast du dich da nicht rausgehalten?«

Ich faltete die Hände vor meiner Brust wie zum Gebet. »Glaub mir, das wäre mir auch lieber gewesen. Aber was hätte ich ihm deiner Meinung nach sagen sollen? Dass er sehr gern die Laube mit Rosenblüten ausstreuen darf?«

»Du hättest ihn irgendwie hinhalten und mit mir sprechen können. Warum hast du mir nicht sofort Bescheid gesagt?« Sie war laut geworden, aber ihre Stimme klang brüchig.

»Es tut mir leid.« Ich spürte, wie mir übel wurde. »Ich war echt überfordert mit der Situation, und ich wollte dich nicht rausreißen aus deinem wichtigen Auftrag.«

Sie ballte beide Hände zu Fäusten. »Wenn das kein Notfall ist, dann weiß ich es auch nicht.«

Wie immer in extremen Stresssituationen hatte ich das Gefühl, die Welt um mich herum drehte sich im Zeitraffer. Alles war plötzlich zu schnell für mich, rannte davon, ohne dass ich die Chance hatte, angemessen darauf zu reagieren. Nur weil Filiz mehrmals tief Luft holte, schaffte ich es, ein »Ich dachte, ich helfe dir damit« dazwischenzuschieben.

Sie funkelte mich an. »Du hast es nicht kapiert, oder?«

Tränen sammelten sich in meinen Augen. Ich versuchte, sie wegzublinzeln. »Was meinst du?«

Sie schlug sich mit der flachen Hand auf die Stirn. »Ich wollte gar nichts beenden, ich mach mir nur in die Hose, weil es sich zum ersten Mal in meinem Leben anfühlt wie … wie etwas Ernstes.«

Panisch hörte ich ihre Worte an mir vorbeirauschen. »Aber du hast gesagt …«

Sie kam ein Stückchen näher. Ich konnte riechen, dass sie Rotwein getrunken hatte. Vermutlich ein Versuch ihrer Mitbewohnerinnen, sie zu beruhigen. »Du weißt ja gar nicht, wie beängstigend das ist, wenn jemand, den du liebst, das auch noch erwidert.« Etwas fahrig stach sie mir mit dem Finger unters Schlüsselbein. Es war offenbar nicht nur ein Glas Wein gewesen. »Du hältst Liebe für das, was du empfindest, wenn du jemanden nicht haben kannst. Dann jagst du ihm hinterher und versuchst, ihn davon zu überzeugen, dass er die kleine Ina lieb haben muss. Aber die, die dich wirklich mögen, die siehst du gar nicht. Deswegen rennst du diesem verheirateten Arzt hinterher. Weil er im Grunde unerreichbar ist.« Ich hätte mich gern gesetzt, so schwach fühlte ich mich mit einem Mal. Aber ich stand nur regungslos da. Vermutlich hatte ich genau das verdient. »Du weißt nicht, wie scheiße sich das anfühlt.« Filiz bohrte ihren Finger noch etwas tiefer in meine Brust. »Jetzt ist er weg, und du bist schuld.« Dann zog sie ruckartig die Hand zurück.

Ich stand da und sammelte meine Kräfte. Ich musste hier weg. Es machte keinen Sinn, Filiz etwas erklären zu wollen. Ich kannte ihr Temperament. Außerdem war sie ernsthaft angetrunken. Alles, was ich jetzt noch sagte, würde die Lage verschlimmern.

»Ich geh dann mal lieber«, sagte ich und stand auf. »Aber eins würde ich gern noch loswerden.« Ich spürte, wie mir nun doch die Tränen über die Wangen liefen. »Ich kapiere vielleicht nichts, aber ich habe es wirklich gut gemeint. Es tut mir leid. Er liebt dich, ihr werdet …«

»Von wegen«, unterbrach sie mich mit zornigem Blick. »Er hat das abgehakt, hat er gesagt. Das war's, er vertraut mir nicht mehr.«

Kurz hielt sie inne und fuhr sich mit den Fingern durch die zerzausten Haare, dann lief sie in Richtung Wohnzimmer davon. Auf dem Weg zur Haustür kam mir Esther entgegen. »Du lässt sie jetzt besser.«

Ich wischte mir Tränen aus dem Gesicht. »Ich kenne sie, seit sie zwanzig ist, ich weiß, wann ich sie in Ruhe lassen muss.«

Sie sah mich betroffen an. »Entschuldige, das weiß ich ja.« Sie legte mir eine blasse Hand auf die Schulter. »Ich ruf dich an, wenn sie ihren Rausch ausgeschlafen hat, ja? Das wird wieder, ganz bestimmt.«

Ich nickte matt und ging. Stufe für Stufe, so langsam, dass ich dachte, ich käme niemals unten an.

In meinem aufgewühlten Zustand konnte ich beim besten Willen nicht unter dem Dach schlafen. Also legte ich mich draußen in die Hängematte und hoffte, an der frischen Luft klarer denken zu können. Erschöpft blickte ich in den düsteren Himmel, über den Wolkenfelder zogen. Ich hätte es kommen sehen müssen. Schließlich hatte ich doch selbst bemerkt, wie verliebt Filiz war. Ich hätte keine Rücksicht auf ihren Stress nehmen und eher mit ihr sprechen müssen. Dann wäre sie eventuell jetzt nicht ganz so sauer auf mich. So sauer, wie sie noch nie zuvor gewesen war.

Immer wieder ging ich im Kopf unser Gespräch durch, und mit jedem Mal schmerzten ihre Worte mehr. Bestimmt sah sie das alles zu dramatisch und das Missverständnis mit Moritz ließ sich bald klären.

Ich wollte auf keinen Fall schuld an der Trennung der beiden sein. Wie war ich nur in diese bescheuerte Lage geraten? Auch über das, was Filiz über mich gesagt hatte, grübelte ich wieder und wieder. Hat sie recht?, fragte ich mich im Halbschlaf. Wollte ich Tim nur deshalb, weil er nicht zu haben war? Und war das wirklich mein Muster? David war nicht erreichbar gewesen, so viel stimmte, genauso wenig wie Dirk, wenn auch auf eine andere Art und Weise. Er zog zwar mit mir zusammen, er saß bei den Sonntagsessen neben mir und meiner Familie, wie Omi sich das immer gewünscht hatte, aber emotional war er nie wirklich zu haben gewesen. Er sagte nie: »Ich liebe dich.« In dreieinhalb Jahren nicht. Er sprach nie von einer gemeinsamen Zukunft. Er machte nie länger als ein Wochenende mit mir Urlaub, sondern fuhr lieber mit den Jungs aus dem Handballverein weg, im Winter nach Sölden, im Sommer nach Lloret de Mar. Er entpuppte sich immer mehr als jemand, mit dem ich nicht zusammen sein wollte. Aber er war der Grund gewesen, warum ich Hamburg aufgegeben hatte, meinen Traum von der Kinderstation, warum ich meine beste Freundin von mir weggestoßen hatte. Da konnte ich ihn nicht kampflos aufgeben. Er musste sich einfach als der Froschprinz erweisen, für den ich ihn allen über Jahre hinweg verkauft hatte. Er musste, denn sonst wären meine Entscheidungen so bitter und falsch gewesen, dass ich es kaum ausgehalten hätte. Und irgendwann entpuppte er sich tatsächlich als Prinz. Nur nicht als meiner. Eines

Tages, als ich nach Feierabend nach Hause kam, eröffnete er mir ohne jede Vorwarnung, er habe die Liebe seines Lebens getroffen. Eine Woche später wohnte er bereits mit seiner heutigen Frau zusammen. Und nach einem halben Jahr zogen sie in eine in Pastelltönen gehaltene Doppelhaushälfte unweit unserer alten Wohnung. Die Hochzeit war da bereits geplant, seine Zukünftige schwanger. Ich erinnere mich daran, dass ich keinen Liebeskummer empfand. Ich habe Dirk nicht einen einzigen Tag vermisst, irgendwie war ich sogar erleichtert, als er weg war. Und trotzdem ging es mir monatelang schlecht. Weil ich wusste, was ich seinetwegen aufgegeben hatte. Weil ich mir meine Niederlage eingestehen musste.

Und jetzt wieder Tim. Ja, ich hatte insgeheim gehofft, dass nun unsere Chance gekommen war. Aber Filiz hatte recht. Er war nicht wirklich verfügbar. Wie hatte er es formuliert? Er und Katrin bräuchten erst einmal Abstand voneinander? Sie war noch immer seine Frau. Noch immer der Mensch auf der Welt, der am besten wusste, wie er morgens nach dem Aufstehen aussah und worüber er am lautesten lachen konnte. Ich hatte mir geschworen, niemals diejenige zu sein, die sich in eine Beziehung drängte. Genauso wenig wollte ich als Trostpflaster für ein beziehungswundes Herz dienen.

Ich wälzte mich in der Hängematte hin und her. Zum Teil würde der zurückliegende Abend für immer zu meinen kostbarsten Erinnerungen gehören. Die Stunden, bevor er zum Albtraum wurde. In meinem

Kopf lief »Forever Love« in Endlosschleife, ausgerechnet. Die Bilder schoben sich übereinander. Ich spürte, wie der Saal unter dem Applaus der Zuschauer bebte. Sah die Rührung auf Tims Gesicht, fühlte seine Hand in meiner, roch die nächtliche Elbe, lauschte den Wellen der Außenalster, versank in seiner warmen Umarmung, erschrak über die Wut in Filiz' Augen, roch den Rotwein in ihrem Atem nah vor mir. Und irgendwann schlief ich doch ein.

Ich erwachte vom Regen auf meinem Gesicht.

Zunächst dachte ich, auch er gehöre zum Traum. Aber dann prasselte es so stark auf meine nackten Arme, dass es schmerzte. Erstaunt öffnete ich die Augen. Dies war kein Traum. Ich lag in der Hängematte. Es regnete, so stark, dass das Kleid an meiner Haut klebte. Über mir zuckte ein Blitz über den Nachthimmel. Das Donnergrollen folgte so schnell, dass ich zusammenfuhr. Da war es, das reinigende Gewitter, das Heiner sich seit Tagen wünschte. Ich fröstelte. Vorsichtig setzte ich mich auf. Es war stockdunkel. Erst als ein Blitz alles hell erleuchtete, bemerkte ich Marion nebenan im Garten. Sie räumte irgendetwas zur Seite, vermutlich um es vor dem Regen in Sicherheit zu bringen. Sie wohnte hier also. Wie ich.

Auf dem Weg in die Laube wurde mir bewusst: Ich würde hier vielleicht nicht mehr lange bleiben können. Was würde ich tun, wenn Filiz mir länger böse war? Überhaupt: Was machte das, was geschehen war, mit unserer Freundschaft? Denn nicht nur sie war verletzt, ihre Worte hatten auch mich gekränkt. Außerdem fühlte es sich nicht richtig an, als erwachsene Frau derart von der Freundlichkeit anderer abhängig zu sein. Hoffentlich bekam ich diese Stelle. Hoffentlich fand ich endlich eine Wohnung.

Ein weiterer Blitz erleuchtete den Himmel, gefolgt von mächtigem Donnergrollen. Ich stand mühsam auf. Wasser tropfte aus meinem Kleid auf den nassen Rasen zu meinen Füßen. Noch vor der Laube streifte ich es ab und hängte es über einen Stuhl. Drinnen nahm ich mir ein Handtuch und holte etwas Trockenes aus meinem Koffer. Während ich mich umzog, betrachtete ich die darin gefaltete Kleidung. Ich lebte aus einem Koffer. Seit Wochen. Ein paar meiner Klamotten hingen gerade zum Trocknen auf Filiz' Dachterrasse. Trocken waren die nun jedenfalls nicht mehr. Ich sah die Leiter hinauf. Der Regen prasselte ohrenbetäubend laut aufs Dach. Mein Blick fiel auf den Lesesessel in der Ecke, über dem die Wolldecke hing, mit der mich neulich jemand in der Hängematte zugedeckt hatte. Ich wickelte mich darin ein und rollte mich auf dem Sessel zusammen. Und während es draußen stürmte und prasselte und blitzte und donnerte, schlief ich tatsächlich irgendwann wieder ein.

Am nächsten Morgen erwachte ich vom Duft frischen Kaffees. Ich lag noch immer im Sessel, allerdings hingen meine Beine halb auf dem Boden. Hatte ich ernsthaft so geschlafen? Ich bemerkte Esther, die an der

Spüle stand und dampfendes Wasser in die Presskanne goss.

»Hey, du«, sagte ich mit morgenheiserer Stimme.

Sie stellte den Wasserkessel ab. »Gut, du lebst.«

Ich richtete mich auf. Alles tat weh. »So halb zumindest.«

Esther nahm Tassen aus dem Wandregal. »Kein Wunder.« Sie drehte sich zu mir um. »Was für eine beschissene Situation.«

Ich schob die Decke von meinen Beinen. »Ihr habt jedes Wort gehört, oder?«

Sie verzog entschuldigend das Gesicht. »Filiz hat ziemlich laut gesprochen.«

Aus dem Augenwinkel sah ich eine blaue Ikea-Tasche am Boden stehen. Esther hatte meine Wäsche mitgebracht.

Sie goss uns Kaffee ein und ging barfuß nach draußen. Ich folgte ihr. Als hätte Arno geahnt, dass ich heute Nervennahrung brauchte, standen dort endlich wieder süße Brötchen. Diesmal mit Nüssen und Rosinen. Wir setzten uns. Esther nahm sich eins und biss genüsslich hinein.

Ich schnupperte an meinem Kaffee. »Hast du auch das Gespräch mit Moritz zuvor mitbekommen?«

Sie nickte. »Er sagte, dass er sie nicht mehr sehen will. Er müsse sich schützen wegen Fine. Er habe nun kapiert, dass sie nicht so ernste Absichten hätte wie er, dass sie zweifle. Er wolle nicht in jemanden investieren, der sich nicht ganz sicher war. Er habe es nicht wahrhaben wollen, aber durch euer Gespräch sei es ihm klar geworden.« Sie zuckte mit den Schultern. »Er hat auch laut gesprochen.«

Vorsichtig nahm ich einen Schluck heißen Kaffee. »Wie hat Filiz darauf reagiert? Hat sie ihm widersprochen?«

Sie pulte eine Rosine aus dem Teig und warf sie sich in den Mund. »Schockstarre. Hat kein richtiges Wort rausgekriegt. Als er weg war, hat sie eine Flasche Wein aufgemacht. Ich glaube, es ist ihr da alles erst richtig bewusst geworden. Joni Mitchell hat schon recht: *You don't know what you got 'til it's gone.*« Den letzten Satz sang sie.

Ich biss jetzt auch von meinem Brötchen ab, obwohl ich keinen Appetit hatte. »Was machen wir denn nun? Das ist doch alles ein großes Missverständnis.«

»Ist es das wirklich?« Esther zog ihre Füße auf den Stuhl und ließ sie unter ihrem riesigen Kleid verschwinden. »Es wird sich herausstellen, ob Filiz es so ernst mit ihm meint, wie sie gerade denkt.«

»Zweifelst du daran?«

»Ehrlich gesagt ja.« Diesmal war es eine Nuss, die sie aus dem Brötchen klaubte. »Ich bin nicht sicher, ob Filiz bereit ist für eine erwachsene Beziehung, wie Moritz sie sich vorstellt.«

»Wie meinst du das?«

Esther wiegte den Kopf hin und her. »Nur ein Beispiel: Ihre Eltern feiern doch nächste Woche ihr Sommerfest. Und das sollte Moritz auf keinen Fall mitkriegen. Weil sie partout nicht wollte, dass er kommt. Das ist doch Kinderkram.«

Ich zupfte an den Leggings, die ich gestern Nacht aus meinem Koffer gezogen und angezogen hatte. »Sie sagt ja selbst: Es macht ihr Angst. Sie hat ihren Eltern noch nie jemanden vorgestellt. Und Filiz' Eltern sind zwar modern, aber Moritz bringt immerhin schon ein Kind mit in die Beziehung.«

Esther trank nachdenklich ihren Kaffee. »Da hast du auch recht.« Sie stellte die nackten Füße zurück auf den Boden. »So oder so: Filiz beruhigt sich schon wieder, gib ihr etwas Zeit. Und im Grunde ihres Herzens weiß sie natürlich auch, dass dich bei diesem ganzen Schlamassel keine Schuld trifft. Wenn sie Moritz wirklich will, mit allem, was das mit sich bringt, wird sie um ihn kämpfen.«

Ich hörte ein Geräusch von nebenan und blickte hinüber. Im Nachbargarten stand Marion und leerte ein paar Blumenkübel aus, die bis oben hin voller Regenwasser standen.

»Hey, Marion«, rief ich hinüber und winkte. »Hast du das Gewitter gut überstanden?«

Sie winkte vorsichtig zurück. »Alles gut«, antwortete sie. »Bei dir auch?«

Ich nickte. »Ja, bei mir auch. Hab einen schönen Tag!«

Sie hob noch einmal die Hand und lief dann mit einem Kübel im Arm zur Laube.

Ich bemerkte, dass Esther mich irritiert ansah. »Mit der Schreckschraube redest du?«, flüsterte sie.

»Was habt ihr denn nur alle gegen sie?«

»Sie hat letzten Sommer die Polizei gerufen wegen einer Party. Außerdem heißt es, dass sie schon mal Leute, die in Vollzeit hier wohnen, beim Ordnungsamt angezeigt hat. Angeblich kennt sie da jemanden.«

Ich leerte meinen Kaffee und stellte die Tasse auf den Tisch. »Kann ich mir nicht vorstellen. Sie wohnt doch selbst hier.«

»Ich ehrlich gesagt schon.« Esther streckte sich, stand auf und räumte die leeren Tassen in die Küche. »Ich habe gleich einen Termin mit meinem Doktorvater, danach ist mir gerade gar nicht.« Sie suchte den Boden nach ihren Birkenstocks ab und ließ die Füße hineingleiten.

Ich sah auf die Uhr und erschrak. Es war bereits nach zehn. Um halb elf war ich mit Sebastian verabredet.

»Musst du auch wohin?«, fragte Esther und wischte Brötchenkrümel vom Tisch. »Ein paar Minuten hab ich noch, dann können wir ein Stück zusammen gehen.«

Kurz darauf waren Esther und ich in Richtung Kulturzentrum Kampnagel unterwegs, sie zu Fuß, ich schob mein Rad. Sie erzählte noch ein bisschen von Vicky, die gerade Streit mit ihren Eltern hatte, weil diese sich wünschten, dass sie etwas Ordentliches lernte, und nicht einsahen, dass sie nur malen wollte.

»Hat sie ihre Werke denn schon mal ausgestellt?«, fragte ich.

Esthers übergroße Tasche schlackerte bei jedem

Schritt hin und her. »Nein, bisher sammelt sie noch Material dafür. Sie ist sich nicht ganz sicher, ob sie nebenbei doch weiter Philosophie und Kunst studieren sollte, vor Urzeiten wollte sie mal Lehrerin werden.«

»Echt?« Das ließ mich Vicky mit anderen Augen sehen. »Wenn ich so darüber nachdenke: Ich könnte mir gut vorstellen, dass die Schüler sie lieben würden.«

Esther lachte. »Jeder liebt Vicky.« Sie schob beim Überqueren der Ampel die Tasche wieder hoch, die von ihrer Schulter gerutscht war. »Ich glaube aber nicht, dass sie das Studium beendet. Sie ist einfach durch und durch Künstlerin. Gerade überlegt sie, finanziell unabhängiger zu werden, indem sie in die Hanfplantagen eines Bekannten investiert, frag nicht.«

In dem Augenblick sah ich den Mann neben dem Häuschen der Bushaltestelle. Ich erkannte ihn sofort, weil er so ungewöhnlich groß und schlaksig war. Das war der Typ von der Party, mit dem Esther gesprochen hatte. Ich sah die Szene wieder vor mir, wie er neben ihr stand, während sie halb auf der Tischkante saß und ein wenig beschwipst auf ihn einredete. Ich hielt sie am Arm fest und blieb stehen. »Vielleicht gehen wir besser zu einer anderen Haltestelle.«

Sie sah mich ratlos an. »Wieso?«

Ich stockte. »Da steht dein … dein … das Tinder-Date von der Party.«

Sie wurde augenblicklich blass.

»Komm«, sagte ich schnell, »er hat uns noch nicht bemerkt.«

Ich wollte sie mitziehen, aber Esther blieb stocksteif stehen und starrte fieberhaft in Richtung Haltestelle. Dann fragte sie leise: »Woher weißt du denn …?« Plötzlich entspannte sich ihr Gesichtsausdruck, und sie fing an zu lachen. »Meinst du Ulf?«

Ich sah sie irritiert an. »Wen?«

Esther wurde noch ausgelassener. »Da steht Ulf, mein Kommilitone. Der Lange?«

Ich sah von ihr zu dem Mann, der so in sein Smartphone vertieft war, dass er uns nicht bemerkte. »Ja, das war doch dein Date oder etwa nicht?«

Jetzt lachte sie schallend, was ihr etwas entwaffnend Kindliches verlieh. Als sie sich wieder gefangen hatte, sagte sie: »Nein, Ulf schreibt auch über Feminismus in der Rechtsprechung, wir sitzen oft nebeneinander in der Bibliothek.« Lachtränen glitzerten in ihren Augenwinkeln. »Der war nicht mein Date. Er ist verheiratet. Mit einem ganz reizenden Mann übrigens.«

»Ach so.«

Sie wischte sich die Tränen ab. »Mein Date ist nicht zur Party erschienen. Das war ja das Problem. Wochenlanges Nachrichten-Pingpong. Endlich sollten wir uns persönlich kennenlernen. Weißt du, wie ich die Stunden gezählt habe?« Sie blickte auf ihre schwarz-rot lackierten Zehennägel in den Birkenstocks. »Und dann? Kam er nicht. Ohne jede Erklärung. Und hat sich noch am selben Abend bei Tinder abgemeldet. End of story.«

Erleichtert stellte ich fest, dass sie nicht mehr ganz so bitter klang, wenn sie das erzählte. »So ein Arsch.«

Sie nickte, jetzt doch etwas traurig. »Wäre nicht so doof, wenn er vorher nicht so toll gewesen wäre.«

Der Bus bog um die Ecke, und Esther begann zu laufen. »Ich muss los, viel Erfolg heute.« Ihr riesiges Kleid wehte beim Rennen flatternd hinter ihr her.

Auch an diesem Tag hängten Sebastian und ich Plakate auf. Ich erzählte ihm nichts von dem ganzen Drama um Filiz und mich. Insgeheim war ich dankbar für diese Aufgabe, denn sie lenkte mich ab. Sebastian hatte sich eine genaue Route überlegt, die wir abfuhren. Erneut überraschte es mich, wie sehr er sich für diese Sache einsetzte.

Am späten Nachmittag verabschiedete er sich. Er wollte bereits heute mit einem Kollegen nach St. Peter-Ording fahren und den Rest seiner Urlaubswoche dort bleiben, um für den Marathon am nächsten Wochenende zu trainieren. Ich hatte vor, am Samstag mit dem Zug nachzukommen, und dann würden wir auch in unserer gemeinsamen Heimat, wo während der Hauptsaison gerade Leute aus ganz Deutschland ihre Ferien verbrachten, Plakate aufhängen.

Bevor ich aufs Rad stieg, schrieb ich Filiz eine Nachricht.

Wann immer du reden willst: Du weißt, wo du mich findest. Ich drücke dich.

Ich konnte sehen, dass Filiz die Nachricht sofort las. Aber sie antwortete nicht.

Ich stand vor dem Haus und blickte die Fassade hinauf. Ich würde nicht bei Filiz klingeln, so gern ich sie in den Arm nehmen wollte. Der nächste Schritt musste von ihr ausgehen.

Stattdessen klingelte ich bei Moritz. Er ließ mich rein und begrüßte mich gewohnt freundlich. Nur an seinen Augenringen konnte ich sehen, dass auch er nicht gut geschlafen hatte.

»Ich glaube, da ist etwas falsch rübergekommen«, flüsterte ich in seiner Küche, in der es nach würzigem Eintopf roch. Aus dem Kinderzimmer war Fines helle Stimme zu hören. Sie sang irgendein Kinderlied. »Bitte rede noch mal mit ihr.«

Er ging zum Herd und rührte in einem großen Topf. »Ist lieb von dir, aber ich bin mir meiner Sache sicher.« Er schüttelte leicht den Kopf. »Ich kann als Vater kein Risiko eingehen, nicht mal das geringste. Ich bin dir sogar dankbar, ehrlich, du hast mir die Augen geöffnet.«

»Aber …« Ich sah zur Tür, um sicherzugehen, dass Fine uns nicht zuhörte, weil ich keine Ahnung hatte, wie viel sie von der Sache wusste. »Ich glaube, du tust Filiz unrecht. Ihr liegt wirklich viel an dir.«

Moritz drehte Salz aus einer großen Mühle in den Topf. »Keine Sorge, dich trifft da keine Schuld. Ich war vorher schon skeptisch, aber ich hab es verdrängt.« Er stellte die Salzmühle weg und rührte nun ziemlich energisch um. »Warum hat sie mich nie ihren Eltern vorgestellt? Warum musste das alles immer so heimlich sein? Ich dachte erst, sie nimmt Rücksicht auf Fine, aber ich muss aufhören, mir was vorzumachen. Sie steht nicht zu mir.«

»Ich glaube, sie braucht nur mehr Zeit als du«, versuchte ich es noch einmal. Aber ich spürte: Es brachte nichts. Ich drang nicht mehr zu ihm durch.

»Fine, Essen ist fertig!«, rief Moritz in den Flur und füllte etwas von dem Eintopf in zwei Schalen. »Willst du mitessen?«

Ich war hungrig, dennoch lehnte ich dankend ab und verabschiedete mich. Ich konnte nicht mit den beiden essen, während sich meine Freundin zwei Stockwerke über uns vermutlich gerade in ihrem Bett die Augen ausweinte.

Am nächsten Abend packte ich meine Sachen für Nordfriesland in eine kleine Reisetasche. Danach sah ich nach meinen Pflanzen. Seit dem Unwetter war der Garten geradezu explodiert. Überall spross und blühte es, auch in meinem Hochbeet. Die Blättchen der Setzlinge von Spinat und Pflücksalat waren ordentlich gewachsen, die Radieschen und der Kohlrabi hoben sich langsam aus der Erde. In wenigen Wochen würde ich etwas ernten können. Dem Gemüse ging es offenbar wie mir: Wir waren erleichtert über die Abkühlung und darüber, dass seitdem trübes Mischwetter herrschte. Auch jetzt war der Himmel bedeckt, und es sah so aus, als ob später noch ein kleiner Schauer käme. Ich holte mir ein Hoodie von drinnen, um mich noch kurz unten auf den Steg zu setzen, solange es trocken war. Da hörte ich jemanden am Tor.

»Ist hier Parzelle 127?«

Ich hob erstaunt den Blick. Tim und Murmel standen vor dem Garten.

»Er kannte den Weg.« Tim zeigte auf seinen Hund.

Ich öffnete ihnen und wurde begeistert von der kleinen Bulldogge umrundet. Tim umarmte mich. Ich spürte, dass ich nach unserem gemeinsamen Konzertabend verlegen war. Nachdem unsere Zweisamkeit ein so abruptes Ende gefunden hatte, hatte er per Nachricht gefragt, ob alles okay sei, aber ich hatte ihm nur knapp geantwortet. Er trug wieder seine Retro-Streifenjacke und sah sich interessiert um. »Wow, ist das schön hier.«

»Finde ich auch.« Ich fragte mich kurz, wie ich eigentlich aussah. Mein Blick fiel auf meine Fingernägel, unter denen noch Erde war. Unauffällig ließ ich die Hände in den Sweatshirt-Ärmeln verschwinden.

Tim folgte meinem Blick. »Störe ich? Murmel hat mich beim Spaziergang quasi hergezogen.«

»Nein, nein.« Der nächste Satz lag einen Moment auf meiner Zunge, bis ich beschloss, ihn auszusprechen. »Ich wollte mich gerade noch etwas auf den Steg setzen.«

Tim schaute unter seiner Kappe hervor, und ein bisschen erinnerte sein Blick mich an den von Murmel, wenn man etwas zu essen in der Hand hielt. »Dürfen wir uns vielleicht kurz dazusetzen?«

»Ja, klar.« Er wollte Murmel ableinen, aber ich sagte schnell: »Lass mal lieber, hier kann man zu gut buddeln.«

Tim richtete sich überrascht wieder auf. »O nein, hat er randaliert beim letzten Mal?«

Ich zwinkerte Murmel zu, der sich unbeteiligt gab. »Der doch nicht.«

Tim rieb sich lachend das Kinn, auf dem helle Bartstoppeln standen. »Ich sehe, mein Hund hat sogar dich um den Finger gewickelt.«

Ich lehnte mich zu Murmel und kraulte seinen faltigen Hals. »Was heißt hier ›sogar‹?«

Tim lachte nur vielsagend, und ich traute mich nicht, weiter nachzufragen.

Wir gingen runter zum Wasser und setzten uns auf den Steg. Es war seltsam düster heute, obwohl es noch früh am Abend war. Die Sonne war von dicken Wolkenschichten verdeckt. Ein leichter Wind schickte kleine Wellen über das Fleet, auf dem die Blätter der Seerosen hin und her schaukelten wie Papierschiffchen.

Tim zog trotzdem die Turnschuhe aus und ließ die Füße ins Wasser baumeln. »Ich musste jetzt einfach mal persönlich nachfragen, wie es dir Mittwochabend noch ergangen ist. Das klang ja doch ziemlich dramatisch.«

Ich tunkte meinen großen Zeh neben eine Seerose ins Wasser. Durch den Regen war es spürbar kälter als noch vor ein paar Tagen. »Ach. Es gab Streit, aber kein Grund zur Sorge.«

»Tut mir leid.«

Murmel hatte auf dem Steg einen Käfer entdeckt und jagte ihn freudig zwischen die Holzstreben.

»Das wird schon wieder. Irgendwie.«

Tim hob den Kopf und guckte ans Ufer gegenüber. »Was macht die Wohnungssuche?«

»Frag nicht. Diese Woche habe ich eine tolle gesehen, aber die Absage kam heute früh.«

»Verstehe.« Tim überlegte. »Wir haben da eine Pinnwand im Intranet. Wenn du erst mal offiziell eine von uns bist, findest du ganz bestimmt etwas, da posten immer wieder Mitarbeiter, die umziehen.«

Aus irgendeinem Grund versetzte mir das einen Stich. Was, wenn es nicht klappen würde? Er sagte das so, als sei es selbstverständlich. Laut sagte ich: »Dann hoffen wir mal, das am Montag alles gut geht.«

Murmel legte den Kopf auf Tims Oberschenkel und sah ihn ergeben an. Tim kraulte ihn sanft. »Deswegen bin ich natürlich auch hergekommen.«

Ein kühler Windstoß wehte mir die Haare vor die Augen, und ich musste sie mir aus dem Gesicht streichen. »Ach ja?«

Er hob den Blick und schaute mich so direkt an, dass mir warm wurde. »Klar, um dir Glück zu wünschen. Für Montag. Neulich Abend hatte ich ja keine Gelegenheit mehr.« Er blickte wieder auf Murmel. »Darf ich dir voll onkelmäßig einen Tipp geben?«

Ich lehnte mich zu ihm und gab ihm einen kleinen Schubser mit der Schulter. »Von wegen onkelmäßig.«

Er drehte die Lederleine in seinen kräftigen Händen. »Ach, ich komme mir vor wie ein Besserwisser. Dabei … Du brauchst meine Tipps gar nicht.«

Ich stupste ihn noch einmal, diesmal fester. »Komm schon, lass hören, es kann nicht schaden.«

Er rückte seine Kappe zurecht. »Im Grunde ist es nur das: Sei du selbst.«

Ich schmunzelte. »Originell. Noch nie gehört.«

Jetzt stupste Tim mich zurück, so heftig, dass ich ein Stück zur Seite kippte. Er zog mich mit entschuldigendem Blick wieder hoch. Wir lachten beide.

Er atmete tief ein und überlegte einen Moment, bevor er fortfuhr: »Im Ernst, ich will damit sagen: Nichts ist entwaffnender als die Wahrheit. Ich erzähle jedem Neuen auf der Station früher oder später von meinem Burn-out. Ich will, dass man mich als Mensch sieht, nicht als Maschine. Ich bin sicher, dass mich das zu einem besseren Chef macht. Dass es mir sogar mehr Respekt einbringt, als wenn ich dort stehen und erzählen würde, wie fabelhaft und unverwundbar ich doch bin.« Murmel winselte leise und zerrte an seiner Leine. Tim zog ihn zu sich heran und tippte ihm mit dem Finger leicht auf die feuchte Hundenase. »Na, Räuber, alles okay?«

Irgendwie rührte mich diese Geste, und ich schaute schnell weg. »Ich soll also ehrlich sein.«

Ich spürte, dass er mich wieder ansah, und erwiderte den Blick. Auch im trüben Licht dieses Abends leuchtete Tim. War es nur, weil ich ihn so mochte? Oder war es das, was man Charisma nannte? Und war das Geheimnis von Charisma wirklich so ein platter Kalenderspruch? Musste man einfach nur man selbst sein?

Er lächelte leicht. »Genau, sei ehrlich.« Ich konnte hören, wie er schluckte. »Sei du selbst.« Er rückte so nah, dass ich jede Bartstoppel auf seiner Wange sehen konnte. »Weil …« Für den Bruchteil einer Sekunde blickte er auf meinen Mund. »… du genau so wundervoll bist.«

Und just in dem Moment, in dem die Zeit stehen blieb, in dem uns nur noch ein paar Zentimeter trennten, in dem ich dachte, er würde mich jetzt tatsächlich küssen, lehnte er sich abrupt zurück. »Du wirst das schon machen.« Er stand auf und klopfte mit ernstem Gesicht den Staub von seiner Hose. »Viel Erfolg! Bis Montag.« Dann zog er den verdutzten Hund hinter sich her die Stufen hinauf und rief noch im Gehen: »Viel Spaß bei deinen Eltern am Wochenende!«

Noch Minuten, nachdem er gegangen war, saß ich regungslos auf dem Steg und fühlte seinen Phantommund auf meinem.

19

Meine Mutter holte mich mit dem Auto vom Bahnhof aus Heide ab. Sie kam offenbar aus dem Stall, denn sie trug ihre Gummistiefel und hatte etwas Stroh im Haar.

»Sorry, Mama, hattest du meinetwegen Stress?«, fragte ich, während ich die Tasche auf den Rücksitz warf und einstieg.

Sie küsste mich auf die Wange und fuhr los. »Du kennst das ja, langweilig wird es bei uns nicht.«

Während sie den Wagen rasant über die Straßen von Heide lenkte, zupfte ich ihr das Stroh aus den Haaren. Seit ich denken konnte, trug sie es praktisch kinnlang mit Pony. Alle sechs Wochen ließ sie die grauen Strähnen beim Friseur in Tönning wegfärben. Das war aber auch das Einzige, was sie sich an Luxus gönnte. Im Bad stand schon immer nur eine einzige Creme. Sie schminkte sich nie. Und trotzdem war sie mit ihren roten Wangen und freundlichen Augen attraktiv, dachte ich. Nicht so atemberaubend wie Sebastians Mutter, nicht so cool wie Tonis, eher auf eine leisere Art. Wenn ich später aussähe wie sie, könnte ich mich glücklich schätzen.

»Mama?«, fragte ich, als wir Heide hinter uns gelassen hatten und durch die Felder fuhren.

»Ja, mein Schatz?«

»Wolltest du eigentlich je etwas anderes werden? Bevor du Papa getroffen hast?«

Sie überlegte ein paar Sekunden. »Das weißt du doch. Früher wollte ich mal Tierärztin werden.«

Stimmt, das hatte sie mir erzählt. »Bist du eigentlich manchmal traurig, dass du es nicht geworden bist?«

Sie hupte, weil ein Auto mit fremdem Kennzeichen im Schneckentempo vor uns herkroch. Nachdem sie es überholt hatte, antwortete sie: »Irgendwie nicht. Ich habe mich immer gefragt, ob ich mal eine Midlife-Crisis bekomme und plötzlich denke, ich habe etwas verpasst. Allerdings glaube ich, dafür ist es mittlerweile zu spät.« Sie lachte.

»Aber…« Ich sah auf eine Schafherde am Wegesrand. »Du hast dich nie groß um deine Bedürfnisse gekümmert.«

Sie schnaubte leise. »Natürlich habe ich das.«

»Wirklich? Hast du dich nie gefragt, ob es nicht irgendetwas anderes gibt, was dir Freude macht, als dein Mann, deine Kinder und der Hof?«

Sie bremste so spät an einer Ampelkreuzung, dass ich im Sitz nach vorn rutschte. »Wäre es so schlimm, wenn genau das meine Bedürfnisse wären?«, wollte sie wissen.

Ich sah sie fragend an.

»Na, dein Vater, du, Martin, Merle, unser Leben auf dem Hof. Das füllt mich aus.« Sie wirkte ein wenig eingeschnappt. »Ich bin zufrieden mit dem, was ich habe.«

Jemand hupte hinter uns, weil die Ampel auf Grün gesprungen war.

»Dann ist es doch gut«, sagte ich und blickte wieder nach draußen, wo der Wind graue Wolkenberge über den Himmel trieb. »Ich habe mir nur Gedanken gemacht.«

Mama fuhr mit quietschenden Reifen an und schaltete die Gänge hoch. »Bist du denn glücklich?«

»Ehrlich gesagt weiß ich es nicht so genau. Im Gegensatz zu dir frage ich mich zwar ständig nach meinen Bedürfnissen, aber …«

»Du kennst sie gar nicht«, vervollständigte sie meinen Satz.

»Gut möglich.«

Kurz dachte ich, sie würde mich jetzt trösten, würde mir versichern, ich würde schon noch herausfinden, was meine Bedürfnisse waren, aber meine Mutter sagte nichts mehr zu dem Thema. Nur ab und an schimpfte sie über Touristen, die abbremsten, weil sie Fohlen auf einer Weide stehen sahen.

Als wir durch Tating fuhren, bat ich sie: »Sag mal, kannst du mich vielleicht zum Strand bringen?«

Sie stöhnte leicht, das brachte offenbar ihren Zeitplan durcheinander.

»Oder kann ich dein Auto haben?«

»Nein, nein, ich bringe dich schnell. Triffst du Toni dort?«

»Nein, Sebastian.« Als sie nicht sofort reagierte, fügte ich hinzu: »Den mittleren Sohn von Ahrens.«

Sie wirkte ehrlich überrascht. Offenbar war das Gerücht doch noch nicht zu ihr vorgedrungen.

Ich lehnte mich nach hinten und zerrte die Windjacke aus meiner Tasche. »Ich wollte dich noch fragen, ob ich ihn morgen mitbringen darf, zum Essen?«

Mama zögerte kurz, sagte dann aber: »Ja, natürlich, warum nicht.«

Mit einem merkwürdigen Gefühl stieg ich am Parkplatz vor den Dünen aus und sah sie davonflitzen. Hatte ich sie mit den Fragen über ihre Bedürfnisse gekränkt? Vermutlich war sie nur gestresst, weil sie schnell zurück zum Hof wollte, wo sie wie immer viel zu tun hatte.

Ich lief die Düne hinauf, bis ich über den Strand blicken konnte. Der Himmel war auch hier voller imposanter Wolkentürme. Ein heftiger Wind ließ die Flaggen an den Hotels flackern. Ich war froh, die Windjacke mitgenommen zu haben, als ich nun auf eines der Pfahlbauten-Restaurants zuhielt.

Die Urlauberfamilien trugen heute Gummistiefel und gestreifte Mützen. Hunde jagten Eispapieren hinterher, die vom Wind durch die Luft gewirbelt wurden. Immer mehr Kitesurfer bauten ihre Schirme auf und brachten sie ins Wasser.

Sebastian lehnte am Steg des Restaurants. Er trug Shorts und ebenfalls eine wetterfeste Jacke. Die Kapuze hatte er sich tief ins Gesicht gezogen. Als ich näher kam, dachte ich: Sogar damit sieht er aus wie aus einem Katalog.

»Hey«, begrüßte er mich gewohnt zurückhaltend.

»Hey, ich hab uns gutes Wetter mitgebracht.« Ich umarmte ihn, und er drückte mich etwas linkisch an sich.

Ich wies auf seinen Rucksack. »Material hast du?«

»Hab ich.«

Wir liefen die Pfahlbauten ab und hängten unsere Flyer auf, bis wir auch das letzte Restaurant an der Wasserkante bestückt hatten. Mittlerweile hatte es angefangen zu regnen. Da der Wind ohnehin jedes Wort verschluckte, brüllte ich Sebastian nur kurz ins Ohr, dass er morgen bei uns zum Mittagessen willkommen war, dann stapften wir wortlos nebeneinander her durch den feuchten Sand. Außer den Kitern war fast niemand mehr am Strand. Nur ab und an kam uns ein Spaziergänger mit einem nassen Hund entgegen. Trotzdem war es hier sogar bei Schietwetter heller als anderswo. Vermutlich, weil der Himmel so weit war und nichts die Sicht darauf versperrte.

»Warum machst du das eigentlich?«, rief ich Sebastian irgendwann gegen den Wind zu.

»Hm?« Er schob seine Kapuze ein Stück nach oben.

Ich blieb stehen und atmete durch. Dieses Gegen-den-Wind-durch-den-Sand-Laufen war nichts für Menschen wie mich, die zu wenig Sport trieben. »Warum hilfst du mir?«

Sogar Sebastians Atem ging etwas schneller. »Was meinst du?«

»Na, ich erzähle dir von Sophie, und von einem Tag

auf den anderen verbringst du deinen halben Urlaub damit, mich zu unterstützen. Warum?«

Er drehte sich Richtung Wasser und lachte auf. Dann wandte er sich wieder mir zu, und sein Gesicht wurde ungewohnt weich. Er streckte seine Hand nach mir aus. Zunächst dachte ich, er wolle wieder nach meiner Nase fassen, aber er griff nach meiner Kapuze und schob sie ein bisschen zurück. Dann lehnte er sich zu mir vor – und küsste mich. Ganz vorsichtig. Ich war so perplex, dass ich es regungslos geschehen ließ. Sein Mund fühlte sich weich und kühl auf meinem an. Instinktiv fasste ich nach seinen Oberarmen, wobei ich mir nicht sicher war, ob ich ihn festhalten oder wegschieben wollte. Er lehnte sich wieder zurück und grinste. »Deshalb.«

Ich öffnete den Mund, um etwas zu sagen, und schloss ihn wieder. Stattdessen nickte ich nur. Ließ es geschehen, wie er meine Hand nahm, wobei er mehrmals nachgriff, weil wir beide offenbar nicht wussten, wie unsere Finger am besten ineinanderpassten. Seine Hand lag kalt und nass in meiner. Ich war lange nicht Hand in Hand mit jemandem gegangen, dachte ich. Dirk wollte es nie, er fand es albern. Ich hatte seine Meinung übernommen, wohl auch, weil ich nicht wusste, wie schön es war. Nun schlenderte ich mit Sebastian über den fast menschenleeren Strand und musste innerlich grinsen: Wenn das Toni sehen würde.

Abends in meinem Bett neben Papas Hometrainer sinnierte ich immer noch darüber nach, dass Toni und

Filiz recht gehabt hatten. Sebastian mochte mich. So richtig. Und ich hatte ihn tatsächlich nicht gesehen. Nicht so. Ja, es hatte ein paar Momente zwischen uns gegeben, im Boot oder nach der Eierlikörparty. Aber ich hatte das nicht ernst genommen. Vermutlich weil ich nicht so für ihn empfand. Warum eigentlich nicht?, fragte ich mich. Er sah verdammt gut aus. Er mochte ein bisschen schräg sein, aber im Grunde seines Herzens war er ein Lieber, sonst würde er sich auch nicht so für etwas engagieren, was mir wichtig war. Ich dachte an seine nass geregnete Hand, die nach meiner griff. Wir waren keine Puzzleteile, die immer schon zusammengehörten und nun endlich zueinanderfanden, so viel war sicher. Ich versuchte, noch einmal seinen Kuss zu spüren. Was war das für ein Gefühl gewesen? Bauchkribbeln, Schmetterlinge? Nein, dafür war ich zu perplex. Aber unangenehm war es auch nicht.

Ich starrte an die Decke. Warum wurde die Liebe so ungerecht verteilt?, fragte ich mich. Diese Frage hatte ich mir schon früher oft gestellt, wenn ich neidvoll Toni und David beobachtet hatte. Was für eine Verschwendung, dass zwei Mädchen einen Jungen liebten, der zu sehr mit sich selbst beschäftigt war, um echte Liebe zu geben. Und nun liebte ich wieder jemanden, der meine Gefühle nicht erwiderte, weil er eine andere liebte.

Und Sebastian … war der verliebt in mich? Wenn ja, was sah er in mir? Ich hatte ihn mir immer an der Seite einer Frau vorgestellt, bei der die Bauchmuskeln sichtbar wurden, wenn sie lachte. Einer Frau, über die andere sagten: »Sie hat in der Jugend Leistungsturnen gemacht, sieht man, oder?« Eine, die Sellerie in ihrem grünen Smoothie liebte und hammermäßig in diesen angesagten Jeans mit extrem hohem Bund aussah. Die auf der Außenalster kenterte und ihren Freunden anschließend begeistert von diesem großen Abenteuer berichtete.

Ich liebte durchgelegene Sofas. Ich liebte Serien, in denen die Darsteller noch keine Handys besaßen. Ich liebte Schietwetter, weil ich dann nicht baden gehen musste, Toast mit viel Butter und Hosen, die bequem unterm Bauchnabel endeten. Auch wenn ich mich bemühte – ich konnte mich einfach nicht an Sebastians Seite sehen.

Morgen käme er zum Essen. Er würde bei meiner Familie sitzen, und alle würden denken, er wäre mein Freund. Auch das konnte ich mir schwer vorstellen. Und plötzlich machte mir das Angst. Hatte ich falsche Signale gesendet? War ich am Ende nicht besser als Tim?

Ich schob die Daunendecke beiseite, die mich seit meiner Kindheit vor dasselbe Problem stellte: entweder zu warm oder zu kalt. An Schlafen war ohnehin nicht zu denken, also stand ich auf, stellte das Leselicht an und öffnete einen der Einbauschränke unter den Schrägen. Irgendwo hier mussten meine alten Sachen sein. Ich fand meinen Ranzen, eine Schultüte, von der ich nicht mehr wusste, wem von uns sie gehört hatte, ein paar Kuscheltiere und Puppen, deren Haare platt gelegen waren und die allesamt nach Staub und Babypuder rochen. Und dann fand ich die Kiste, einen dieser Ikea-Pappkartons, die man in unterschiedlichen Größen ineinandergesteckt kaufen konnte. Dieser hier war mal grün gewesen, aber mittlerweile gelblich ausgeblichen. Ich hob den leicht verbogenen Deckel hoch. Briefe. Zettelchen, die wir uns früher in der Schule geschrieben hatten. Offenbarungen, die nie abgeschickt wurden. Ein paar Briefe meiner Austauschschülerin aus England. Und ihres Bruders, der mir nach meinem Aufenthalt seine Liebe gestanden hatte. Ich arbeitete mich vor zu den Postkarten, die Toni mir mit Anfang zwanzig geschrieben hatte, irgendwo vom anderen Ende der Welt. Sie erwähnte David darin nie. Sie schrieb immer nur von den Wellen, der Sonne, dem Abenteuer. Ich war froh, dass wir Jahre später einen Weg gefunden hatten, über seinen Tod zu sprechen. Dass wir doch noch Freundinnen geworden waren.

Und dann entdeckte ich den kleinen Stapel ausgedruckter Mails, den ich suchte. Dass wir uns so regelmäßig geschrieben hatten! Ich faltete die erste auseinander.

Liebe Ina,

jetzt bist du seit zehn Tagen nicht mehr auf der Station, und ich vermisse dich. Du fehlst uns allen, du hast einfach super reingepasst. Ich zähle darauf, dass du hier deinen Facharzt machen wirst, wenn du so weit bist. Auch wenn wir beide dann keine direkten

Kollegen mehr wären. Ich habe es dir in deiner Zeit hier nie erzählt, vermutlich auch, weil ich dein Bild von mir nicht trüben wollte. Aber ich spiele schon länger mit dem Gedanken, auf die Innere zu wechseln und dort meine Facharztausbildung zu Ende zu machen. Du hast immer behauptet, ich sei der geborene Kinderarzt, aber ich muss feststellen, dass das leider nicht stimmt. Es ist eine längere Geschichte, ich erzähle sie dir, wenn wir mal telefonieren. Aber auch wenn du dann in der Pädiatrie bist und ich in der Inneren, können wir auf jeden Fall noch zusammen Matjes in der Kantine essen gehen.

Pass auf dich auf und sei weiter fleißig, damit mein Plan aufgeht. Und melde dich bald mal wieder und berichte, wie es dir geht.

Liebe Grüße aus Hamburg sendet dir
dein Tim

Dein Tim, dachte ich. Wie viel hatte ich damals in diesen Gruß hineininterpretiert. Ewig hatte ich darüber sinniert, ob darin eine tiefere Bedeutung lag. Ich faltete den Zettel wieder zusammen und öffnete einen zweiten.

Liebe Ina,

jetzt sind schon wieder Monate vergangen, und ich komme erst heute dazu, dir zu antworten, bitte ent-

schuldige. In letzter Zeit war einfach zu viel los. Ich habe tatsächlich die Station gewechselt, plötzlich ging alles ganz schnell, und ich musste mich erst mal eingewöhnen. Ehrlich gesagt kämpfe ich immer noch damit. Manchmal hadere ich echt mit dem Klinikalltag, dem Schichtdienst und der wenigen Zeit, die man für einzelne Patienten zur Verfügung hat. Vielleicht eröffne ich doch irgendwann eine Praxis auf dem Land. Vielleicht in Nordfriesland, in deiner Nähe, das wäre doch was.

Wie läuft dein Studium? Kommst du gut voran? Genießt du das Studentenleben und die Wochenenden zu Hause an der See? Wie geht es deiner besten Freundin, du schriebst, sie überlegt, das Studium abzubrechen? Ich hoffe, sie trifft die für sie richtige Entscheidung.

Ich muss dir noch etwas Privates berichten. Ich habe eine Frau kennengelernt, etwa in deinem Alter. Sie ist die Cousine meiner Kollegin Julia, und wir waren zusammen auf einer Geburtstagsfeier. Ihr Vater hatte gesundheitliche Probleme, und sie hat mich um Rat gefragt. Als Dankeschön hat sie mir ihr Buch geschickt, stell dir vor, sie ist Schriftstellerin, bisher noch ohne Verlag, aber sie arbeitet daran. Ich habe ihr danach noch mal gemailt, wie gut mir ihre Geschichte gefallen hat, und so nahmen die Dinge ihren Lauf. Gerade suchen wir eine gemeinsame Wohnung. Du würdest Katrin mögen, sie ist toll, und ich hoffe, sie dir bald vorstellen zu können.

Planst du, mal wieder nach Hamburg zu kommen? Schreib mir bitte bald alle Neuigkeiten!

Alles Liebe für dich
dein Tim

Alles Liebe für dich. Auch an diesen Worten hatte ich heruminterpretiert, obwohl er mir geschrieben hatte, dass er sich verliebt hatte. Filiz verlor fast die Geduld mit mir.

Nach dem ersten Schock zog sie mit mir los, und ich versuchte, mich mit Partybekanntschaften von meinem Liebeskummer abzulenken, was meistens misslang. Einige Monate später sang ich mir mal wieder bei einer Karaokeparty in Andys Kneipe meinen Kummer von der Seele, als mich ein Typ ansprach, der aus jeder Pore Selbstbewusstsein verströmte. Ich hatte ihn noch nie gesehen, aber er marschierte durch den Laden, als wäre er sein Wohnzimmer. Dirk klopfte jedem auf die Schulter, trank nach wenigen Minuten mit Martin Bruderschaft, brachte mit einem für mich nach Mitteldeutschland klingenden Akzent einen flapsigen Spruch nach dem anderen. Er erzählte, dass er neu in Husum war. Nach seinem dualen Studium hatte er gerade bei einer hiesigen Bank angefangen. Eigentlich hasste ich Typen wie ihn, aber ich hatte lange nicht so viel Spaß gehabt wie an diesem Abend. Er schmiss eine Runde Tequila nach der anderen und gab erst Ruhe, als ich endlich mit ihm zu irgendeiner Bon-Jovi-Schnulze tanzte. Ich war bereits beschwipst genug, um mit ihm bei den Getränkekisten hinter der Kneipe herumzuknutschen. Dass er sich am nächsten Tag gleich wieder meldete, schmeichelte mir, da ich davon ausgegangen war, wir hätten nur einen Abend Spaß zusammen gehabt. Das hatte was. Genau wie die Selbstverständlichkeit, mit der er in mein Leben trat. Er fragte nie groß, er kam einfach vorbei. Ehe ich michs versah, verbrachte ich sämtliche Wochenenden bei ihm in seinem Einzimmerapartment in Husum, und er kam mit zu den Sonntagsessen bei meiner Familie, traf sich mit meinen Freunden zum Biertrinken, trat dem örtlichen Handballverein bei. Filiz wetterte wie verrückt gegen ihn, sie habe sich mich nie mit jemandem vorstellen können, der regelmäßig bei Feiern betrunken auf einer Bank einschlief und schon mal vergaß, mir zu sagen, dass er nicht nach Hause kam. Aber ich hörte nicht auf sie. Auch nicht, als das Studium vorbei war, als es darum ging, sich zwischen zwei Zusagen aus Hamburg und Husum zu entscheiden. Heute fragte ich mich, was mich an ihm gereizt hatte. Vermutlich schlicht die Tatsache, dass ich es genoss, endlich zu jemandem zu gehören. Die Abende auf dem Sofa, an denen er meinen Nacken kraulte, so lange ich wollte.

Ich saß vor der Kiste mit Briefen und schüttelte den Kopf. Es war bezeichnend, dass darin keine von Dirk lagen. Er war kein Mann der großen Worte. Eine einzige Notiz fand ich. Ein Post-it mit einem Herz, das er mir mal auf eine Packung Toffifee geklebt hatte, bevor er mit seinen Kumpels in den Urlaub gefahren war. Ich konnte es bis heute nicht fassen, dass ich den Zustand jahrelang so hingenommen hatte. Als ich Omi mitteilte, dass Dirk künftig nicht mehr mitessen würde, sagte sie: »Den Nächsten musst du heiraten, bevor er fliehen kann.« Meine Mutter versicherte mir danach, sie habe es nicht so gemeint, es sei halt einer ihrer Sprüche, aber er klang mir trotzdem noch lange in den Ohren.

Ich legte alle Briefe und Zettel zurück in die Kiste, schloss den Deckel und verstaute sie wieder im Wandschrank. In alten Gefühlen wühlen tat nie gut, eigentlich wusste ich das. »Die Cousine meiner Kollegin Julia.« Das hatte ich vergessen, aber jetzt machte es Sinn, dass ich die beiden zusammen auf dem Markt gesehen hatte. Ich löschte das Licht und lauschte dem Wind, der ums Haus pfiff. Er heulte hier lauter als in der Laube in Hamburg, rauer, unerbittlicher. Er erinnerte mich an meine Kindheit, in der ich ihn fast jede Nacht gehört hatte und in der ich manchmal zu meiner Mutter ins Bett gekrochen war, wenn er mir Angst machte. Er gehörte hierher, wie meine Familie. Wie dieser alte Hof und alle Geschichten, die er schon erlebt hatte im Laufe der Jahrhunderte. Und wie Teile von mir.

20

Sebastian saß zwischen Martin und meiner Mutter, als täte er das jeden Sonntag. Omi legte ihm zum dritten Mal Braten auf den Teller und strahlte übers ganze Gesicht. Ihr Gesichtsausdruck erinnerte mich an den von Renate, wenn sie Sebastian ansah. Offenbar hatte er diese Wirkung auf ältere Frauen. Auch Merle hatte ihn gleich angegrinst und ließ ihn seit seiner Ankunft nicht mehr aus den Augen. Was mich am meisten faszinierte, war jedoch, wie mein Vater und mein Bruder mit ihm umgingen. Sie integrierten ihn in ein Gespräch unter Landwirten, bei dem er völlig mühelos mitreden konnte. Er lebte zwar schon ewig in Hamburg und arbeitete im Rechnungswesen, aber für sie war er immer noch einer von uns.

»Willst du denn in Hamburch bleiben, oder zieht ihr wieder nach tu Hus?«, fragte Omi irgendwann in feinstem norddeutschen Singsang.

Sebastian lachte nur freundlich. Genau so eine Situation hatte ich befürchtet.

»Nun lass doch die Kinder, Omi«, sprang uns meine Mutter zur Seite, die sich normalerweise eher raushielt. Überhaupt war sie heute ungewohnt ernst. Sie war auch die Einzige meiner weiblichen Verwandten, die Sebastian nicht anhimmelte.

Martins Frau Barbara hingegen musterte Sebastians Oberarme unter dem engen Hemd, das er heute trug, und versuchte nicht mal, es zu verbergen. Zum Glück war meinem Bruder so etwas völlig egal. Barbara strich sich über den prallen Babybauch. »Für Familien ist es ja hier am praktischsten. So in der Großstadt ist das doch nichts für die Lütten?«

Ich schüttelte innerlich den Kopf über so viel Taktlosigkeit.

Meine Mutter stand auf und sagte: »Ich hole die Rote Grütze aus dem Kühlschrank.«

»Oh, wie wunderbar, es gibt Nachtisch.« Mein Vater rieb sich die Hände. »Schätzchen, du bist die Allerbeste.«

Meine Mutter reagierte nicht auf sein Flöten. Auch das war untypisch.

Martin wischte sich mit der Serviette den Mund ab. »Oh, heute sogar mit Nachtisch, darauf kannst du dir was einbilden.«

»So oft bringt uns Ina kein' Männerbesuch mit.« Omi stand ebenfalls auf und begann, Teller abzuräumen. »Das muss gefeiert werden.«

Ich war dankbar, dass Sebastian auch diesen Kommentar freundlich weglächelte. Und trotz seines Trainingswochenendes sogar bei der Roten Grütze um Nachschlag bat.

Wenig später gingen wir gemeinsam hoch auf den Deich. Sebastian trug eine große Sporttasche über der Schulter. Sein Kollege hatte ihn vorher hier abgesetzt und würde ihn nun wieder abholen. Der Wind wehte frisch und schüttelte das Reet am Wegesrand. Sebastian rieb sich über den Bauch. »Das lief doch ganz gut, oder?«

Ich nickte verhalten. »Ja, sie mögen dich. Danke, dass du so viel gegessen hast.«

»Kein Ding, ich weiß ja, wie man das Herz nordfriesischer Großmütter gewinnt.« Er reckte sich ein bisschen. »Dafür laufe ich nachher fünf Kilometer mehr.«

Ich wollte lachen, bemerkte aber rechtzeitig, dass er nicht scherzte.

Eine Böe zerzauste Sebastian die dichten Haare. Er strich sie zurück. »Sag deiner Mama noch mal Danke. Hat sich tapfer geschlagen heute. Ich hab mich nicht getraut, das vorher anzusprechen, weil ich nicht wusste, ob du davon weißt.«

»Wovon?« Ich sah ein Auto, das über den Deich auf uns zufuhr.

Er bemerkte es offenbar auch und winkte. »Na, es gab mal Streit zwischen unseren Eltern, ist lange her, aber ich hatte kurz Angst, dass sie deshalb irgendwie voreingenommen sein könnte.«

Das Auto parkte am Straßenrand. Ein schlanker Typ im hautengen Sportshirt steckte den Kopf aus dem Fahrerfenster. »Hey, du musst Ina sein.«

Wir begrüßten uns flüchtig, wobei er weder ausstieg

noch den Motor ausstellte. Dieses Mittagessen hatte vermutlich bereits zu viel von ihrer gemeinsamen Trainingszeit in Anspruch genommen.

Er klatschte ungeduldig in die Hände. »So, Ted, jetzt wird wieder Sport gemacht.«

Sebastian stellte seine Tasche in den Kofferraum. »Kein Stress, Mann, ich komme. Mit dem vollen Bauch kann ich eh noch nicht laufen.«

»Ted?« Ich sah Sebastian fragend an. An irgendetwas erinnerte mich das, aber ich kam nicht darauf.

Er öffnete die Beifahrertür. »Mein Spitzname auf der Arbeit, frag nicht.«

Er kam noch einmal zu mir und wirkte erstmals an diesem Mittag nervös. Ich wollte ihn umarmen, aber auf halbem Weg kam er mir entgegen und drückte mir einen federleichten Kuss auf den Mund. Noch ehe ich richtig darauf reagieren konnte, stieg er ein und schloss die Tür hinter sich. Und schon brauste sein Kumpel los. Sebastian winkte mir noch kurz aus dem Fenster zu. Was hatte ich mir da nur eingebrockt? Ratlos machte ich mich auf den Weg zurück zu den anderen.

Martin brachte mich zum Bahnhof, zu meinem Bedauern, denn ich hätte gern noch mal mit meiner Mutter gesprochen. Sie hatte behauptet, sie müsse dringend mit Merle Logopädie-Übungen machen, und ich hatte nicht weiter versucht, sie zu überreden. Jetzt saß Martin neben mir und fuhr uns ähnlich rasant über den Deich wie unsere Mutter. Dabei summte er etwas schief einen alten Rockklassiker mit, der im Radio lief. Ich musterte meinen großen Bruder, der immer ein bisschen aussah, als trage er ein Lächeln im Gesicht, auch wenn er nicht lachte, genau wie mein Vater.

»Bist du schon aufgeregt?«, fragte ich ihn.

»Wieso?« Er lehnte sich lässig zurück.

Ich hob die Augenbrauen. »Na, der Kleine. Der kommt doch bald.«

»Och.« Martin lenkte so schnell um eine Kurve, dass ich tief in meinen Sitz gedrückt wurde. »Nö.«

Ich musste lachen. Eine typische Unterhaltung mit meinem Bruder. Wir passierten eine Schleuse, und er bremste kurz ab. Auf der anderen Seite ließ er den Motor wieder aufheulen.

»Kam dir Mama auch komisch vor?«, fragte ich.

Er drehte am Radio herum, offenbar gefiel ihm der neue Song nicht. »Hm?«

»Sie war untypisch zurückhaltend zu Sebastian, oder?«

Er kratzte sich am Ohr. »Wirklich?«

»Schon. Was war da damals mit unseren Eltern und der Familie Ahrens?«

Martin blies die Backen auf. »Ach, die Kiste.«

Ich stellte das Radio leiser. »Könntest du bitte nicht in Rätseln sprechen?«

Martin seufzte. »Stimmt, du warst zu klein, du hast das nicht so richtig mitbekommen.«

»Ja, aber jetzt bin ich groß genug.«

Martin warf mir einen Seitenblick zu, dann sah er wieder auf die Straße. »Du weißt doch, dass Papa …« Er kratzte sich wieder am Ohr.

»… Mama nicht immer treu war.«

»Ja, wenn du es so nennen willst.«

»Wie würdest du es denn nennen?«

»Na ja, er war halt immer auf Jück, und … ja, er hat auch mal andere Frauen kennengelernt.«

Martin winkte jemandem an einem Hofladen am Wegesrand. »Ja, und einmal hatte er sich verliebt, da ist er kurz ausgezogen.«

»Ich erinnere mich dunkel. Mama war megatraurig zu der Zeit.«

Er nickte. »Stimmt. Aber zum Glück ist er ja wiedergekommen, allein wegen Merle.«

»Wegen Merle?«

»Na, er hat wohl eingesehen, dass er Mama nicht mit drei Kindern sitzen lassen kann, dazu noch mit einem, das besondere Aufmerksamkeit braucht.«

»Ich hoffe, das war nicht der einzige Grund für seine Einsicht.«

»Ne, er hat auch gesagt, dass er an Mama hängt.«

Ich atmete geräuschvoll aus.

»War halt 'ne Hormonwallung, was weiß ich denn. Omi sagt immer, das hat er von Opa.«

Ich boxte ihm leicht auf den Oberarm. »Ich hoffe, du hast das nicht geerbt.«

Er grinste mich frech an. »Da habe ich mir mit Babs die falsche Frau ausgesucht. Sie würde …«

»… dich umbringen, richtig.« Ich verschränkte meine Arme.

»Da dürften keine spitzen Gegenstände im Haus sein, ich sag es dir.«

Wir lachten beide.

Ich ahnte es längst, fragte jedoch trotzdem: »Was hat das jetzt mit Sebastian zu tun?«

»Na, der Grund für Papas Hormonwallung …« Er hob eine Hand vom Steuer und machte eine theatralische Geste. »… der war Gabi Ahrens. Das wusstest du nicht, oder?«

»Na ja, das Thema wird totgeschwiegen. Und zu der Zeit hab ich das echt nicht mitgekriegt.« Ich versuchte, mir meinen kantigen Vater mit Sebastians wunderschöner Mutter vorzustellen, aber es gelang mir nicht.

Martin lehnte sich etwas im Sitz zurück. Wir passierten das Ortsschild von Heide. »Die hatten eine Zeit lang sogar eine Wohnung in Tating, weil sie beide zu Hause ausgezogen sind. Es muss sie ziemlich erwischt haben. Ich hab jeden Abend Angst gehabt, dass der alte Ahrens plötzlich mit der Schrotflinte vor der Tür steht.« Martin trat aufs Gaspedal und fuhr eben noch so bei Gelb über eine Kreuzung, bevor die Ampel auf Rot umsprang. »Aber nach ein paar Monaten stand Papa reumütig vor der Tür, und die Ahrens ist auch zurück zu ihrem Alten. Und seitdem sagt Omi immer, Papa wisse jetzt, was er an seiner unkomplizierten Dorthe habe.«

»Wie schmeichelhaft.«

»Ach, das ist alles so lange her.«

»Ja, aber es muss heftig für Mama gewesen sein.«

»Klar. Ist aber alles längst vergeben und vergessen.«

Ich schüttelte den Kopf. »Du merkst auch gar nichts, oder? Sie war total komisch heute.«

»Im Ernst?« Er lenkte auf den Parkplatz vor dem Bahnhof.

»Selbst wenn es vergeben und vergessen ist – sollte ich in die Familie Ahrens einheiraten, wäre sie sicher nicht begeistert.«

Martin hielt in einer Parkbucht an. »Das wird ja nicht passieren.«

Ich sah ihn überrascht an. »Woher willst du das wissen?«

Martin lehnte sich mit vielsagendem Grinsen zu mir. »Ich merke vielleicht nicht viel, Schwesterherz, aber dass der nichts für dich ist, das sehe ich auf hundert Meter Entfernung.«

Im Garten roch es nach Farbe. Indisch klingende Musik schallte von der Laube herüber. Davor stand Vicky in einem Triangel-Bikini-Top und Jeansshorts, in der Hand einen Pinsel. Zu etwa einem Drittel war aus dem abgeblätterten Dunkelrot des Holzhauses bereits ein helles Violett geworden.

Als ich näher kam, drehte sie sich um. Überall in ihrem Gesicht und auf ihrem Körper waren violette Farbkleckse. »Mir war danach«, verkündete sie, ohne mich zu begrüßen. »Ich weiß gerade gar nicht, wohin mit meiner kreativen Energie.«

Ich stellte meine Tasche auf den Holzbohlen der Veranda ab. »Ah. Cool.«

Sie malte mit dem Pinsel in die Luft. »Alles ist im Wandel.« Ich fragte mich, ob Vicky etwas geraucht hatte, aber ich kam zu dem Schluss, dass sie wohl einfach so war.

»Mag sein.« Ich schaute auf den bereits neu gestrichenen Teil. Sie hatte die vorhandenen Farbschichten nicht abgeschliffen, sondern großzügig übergemalt, sodass hier und da Splitter hervorstanden. »Sieht gut aus.«

Sie plinkerte mich mit ihren dicht getuschten Wimpern an. »Du hast das ausgelöst. Durch dich hat sich die Energie verändert.«

»Aha.«

»Ich habe ein Bild gemalt für den Charity-Ball meiner Eltern, hab ich dir das erzählt?«

»Nein, aber das klingt super.«

Ihre glänzenden Lipgloss-Lippen verzogen sich zu einem stolzen Grinsen. »Jedenfalls gehen die Einnahmen aus der Versteigerung des Bildes an deinen Kumpel.«

Es dauerte ein paar Sekunden, bis ich begriff, wovon sie sprach. Sie hatte nicht reagiert, als ich ihr den Link zu Pablos Hilfsprojekt weitergeleitet hatte, deshalb war ich davon ausgegangen, es interessiere sie nicht. Ich sah sie mit großen Augen an. »Vicky! Wie cool ist das denn? Vielen Dank!«

Sie machte einen kleinen Knicks. »Gern geschehen.« Genussvoll tauchte sie den Pinsel in den großen Farbeimer neben sich. »Die Farbe hatte Esther mal für das Geländer der Dachterrasse gekauft, ich bin zufällig im Keller darüber gestolpert.« Mit ungleichmäßigen Schwüngen fuhr sie über das Holz. »Kurz dachte ich, ich male damit ihr Zimmer an, aber das passt nicht mehr.« Sie rieb sich mit dem Handgelenk übers Gesicht, wobei sie noch mehr Farbe darauf verteilte. »Sie braucht jetzt eher eine Waldtapete oder so. Etwas Symbolisches dafür, dass sie sich in ihren Gefühlen für diesen bekackten Ted verirrt hat – und wieder hinausfinden kann.«

Etwas in mir rastete ein, aber ich verstand nicht sofort, was. »Ich könnte ihr auch etwas malen. Ein Sonnenaufgang wäre …«, galoppierte mir Vicky schon wieder davon, die nun auch noch anfing, zu der indischen Musik zu tanzen.

Und dann verstand ich plötzlich und sah sie ungläubig an. »Ted war der Typ bei Tinder, richtig?«

»Jup. Der ominöse Mann mit den poetischen Nachrichten, der über Nacht verschwand. Ich lösche ihr jetzt wirklich diese Kack-App. Irgendwann muss es mal gut sein.«

Mir wurde übel, als ich den Zusammenhang kapierte, und ich war froh, dass Vicky so versunken war, dass sie mich nicht weiter beachtete. Dann aber drehte sie sich zu mir um und sah mich so merkwürdig an, dass ich kurz befürchtete, sie könne durch mich hindurchschauen und meine Gedanken lesen. Zu meiner Erleichterung hielt sie mir aber nur einen zweiten Pinsel hin. »Komm, hilf mir, du hast uns das alles schließlich eingebrockt.« Schon tanzte sie malernd weiter. Auch wenn ich keine Ahnung hatte, was genau sie meinte, entschied ich, dass Widerstand zwecklos war, und ging in die Laube, um mir meine Gartenklamotten überzuwerfen.

Und dann strichen wir zum Soundtrack irgendeines Bollywood-Films um die Wette. Die ganze Zeit über versuchte ich, mir nicht anmerken zu lassen, wie fassungslos ich war. Weil ich den ominösen Ted kannte, der Esther seit Wochen um den Schlaf brachte.

21

Julia Schäfer lächelte nicht, als ich am Montagmorgen um Punkt zehn Uhr in ihr Büro trat. Sie kam nur mit energischen Schritten auf mich zu und drückte fest meine Hand. »Guten Morgen, setzen Sie sich gern dahin.« Sie wies mit dem Kopf auf den mir schon bekannten Platz vor ihrem Schreibtisch. Auf der anderen Seite standen diesmal zwei weitere Stühle neben ihrem. »Wir warten noch auf…« Sie sah mich prüfend an. »…Tim und Herrn Dr. Oppinghausen.«

Ich hängte meine Tasche über die Stuhllehne. Noch bevor ich mich setzen konnte, stürmte Tim in den Raum. Unsere Blicke trafen sich, er lächelte aufmunternd und schüttelte mir ebenfalls die Hand. »Herzlich willkommen.« Ihm folgte ein weiterer Mann, etwa in Tims Alter, mit Geheimratsecken und randloser Brille, der mich ebenfalls freundlich begrüßte.

»Das ist unser Chefarzt Herr Dr. Oppinghausen«, stellte Tim ihn vor.

»Nun«, begann Julia Schäfer. Ich spürte, wie sich mein Puls beschleunigte. »Da sind wir wieder.« Sie zog ein paar Unterlagen zu sich heran.

»Freut mich.« Dr. Oppinghausen blickte mich über

seine Brille hinweg an. »Erzählen Sie doch mal ein bisschen etwas über sich. Fachlich sind alle in der engeren Auswahl gut qualifiziert, aber wir arbeiten hier intensiv im Team, es muss ja auch menschlich passen.« Ich sah bewusst nicht in Tims Richtung, auch wenn ich seinen Blick auf mir spürte. »Ich war bei Ihrem ersten Gespräch im Urlaub und konnte Sie daher noch nicht persönlich kennenlernen«, fügte sein Chef hinzu. »Legen Sie einfach los: Wer sind Sie?«

Etwas Schwierigeres hätte er mich nicht fragen können. Ich hatte mit Fachlichem gerechnet, vielleicht ein bisschen mit dem üblichen Größte-Schwäche/Stärke-Geplänkel. Dass es direkt so persönlich wurde, ließ rote Flecken meinen Hals hinauf wandern. Mehrfach setzte ich an. Wer war ich? Gefühlt verstrichen Minuten, meine Haut glühte, mein Mund wurde immer trockener. Ich guckte zu Tim. Er nickte, ganz sanft, und ich spürte, dass er mir Mut machen wollte.

Ich musste an meinen Chef in Husum denken, um dessen Anerkennung ich jahrelang gekämpft hatte. Aber sosehr ich mich auch bemüht hatte, er gab mir bis zum Ende das Gefühl, nicht besonders kompetent zu sein. Ich sah ihn mit meinen männlichen Kollegen auf eine Art scherzen, an der ich nie teilhaben würde, schlicht, weil ich eine Frau war. Bis er einen von ihnen beförderte. Obwohl ich deutlich länger auf der Station und damit eigentlich an der Reihe gewesen wäre. Obwohl ich besser qualifiziert war. Spätestens da wusste ich, dass ich dort nicht bleiben konnte. Mein Chef stellte mich sofort frei, als ich schließlich kündigte. Vermutlich war er erleichtert, mich los zu sein und mit mir die ewigen Diskussionen.

»Frau Petersen?« Julia Schäfer lehnte sich ein Stück weit vor. »Alles okay?«

»Ja, entschuldigen Sie, ich musste mich kurz sammeln.« Meine Stimme klang belegt. *Sei ehrlich,* hörte ich Tim wieder sagen. *Sei du selbst. Weil du genau so wundervoll bist.* Ich setzte mich etwas gerader hin. »Ich komme aus Nordfriesland, von einem Bauernhof, auf dem seit Jahrhunderten eine Generation den Betrieb an die nächste weitergibt. Das klingt idyllisch, und das ist es auch. Zumindest weitgehend.« Ich spürte, wie aufmerksam mich alle ansahen. »Ich habe einen großen Bruder, der den Hof übernehmen wird, und eine kleine Schwester, Merle. Merle war eines dieser Kinder, die alles können. Sie konnte auf die höchsten Bäume klettern, am schnellsten von allen Nachbarskindern rennen und die größten Pferde reiten. Sie fürchtete sich vor nichts, und sie nahm mich, ihre drei Jahre ältere Schwester, manchmal an die Hand und sagte: ›Komm, zusammen springen wir über diesen Fluss, du kannst das.‹ Bis zu dem Sommer, in dem sie krank wurde. Sie war sechs Jahre alt, ich neun. Sie hatte hohes Fieber, lag tagelang im Bett, sprach nicht mehr. Mehrmals war der Dorfarzt da. Eine Grippe, sagte er, da könne man nichts machen. Erst als sie nichts mehr bei sich behalten und Hände und Füße nicht mehr spüren konnte, schickte er uns ins Krankenhaus. Dort stellte man fest, dass Merle eine bakterielle Hirnhautentzündung hatte. Sie kämpfte wochenlang um ihr Leben. Sie gewann den Kampf. Aber nicht ohne Preis. Ihr Gehirn und ihr Gehör wurden durch die Infektion geschädigt, sie ist seitdem halbseitig gelähmt. Seit jenem Sommer sitzt sie im Rollstuhl, spricht nur wenige Worte verständlich. Sie wird niemals ohne Hilfe leben können.« Ich hielt einen Moment inne und sah auf meine Hände. Nach Merles Krankheit war meine Kindheit eine andere gewesen. Mein Bruder schoss sich am Wochenende so heftig auf Scheunenpartys ab, dass wir lange fürchteten, er würde ein Alkoholproblem entwickeln. Meine Mutter kümmerte sich nur noch um Merle. Mein Vater flüchtete sich in Affären, die wie durch ein Wunder seine Ehe nicht zerstörten. Und ich begann, überall Anzeichen für Katastrophen zu sehen. Ich hatte gelernt: Selbst wenn alles gut erscheint, können sie von einem auf den anderen Tag über dich hereinbrechen. Und du kannst nichts dagegen tun. »Damals habe ich beschlossen, Ärztin zu werden«, fuhr ich laut fort. »Es war mein Weg, mich nicht mehr ganz so hilflos zu fühlen, etwas tun zu können, damit so etwas nicht mehr geschieht. Das habe ich meiner Schwester versprochen.«

Ich hob den Blick und schaute in drei ernste Gesichter.

Julia Schäfer sprach als Erste. »Danke, dass …« Sie räusperte sich. »… dass Sie diese persönliche Geschichte mit uns geteilt haben.« Etwas hektisch blätterte sie in den Unterlagen. »Die Herren waren ja bei unserem ersten Gespräch nicht dabei, sagen Sie doch bitte noch mal: Warum wollen Sie bei uns arbeiten?«

»Bei meiner Famulatur hier vor vielen Jahren hat es mir sehr gefallen.« Ich sah in die Runde. »Seitdem habe ich gehofft, eines Tages die Chance zu erhalten zurückzukehren.«

Etwa eine halbe Minute herrschte Stille. Dann sagte Dr. Oppinghausen: »Bitte entschuldigen Sie die Anmerkung, aber ich frage mich Folgendes: Sie sind offenbar ein ziemlich sensibler und emotionaler Mensch, nicht wahr? Gelingt es Ihnen immer, die nötige Distanz für diesen Job aufzubringen?«

Ich zuckte kaum merklich zusammen. Hätte er diese Frage einem Mann gestellt? Wieder traf mein Blick den von Tim. »Damit hatte ich bisher nie ein Problem«, antwortete ich mit fester Stimme.

Julia Schäfer rutschte in ihrem Stuhl nach vorn. »Aus Ihren Unterlagen geht hervor, dass Sie bereits nicht mehr in Husum arbeiten. Sie haben dort das Arbeitsverhältnis beendet?«

»Korrekt. Es war Zeit für eine neue Herausforderung. Ich hatte überlegt, für einige Monate ein Hilfsprojekt in Ecuador zu unterstützen, aber das hat sich zerschlagen.«

Tim sah mich überrascht an. Das hatte ich ihm nicht erzählt.

Ein paar Standardfragen stellten sie mir noch. Dann

verabschiedete mich die Oberärztin mit den Worten: »Wir melden uns zeitnah.«

Erst als ich die Tür hinter mir geschlossen hatte, spürte ich, dass meine Hände schweißnass waren. Ich verließ die Klinik und setzte mich erschöpft auf eine Bank unter einem Baum, wo ich in meiner Tasche nach Merles Foto kramte. Hatte ich zu viel gesagt?, fragte ich sie und mich. Zu viel preisgegeben? War ich zu ehrlich gewesen? Ich wusste, dass man unter Medizinern nicht gern seine Gefühle zeigte. Vermutlich waren die anderen beiden Kandidaten Männer, die nüchtern darlegen würden, wie kompetent sie waren. Ob ich da im Vergleich wirklich Chancen hatte?

Ich steckte das Foto wieder weg und folgte den Schildern in Richtung Kinderklinik. Ich musste noch etwas erledigen.

Sophie saß aufrecht in ihrem Bett und blätterte in einem Bilderbuch. Ich stand einen Moment in der offenen Tür, dann trat ich vorsichtig ein.

»Hallo«, sagte ich leise. »Ich bin eine Freundin von deinen Opas, ich soll dir etwas von ihnen bringen.«

Sie hob den kleinen Kopf, der mit einem bunten Tuch umwickelt war, als wäre sie eine kleine Piratin.

»Hallo.« Ihre Augen blitzten interessiert. Über ihr baumelten ein paar bunte Pompons vom Tropfständer. Hinter ihr hing die gerahmte Kinderzeichnung einer Figur aus *Paw Patrol*.

»Gemütlich hast du es hier.« Mir fiel ein kleines

Plüschwalross auf, das neben ihr auf dem Kopfkissen lag. Darauf stand: *Ich passe immer auf dich auf*. Ich spürte, wie mir die Tränen in die Augen stiegen, und sah schnell weg.

»Was sollst du mir denn bringen?«, fragte Sophie. Über die offene Buchseite, die auf ihrem Schoß lag, sprang ein Einhorn.

Ich kramte in meiner Tasche, holte das kleine Zeitungspapier-Päckchen hervor und reichte es ihr behutsam. »Schau selbst.«

Neugierig wickelte sie es aus. Zum Vorschein kamen Pusteblumen. Fünf Stück hatte ich heute Morgen neben Arnos Kompost gepflückt und für sie eingepackt. Ich war erstaunt, wie gut sie noch aussahen. Nur wenige Blütenschirmchen waren abgefallen. Sophie sah mich überrascht an.

»Die hast du letzten Sommer ausgesät, weißt du noch?«, fragte ich. »Sie wachsen toll.«

»Oh.« Ein Lächeln wanderte über ihr kleines Gesicht, und etwas in mir zog sich so fest zusammen, dass ich kurz tief Luft holen musste.

»Möchtest du sie in eine Vase stellen oder …«

Sie machte große Augen. »Darf ich sie auch pusten?«

Ich sah zum Fenster. »Kann man das aufmachen?«

Sophie nickte. »Das macht Schwester Eva jeden Tag drei Mal auf, damit ich genug frische Luft bekomme.«

Ich ging zum Fenster und öffnete es weit. Von hier aus konnte man über den Park bis rüber zum Hauptportal sehen. Erstmals seit Tagen kämpften sich ein paar Sonnenstrahlen durch die dichte Wolkendecke und schienen auf die Kastanienbäume unter uns. Sophie schwang ihre Beine über die Bettkante und tappte auf mich zu. Ich beugte mich tief zu ihr herunter, und wir schauten gemeinsam in den Innenhof.

»Ist dort unten ein guter Platz?«, fragte sie nah an meinem Ohr.

»Ich finde ihn perfekt.«

Sie hob die erste Blume an den Mund und pustete, so fest sie konnte. Die kleinen Schirmchen segelten aus dem Fenster, wurden von einem Windstoß erfasst und weit über die Kastanienbäume hinweg getragen, bis wir sie nicht mehr erkennen konnten. Sophie strahlte mich an. Ich musste mich sehr anstrengen, nicht doch loszuweinen. Es stimmt, dachte ich, während ich ihr dabei zusah, wie sie auch die zweite, dritte und vierte Pusteblume auf die Reise schickte. Ich war emotional. Vielleicht manchmal zu emotional. Aber machte uns nicht genau das zu Menschen, wie Tim gesagt hatte? War nicht Mitgefühl im Grunde unsere geheime Superkraft? Die, die es uns ermöglichte, anderen zu helfen?

Sophie blickte stolz auf die letzte Blume in ihrer Hand. »Wollen wir die zusammen pusten?«

Ich nickte beklommen.

Sie hielt sie zwischen uns. »Uuund … los.«

Tränen pochten hinter meinen Augäpfeln. Ich bekam kaum Luft heraus, aber zusammen reichte unsere Puste. Die Schirmchen flogen, sie wirbelten durch die

Luft, drehten sich im Kreis, bis auch sie nicht mehr zu sehen waren.

Sophie lachte leise auf. »Wir müssen den Opas erzählen, dass da unten jetzt ganz viele neue Pusteblumen wachsen.« Ihre Augen funkelten im Licht. »Nächsten Sommer gehen wir gucken, wie weit sie geflogen sind, ja?«

Draußen auf dem Gang ließ ich meinen Gefühlen freien Lauf. Ich ging schnellen Schrittes zum Ausgang, das Gesicht tränennass. Nichts wie raus, nichts wie weg von hier.

Da rief jemand hinter mir meinen Namen. »Ina?«

Ich drehte mich um und sah Lennard im Gang stehen. Er kam mit ausladenden Schritten näher, den Brustkorb weit vorgeschoben. »Hey, warst du bei der kleinen Hausmann?«

Nickend wischte ich mir mit dem Handrücken übers Gesicht.

Er stand jetzt nah genug vor mir, um zu sehen, was mit mir los war. »Oh.« Verlegen strich er sich das halblange Haar hinter die Ohren. »Ähm … Es ist … Es tut mir leid.« Etwas unbeholfen legte er mir eine Hand auf die Schulter, was alles nur noch schlimmer machte. »Ich wollte dich nach deiner Nummer fragen.« Er stockte. »O Mann, das klang jetzt komisch, es ist nur … wegen der Patientin, falls es etwas zu berichten …« Er blickte sich etwas verstohlen um. »Alles streng vertraulich natürlich …«

Ich zog ein Taschentuch aus der Tasche und schnäuzte hinein, dann diktierte ich ihm meine Telefonnummer.

»Das ist lieb von dir. Halt mich bitte auf dem Laufenden. Vor allem mit guten Nachrichten.«

Er versuchte, mich aufmunternd anzulächeln, aber es wirkte nicht überzeugend.

22

Es ist so ungerecht, dachte ich, als ich zurück nach Winterhude radelte, dass das Leben manchmal viel zu kurz ist. Und man nie weiß, wann der Tag gekommen ist, an dem man keine Pusteblumen mehr fliegen lassen kann. Plötzlich verspürte ich das dringende Bedürfnis, mit Filiz zu sprechen. Ich trat fester in die Pedale und fuhr, so schnell ich konnte, in Richtung Jarrestadt. Bis hin zum Durchgang, wo ein gesprayter Pfeil den Kundinnen den Weg zur *Kleidermacherin* wies. Ich schloss mein Rad an und folgte dem Hinweis in den Hof, in dem Filiz' Laden lag. Drinnen maß eine der Aushilfen gerade eine Kundin aus. Ich nickte beiden zu, ging weiter nach hinten und schob den Paravent beiseite. Filiz saß gebückt an ihrer Nähmaschine und sah überrascht auf.

»Komm mit«, forderte ich sie auf. »Ich muss dir was sagen.«

Sie erhob sich widerstandslos und trat durch die Hintertür in den Hof. Ich folgte ihr. Diesmal stoppte sie nicht an der schattigen Mauer, auf der wir schon Mittagspause gemacht hatten, sondern lief weiter bis zu einem Rasenstreifen, auf dem eine kleine Bank unter einem großen Kastanienbaum stand. Dort setzte sie sich hin und massierte ihren Unterkiefer.

Ich ließ mich neben ihr nieder. »Ich hatte Angst, dass du gar nicht arbeitest.«

Filiz pfriemelte an ihrem Rock herum, der aus einem hauchfeinen Blümchenstoff genäht war. »Dafür solltest du mich gut genug kennen. Kein Mann der Welt kann mich derart aus der Bahn werfen.«

Einige Sekunden sammelte ich meinen Mut, dann sagte ich: »Du hattest mit allem recht.« Ich drehte mich zu ihr, aber sie hatte den Blick abgewendet. »Das mit Dirk damals, das war ein Fehler. Ich glaube, ich habe es dir gegenüber nie richtig zugegeben, weil ich mich so geschämt habe. Aber du hattest recht, der Typ ging gar nicht, und ich hätte nie seinetwegen nach Husum ziehen sollen.«

Sie nestelte weiter stumm an ihrem Rock herum.

»Außerdem wollte ich dir noch sagen, dass es mir leidtut, dass ich dich nicht mehr unterstützt habe.«

»Dafür hast du dich schon entschuldigt«, unterbrach sie mich halbherzig.

»Ja, aber ich wollte dir noch einmal sagen: Ich bin so stolz auf dich. Und ich wäre dir gern die Freundin gewesen, der du später bei Dankesreden zurufst, dass sie immer schon an dich geglaubt hat, was du ihr nie vergessen wirst. Weißt du …« Ich sah auf meine Finger. »Das habe ich. Nur nicht so, wie du es gebraucht hättest.«

Sie zuckte mit den Schultern. »Ach, keine Ahnung, ob ich mich nicht doch verrannt habe.«

Ich schüttelte empört den Kopf. »Also hör mal, schau dich um. Du hast dir deinen eigenen Laden, dein eigenes Label aufgebaut.«

»Ach.« Sie knibbelte an ihren Nägeln. »Die Miete ist trotz der Hinterhoflage immens, es gibt zu wenig Laufkundschaft, im Grunde kann ich die Aushilfen nicht bezahlen, doch ohne kann ich nicht genug nähen.«

»Aber …« Überrascht sah ich sie an. »Die Leute rennen dir doch die Bude ein.«

»Zu wenige kaufen etwas, viele machen nur Fotos. Die Kosten sind einfach zu hoch. Ich schieße ständig etwas von meinem Ersparten zu.«

»Oh, Filiz.« Ich traute mich, den Arm um sie zu legen. »Es tut mir so leid, ich hatte keine Ahnung.«

»Tja, nicht alles ist, wie es auf den ersten Blick scheint.« Sie legte ihren Kopf auf meine Schulter. Eine Weile saßen wir schweigend da, dann fügte sie hinzu: »Es tut mir leid, dass ich gemeine Dinge zu dir gesagt habe. Ich war betrunken und verzweifelt.«

»Ich weiß«, erwiderte ich leise. »Längst verziehen. Und wegen Moritz … Es ist noch nicht zu spät. Du musst ihm nur zeigen, dass es dir wirklich ernst ist.«

»O doch, es ist zu spät.« Filiz ließ ihren Kopf nach vorn sacken, sodass ihr die Haare übers Gesicht fielen.

Ich zog sie etwas fester an mich. »In einem Punkt hattest du übrigens unrecht. Ich hab vielleicht in der Vergangenheit in die falschen Gefühle investiert. Oder wurde nicht zurückgeliebt. Aber ich weiß, was Liebe ist.« Ich spürte, dass mir wieder die Tränen kamen.

»Und das zwischen dir und Moritz, das ist Liebe. Gib es nicht kampflos auf!«

»Ich weiß, dass du das weißt.« Sie setzte sich auf. »Aber ich hab sein Vertrauen verloren. Glaub mir, das war's.« Ich wollte mich zu ihr beugen und sie richtig in den Arm nehmen, aber da war sie schon aufgestanden. »Entschuldige, ich muss weiterarbeiten. Es ist das Einzige, was mir gerade hilft.«

Erste Radieschen hoben sich knallrot aus der Erde. Dahinter leuchtete violett die frisch gestrichene Laube. Ich stand neben dem Hochbeet und blickte über mein kleines Reich der letzten Wochen. Ich hatte mich so um die Aktion für Sophie gekümmert, um Tim und Sebastian und mein Vorstellungsgespräch, dass ich die Wohnungssuche ziemlich aus den Augen verloren hatte. Entschlossen holte ich meinen Laptop und die Wolldecke heraus, setzte mich damit in die Hängematte und öffnete die Seiten mit den Mietangeboten. Schon beim Durchscrollen spürte ich meinen inneren Widerstand wachsen. Weil ich wusste, dass ich wohl keine Chance in der Reihe der Bewerber hätte: nicht bei den weniger schönen und erst recht nicht bei den schönen Wohnungen. Aber ich musste dranbleiben, mich durchbeißen, weitere Apartments anschauen. Ich durfte das nicht wieder so schleifen lassen. Für die nächsten Tage notierte ich mir mehrere Termine. Ich war so konzentriert bei der Sache, dass ich Sebastian nicht kommen hörte. Plötzlich stand er neben mir. Ich hob überrascht den Kopf.

»Hey.« Er hatte die Haare feucht nach hinten gekämmt, als wäre er gerade erst aus der Dusche gestiegen.

»Hey.« Ich richtete mich auf und stellte den Laptop auf die Wiese. Er setzte sich etwas zögerlich zu mir in die Hängematte. Beugte sich zu mir und küsste mich sanft auf den Mund. Irgendetwas daran fühlte sich nicht so an, wie es sich anfühlen sollte. Sebastian lehnte sich zurück und streichelte meinen Arm.

»Wir haben noch gut trainiert«, sagte er. »War echt ein erfolgreiches Wochenende. Wie lief dein Gespräch heute früh?«

»Gut. Es ist gut gelaufen, denke ich.«

»Cool. Wegen der Spendersuche hast du noch nichts gehört, oder?«

Ich dachte an Sophie. An die Pusteblumen. An Lennards vergeblichen Versuch, mich aufmunternd anzulächeln. Und beschloss, es für mich zu behalten. »Nein. Nein, noch nichts. Wir müssen weiter die Daumen drücken.« Ich atmete tief ein und richtete mich auf. »Hör mal …« Ich sah seinen feingliederigen Fingern dabei zu, wie sie sanft über meinen Arm strichen. »Du hast so ein Geheimnis drum gemacht, aber ich bin neugierig: Wen kanntest du noch mal auf Filiz' Party?«

»Hm?«

»Na ja, an dem Abend, an dem wir uns wiedergetroffen haben. Wer hatte dich auf die Party eingeladen, warst du mit einem Freund da oder so? Du hast es mir nie verraten.«

Die Finger wurden zögerlicher. »Warum fragst du?«

»Nur so.«

Er hörte auf, mich zu streicheln. Als er nicht antwortete, fragte ich: »Du hattest ein Tinder-Date, oder?«

Er lachte leise, aber es klang aufgesetzt.

»Ist ja nichts dabei«, fügte ich hinzu.

»Ach.« Er zog die Hand zurück und strich sich die feuchten Haare zurück. »Ich habe die App noch am selben Abend gelöscht.«

»Ich weiß.«

Überrascht richtete er sich auf. »Was wird das hier?«

Ich hielt seinem Blick stand. »Du heißt bei Tinder Ted, oder?«

»Ich sag doch, ich hab die App gelöscht.«

»Aber du hast Ted geheißen?«

Er verzog das Gesicht. »Ja, und?«

»Wie hieß dein Tinder-Date an dem Abend?«

Er zog die Augenbrauen zusammen. »Ähm … Gott, was spielt das für eine Rolle? Ist das hier ein Verhör oder was?«

»Sie hieß Wonderwoman, hab ich recht?«

»Ja und?« Seine braungebrannte Stirn hatte sich rot gefärbt.

»Lass mich raten: Ihr hattet beide Fotos auf der Seite, auf denen man euch in echt nicht erkennen würde?«

»Nur so seitliche, mit Filter und so. Ich hab sie nicht gleich gefunden auf der Party, und irgendwie kam mir das Ganze auch plötzlich absurd vor, und dann …«

»Dann?«

Er wandte sein Gesicht ab, was mich an ein trotziges Kind erinnerte. »Dann hab ich dich getroffen und war irgendwie froh, aus der Nummer raus zu sein.«

»Wow.« Ich schnalzte mit der Zunge.

Er zog die Augenbrauen noch weiter zusammen. »Du bist doch jetzt nicht … Das war doch vor … uns.« Er angelte nach einem Zweig am Boden und begann, ihn zu zerpflücken.

Ich sah den Stückchen Holz hinterher, die auf der Wiese landeten. »Ich kenne Wonderwoman. Und ich weiß, dass es für sie nicht irgendeine Nummer war, du hast sie verletzt.«

»Ach komm.« Er warf den Rest des Zweigs in hohem Bogen von sich.

»Sie sagt, ihr habt euch wochenlang intensiv geschrieben.«

»Das war online.«

»Es war online, aber es waren Worte, die jemand ernst genommen hat.«

»Und das steht jetzt zwischen uns oder was?« Er rieb sich über die Stirn.

»Ehrlich gesagt ja.« Ich rückte ein Stück von ihm ab. »Ich mag diese Frau, und ich finde es echt mies, wenn jemand sich von heute auf morgen nicht mehr meldet. Das war kacke für sie. Du hättest irgendetwas schreiben können, um es ihr zu erklären.«

»Ich bin ihr doch nichts schuldig.«

»Das sehe ich anders.«

Er stand auf. Mit einem Mal wirkte er nicht mehr

trotzig, sondern irgendwie traurig. »Ich glaub, da werden wir uns heute nicht mehr einig.«

Ich erhob mich ebenfalls aus der Hängematte. »Das sehe ich genauso.«

»Na dann …« Er schaute mich so an, als überlege er, ob er mir zum Abschied einen Kuss geben solle, nickte mir dann aber nur zu und ging.

Nachdenklich sah ich ihm hinterher. Und jetzt? Sollte ich Esther sagen, was ich herausgefunden hatte? Ja, dachte ich. Das macht man so unter Freundinnen.

Ich holte mein Telefon aus der Laube, um sie zu informieren, als ich den Anruf in Abwesenheit sah. Eine Hamburger Nummer. Ich erkannte die Ziffernfolge. Das war die Klinik. Es gab im Grunde nur zwei Möglichkeiten, warum jemand mit einer solchen Nummer mich anrief. Entweder ging es um das Vorstellungsgespräch. Oder derjenige, der mich da angerufen hatte, war Lennard. Und es war etwas mit Sophie.

23

Mit zittrigen Händen legte ich auf. »Behalt es erst mal für dich«, hatte er gesagt. »Ich wollte dir nur schnell Bescheid sagen. Die Familie bekommt einen offiziellen Anruf.«

»Wann?«, hatte ich ihn gefragt. »Weißt du, wann?«

Ich stand vor meiner Laube, und mir war flau. Konnte es wirklich wahr sein? Ich wollte so gern rüber zu Heiner und Arno. Stattdessen lief ich in meinem Garten herum und sammelte Äste und trockene Blätter auf, um nicht durchzudrehen. Wo waren die zwei? Würden sie sofort vorbeikommen, wenn sie es erfahren hatten? Oder brauchten sie erst mal einen Moment für sich? Würden sie direkt ins Krankenhaus eilen? Hoffentlich, hoffentlich würden sie sich vorher bei mir melden.

Und dann standen sie am Tor. Ich hielt die Luft an. Hörte Arno mit tränenerstickter Stimme sagen: »Sie haben einen Spender.«

Ich rannte los. Sprang ihnen in die Arme. Spürte Heiner an meiner Schulter schluchzen, während Arno rief: »Wir haben wirklich die Nadel im Heuhaufen gefunden!«

Keine zehn Minuten später hockten wir bei Sophies Eltern im Auto und waren auf dem Weg ins Krankenhaus, wo uns Lennard schon erwartete. Als wir dann im Büro seiner Chefin Dr. Ludwig saßen, erklärte sie ruhig und genau die Lage. Es war, wie Arno gesagt hatte: Wir hatten unfassbares Glück gehabt. Meistens konnten die Patienten schon heilfroh sein, wenn nach wenigen Monaten ein genetischer Zwilling gefunden wurde, der sich für eine Stammzellspende eignete. In unserem Fall hatte es nur wenige Tage gedauert – ein kleines Wunder. Die Transplantation, die nun auf Sophie wartete, war ein aufwendiger Prozess. Der Spender lebte in Hessen, war wohl tatsächlich im Urlaub an der Nordsee auf unsere Plakate aufmerksam geworden und hatte sich gleich vor Ort registrieren lassen. Gerade wurde sein Körper auf die Entnahme der Blutstammzellen vorbereitet. In ein paar Tagen würden sie ihm entnommen und dann nach Hamburg transportiert, um sie Sophie zu transplantieren. Damit seine Stammzellen in ihrem Körper wieder gesunde bilden konnten. Aufgrund ihres schlechten Zustands musste alles möglichst innerhalb weniger Tage vonstattengehen. Wir hörten aufmerksam zu, und ich sah die große Hoffnung auf den Gesichtern von Sophies Eltern und auf denen von Arno und Heiner. Lennard stand daneben und lächelte mich über die anderen hinweg an.

Abends wollte keiner von uns allein sein. Arno und ich setzten uns mit Renate an meinen Tisch auf der Veranda, Heiner besorgte Pizza. Erschöpft aßen wir die Stücke direkt aus dem Karton.

»Wo ist eigentlich dein schöner Sebastian?«, fragte Renate kauend. »Der muss doch auch mitfeiern.«

Ich zog an einem Käsefaden. »Ich hab ihm geschrieben und Bescheid gesagt. Er lässt euch grüßen, aber heute schafft er es nicht.« Beziehungsweise: Ich hatte ihn nicht eingeladen. Aber das mussten die anderen nicht wissen. Offensichtlich war Sebastian eingeschnappt, denn er hatte mir auf die gute Nachricht nur knapp geantwortet: »Cool, freu mich.« Unglaublich, dass dieser Mann Esther poetische Nachrichten geschrieben haben sollte.

»Ach schade.« Renate nahm sich noch ein Stück Pizza. Dann unterhielt sie sich mit Arno weiter darüber, ob sie ein paar Lieder einstudieren und dem Spender als Videogruß schicken sollten. Aber Arno berichtete, dass man frühestens nach zwei Jahren Kontakt aufnehmen dürfe, vorausgesetzt, beide Seiten waren einverstanden.

Heiner war heute noch stiller als sonst. Er saß wortlos da und kaute an einer einzigen Pizzaecke, als wäre schon diese zu viel. Als ein Moment der Ruhe eintrat, sah er mich über die gestapelten Kartons hinweg an. »Danke«, sagte er leise.

Ich lächelte ihn an. »Da nich für.«

Arno knuffte mich in den Oberarm. »Wusste ich doch, dass es eine gute Idee ist, dich zu füttern.«

»Ja, ohne euch wäre ich verhungert.« Ich kniff mir

scherzhaft in den Bauchspeck. »Außerdem sähe der Garten immer noch verheerend aus.«

Arno sah sich um. »Na ja, du hast das meiste selbst gemacht.«

Ich wischte meine Pizzahände an einer Papierserviette ab. »Ja, aber mit euren Geräten. Brauchst du die eigentlich gar nicht wieder?«

Arno verzog verständnislos das Gesicht. »Die Sense hab ich doch gleich wieder mit rüber genommen.«

»Nein, ich meine deine Harke, den Eimer, die Schaufel – hast du das alles doppelt?«

»Ich habe keine Ahnung, wovon du redest.« Arno inspizierte die Kartons auf dem Tisch. Seiner und der von Renate waren bereits leer, daher bediente er sich bei Heiner.

Ich verschränkte empört die Arme. »Na hör mal, du hast mir doch zusammen mit den Brötchen Gartenutensilien hingestellt.«

Er hielt sich lachend die Hand vor den vollen Mund. »Hab ich nicht.«

Ich sah zu Heiner. Der zuckte mit den Schultern. »Ich auch nicht.«

Renate kicherte. »Was sind das denn für ominöse Geschichten?«

Noch ehe ich mich weiter wundern konnte, veränderte sich etwas in ihrem Gesicht. Sie blickte interessiert hinter mich. Auch die beiden Männer sahen überrascht auf und folgten ihrem Blick. Ich drehte mich um.

Mitten auf der Wiese stand Tim. Er lächelte vorsichtig. »Guten Abend allerseits, ich wollte nicht stören.« In einer Hand hielt er seinen Fahrradhelm, in der anderen eine Flasche.

Ich stand auf und begrüßte ihn.

Er nickte in die Runde. »Ich bin ein Freund von Ina. Ich arbeite auch in der Klinik und hab die unglaublichen Nachrichten von einer Kollegin gehört. Da wollte ich kurz persönlich gratulieren.«

Arno stand auf und reichte ihm die Hand. »Das ist sehr freundlich, setzen Sie sich doch dazu. Wir haben noch etwas Pizza übrig. Kommt, wir rücken ein Stück zusammen.«

»Ne«, ging Renate dazwischen. Sie sah von mir zu Tim. Und wieder zurück. »Das war ein langer Tag, wir machen uns jetzt mal auf.«

Arno wirkte enttäuscht, aber Renate blieb streng. »Schätzeken, hast du dir mal deinen Mann angeguckt? Wie müde der ist?«

Heiner brummte empört, widersprach aber nicht.

Renate stand auf und fasste Heiner an den Schultern. »Den bringst du jetzt mal ins Bett. Das war viel Aufregung heute.«

»Ich wollte wirklich nicht stören«, beteuerte Tim erneut.

Aber Renate scheuchte die anderen bereits vor sich her. »Haben Sie nicht.« Sie sah mich mit einem merkwürdigen Blick an und drückte mich inniger als sonst.

Dann verabschiedeten sich auch Heiner und Arno.

Tim kam ein Stück näher. »O Mann, jetzt hab ich deine nette Runde gesprengt.«

Ich stapelte die Pizzakartons übereinander. »Ich glaube, die waren froh, dass sie eine Ausrede hatten, endlich schlafen gehen zu können.«

Tim deutete auf die Flasche in seiner Hand. »Ich hatte Spätdienst, und dann kam Lena rein, also Frau Prof. Dr. Ludwig, und erzählte, dass der Spender gefunden wurde. Na, und da bin ich auf dem Heimweg spontan zum Kiosk und hab uns diesen edlen Tropfen besorgt.«

»Das ist lieb von dir.« Ich hatte nicht gewusst, dass er und Lennards Chefin sich kannten, aber ich hätte es mir denken können.

Er verlagerte das Gewicht von einem Bein aufs andere. »Bist du … bist du auch müde oder wollen wir …?«

»Ich hole Gläser.«

Es wurde bereits dunkel und recht frisch, aber wir setzten uns trotzdem auf den Steg. Tim öffnete gekonnt die Flasche und ließ sprudelnde Flüssigkeit in die beiden Kaffeepötte laufen, die ich gefunden hatte. Die wenigen vorhandenen Gläser hätte ich erst spülen müssen.

»Auf Sophie«, sagte er und hob die bauchige Tasse. »Darauf, dass nun alles glattläuft.«

»Auf Sophie.«

»Und auf die edle Helferin des Schicksals.« Er nickte mir zu, bevor er trank.

Still saßen wir nebeneinander und blickten in die Dämmerung. Am Ufer gegenüber leuchteten in den Wohnungen einige Fenster auf. Die Luft roch nach Regen.

Ich hätte ihn jetzt am liebsten nach dem Vorstellungsgespräch gefragt. Zu gern hätte ich gewusst, wie er es empfunden hatte, wie sich die anderen danach geäußert hatten. Aber ich hielt mich zurück, das gehörte nicht hierher.

Nach einem weiteren Schluck sagte er: »Katrin will eine Paartherapie.«

»Oh.« Ich ließ den Becher sinken. »Das ist gut, oder?«

Er trommelte mit den Fingern gegen die Tasse. »Ich denke schon. Wir haben … Wir haben so etwas vor Jahren schon einmal abgebrochen. Vielleicht passt es diesmal besser.«

Einen Moment ließ ich diese Information sacken. Dann nahm ich die Tasse hoch und leerte sie in einem Zug.

Er sah mich fragend an. »Oha.«

Ich schüttelte mich leicht, weil mich die Kohlensäure in der Nase kitzelte. »Es war ein langer Tag.«

Er lachte und blickte auf den Becher in seiner Hand. Dann leerte er ihn ebenfalls.

Jetzt sah ich ihn fragend an. Er zuckte mit den Schultern. »Ich muss ja mit dir mithalten.«

Er schenkte uns beiden nach, und ich trank zwei weitere große Schlucke. Dann spürte ich, dass es anfing zu regnen. Vielleicht war es dieser verrückte Tag, der mir gezeigt hatte, dass Wunder wahr werden konnten, der mich mutig machte. Vielleicht hatte ich auch nur zu schnell zu viel Alkohol getrunken. Jedenfalls sagte ich: »Ich muss dich etwas fragen.«

»Klar.« Vor uns plätscherten Tropfen auf die Blätter der Seerosen.

»Als wir, als ich deine Praktikantin war…« Ich nahm noch einen großen Schluck. »Ich habe mich all die Jahre gefragt, ob…« Ein Windstoß blies über das Fleet zu uns herüber. »Ob in einem anderen Umfeld, zu einer anderen Zeit… in einem anderen Leben…« Regen fiel mir aufs Gesicht. »Wenn ich nicht so jung gewesen wäre und du…«

Er fasste nach meiner Hand, und ich verstummte. Es regnete jetzt so stark, dass mir das Wasser in die Augen lief und ich ihn nur noch verschwommen sah. »Wollen wir uns kurz unterstellen?«, fragte er.

Ich stand auf und ließ mich von Tim die Treppe hoch über die nasse Wiese ziehen, wobei er rief: »Ich liebe Sommerregen.« Unterm Vordach angekommen strahlte er mich an.

Und ich liebe dich, dachte ich und beugte mich vor, so nah an sein Gesicht heran, dass ich die Spiegelungen in den Tropfen darauf sehen konnte. Ich berührte mit meinen nassen Fingerspitzen seine Wange. Er sah mich mit einem Blick an, in dem tausend Fragen lagen. Wenn jetzt jemand ein Feuerzeug zündet, fliegt alles in die Luft, dachte ich. Wenn er jetzt eine winzige Bewegung auf mich zumacht, ist mir alles egal.

Noch ist es nicht zu spät, warnte die Stimme in meinem Kopf. *Lauf, Ina, lauf so schnell du kannst!*

Ganz langsam zog ich meine Hand zurück, wobei ich mit den Fingerspitzen die Stoppeln seines Dreitagebartes streifte. Auf halber Strecke hielt er meine Hand fest. Zog mich mit dem anderen Arm an sich heran. Sein nasses T-Shirt klebte an meinem nassen T-Shirt. Ich spürte, wie sich seine Brust beim Atmen an meiner hob und senkte. Ganz langsam beugte er sich zu mir. Und dann küsste er mich.

Ich erwachte vom Regen, der heftig auf das Wellblechdach der Laube prasselte. Mein Kopf lag auf Tims Schulter, und ich hörte seinen ruhigen Atem. Seine Füße berührten meine Füße, seine Arme waren um mich geschlungen. Er umarmte mich mit seinem ganzen Körper. Dabei schlief er offenbar tief und fest. Er ist wirklich hier, dachte ich. Gleichzeitig rumorten Fragen neben den Glücksblasen in meinem Bauch. Hätte ich mich besser im Griff haben müssen? Hätte ich ihn wegschicken müssen, statt mit ihm hier hochzuklettern? Vorsichtig rieb ich meine Nase an seiner Brust. Er roch nicht nach Deo oder Aftershave oder besonders penetrantem Weichspüler. Sondern irgendwie nach etwas Vertrautem. Nach etwas, das zu mir gehörte, ohne dass ich es bisher gewusst hatte. Tim seufzte im Schlaf und zog mich noch ein bisschen enger an sich. Die Wärme, die er ausstrahlte, kroch mir bis in die Fingerspitzen. Ich passe genau in seine Arme, wie ein

Puzzlestück, dachte ich, während der Regen weiterhin laut aufs Dach trommelte. Ich schloss die Augen und spürte, wie auch mein Atem ruhiger wurde. Mein letzter Gedanke, bevor ich wieder einschlief, war: Wie kann etwas, was sich so richtig anfühlt, gleichzeitig so falsch sein?

Es klopfte. Laut und nachdrücklich. Zwei Mal, drei Mal.

Dann eine Stimme. »Hallo? Ist jemand da?«

Weiteres Geklopfe.

»Ina?«, fragte Tims raue Morgenstimme nah an meinem Ohr. Blinzelnd öffnete ich die Augen. Ich lag noch immer in seinem Arm. Die Sonne schien auf unsere verschlungenen Körper.

»Hallo?«, tönte es erneut von draußen, diesmal noch lauter, fordernder.

Ich setzte mich auf. Suchte nach etwas, was ich überziehen konnte, fand aber nichts. Stieg nackt die Leiter hinunter. Auf dem Boden lagen wild verstreut unsere Klamotten. Ich entdeckte ein Hemd über der Lehne des Lesesessels, das ich hastig über den Kopf zog. Wieder das Klopfen.

»Bin unterwegs.« Ich strich mir die verknoteten Haare aus dem Gesicht und öffnete die Tür einen Spaltbreit.

Vor mir stand ein Mann, der mir entfernt bekannt vorkam. Vermutlich einer der anderen Schrebergärtner.

»Guten Morgen.« Er musterte mich. »Habe ich Sie geweckt?«

»Nein, gar nicht.« Ich lächelte angestrengt. »Wie kann ich Ihnen helfen?«

Er versuchte, an mir vorbei in die Laube zu schauen, aber ich bewegte mich keinen Zentimeter zur Seite. »Nun.« Er kratzte sich am Kopf. »Ich gehöre zum Vereinsvorstand, und wir überprüfen einmal im Jahr, ob alle Auflagen eingehalten werden. Sind Sie Frau van den Berg?«

Das musste Vickys Familienname sein, ich erinnerte mich daran, ihn auf dem Klingelschild gelesen zu haben. »Nein, ich bin eine Freundin, sie hat mich beauftragt, die Pflanzen zu gießen.«

Er lachte kehlig. »Ist sehr trocken gerade, stimmt.«

Ich spürte, wie ich rot wurde, sagte aber nichts weiter.

»Bauen Sie auf zwei Dritteln der Fläche Gemüse an?«

»Das müssten Sie Frau van den Berg fragen«, antwortete ich. »Aber ich denke, ja.« Wenn man extrem großzügig rechnete und die Brennnesseln mitzählte.

Er sah hinter sich auf die nasse Wildblumenwiese. »Okay. Das müsste ich mir dann noch mal genauer anschauen. Richten Sie Ihrer Freundin bitte aus, dass ich das überprüfe.«

Ich dachte schon, ich wäre ihn los, als er mich plötzlich mit schmalen Augen taxierte. »Das andere ist … Uns ist eine Beschwerde zugekommen. Jemand hat gemeldet, dass diese Laube dauerhaft bewohnt wird.« Wieder versuchte er, an mir vorbeizublicken. »Sie wissen, dass das verboten ist?«

Die Flecken an meinem Hals brannten. »Ja, sicher«, sagte ich so ruhig es mir möglich war. »Auch das gebe ich gern weiter.«

Er stemmte die Fäuste seitlich in seinen runden Bauch. »Machen Sie das, machen Sie das. Da verstehen wir keinen Spaß, wenn man Pech hat, wird man aus dem Verein ausgeschlossen, also…« Er kratzte sich wieder am Kopf. »Das war's für heute.« Er guckte sich um. »Sieht ja mittlerweile ganz ansprechend aus.« Schon im Gehen ergänzte er: »Seit Sie hier wohnen.«

Ich wartete, bis er außer Sichtweite war, dann zog ich die Tür hinter mir zu.

Drinnen stand ich da und hörte meinem eigenen Herzschlag zu. Dann bemerkte ich ein Knarzen von oben. Tim kam herunter. Er rieb sich die Augen. »Wer war das?«

»Die Sittenpolizei.« Das war mir so herausgerutscht, und ich wurde rot.

Er sammelte seine Unterhose und sein Shirt vom Boden auf. Mach das nicht, dachte ich. Lass uns zurück nach oben klettern und wieder zusammen unter die Decke kriechen. Aber Tim fing an, sich anzuziehen, und ich sah ihm wie gelähmt dabei zu.

»Hör mal.« Er konnte mich nicht richtig ansehen. »Entschuldige, dass ich gerade nicht souveräner mit dieser Situation umgehen kann.«

»Schon okay«, erwiderte ich, nur um irgendetwas zu sagen. Denn nichts wäre mehr gelogen. Es war überhaupt nicht okay.

Ich konnte sehen, dass seine Hände zitterten. »Ina, ich weiß nicht, ob du mir glaubst, aber … Ich hab so was noch nie gemacht.«

Ich lachte schrill auf. »Ich schon, ich schleppe ständig Männer ab, die eigentlich vergeben sind und die ich gern als Chef hätte.« Keine Ahnung, warum ich das laut sagte.

Tim lachte nicht. »Ina, du … du bist mir wichtig.«

»Lass gut sein.« Ich begann, um ihn herum aufzuräumen.

Er wischte sich über die kurzen Haare. »Scheiße.«

»Ja, Scheiße!«, antwortete ich und lief nach draußen. Über die Wiese, bis zum Steg, von dem ich regungslos ins dunkle Wasser starrte. Ich versuchte, ruhig in den Bauch zu atmen, aber mein Puls galoppierte weiter davon. Eine halbe Ewigkeit wartete ich darauf, dass Tim mir hinterherkam. Dass er von hinten seine Arme um mich schlang und wir über alles redeten. Aber er kam nicht. Schließlich riss ich mich los.

Auf dem Weg nach oben sah ich Marion am Gartenzaun Unkraut jäten. Sie winkte zögerlich herüber. Ich war so fahrig, dass ich ihren Gruß kaum erwiderte. Wer weiß, vielleicht hatten die anderen recht und sie hatte mich tatsächlich verraten, aber gerade war mir sogar das egal.

In der Laube erinnerten nur noch meine verstreuten Klamotten an die vergangene Nacht. Tim war tatsächlich gegangen. Ich lief zur Spüle und stürzte ein Glas Wasser hinunter. Dann machte ich mir einen

Kaffee, auch wenn ich wusste, dass er meine innere Unruhe nur noch verstärken würde. Ich sollte den jetzt mit Tim trinken, dachte ich, und sofort fuhr ein heißer Schmerz in meinen Magen. Warum war er einfach abgehauen? Ich kannte die Antwort. Wegen Katrin. Weil Katrin eine Paartherapie wollte. Und weil er sich hatte hinreißen lassen gestern Nacht, warum auch immer.

Krampfhaft versuchte ich, mich abzulenken. Tim war schließlich gerade nicht mein einziges Problem, ich musste mit Filiz und den anderen über den Besuch des Vorstandstypen und seine Warnung sprechen. Konnte man die fürs Erste ignorieren? Oder musste ich sofort woanders unterkommen?

Ich zog mir etwas Richtiges über und setzte mich mit dem Kaffee auf die Veranda. Fuhr den Rechner hoch, um zu überprüfen, welche Besichtigungstermine ich für heute notiert hatte. Einfach, um irgendetwas anderes zu tun, als immer wieder zurückzuspulen zu gestern Nacht. Zu dem Moment, in dem es noch aufhaltbar gewesen war. Aber keiner von uns hatte es aufgehalten. Auf meinem Rechner ploppte eine Benachrichtigung auf. Ich öffnete das Fenster des Mailprogramms. Die E-Mail war von der Personalabteilung des Universitätskrankenhauses. Der Betreff lautete: *Ihre Bewerbung*. So schnell hatte ich nicht mit einer Antwort gerechnet. Mein Herz klopfte mir bis zum Hals. Ich klickte darauf. Las die wenigen unpersönlichen Zeilen. Las sie noch einmal. Und ein drittes Mal.

Jedes Mal verschwammen sie etwas mehr vor meinen Augen. Schließlich klappte ich den Laptop zu, nahm ihn und meine Kaffeetasse und kehrte in die Laube zurück. Dann packte ich meine Sachen.

24

Merle kuschelte sich an mich. Ihr Haar lag ausgebreitet auf ihrem Kissen, als ich ihr aus *Gretchen Sackmeier* vorlas. Sie hörte aufmerksam zu, manchmal lachte sie oder stoppte mich, weil sie eine Frage hatte. Dann tippte sie mit dem Zeigefinger gegen meinen Arm, und meistens verstand ich sofort, um was es ihr ging. Als ich das Kapitel zu Ende gelesen hatte, legte ich das Buch auf den Nachttisch und löschte das Licht. Merle reckte sich ein bisschen und robbte dann noch näher an mich heran. Ich wusste, warum ich nie weit von zu Hause weggegangen war. Sich in den Zug setzen und wenige Stunden später bei seiner kleinen Schwester ins Bett kriechen zu können, hatte mir schon nach manchem schweren Tag geholfen. Nein, sie konnte keine Gespräche mit mir führen, die jetzt hilfreich wären. Sie konnte nicht mit mir analysieren, wann ich falsch abgebogen und was für ein Idiot Tim war. Aber genau das war gerade tröstlich. Sie war einfach nur da. Sie liebte mich, egal was um uns herum passierte.

Während Merle einschlief, wurde auch ich immer ruhiger. An Tagen wie diesen war ich jedes Mal von Neuem unendlich dankbar, sie nicht verloren zu haben. War meine Freude egoistisch? Ich kam jedes Mal zur selben Antwort: Merle hatte auch deswegen überlebt, weil sie das Leben liebte. Sie konnte nicht mehr klettern und rennen und über Bäche springen. Aber in ihrem Herzen war sie noch immer das gleiche furchtlose Mädchen.

Wäre Merle an meiner Stelle einfach aus Hamburg abgehauen? Oder wäre sie zu Tim gefahren und hätte ihn zur Rede gestellt? Vermutlich schon. Zwei Tage war das jetzt her. Wieder und wieder erschienen die Zeilen der E-Mail vor meinem inneren Auge.

Leider müssen wir Ihnen mitteilen …

Ich hatte die Stelle nicht bekommen. Die eine Karte, auf die ich gesetzt hatte, hatte sich als Niete erwiesen. Hatten sie sich gegen mich entschieden, weil einer der männlichen Bewerber im Gespräch besser performt, weniger emotional gewirkt hatte? Oder hatte es am Ende mit der Sache zwischen Tim und mir zu tun? Hatte sich meine Befürchtung bewahrheitet, dass Julia Schäfer etwas von meinen Gefühlen für ihn ahnte? Sie war nicht nur Katrins Cousine, sondern hatte unter Garantie auch etwas dagegen, wenn die neue Mitarbeiterin etwas mit ihrem Chef anfing.

Der bitterste Gedanke aber war in diesen Tagen erst nach und nach an die Oberfläche gekommen, und es kostete mich immense Kraft, ihn immer wieder wegzudrängen. Die E-Mail war am frühen Morgen eingetroffen. Keine halbe Stunde nachdem Tim gegangen war. Die Entscheidung war also am Abend zuvor schon gefallen. Tim hatte die Nacht mit mir verbracht in dem Wissen, dass ich die Stelle nicht bekam. War er deswegen mit Alkohol im Garten aufgetaucht? Um mir die schlechte Nachricht sachte beizubringen? Und wie war es dazu gekommen, dass der Abend anders endete? Wer von uns hatte den ersten Schritt gemacht? Das war ich, dachte ich, das war eindeutig ich gewesen, und mir wurde wieder heiß. Ich konzentrierte mich auf Merles ruhigen Atem, aber diesmal half es nicht.

Ich wälzte mich auf die Seite, ein Stück von Merle weg.

»Was mache ich denn nun?«, flüsterte ich meiner Schwester zu. Sie stöhnte leise im Schlaf. Ich hörte Geklapper aus der Küche. Vermutlich holte meine Mutter gerade für sich, Papa und Omi etwas zum Knabbern vor dem Fernseher. Ich konnte mir nicht vorstellen, mich zwischen sie zu setzen und irgendeinen Freitagabendkrimi anzusehen. Zu viele Fragen wanderten durch meinen Kopf.

Sollte ich meinen Hamburg-Traum aufgeben? Zurückziehen und akzeptieren, dass ich hierhergehörte wie alle anderen aus meiner Familie? Viel wichtiger aber: Wollte ich überhaupt noch Ärztin sein? Vielleicht war ich tatsächlich zu emotional dafür. Vielleicht fehlte mir die Berufung. Vielleicht musste ich wie Toni, die noch mit über dreißig angefangen hatte, Musik zu studieren, meinen Weg ganz neu überdenken.

Ich betrachtete Merles friedliches Gesicht. Es sah so aus, als lächelte sie im Schlaf. Ich küsste sie vorsichtig auf die Stirn und setzte mich auf. Auf dem Nachttisch lag mein Handy. Tim hatte seit Dienstag unzählige Male versucht, mich zu erreichen. Mehrere Nachrichten hatte er geschickt mit der Bitte, ich möge bitte kurz drangehen. Irgendwann hatte ich geantwortet: *Ich bin okay, aber ich möchte gerade nicht reden*. Daraufhin hatte er aufgegeben. Ich konnte und wollte mir nicht anhören, was er mir mitzuteilen hatte. Nichts, was er sagen würde, könnte die Situation für mich erträglicher machen.

Ich stand auf und schlich aus dem Zimmer. Tappte vorsichtig den Flur entlang, griff nach meiner Jacke. Aus dem Wohnzimmer hörte ich den Fernseher und laute Stimmen. Meine Omi klang aufgebracht, vermutlich, weil sie unzufrieden mit der Handlung des Krimis war. Leise ging ich nach draußen auf den Hof und am Stall vorbei durch die Dämmerung auf den Deich, der schnurgerade bis zum Horizont verlief. Immer einen Schritt vor den anderen setzen, sagte ich mir selbst. Auch das hier wird vergehen. Eines Tages.

Das Haus von Tonis Eltern war hell beleuchtet. Sie hatte mir geschrieben, dass sie Freitagabend nach Hause käme. Ich hoffte, sie wäre schon da und ich würde sie allein in ihrem Schuppen antreffen. Ich lief an den Ferienwohnungen vorbei und über die Wiese auf Tonis Schuppen zu. Ich hatte Glück. Auch hier brannte Licht.

Vorsichtig klopfte ich an. »Toni?«

Nach wenigen Sekunden wurde die Tür geöffnet.

Da stand meine Freundin, in einem übergroßen Sweatshirt, das eindeutig ihrem Freund gehörte. Ihre Haare sahen verstrubbelt, ihre Augen müde aus, als sei sie gerade im Begriff gewesen, ins Bett zu gehen.

»Warum hast du nicht gesagt, dass du kommst?« Sie winkte mich hinein. »Komm schnell, die Mücken.« Kein Florian, registrierte ich erleichtert. Sie rieb sich die Augen. »Magst du was trinken? Ich hab noch etwas Saft und Wasser hier. Für alles andere müsste ich kurz rüber.«

Ich schüttelte den Kopf. »Nein, alles gut.«

Sie streckte sich. »Boah, die Kids waren heute wild.«

Ich sah mich um. Nichts hatte sich verändert in den letzten fünfzehn Jahren. Noch immer klebten die alten Band-Poster an den Wänden, die Toni als Teenager dort aufgehängt hatte und an die ich mich von meinen wenigen flüchtigen Besuchen hier erinnern konnte.

Sie folgte meinem Blick. »Ich hab überlegt, hier mal alles neu zu machen. Aber irgendwie wäre es schade drum. Ich liebe meine Retro-Höhle.«

Sie ließ sich aufs Bett plumpsen. Ich setzte mich neben sie.

Sie musterte mich aufmerksam. »Erzähl, was ist passiert?«

»Ach.« Ich strich mit der Hand über ihre Bettwäsche. »Darf ich dich mal was fragen?«

»Klar.« Sie sah mich aufmunternd an.

»Findest du, dass ich ein guter Mensch bin?«

Sie lachte. »Natürlich bist du das.«

Ich zog die Nase kraus. »Ein guter Mensch säße jetzt in Pablos Praxis in Quito.«

»Ach.« Toni zuckte mit den Achseln. »Gute Menschen bleiben vielleicht lieber in der Nähe ihrer kleinen Schwester, weil sie sich fürchten, dass ihr etwas zustößt, wenn sie in der Ferne sind.«

Ich schaute sie erstaunt an.

Sie zog ihre Beine in den Schneidersitz. »Du hast das nicht abgesagt, weil du keine Lust hattest zu helfen. Du kannst einfach nicht weit von zu Hause weg, und ich verstehe das.«

Ich ließ die Schultern nach vorn kippen. »Vielleicht muss ich sogar ganz zurückkommen.«

Sie hob alarmiert den Kopf. »Wieso, geht es Merle schlechter?«

»Nein, es geht ihr super.«

»Warum dann?«

»Ich hab die Stelle in Hamburg nicht bekommen. Ich finde keine Wohnung.« Ich holte tief Luft. »Und ich habe mit einem verheirateten Mann geschlafen.«

»Oh.« Toni setzte sich aufrecht hin.

»Ja, oh. Filiz sagt, dass ich immer das will, was ich nicht haben kann. Hier könnte ich sofort in einer Landpraxis anfangen, die suchen händeringend Nachwuchs. Es gibt genügend Wohnraum und Menschen, die mich mit offenen Armen empfangen. Warum sollte ich nicht das nehmen, was da ist?«

Toni sah mich liebevoll lächelnd an. »Weil es langweilig wäre.«

Mein Blick wanderte zu ihrer Pinnwand, an der ein Foto von ihrer Band hing. Von ihrer damaligen Band. Rechts von Toni lehnte Bassist David. Ihr David. »Im Ernst«, sagte ich mit trockenem Mund, »war ich nur in David verliebt, weil er dir gehört hat?«

Sie schnaubte. »Nein, du warst in David verliebt, weil du fünfzehn warst. Und weil es nicht gerade viele coole Jungs in der Umgebung gab.«

Sie stand auf und kramte in ihrer Plattenkiste. Vermutlich wollte sie mir so ein bisschen Raum geben. Sie nahm eine Scheibe aus der Hülle und legte sie auf den Plattenspieler. Ich kannte diesen Gitarrenriff, das war ein Song von Anouk, den wir alle damals geliebt hatten.

Toni setzte sich wieder neben mich. »Sei mal ganz ehrlich: Was magst du an diesem Mann? Doch nicht, dass er vergeben ist? Das wäre Irrsinn. Und irre bist du ganz sicher nicht.«

Ich senkte den Blick. Ich mochte an Tim, dass er in allem immer etwas Gutes sehen konnte. Dass er unglaublich freundlich war, einfach zu jedem, vor allem zu denen, die es eigentlich nicht verdienten. Ich mochte es, wie liebevoll er mit seinem Hund umging, wie gut er zuhören konnte und dass er immer die richtigen Fragen stellte. Ich mochte, dass er mich kannte, dass er mich als diejenige sah, die ich wirklich war. Ich mochte, dass er zu seinen Schwächen stand, dass er nicht versuchte, jemand zu sein, der er nicht war. Aber nichts davon konnte ich laut sagen, ohne loszuweinen.

Daher hob ich nur den Blick und stieß mit gepresster Stimme hervor: »Alles. Einfach alles.«

Tonis Gesicht wurde ernst. »Mist.« Sie lehnte sich vor und nahm mich in den Arm.

Das Gesicht an ihre Schulter gedrückt flüsterte ich: »Sag ich doch.«

Plötzlich wurde die Tür geöffnet, und Tonis Freund Florian kam herein. »Oh, störe ich?«

Ich ließ Toni los. »Nein, alles gut, hi, Flo.«

»Hi, Ina, schön, dich zu sehen.« Er beugte sich zu Toni und küsste sie. »Ich hoffe, die Rabauken schlafen bald, die waren noch ganz schön aufgedreht.«

Toni kicherte.

Ich stand auf. »So, ich lass euch jetzt mal.«

Toni wollte protestieren, aber da hatte ich sie schon gedrückt, mich von Florian verabschiedet und stand im Türrahmen. »Danke für dein Ohr. Tschüss, ihr zwei. Schlaft gut.«

Ich zog die Tür hinter mir zu und trat in die Dämmerung. Setzte einen Schritt vor den anderen.

Kurze Zeit später saß ich in meinem Zimmer. Ich holte noch einmal die Box mit den Briefen heraus und suchte nach dem Stapel mit Tims ausgedruckten Mails. Und las die eine, die ich beim letzten Mal ausgelassen hatte. Die letzte, die er mir geschrieben hatte. Ich hatte sie nie beantwortet.

Liebe Ina,

ich habe gehört, dass du die Stelle auf der Kinderstation nicht annehmen wirst. Jemand sagte, es habe private Gründe. Hat es mit deinem neuen Freund zu tun, von dem du schriebst? Ich könnte es verstehen, auch wenn ich es sehr schade finde. Ich hätte so gern mit dir in einer Klinik gearbeitet. Wir hätten uns jeden Mittag in der Kantine treffen können. Aber natürlich respektiere ich deine Entscheidung, bestimmt hast du gute Gründe dafür. Trotzdem habe ich mir so meine Gedanken gemacht und mich gefragt, ob du dich deiner Familie gegenüber verpflichtet fühlst. Vermutlich habe ich unrecht, aber lass mich dir als Freund raten: Du hast ein eigenes Leben. Du hast nur dieses eine. Und ich hoffe, du tust das, was sich in deinem Herzen richtig anfühlt.

Wenn du noch einmal mit mir darüber reden willst, dann ruf mich gern an. Du kannst mich überhaupt jederzeit anrufen. Es tut mir leid, dass wir es nicht mehr häufiger hinbekommen, uns zu sprechen oder zu schreiben. Unsere Gespräche fehlen mir. Du fehlst mir.

Bei mir läuft so weit alles gut. Vermutlich werde ich auf der Inneren übernommen. Ich fühle mich dort zum Glück mittlerweile richtig wohl, auch wenn es immer noch stressige Phasen gibt. Ich bin schon vor einigen Monaten mit Katrin zusammen-

gezogen. Wir wollen im nächsten Sommer heiraten. Ich würde mich freuen, wenn du zur Feier kommen könntest.

Pass auf dich auf! Feste Umarmung
dein Tim

Mein Handydisplay leuchtete auf. Es war kein weiterer Anruf von Tim. Sondern eine Nachricht von Sebastian.

Er hatte ein Foto geschickt. Ich musste mehrmals hinsehen, um zu kapieren, wer die Frau im Gegenlicht vor dem Apfelbaum war. Sie hatte glänzendes kupferrotes Haar. Auf ihrer Stupsnase und den Wangenknochen unzählige Sommersprossen. Ihre Augen waren mit viel Kajal umrandet und schauten ernst in die Kamera.

Wie ich dich sehe, hatte Sebastian daruntergeschrieben.

Ich bin schön, dachte ich, während ich das Bild betrachtete. In Sebastians Augen war ich schön. Und für ein paar Sekunden fühlte sich das tröstlich an.

Fast den ganzen Samstag blieb ich im Bett liegen. Und auch am Sonntagvormittag kam ich einfach nicht hoch. Ich starrte an die Holzdecke, als ob ich dort Antworten auf meine Fragen finden könnte.

Gegen Mittag klopfte meine Mutter an die Zimmertür. Das Sonntagsessen, dachte ich und setzte mich auf. »Komm rein, Mama. Ich ziehe mich schnell an und helfe euch dann, entschuldige.«

Sie stand im Türrahmen und sah mich nachdenklich an. »Wie lange soll das so gehen?« Sie machte kehrt, ohne auf meine Antwort zu warten. Ich hörte ihre energischen Schritte auf der Treppe nach unten.

Als ich wenige Minuten später in die Küche kam, hackte Omi Petersilie. Papa und Martin deckten den Tisch, Merle saß lachend in ihrem Stuhl und winkte mir zu.

Meine Mutter trocknete ihre Hände an einem Küchenhandtuch. »Hol deine Jacke!«

Ich sah sie irritiert an.

»Wir beide haben heute etwas anderes vor.« Sie hängte das Handtuch an den Haken und ging in den Flur. Die anderen waren offenbar eingeweiht, denn niemand protestierte. Nur Papa lächelte mir aufmunternd zu.

Ich war zu perplex, um Fragen zu stellen. Also holte ich wie aufgetragen meine Jacke und folgte meiner Mutter raus zum Auto.

Erst als wir über den Deich in Richtung Schnellstraße rasten, fand ich meine Stimme wieder. »Wohin fahren wir?«

Meine Mutter machte ein geheimnisvolles Gesicht. »Ist eine Überraschung.«

Zwanzig Minuten später parkte sie auf dem Strand von St. Peter-Ording.

Die Sonne hatte sich hinter den Wolken hervorgekämpft. Ein kräftiger Wind zerrte an den Flaggen der Strandrestaurants, aber er war nicht mehr so kühl wie die Tage zuvor. Meine Mutter marschierte los Richtung Meer. Sie hielt auf einen der Strandkioske nahe der Wasserkante zu.

»Zweimal Pommes mit Ketchup und Mayo«, hörte ich sie sagen. »Und zwei Cola.«

Sie drückte mir alles in die Hand, suchte uns eine Stelle im Sand, breitete ihre Windjacke aus und deutete darauf. »Setz dich.«

Ich hatte noch nicht mal gefrühstückt. Seit Tagen bekam ich kaum etwas herunter, aber beim Anblick der Pommes lief mir nun zu meiner Überraschung das Wasser im Mund zusammen.

Mama nahm sich eine und tunkte sie in den Ketchup. »Manchmal gibt es nichts Besseres, oder?«

»Stimmt.« Ich machte mich über die Pommes her.

Meine Mutter trank einen Schluck Cola. Dann holte sie eine Zigarettenpackung aus ihrer Jackentasche und zündete sich eine an. Sie hielt mir die Packung hin. Ich sah sie kauend und mit irritiertem Blick an, aber sie zuckte nur mit den Schultern. »Es gibt so Momente …«

Sie zog zweimal fest an der Zigarette. Obwohl ich wusste, dass sie rauchte, immer schon, war es ein ungewohnter Anblick. Sie hatte es noch nie zuvor in meiner Gegenwart getan. »Ich muss mich bei dir entschuldigen.« Sie blies Rauchwolken in den Himmel.

»Wieso?«

»Ich war nicht besonders höflich zu Sebastian.«

»Ach das. Kein Ding, ich verstehe, warum.«

Sie aschte auf das Papier, das um die Pommesschalen gewickelt gewesen war. »Es war trotzdem nicht die feine Art, der Junge kann ja nichts für seine Mutter und ihre Fehler aus einem anderen Jahrzehnt.«

»Nein, aber so unfreundlich warst du gar nicht.«

Sie inhalierte tief. »Na ja, Ansichtssache. Auf jeden Fall soll die Vergangenheit nicht euer Problem sein.«

Ich wischte mir das Salz von den Fingern. »Keine Sorge, aus uns wird ohnehin nichts.«

Sie legte den Kopf in den Nacken und ließ die Sonne auf ihr Gesicht scheinen. »Dachte ich mir.«

»Echt?«

»Mütter haben für so etwas einen siebten Sinn. Irgendwie hab ich gespürt, dass du seine Bewunderung nicht erwiderst.«

»Bewunderung …«

Sie sah mich mit liebevoller Strenge an. »Mach dich nicht kleiner, als du bist. Er findet dich toll, und ich verstehe gut, warum.«

»Danke, Mama.«

Eine Zeit lang sahen wir der Flut zu, die stetig ein Stückchen näher kam. Schließlich waren die Pommes weg. Mama hatte nicht viel davon gegessen, sie rauchte lieber.

»Ich kann mir vorstellen, dass du mich manchmal für schwach gehalten hast.« Sie blies Rauch in den Wind. »Du und dein Bruder, ihr habt euch bestimmt gefragt, wie ich Papa zurücknehmen konnte. Nun …« Sie drückte die Zigarette im Papier aus. »Manchmal muss man abwägen, wann man mehr verliert. Ich hätte ihn gehen lassen können, aber dann hätte ich das verloren, was mir am allerwichtigsten war: meine Familie. Dafür habe ich gern ein Stück von eurem Ansehen eingebüßt. Mittlerweile bin ich sicher, dass verzeihen können nichts mit Schwäche zu tun hat. Im Gegenteil, dafür muss man stark sein.«

Ich musste an Tim denken. Er war offenbar bereit, Katrin zu verzeihen. Und Mama hatte recht. Auch wenn es wehtat: Das zeugte von Stärke.

Sie fummelte eine weitere Zigarette aus der Packung.

»Du hast neulich gesagt, du würdest deine Bedürfnisse nicht kennen.« Mamas Blick folgte einer Möwe, die sich auf einem Strandkorb niederließ und uns beobachtete. »Ich weiß auch, warum. Weil es nie um deine ging. Du hast immer nur Rücksicht genommen.«

»Ach komm.« Ich sah zu, wie die Glut der ausgedrückten Zigarette einen dunklen Fleck ins Papier fraß. »Ich hatte alles, was ich brauchte.«

»Ja, aber du hast viel Rücksicht auf Merle genommen. Du hast dich nie beschwert, warst immer die perfekte große Schwester.«

»Ich liebe Merle eben.«

Nicht weit von uns war ein großer Priel entstanden, in dem ein paar Kinder übermütig plantschten.

»Ja.« Mama zog an ihrer Zigarette. Dann drehte sie sich zu mir. »Ich muss das jetzt mal loswerden. Ich habe eine Tochter, die krank ist, die ihr ganzes Leben auf meine Hilfe angewiesen sein wird. Und ich habe eine Tochter, um die ich mir ständig Sorgen mache.«

Ich sah sie überrascht an, weil mir klar wurde, dass sie mich meinte. »Dir steht alles offen, Ina, du musst nur danach greifen. Merle ist glücklich, aber sie wird nie mehr ganz gesund werden. Damit habe ich gelernt zu leben. Aber du, du kannst glücklich werden. Und zu wissen, dass du dir dabei selbst im Weg stehst, damit kann ich nicht gut leben.«

Ich spürte einen Kloß im Hals und sah wieder zum Meer, das kleine Wellen warf. »Das ist viel Druck auf meinen Schultern.«

Ich hörte, wie meine Mutter neben mir den Rauch ausblies. »Mir ist egal, ob du in einem Krankenhaus arbeitest oder Filiz im Laden hilfst oder ob du heiratest oder Kinder kriegst oder nichts davon. Hauptsache, du tust das, was dich glücklich macht. Hauptsache, du fängst endlich an, die Entscheidungen für dich zu treffen.« Sie legte eine Hand auf meine. »Merle geht es gut, Ina. Sie braucht weder täglich deine schwesterliche Fürsorge noch deine ärztliche Hilfe. Du musst dich jetzt um dich selbst kümmern.«

Sie zog die leere Pommesschale unter meinen Beinen hervor und drückte ihre Zigarette darin aus. Die Flut war nun so nah, dass wir bald nasse Füße bekommen würden. Mama fing an, unsere Sachen zusammenzuräumen. Ihre Haare waren ein bisschen wellig von der Luftfeuchtigkeit, ihre Wangen gerötet vom Wind und der Sonne. Sie stand auf und klopfte sich den Sand von der Hose. Ich sah lächelnd zu ihr auf. »Kannst du mich zum Bahnhof bringen?«

25

Moritz guckte mich mit großen Augen an, als ich am späten Nachmittag mit meinem Koffer vor seiner Tür stand. »Wo sollen wir mit hinkommen?«

»Auf ein Sommerfest.« Ich merkte, dass ich flüsterte, weil meine Stimme im Treppenhaus hallte. »Ich dachte, das könnte lustig werden.«

Neben der Tür zu Moritz' Wohnung standen Basketballsneakers in zwei Größen: einmal in ziemlich groß und einmal in ziemlich klein. »Ich weiß nicht, ob wir so spontan sind. Fine wollte gerade auf den Spielplatz …«

Seine Tochter tauchte hinter ihm im Flur auf. Sie trug ein Shirt, das locker als Kleid durchging, so wie ich es liebte. »Ich will mit Ina aufs Sommerfest, bitte, bitte!«

Moritz warf mir einen kritischen Blick zu. »Wenn das was mit Filiz zu tun hat …«

»Bitte vertrau mir einfach, okay?« Ich wusste nicht, warum er das tun sollte, wir kannten uns ja kaum. Aber vermutlich half es, dass Fine an ihm hochsprang. »Da gibt es bestimmt Popcorn.« Sie saß bereits auf der Fußmatte und zog ihre Schuhe an.

Ich schob den Koffer in Moritz' Hausflur. »Ich weiß

nicht, ob es Popcorn gibt, aber ich verspreche, wir bekommen jede Menge leckeres Essen.«

Vor dem Haus von Filiz' Eltern parkten zahlreiche Autos. Schon von Weitem war laute Musik zu hören. Moritz und Fine liefen neben mir her. »Sag mir, dass es kein Fehler war, dir zu vertrauen«, raunte Moritz mir zu. Den ganzen Weg mit der S-Bahn in Hamburgs Süden hatte er mich misstrauisch beäugt, und ich war tatsächlich überrascht, dass wir überhaupt so weit gekommen waren.

»Ich rieche schon das Essen«, sagte ich und schob die beiden weiter, immer dem Duft von Gegrilltem nach. Fine hüpfte an seiner Hand, wobei ihre hellen Locken mithüpften.

Wir gingen ums Haus herum in den großen Garten. Es waren schon ziemlich viele Gäste da. Ich sah Filiz' Papa Medi am Schwenkgrill stehen, den ansehnlichen Bauch weit nach vorn geschoben. Neben dem Grill waren Tische aufgebaut, voll bepackt mit Dips, Broten, eingelegtem Gemüse, Salaten und weiteren Köstlichkeiten. Ayda rannte umher, um alle zu begrüßen, ihre laute Stimme schallte zu uns herüber. Ich entdeckte Esther und Vicky auf der Terrasse unter einer blinkenden Lichterkette. In einer Ecke des Gartens war eine Hüpfburg aufgebaut, auf der bereits einige Kinder herumtobten. »Da will ich hin!«, rief Fine. Moritz sah mich mit aufeinandergepressten Lippen an.

Ich nickte ihm aufmunternd zu. »Geht ihr ruhig zur Hüpfburg, ich komme gleich nach.«

Ich drängelte mich an den anderen vorbei, bis ich Esther und Vicky erreicht hatte.

»Hey, wo warst du die ganze Woche? Ich hab mir Sorgen gemacht«, sagte Esther, die heute ein für ihre Verhältnisse geradezu knalliges Zartrosa trug.

»Bei meinen Eltern. Nur kurz: Wisst ihr, wo Filiz ist?«

Vicky kaute auf einem Kaugummi herum, machte eine große Blase, ließ sie platzen und meinte dann: »Küche.«

Ich ging ins Haus, wo ich Ayda in die Arme lief.

»Ina, ich freue mich!« Sie drückte mich an sich. »Du bist gekommen. Filiz ist auch da, ich bin so froh. Hast du schon etwas gegessen?« Zum Glück trafen bereits neue Gäste ein, um die Ayda sich kümmern musste.

So konnte ich ungestört nach Filiz sehen. Ich fand sie tatsächlich in der Küche, wo sie Unmengen von Blätterteigröllchen auf Tabletts drapierte. Sie war so konzentriert, dass sie mich erst bemerkte, als ich direkt neben ihr stand.

»Du bist doch gekommen«, sagte ich und stupste sie. »Deine Mutter hatte Sorge.«

Sie schüttelte den Kopf. »Weil ich ja nicht jedes Jahr komme.«

Sie sah reizend aus in ihrem Tüllrock, aber ich bemerkte auch die tiefen Schatten unter ihren Augen. »Wie geht es dir?«

»Pfft«, machte sie. »Dir?«

»Auch so. Hast du noch mal mit Moritz gesprochen?«

Sie legte ein weiteres Gebäckstück aufs Tablett. »Nächste Frage.«

Ich nahm mir ein abgebrochenes Stückchen und steckte es in den Mund. »Filiz, du wirst mich jetzt umbringen.«

Sie ließ ein Börek fallen und sah mich an. »Was hast du nun wieder angestellt?«

Ich wischte Blätterteigkrümel von der Arbeitsplatte. »Moritz liebt dich, und du liebst ihn. Aber er braucht eine Geste, um zu wissen, dass du zu ihm stehst.«

»Und das bedeutet jetzt konkret?«

Ich holte tief Luft. »Er ist hier.«

»Was?« Sie schlug eine Hand vor den Mund. »Bist du verrückt?«

»Du kannst ihn deinen Eltern vorstellen.«

Filiz nahm die Hand runter. »O Mann, Ina. Das kann ich eben nicht. Sie würden … Sie wären …«

Ich umfasste ihre Schultern. »Filiz, du unterschätzt deine Eltern.«

Sie schüttelte mich ab und wusch ihre Hände am Küchenbecken. »Ich fürchte, du siehst sie da zu positiv, Süße.«

Draußen hallte ein Mikrofon. »Hallo, hallo«, schallte eine Männerstimme durch den Garten.

»Du bist echt unglaublich.« Filiz wischte die nassen Hände an einem Tuch ab. »Komm, Papa begrüßt die Gäste.«

Ich folgte ihr auf die sonnenbeschienene Terrasse. Medi hielt in einer Hand das Mikro, die andere lag auf seinem runden Bauch. Schweiß stand auf seiner Stirn. »Herzlich willkommen, liebe Freunde«, begann er. Beim Rest hörte ich nicht mehr zu, weil ich mit den Augen nach Moritz und Fine suchte.

»Wo ist er?«, raunte Filiz mir zu.

Aber ich konnte ihn nirgendwo finden. Hinten auf der Hüpfburg war keiner mehr, alle hatten sich zur Begrüßung versammelt. Vielleicht war er doch gegangen. Ich könnte es ihm nicht wirklich verübeln. Ich hatte ihn, wenn auch mit guten Absichten, in eine Falle gelockt.

Medi beendete unter Jubel seine Rede. Er kam auf uns zu und begrüßte mich überschwänglich. »Ina, wir haben uns so lange nicht gesehen!« Er atmete schnell. »Du wirst immer hübscher. Ist das warm! Hast du schon gegessen?«

Ayda trat neben ihn und küsste ihn auf die verschwitzte Stirn. »Eine schöne Ansprache, Bubu.«

Da bemerkte ich Filiz' Blick, der auf die Terrassentür gerichtet war. Hinter uns kam Moritz mit Fine an der Hand nach draußen. Als er uns sah, blieb er wie angewurzelt stehen. Fine riss sich von ihm los und rannte auf Filiz zu. »Filiz!«, rief sie begeistert und sprang in ihre Arme.

Die Sekunden verstrichen, dann sagte Moritz: »Die Kleine musste aufs Klo, keine Sorge, wir machen uns gleich wieder auf.«

Fine sah ihn verwirrt an. Offenbar verstand sie nicht, warum sie jetzt schon wieder gehen sollte.

»Warte«, sagte Filiz mit belegter Stimme. Dann trat sie mit Fine auf der Hüfte neben Moritz, nahm ihn an der Hand und zog ihn mit sich zu ihren Eltern. Die guckten sie fragend an.

»Mama, Papa …«, begann sie, und mein Herz setzte kurz aus. »Das sind Moritz und Fine, sie sind meine Gäste.«

»Oh, hallo!« Ayda beugte sich vor und streichelte Fines Wange. »Ich freue mich, euch kennenzulernen.«

Medi fächelte sich mit einer Serviette Luft zu. Er sah seltsam blass aus. Er sollte dringend etwas Wasser trinken, dachte ich.

Filiz sah erst Moritz, dann wieder ihre Eltern an. »Sie sind nicht nur meine Gäste, sie sind … meine Familie.«

Ayda strahlte immer noch, aber Medis Lächeln gefror. Er fasste sich mit der Hand ans Herz.

»Moritz ist …« Filiz' Stimme zitterte. »Er ist mein Nachbar, und er ist …« Sie lachte unsicher auf. »Mein Lebenspartner. Ich freue mich, ihn euch endlich vorstellen zu können.«

Als sie wieder von Moritz zu ihren Eltern schaute, hatte ihr Blick etwas Flehendes. Moritz reagierte als Erster. Er legte den Arm um Filiz und streckte dann Ayda die Hand entgegen: »Ich freue mich sehr, Sie endlich kennenzulernen. Sie haben eine wundervolle Tochter. Sie ist … etwas ganz Besonderes.«

Filiz schossen die Tränen in die Augen.

Ayda sah kurz auf Moritz' ausgestreckte Hand. Dann breitete sie ihre Arme aus und schlang sie gleichzeitig um Filiz, Moritz und Fine. Auch sie hatte Tränen in den Augen, als sie sagte: »Herzlich willkommen in der Familie.«

Ich sah zu Medi. Zunächst dachte ich, er würde lachen, aber dann bemerkte ich, dass er hustete. Panik lag auf seinem kreidebleichen Gesicht. Die Hand auf seiner Brust verkrampfte sich. Hilfesuchend sah er mich an, doch bevor ich zu ihm eilen konnte, sackte er in sich zusammen und kippte seitlich auf den Terrassenboden.

»Wir brauchen einen Arzt!«, rief jemand. Aber da war ich schon bei Medi. Checkte seinen Puls, trug Filiz auf, den Notarzt zu rufen, Ayda, ein Kissen zu holen, mit dem wir ihn höher lagerten. Jemand hielt einen Sonnenschirm über uns, während er langsam wieder zu Bewusstsein kam und kleine Schlucke Wasser trank, die ich ihm einflößte.

Nach wenigen Minuten hörte ich von der Straße her die Sirene. Die Sanitäter und der Notarzt kamen auf die Terrasse, tauschten sich kurz mit mir aus, untersuchten Medi, hievten ihn auf eine Trage und brachten ihn in den Krankenwagen. Filiz und Ayda fuhren mit dem Auto hinterher.

Allmählich nahm ich meine Umgebung wieder wahr. Die Gäste standen mit besorgten Gesichtern im Schatten der Bäume und unterhielten sich mit gedämpften Stimmen. Vicky und Esther kamen mit Moritz und Fine zu mir. Alle sahen mich erwartungsvoll an.

Moritz reichte mir ein Glas Wasser. »Was meinst du, war das ein Herzinfarkt?«

»Ich bin mir nicht sicher.« Ich trank einige große Schlucke. »Es könnte auch sein, dass nur sein Blutdruck abgesackt ist. Bei dem Wetter und der Aufregung.«

»Was für ein Schreck!« Moritz wippte Fine auf der Hüfte, der der Schock ins Gesicht geschrieben stand.

Esther legte mir eine Hand auf die Schulter. »Komm, wir räumen hier auf, ja? Ich glaube, feiern mag jetzt niemand mehr.« Sie hielt mir das Mikro hin. »Machst du 'ne Ansage?«

Genau meine Art von Situation. Ich stellte das Mikro an. »Liebe Gäste«, begann ich. »Medi ist auf dem Weg ins Krankenhaus, macht euch keine Sorgen, er ist gut versorgt. Wir informieren euch, sobald wir mehr wissen. Und bitte nehmt reichlich vom Büfett mit.«

Nach und nach machten sich alle auf den Weg. Vicky, Esther, Moritz und ich trugen Teller rein, spülten Gläser und verstauten letzte Essensreste im Kühlschrank. Fine war unterdessen auf dem Sofa eingeschlafen. »Ihr könnt gern schon mal los«, sagte ich zu Moritz, aber er schüttelte den Kopf.

»Ich gehöre jetzt zur Familie, du hast es gehört. Auch wenn Filiz' Papa erst mal vor Schreck zusammengebrochen ist.«

Ich schüttelte vehement den Kopf. »Es war ein doofer Zufall, mehr nicht.«

Moritz' Blick verriet, dass er sich da nicht so ganz sicher war.

Als wir mit allem fertig waren, setzten wir uns zu Fine auf die breite Eckcouch und warteten. Ich sah auf die Uhr. Es war anderthalb Stunden her, dass die Sanitäter aufgebrochen waren. So langsam sollten wir etwas von Filiz hören.

»Erzählt, was gibt es Neues, lenkt mich ab«, bat Vicky.

»Ich hab was.« Ich lag halb auf dem Sofa und hob eine Hand. »Ich muss aus der Laube ausziehen. Jemand hat dem Kleingartenvorstand gemeldet, dass ich da wohne.«

»Ach, das schon wieder.« Vicky betrachtete prüfend den Lack auf ihren Fingernägeln.

»Das schon wieder?« Ich setzte mich auf.

Vicky verdrehte die Augen. »Der kommt einmal im Jahr.«

Esther nickte genervt. »Das darf man nicht zu ernst nehmen.«

Vicky knibbelte am Nagellack herum. »Aber wenn es dir lieber ist, dann zieh doch erst mal zu uns.«

Erstaunt sah ich zu Esther, die nur mit den Schultern zuckte. »Gute Idee.«

Das hatte ich nicht kommen sehen. Jetzt musste nur noch Filiz zustimmen, aber ich vermutete, nach heute würde sie sowieso die meiste Zeit unten bei Moritz sein.

Ich holte aus der Küche Brot und Dips. »Ich weiß nicht, wie es euch geht, aber ich hab echt Hunger.«

»Du hast ja heute auch schon was geleistet«, sagte Esther und griff zu.

Stimmt, dachte ich. Ich hatte wirklich ziemlich cool reagiert. Wenn es drauf ankam, war ich also doch eine gute Ärztin.

Ich stellte den Teller vor uns auf den Couchtisch, und wir tunkten einträchtig Brotstücke in die Soßen. In diesem Moment bekam ich eine Nachricht und griff schnell nach meinem Handy, weil ich dachte, sie sei von Filiz, die Neuigkeiten von Medi hatte. Aber es war Toni, die mir schrieb: *Hast du eine Ahnung, wer 20.000 Euro an Pablo gespendet haben könnte???!!! Er sagt, der anonyme Spender kommt aus Hamburg???!!*

Überrascht ließ ich das Telefon sinken. »Sag mal, Vicky, war der Charity-Ball deiner Eltern schon?«

Sie stöhnte leise auf. »Gott, ja, war das lahm, aber sie waren echt gerührt, dass ich da war. Und irgendwie voll stolz.«

»Und?« Ich sah sie erwartungsvoll an.

Sie plinkerte mit ihren dicht getuschten Wimpern. »Was und?«

»Na, wurde dein Bild versteigert?«

»Ach das.« Ein stolzes Lächeln zog sich über ihr pausbäckiges Gesicht. »Ich glaub, für zwanzigtausend Euro oder so.«

Gerade als ich ihr um den Hals fallen wollte, drehte sich ein Schlüssel im Schloss. Filiz kam herein. Ihre Augen waren gerötet, ihr Haar stand zerzaust vom Kopf ab. Wir setzten uns alle gleichzeitig auf.

Sie hob beschwichtigend die Hände. »Es geht ihm gut. War nur der Blutdruck. Die Ärzte haben geschimpft, er hat zu wenig getrunken, und er muss dringend abnehmen.« Sie kam auf mich zu und drückte mich. »Dank dir. Danke, danke, danke.«

Ich streichelte ihr über den Rücken. »Ist doch selbstverständlich.«

Sie löste sich von mir und sah sich um. »Mama ist noch bei ihm geblieben. Danke fürs Aufräumen, Leute.« Dann fiel ihr Blick auf die schlafende Fine. Und auf Moritz, der nur dastand und sie erwartungsvoll ansah.

»Mein Vater meinte, es hat nichts mit dir zu tun«, sagte sie zu ihm. »Er fand dich sympathisch.«

Moritz nickte angespannt. »Hat er sonst noch was gesagt?«

Filiz strich sich eine Haarsträhne aus der Stirn. »Er fand Fine süß. Du darfst wiederkommen … wenn …« Sie atmete tief ein.

Moritz sah sie fragend an. »Wenn was?«

»Ach …« Filiz kicherte nervös. »Wenn du mich irgendwann heiratest.«

Während Vicky, Esther und ich erleichtert mit Filiz lachten, sagte Moritz seelenruhig: »Nichts anderes hatte ich vor.«

26

Arno und Heiner standen mit hängenden Köpfen im Klinikgang. Eine Schwester hatte uns informiert, dass Sophie auf der Isolierstation nur von ihren Eltern in steriler Schutzkleidung besucht werden dürfe.

»Das ist ganz normal, so kurz nach der Transplantation«, versuchte ich, ihre beiden Opas zu beruhigen. »Ihr Körper kämpft noch gegen die fremden Zellen.«

Heiner blickte mit einem tiefen Ächzer auf die Gitarre, die Arno mitgebracht hatte, um dem Mädchen etwas vorzuspielen. »Wie lange wird das dauern?«

»Vermutlich die nächsten zehn bis zwanzig Tage.« Ich strich ihm sanft über den Oberarm. »Aber ich habe eure Sophie erlebt, sie ist verdammt stark. Da müssen die gesunden Stammzellen sich eben ein bisschen anstrengen. Aber das wird, ganz bestimmt.«

Nachdenklich trotteten die beiden neben mir her nach draußen.

Vorm Eingang der Kinderklinik griff Arno nach Heiners Hand. »Ohne dich hätte ich vermutlich nie erfahren, wie das ist«, flüsterte er. »Wie sehr man einen kleinen Menschen lieb haben kann. Und wie schrecklich die Angst ist, ihn zu verlieren.«

Heiner zog ihn in eine Umarmung. »Sie schafft das«, schniefte er an Arnos Schulter. »Ich weiß, sie schafft das.«

Eine ganze Weile standen sie so da, in inniger Umarmung, als hielten sie sich aneinander fest.

»Weißt du, was?«, fragte Arno, als sie sich voneinander lösten. »Ich lade dich zum Mittagessen in dieses hübsche Café im Lehmweg ein.« Er wandte sich an mich. »Kommst du auch mit?«

Wie gerne wäre ich mitgegangen. Trotzdem sagte ich: »Nein, danke, ich muss noch etwas erledigen.«

Hand in Hand gingen sie davon, und ich sah ihnen nach. So wie die beiden, dachte ich, würde ich auch gern mit einem Partner alt werden. So oder lieber allein.

Mit einem komischen Gefühl im Bauch machte ich mich auf den Weg. Lief vorbei an den Kastanienbäumen, über die der Wind die Pusteblumen getragen hatte. Bis zum Haupteingang und von dort durch die vielen Gänge bis zur Personalabteilung. Ich sah mir alles genau an – die Farbe des Bodens, die Bilder an den Wänden, die Tassen auf dem Tablett vor einem der Patientenzimmer. Hier würde ich also nicht arbeiten, dachte ich. Dieser Traum würde nicht wahr werden, zumindest nicht in absehbarer Zukunft.

Am Empfang der Personalabteilung nannte ich meinen Namen und wartete, bis die Mitarbeiterin meine Sachen herausgesucht hatte. Man würde mir meine Bewerbungsunterlagen zuschicken, hatte mir eine Dame vor ein paar Tagen in einer Mail mitgeteilt. *Ich hole sie gern selbst ab*, hatte ich knapp geantwortet. Einmal noch wollte ich die Klinik betreten, in der Hoffnung, dann besser mit diesem Kapitel abschließen zu können.

In dem Büro, das man mir genannt hatte, nahm ich meine Mappe entgegen und wollte gerade gehen, als mir Julia Schäfer entgegenkam.

»Hallo, Frau Petersen.« Sie sah mich mit ihrem gewohnt undurchdringlichen Gesichtsausdruck an.

»Hallo, Frau Schäfer.« Ich hatte nicht das geringste Bedürfnis nach Small Talk, traute mich aber auch nicht, einfach weiterzugehen.

»Hören Sie ….« Sie betrachtete die Mappe in meinen Händen. »Es tut mir persönlich leid, dass es nicht geklappt hat.«

»Ach wirklich?«, rutschte es mir heraus.

Sie legte den Kopf schief. »Sie denken, ich wäre gegen Ihre Einstellung gewesen?« Sie lachte müde auf. Einen kurzen Moment schien sie zu überlegen, dann kam sie einen Schritt näher und fügte leiser hinzu: »Da schätzen Sie mich falsch ein. Sie können davon ausgehen, dass ich bei gleicher Eignung einer Frau den Vorzug gegeben hätte.«

Ich machte den Mund auf und wieder zu. Julia Schäfer war schon wieder auf dem Sprung, als ich mich traute nachzuhaken: »Was war die Begründung?«

Die Cousine von Tims Frau zog die Augenbrauen hoch. »Sie wissen, dass ich Ihnen das nicht sagen darf.«

Ich nickte resigniert.

Sie sah mich überraschend mitfühlend an. »Seien Sie jedenfalls versichert, dass ich diese Entscheidung nicht begrüße.« Sie schob sich eine lose Haarsträhne hinters Ohr. »Alles Gute für Sie!« Mit diesen Worten verschwand sie in einem der Büros.

Ich blickte auf die Mappe in meinen Händen. Und spürte, wie Wut in mir hochkochte. Aus einem Impuls heraus steuerte ich mit festen Schritten in Richtung Innere Station. Wenige Minuten später stand ich vor Tims Büro und klopfte.

Er saß hinter dem Schreibtisch und sprang sofort auf, als er mich sah.

»Ina.« Er kam zwei Schritte auf mich zu, und ich konnte ihm ansehen, dass er mit dem Impuls kämpfte, mich zu umarmen. »Wie geht es dir?«

Ich presste die Lippen zusammen. »Es ging mir schon mal besser.«

Er legte eine Hand auf seine Brust. »Ich weiß, es hilft dir nicht, aber mir geht es auch mies.«

Meine Arme hingen links und rechts an mir herunter und fühlten sich ungewohnt schwer an. »Ich habe ein paar Fragen.«

Er schluckte hörbar. »Bitte.«

»Hast du entschieden, mir abzusagen?«

In seinem Gesicht stand längst die Antwort, und am liebsten hätte ich schnell weggesehen. Er konnte mir nicht in die Augen schauen, als er sagte: »Ja, das war meine Entscheidung.«

Meine Fingerspitzen kribbelten. »Und hast du das gewusst, bevor oder nachdem du mit mir geschlafen hast?«

Tim lief an mir vorbei und schloss die Tür.

Er legte beide Hände über den Mund und atmete laut hinein. »Es tut mir alles so leid.«

»O toll, das hilft mir.«

»Lass es mich erklären.« Er nahm die Hände runter und begann, sie zu kneten. »Ich hab dich immer schon gemocht. Immer. Weißt du, wie schwer es damals war, auf Abstand zu bleiben? Aber du warst meine Praktikantin und ich neu hier, es ging einfach nicht. Und als du jetzt wieder vor mir standst … Ich habe gedacht, ich kriege das hin, ich kann das trennen.«

»Warum hast du deine Kollegen davon überzeugt, mich nicht einzustellen?«

Er fuhr sich jetzt mit beiden Händen über den Kopf. »Ich hätte nie gedacht, dass du dich auch für mich interessierst, sonst hätte ich es gar nicht so weit kommen lassen …«

»Wie lautete dein Argument gegen mich? Du schuldest mir eine Antwort.« Meine Stimme klang seltsam kalt.

Er konnte mich immer noch nicht ansehen, als er antwortete: »Ich habe zu bedenken gegeben, dass du eventuell zu emotional bist für diesen Job.«

Ein Laut kam aus meiner Kehle, irgendwo zwischen Stöhnen und Schreien.

Tim kam einen weiteren Schritt auf mich zu, wich aber wieder zurück, als er meine erhobenen Hände sah.

»Ich kann doch niemanden einstellen, für den ich …« Er sah mich hilfesuchend an, aber ich half ihm nicht. »Für den ich solche Gefühle habe.«

Alles an mir fühlte sich taub an. »Das heißt, ich bezahle jetzt für unsere Fehler.«

Er schwieg einige Sekunden, bevor er antwortete: »Wenn du es so sehen willst.«

Ich nickte nur. Dann wandte ich mich zur Tür.

»Ina, warte!«, hörte ich ihn hinter mir.

Langsam drehte ich mich wieder um.

Tim knetete weiter seine Hände. »Es gibt so viele Kliniken in Hamburg, ich bin sicher, dass du eine tolle andere Station findest, die dich mit Kusshand nehmen wird.« Er zögerte. »Ich kenne ein paar Leute …«

»Nicht nötig«, unterbrach ich ihn.

Ich wollte mich schon wieder abwenden, als er nun doch nach meinem Arm griff. »Ich wäre so gern Kinderarzt geworden. Aber …« Er ließ meinen Arm los. »Ich konnte das nicht. Ich war nicht stark genug.«

Ich spürte, wie Tränen hinter meinen Augäpfeln pochten.

Auch seine Stimme klang belegt. »Aber du, Ina, du bist es. Wer auch immer dich für sein Team bekommt, hat großes Glück.«

Eine Zeit lang blickten wir uns an, beide mit feuchten Augen. Bis ich hervorpresste: »Mach's gut, Tim.« Diesmal schaffte ich es bis zur Tür. Ohne mich noch einmal umzusehen, stürmte ich nach draußen.

Ich war so schnell geradelt, dass mein Atem rasselte. Auf der Brücke vor der Kleingartenanlage stieg ich ab und sah hinunter auf die Stege. Die hohen Bäume am Ufer spiegelten sich im Wasser. Ein feiner Teppich aus Blütenpollen schwamm darauf. Wie schön es hier ist, dachte ich. Hoffentlich würden sie diese Gärten nicht irgendwann abreißen und weitere klobige Neubauten an ihre Stelle setzen. Ich hatte am eigenen Leib erfahren, wie wenig Wohnraum es in Hamburg gab. Aber um diese Gärten und die Menschen, die sie pflegten, wäre es unglaublich schade.

Ich spürte Abschiedsschmerz in mir aufsteigen, als ich mein Fahrrad am Schild mit der Beschriftung »Kleingartenverein« vorbeischob. Auf dem Schotterweg zwischen den dichten Hecken wurde es sofort ein paar Grad kühler. Ich würde diesen Geruch nach feuchter Wiese am Morgen vermissen. Das Kinderlachen aus den anderen Gärten. Die laute Stille der Stadt in der Nacht.

Ich öffnete das Tor und blickte ein bisschen stolz auf das, was ich aus diesem Garten gemacht hatte. Zu großen Teilen bestand er aus wilder Wiese. Aber genau das machte ihn aus. Er war nicht perfekt, er war nicht wie alle anderen, er war ganz sicher nicht gewöhnlich. Aber er war genau so, wie er war, gut. Ein Sonnenstrahl fiel durch die Zweige des Apfelbaumes und kitzelte mich an der Nase. Dieser Garten erinnert mich an mich, dachte ich. Ich war auch alles andere als perfekt. Ich hätte Dinge klüger entscheiden können, ich könnte eine bessere Freundin, eine stärkere Frau sein, vermutlich eine bessere Ärztin, wenn ich weniger emotional wäre. Aber ganz vielleicht war ich ja auch so, wie ich war, gut genug. Vielleicht war ich wie dieser Garten auf meine ganz eigene, unperfekte Weise genau richtig.

Eine Weile stand ich noch da und ließ die Sonne auf mein Gesicht strahlen. Dann lief ich zum Nachbargarten hinüber.

»Marion?«, rief ich über den Zaun.

Sie rollte gerade ihre Yogamatte im Schatten aus und sah überrascht auf.

Zaghaft kam sie auf mich zu. »Hallo, Ina.«

»Guten Tag.« Ich ging noch einen Schritt näher an ihre Hecke heran. »Ich wollte mich verabschieden, ich muss ausziehen. Es war jemand vom Vorstand da, die haben mitbekommen, dass ich hier die letzten Wochen über gewohnt habe.«

Sie musterte mich aufmerksam mit ihren hellen Mandelaugen.

»Ich ziehe jetzt erst mal in die WG von Freunden und suche von dort weiter nach einer Wohnung«, fuhr ich fort.

Noch immer sagte sie nichts.

»Ich hoffe, er hat dich nicht behelligt?«

Einer ihrer Mundwinkel zuckte. »Magst du kurz rüberkommen?« Sie öffnete von innen das Gartentor und ließ mich herein. Ich folgte ihr zu ihrer Laube. Sie schob den Perlenvorhang zur Seite, und wir traten ein. Drinnen lagen bunte Teppiche auf dem Boden.

Bettzeug, ordentlich gefaltet auf einem Tagesbett. »Ich hätte hier in der Ecke auch gern eine Wohnung.« Marion goss Tee aus einer Kupferkanne in zwei kleine Becher. Er duftete nach Zimt. »Aber du weißt ja selbst, wie schwierig es ist.«

»O ja.«

An den Wänden hingen Fotos von Theatervorführungen. Erst auf den zweiten Blick erkannte ich, dass darauf Marion selbst zu sehen war. Das machte Sinn. Ihr markantes Gesicht, die Körperhaltung – sie sah aus wie jemand, der mal auf einer Bühne gestanden hatte.

»Ich bin ausgebildete Opernsängerin.« Sie trat hinter mich und reichte mir einen der kleinen Becher. »Den großen Durchbruch habe ich nie geschafft. Und die Rente als Künstlerin ist klein. Aber ich wollte nicht aus Hamburg weg, weil hier meine Enkel wohnen.«

Ich sah sie fragend an. Ich hatte nie Besuch bei ihr gesehen.

»Mein Sohn ist mit seiner Familie die ganzen Sommerferien campen. Bald sind sie wieder da.« Sie lächelte. »Im Winter ziehe ich zu ihnen nach Wellingsbüttel, sie haben das Souterrain für mich ausgebaut. Aber im Sommer liebe ich es hier, da kann ich so frei und ganz für mich sein.«

Ich trank einen Schluck von dem leicht gesüßten Tee. »Und der Vereinsvorstand?«, fragte ich.

Marion lächelte. »Ach, weißt du, die müssen solche Dinge kontrollieren. Aber …« Etwas Schelmisches schlich sich in ihr Gesicht. »Wenn man ihnen regelmäßig kleine Geschenke bringt und ansonsten keinen Ärger macht, dann sind sie eigentlich ganz umgänglich.«

»Oh.« Ich zwinkerte ihr zu. »Und ich dachte, du hast Connections zum Ordnungsamt.«

Sie winkte lachend ab. »Ach, einen Nachteil müssen Kleingartenvereine auch haben, oder? Gerüchte halten sich hier hartnäckiger als Unkraut.«

Ich setzte die Tasse ab. »Wie kommen die anderen darauf?«

Sie zuckte mit den schmächtigen Schultern. »Wenn man sich ein bisschen absondert, finden die Leute einen oft merkwürdig und verdächtigen einen der schlimmsten Dinge. Dabei wollte ich anfangs, als ich den Garten bekam, einfach nur meine Ruhe, das hier sollte meine Oase sein. Ich hatte so viel Rummel in meinem Leben, da brauchte ich wirklich keine Vereinsmeierei. Wobei …« Sie lächelte versonnen. »Wenn ich euch manchmal beim Musizieren höre, dann denke ich, dass ich vielleicht auch wieder bereit für etwas Gesellschaft wäre.«

Mein Blick fiel auf die Wolldecke, die ebenfalls zusammengefaltet auf dem Tagesbett lag. Das war die Decke, mit der mich neulich Nacht jemand zugedeckt hatte. In die ich mich nach meinem Streit mit Filiz eingewickelt hatte, bevor ich im Lesesessel eingeschlafen war.

Ich schaute zu Marion, die mich lächelnd ansah. »Ich habe sie mir neulich wiedergeholt, sie lag in der Hängematte, ich hoffe, das war okay.«

»Ja, natürlich. Vielen Dank. Ich hatte keine Ahnung …« Ich hielt überrascht inne. Und plötzlich wusste ich es. Ich sah sie verblüfft an. »Die Schaufel, der Eimer, die Harke …«

Sie lächelte milde. »Du kannst die Sachen gern behalten. Ich hatte alles doppelt, man bekommt viel geschenkt als Gartenbesitzerin.«

»Und warum hast du sie mir hingestellt? War das ein dezenter Hinweis, dass ich mich ein bisschen besser kümmern soll?«

Sie lachte hell. »Ach. Ich mochte das Chaos nebenan ganz gern. Ich dachte nur, die Gartenarbeit könnte dir guttun. Du wirktest irgendwie verloren.«

Ich sah sie erstaunt an. »Das hast du über den Zaun hinweg gesehen?«

Sie lächelte wissend. »Irgendwelche Vorteile muss das Alter ja haben.«

27

Noch am gleichen Tag brachte ich dem Herrn, der an meiner Tür geklopft hatte, eine Flasche von Arnos Quittenschnaps und eine von Renates selbst gemachtem Eierlikör. In meinem Hochbeet wuchs noch nichts, was sich zur Bestechung eignete. Der Herr strahlte übers ganze Gesicht, gab mir eingeweckte Kirschen mit und versicherte mir, Frau van den Berg habe nichts weiter zu befürchten wegen dieser Beschwerde. Am Abend lag ich wieder unterm Dach meiner Laube.

Hatte Marion recht?, fragte ich mich. Hatte die Gartenarbeit mir dabei geholfen, mich zu finden? Schließlich waren meine Pläne doch alle gescheitert. Aber dann musste ich an Medi denken. Daran, dass ich ihm helfen konnte. Und wie gut es sich angefühlt hatte. Medi war mittlerweile wieder zu Hause und hatte Krankenbesuch von Filiz und Moritz erhalten. Ohne große Aufregung diesmal. Filiz konnte Moritz davon überzeugen, noch ein bisschen zu warten, bevor er offiziell um ihre Hand anhielt. Dass sie sich überhaupt vorstellen konnte, in irgendeiner fernen Zukunft irgendeinem Mann die Erlaubnis dafür zu erteilen, grenzte an eine Sensation. Doch seit die beiden sich versöhnt hatten, brauchte sie ihren Schutzpanzer offenbar nicht mehr.

Wie würde es nun mit mir weitergehen? Ich roch an meinem Kissen. Es duftete noch ganz leicht nach Tim. Sofort spürte ich Sehnsucht in mir aufsteigen. Ich musste an die Worte meiner Mutter denken.

Hauptsache, du folgst dem, was dich glücklich macht. Hauptsache, du fängst endlich an, die Entscheidungen für dich zu treffen.

Was wollte ich? Ich überlegte, was mich dazu veranlasst hatte, Ärztin zu werden. Ich hatte anderen helfen wollen. Ich hatte Kindern helfen wollen. Dieser Wunsch war noch immer in mir.

Plötzlich hörte ich, wie jemand in die dunkle Laube trat. Erschrocken setzte ich mich auf.

»Ina?« Es war Esther. Sie knipste eine Lampe an.

»Hier oben«, antwortete ich erleichtert.

Die Leiter knarrte unter ihren Tritten. Schon erschien ihre Amelie-Frisur im Licht an meinem Fußende. »Du schläfst doch nicht etwa?«

»Die letzten Tage waren anstrengend.«

Sie schnaubte empört. »Von wegen, zieh dich an, heute ist Kneipenchor.«

Ich vergrub mein Gesicht im Kissen. »Och.«

»Keine Widerrede.« Ich musste lachen, weil ich daran denken musste, wie ich Esther vor ein paar Wochen kennengelernt hatte. Wie sie mir aufgetragen hatte, die Chips in Schalen zu füllen, und ich gedacht hatte, sie wäre es gewohnt, anderen vorzuschreiben, was sie zu tun hatten. Auch diesmal gehorchte ich. Ich krabbelte hinter ihr die Leiter runter und schlüpfte in mein von Filiz umgenähtes Sommerkleid. Esther trug heute ein interessantes Ensemble aus enger Hose und bauschiger Bluse, in dem sie – völlig untypisch – nicht vollends versank.

Sie bemerkte meinen Blick und zuckte mit den Schultern. »Filiz.«

Ich nickte anerkennend. »Du siehst hinreißend aus.«

Sie wurde ein bisschen rot. »Danke. Und jetzt komm! Vicky ist bei ihrem Typen, Filiz liegt vermutlich auf oder unter Moritz, und wir müssen jetzt zusammenhalten.«

Auf dem Weg nach draußen kam mir eine Idee. Ich stellte mich auf die Zehenspitzen und entdeckte Marion nebenan beim Wässern ihrer Johannisbeersträucher.

»Marion«, rief ich über den Zaun und sah aus dem Augenwinkel Esthers entsetztes Gesicht. »Hast du heute Abend schon was vor?«

Die Kneipe war auch an diesem Liederabend brechend voll. Zunächst dachte ich, Marion würde sich direkt wieder verabschieden, doch sie versuchte mit versteinerter Miene, bei den ersten Songs – allesamt Neunzigerjahre-Eurodance-Gassenhauer – mitzumachen. Danach ging sie zur Bar und besorgte uns allen etwas zu trinken. Ich musste schmunzeln, als sie zurückkam. Mit ihrem coolen Yogalehrerinnenlook fiel sie gar nicht weiter auf.

Nach einer kurzen Pause ging es mit Kylie Minogue weiter, und Marion legte einen Zeigefinger auf die Lippen: »Ich glaube, das kenne ich!«

Mit vornehmer Körperhaltung und glockenheller Stimme sang sie auch bei Foreigner, Whitney Houston, Wham und Bonnie Tyler mit. Esther warf derweil neben uns entrückt die langen Arme in die Luft. Nach ein paar Liedern starteten die ersten Takte eines Achtzigerklassikers, den ich gut aus dem Radio kannte. Erst als der Text begann, erinnerte ich mich, worum es darin ging.

»I ain't missing you at all«, sang ich leise mit. *»Since you've been gone away.«* Nach und nach wurde ich immer lauter. *»No matter what my friends say.«* Es hatte etwas Reinigendes, das herauszuschreien. Mit jedem gesungenen Wort war es mir egaler, ob es gut klang. Ich schmetterte, bis mir der Hals wehtat. *»Since you've been gone away … I ain't missing you … I ain't missing you, I ain't missing you …«*

Als der Song vorbei war, schnappte ich nach Luft. Esther neben mir hatte aufgehört zu tanzen und sah mich mit großen Augen an. »Hm 'kay.«

Ich schüttelte meine Arme aus. »Puh, das hat gutgetan.«

In diesem Augenblick entdeckte ich hinter ihr Sebastian. Er stand an der gleichen Stelle wie beim letzten Mal und guckte über die Menge hinweg zu mir.

Esther folgte meinem Blick. Sie sah von mir zu ihm. »Wer ist der hübsche Typ?«, fragte sie.

Sebastian hatte sich in Bewegung gesetzt und schlängelte sich zwischen den anderen Gästen hindurch auf uns zu.

»Ina?« Esther stupste mich an. »Kennst du den?«

Jetzt stand er vor mir. Er hatte die Ärmel seines Hemdes hochgekrempelt und den obersten Knopf geöffnet.

»Hi.« Um uns herum strömten die Leute bereits an die frische Luft.

»Ich hol uns noch was zu trinken«, rief Marion.

»Hi«, sagte ich, fasste mit beiden Händen nach Esthers Schultern und schob sie ein Stück vor mich. »Sebastian, das ist Esther.«

Sie streckte irritiert die schmale Hand aus.

»Wonderwoman«, sagte ich mit fester Stimme. »Das ist Ted.«

Die beiden setzten sich draußen auf eine Bank und redeten. Aus der Ferne wirkte es ganz friedlich. Marion, der ich kurz die Lage geschildert hatte, und ich blieben in der Nähe, für den Fall, dass Esther Unterstützung brauchte.

Bis Marion das lauwarme Wasser ausgetrunken hatte, das der Barkeeper ihr in eine große Tasse gefüllt hatte. Sie behauptete, es sei besser als jedes kühle Getränk bei dem Wetter. Sie sah mich prüfend an. »Glaubst du, Wonderwoman braucht ernsthaft unsere Hilfe?«

Ich nickte. »Du hast recht, die kriegen das ohne uns hin.«

Und so gingen wir wieder hinein und sangen weiter. Ich merkte Marion an, dass sie langsam müde wurde. Als wir bei der nächsten Pause erneut in die Dämmerung traten, saß Esther allein auf der Bank.

»Ich überlasse das mal dir«, sagte Marion mit wissendem Blick. »Ich muss zurück in meine ruhige Oase.«

Wir verabschiedeten uns, und sie verschwand mit jugendlich federndem Schritt in Richtung U-Bahn.

Ich setzte mich neben Esther auf die Bank und reichte ihr eine Flasche Wasser. »Oder brauchst du was Härteres?«

Sie sackte etwas in sich zusammen. »Geht schon.«

»Tut mir leid, dass ich nicht eher etwas gesagt habe. Mir ist erst vor wenigen Tagen bewusst geworden, wer Ted ist und dass ich ihn kenne.«

»Hat er mir alles erzählt.« Sie massierte ihre Schläfen.

Gut, dachte ich, dann war er wenigstens ehrlich gewesen. Aus der Kneipe drangen die ersten Takte von »It's my Life«.

Ich versuchte Esthers Gesichtsausdruck im Schein der Straßenlaterne zu deuten. »Wie war es?«

Sie zupfte an ihrem Pony herum. »Seltsam. Ernüchternd.«

»Wieso?«

Sie hatte das Wasser in ihrer Hand noch nicht angerührt. »Wir hatten überhaupt keinen Draht zueinander. In unseren Nachrichten war da so eine Nähe. Und jetzt habe ich begriffen, dass sie fake war.«

»Na ja, ihr kennt euch eben kaum.«

Sie zeigte mit dem Zeigefinger auf mich. »Genau. Es hat sich nur so angefühlt. Aber Menschen sind nicht unbedingt so, wie sie schreiben.«

Jetzt endlich trank sie etwas und verschluckte sich prompt, weil sie lachen musste. »Diese gekrempelte Hose. Und … und dieser trainierte Body und … Unglaublich, dass ich mich so wegen jemandem gequält habe, der gar nicht mein Fall ist.« Sie zuckte schuldbewusst zusammen. »Entschuldige, ich wollte nicht schlecht über ihn sprechen, ich bin nur so … fassungslos.« Sie stellte ihre Flasche neben sich auf die Mauer und legte ihren Kopf in die Hände. »Ich weiß genau, was der für ein Sofa hat.« Sie stöhnte.

Schon lustig, dachte ich. Wenn man jemanden toll findet, kann er eigentlich nichts falsch machen. Er kann einen uncoolen Fahrradhelm tragen und einen abgelebten Trekkingrucksack, er kann einen sabbernden Hund in seinem Bett schlafen lassen und beim Konzert schunkeln – all das wird ein Teil von ihm und damit liebenswert. Wenn man jemanden nicht wirklich mag, sortiert man ihn wegen einer zu hoch gekrempelten Jeans aus.

Esther nahm die Flasche von der Mauer und balancierte sie auf ihrer Handfläche. »Gut, dass du da bist.«

Ich reckte mich zufrieden. »Du hattest recht, es hat echt gutgetan. Schlafen kann ich immer noch.«

Sie rollte die Schultern nach hinten. »Nein, ich meine Hamburg. Gut, dass du nach Hamburg gekommen bist.«

»Ich bin mir da selbst gerade nicht so sicher.«

Sie sah mich streng an. »Doch, sehr gut sogar. Und das nicht nur, weil der Garten jetzt endlich nach einem Garten aussieht und der Vorstand uns erst mal in Ruhe lässt. Bei Vicky hat sich durch diese Charity-Aktion irgendeine Blockade gelöst, sie plant gerade wirklich und wahrhaftig ihre erste eigene Vernissage.«

»Das freut mich.« Ich musste daran denken, dass Toni mich gestern angerufen und sich gefühlte einhundert Mal bedankt hatte. Dabei hatte ich nichts anderes getan, als eine Mail weiterzuleiten.

Esther knuffte mich in die Seite. »Filiz ist quasi verlobt, wer hätte das gedacht.«

Ich nickte heftig. »Allerdings.«

Esther machte eine dramatische Pause. »Und ich …« Sie riss die Arme wie zum Torjubel in die Luft. »Ich habe endlich meine Tinder-App gelöscht.« Sie nahm die Arme wieder runter und legte einen davon um meine Schulter. »Ich glaube, Ina Petersen, wir haben dich gebraucht.«

Dieser Satz klang noch in mir nach, als ich mich einige Zeit später mit meiner Bettdecke in die Hängematte kuschelte. Die Luft war so mild und klar, dass ich beschlossen hatte, draußen zu schlafen. Ein paar kleine weiße Wolken zogen über den schwarzen Nachthimmel. Dazwischen blitzten die Sterne. Ich hörte Marion nebenan mit ihrer Opernstimme leise Kylie Minogue singen. Ich war also nicht die Einzige mit einem neuen Ohrwurm.

Ich glaube, Ina Petersen, wir haben dich gebraucht.

Esthers Worte rührten mich. Vielleicht war es tatsächlich so. Alles ergab mit einem Mal einen Sinn. Ich hatte nicht die Stelle bekommen, die ich mir gewünscht hatte. Tim hatte mich bitter enttäuscht. Ich wohnte immer noch in einer Gartenlaube. Aber so viel anderes hatte sich gefügt. Es war nicht alles umsonst gewesen.

Erneut fragte ich mich: Was will ich denn? Und dann, mit einem Mal, wusste ich die Antwort. Vermutlich war sie immer schon da gewesen. Aber hier und jetzt, in meiner Hängematte mitten in der Nacht, unter Hamburgs Großstadtsternenhimmel, konnte ich sie endlich auch sehen.

28

Einen Tag später machte ich mich erneut auf den Weg in die Kinderstation des Universitätskrankenhauses. Ich wusste, dass ich Sophie noch nicht würde besuchen dürfen, aber ich wollte nachfragen, wie es ihr ging. Und ich hatte noch eine andere Mission. Ich sah im Schwesternzimmer nach Lennard, im Besprechungszimmer und in der Personalküche. Aber ich fand ihn nicht. Bestimmt hatte er gerade Visite. Oder gar keinen Dienst. Ärgerlich, ich musste ihm unbedingt von meiner etwas verrückten Idee erzählen. Schließlich hatte ich ihm bei der Suche nach Sophies Spender geholfen, und irgendetwas sagte mir, dass er nun mir helfen würde.

Ich unternahm gerade einen letzten Versuch im Wartebereich, als Lennards Chefin Dr. Ludwig aus ihrem Büro trat.

»Oh, hallo«, sagte ich.

»Guten Tag«, murmelte sie, völlig vertieft in eine Akte.

Ich ging schon weiter, als ich sie hinter mir rufen hörte: »Entschuldigen Sie?«

Ich drehte mich wieder um.

Sie hatte den Blick von der Akte gehoben und musterte mich. »Sie waren das mit den Plakaten, oder? Für Sophie Hausmann?«

Ich spürte, wie sofort meine Wangen glühten. »Stimmt. Ich bin froh, dass wir etwas beitragen konnten.«

Zu meiner Überraschung verzog sich ihr Mund zu einem so breiten Lächeln, dass ihre Augen zu schmalen Schlitzen wurden. »Stapeln Sie immer so tief?«

Ich musste ebenfalls lächeln. »Ich fürchte, ja.«

Sie wurde wieder ernst. »Ich möchte mich jedenfalls bei Ihnen bedanken. Im Namen der ganzen Abteilung und der Onkologie, ohne Ihre Hilfe … Sie haben einen gut bei uns.«

Und das war der Moment, in dem ich dachte: Du machst das jetzt. Du musst das jetzt machen. Dafür brauchst du Lennard gar nicht.

Ich streckte den Rücken durch. »Könnte ich vielleicht kurz mit Ihnen sprechen? In eigener Sache?«

Sie schaute auf ihre Uhr. »Ein paar Minuten habe ich.«

»Ich fasse mich kurz«, versicherte ich.

Sie ging zurück in ihr Büro und schloss die Tür hinter uns, dann zeigte sie auf einen Stuhl vor ihrem Schreibtisch und ließ sich in ihren Ledersessel sinken, der riesig wirkte, weil sie so zierlich war. »Schießen Sie los!«

Noch im Hinsetzen sagte ich: »Ich würde gern hier arbeiten.«

Sie legte die Hände zur Merkel-Raute. »Ach.«

Ich rutschte auf meinem Stuhl bis vorn auf die Kante.

»Ich bin Fachärztin für Innere Medizin und habe mich bei Ihren Kollegen beworben, mir wurde vor ein paar Tagen abgesagt. Zunächst war ich enttäuscht, dann dachte ich an die vielen anderen Kliniken, an denen ich mich bewerben könnte. Und schließlich wurde mir bewusst, dass es vielleicht die Chance ist, meinen Traum doch noch wahr werden zu lassen und in die Pädiatrie zu wechseln.«

Sie musterte mich interessiert. »Wieso sind Sie dort nicht gleich nach dem Praktischen Jahr hingegangen?«

»Familiäre Verpflichtungen, ein Partner, der in einer anderen Stadt arbeitete, falsche Entscheidungen …« Ich spürte, wie meine Stimme mir davongaloppierte, aber ich ließ sie, die Frau hatte nicht viel Zeit. »Bedauerlicherweise habe ich stattdessen an einer Klinik angefangen, die keine Kinderklinik hatte.«

Sie nickte interessiert.

»Aber dieser Traum hat mich nie losgelassen.«

Mit einer Hand am Kinn sah sie mich ernst an. »Sie würden einen Teil Ihrer Facharztzeit angerechnet bekommen, aber Sie müssten noch einmal eine neue Ausbildung machen.«

»Ich weiß.«

Sie nickte erneut. »Sie sind eine Freundin von Tim, oder? Ein super Kollege, wir haben zusammen studiert.«

Stimmt, die beiden kannten sich. Lass sie nichts wissen, dachte ich.

Ich schluckte. »Ja, stimmt.«

»Hat er noch Ihre Unterlagen?«

»Nein, aber ich habe sie dabei.« Ich zog meine Mappe aus der Tasche. Ich reichte sie ihr, und sie nahm sie entgegen. Blätterte darin. Und gab mir dann ein Blatt zurück. »Das ist da doppelt drin.«

Ich blickte auf das Papier in meiner Hand. Es handelte sich um das Zeugnis vom zweiten Staatsexamen, das Tim noch einmal von mir haben wollte, weil er es angeblich verloren hatte.

Noch während ich mich fragte, ob das Ganze nur ein Vorwand gewesen war, um mich zu treffen, klappte Frau Dr. Ludwig meine Mappe zu und stand auf. »Ich melde mich bei Ihnen.«

29

»Einmal Pommes rot-weiß.« Die Verkäuferin am Marktstand reichte mir eine Pappschale vom Wagen herunter. Diese Pommes hatte ich mir nach der ganzen Aufregung verdient, würde Mama sagen. Ich tauchte sie genüsslich in Ketchup und Mayo und warf sie mir in den Mund. Dabei schlenderte ich über den Markt. Vorbei am Stand mit den elf Apfelsorten aus dem Alten Land, dem Biogemüsehändler und Aydas Feinkostwagen. Sie selbst stand heute nicht hinter der Theke. Sie arbeitete gerade weniger, um für Medi da zu sein, bis er wieder ganz fit war. Die Ärzte hatten ihnen einen Schreck eingejagt, als sie sagten, dass es bei seinem erhöhten Blutdruck nur eine Frage der Zeit war, bis Schlimmeres passierte als ein Kreislaufzusammenbruch. Filiz war gestern noch vorbeigekommen und hatte mir erzählt, dass es ihm schon wieder ein bisschen zu gut gehe und sie ihn mit Chips und Schokolade vor dem Fernseher erwischt habe. Dabei hatte Ayda ihn eigentlich auf strikte Diät gesetzt und eine Personal Trainerin engagiert, die ihn zweimal die Woche die Treppen vor dem Haus rauf- und runterjagte, sehr zum Leidwesen von Filiz' Vater.

Ich kaufte ein paar glänzend rote Kirschen an einem

Obststand und verstaute sie in meiner Tasche. Als ich weitergehen wollte, stand Sebastian vor mir. Er trug seine Laufklamotten und hielt eine dieser sauren Gurken in der Hand, die er so gern mochte.

»Hey«, grüßte er mich.

»Hey«, antwortete ich. Dann hielt ich ihm meine restlichen Pommes hin, die mittlerweile kalt waren. »Darfst du jetzt wieder, wie war der Marathon?«

Er musterte die Reste in meiner Hand. »Ist gut gelaufen, neue persönliche Bestzeit. Trotzdem nein, danke.«

»Oh wow, Glückwunsch!« Ich knickte die Schale zusammen. »Und danke auch noch. Für das schöne Foto, das du von mir gemacht hast.«

Er blickte auf seine Laufschuhe. »Ich kann immer nur mit dem Material arbeiten, was da ist.«

Ich verzog die Lippen zu einem Lächeln, das er vorsichtig erwiderte. »Danke für das Kompliment.«

Wir lächelten beide eine Weile in uns hinein.

»Cool, dass du dich mit Esther aussprechen konntest«, sagte ich schließlich.

Er sah knapp an mir vorbei. »Ist die Sache damit aus der Welt?« Jetzt grinste er mich doch schräg an, wobei er ziemlich gut aussah.

Ich nestelte an der Pommesschale herum. »Für mich schon.«

Er zog die Augenbrauen zusammen. »Wann sehen wir uns mal?«

»Nun.« Ich stellte mich etwas gerader hin. »Als Freunde jederzeit gern.«

Er seufzte leise. »Verstehe.«

»Ich wünschte, es wäre anders. Ich mag dich. Aber eben nicht so.«

Sebastian strich sich mit der freien Hand durch die Haare. »Na dann… Wenn ich mal nach Hause fahre, kann ich dich mitnehmen. Und wenn du joggen oder paddeln gehen willst…«

Ich lachte erstaunt auf. »Dann melde ich mich sofort.«

Er lachte mit, und es wirkte irgendwie befreit auf mich.

Ich beugte mich vor und umarmte ihn. Er drückte mich überraschend innig zurück. »Pass auf dich auf«, sagte ich. »Bis bald.«

»Du auch. Tschau.« Er biss in seine Gurke und winkte mir im Gehen.

Renate hat unrecht, dachte ich. Er sieht nicht nur gut aus, er ist auch wirklich ein Lieber. Er mag nicht zu mir passen, aber es war nur eine Frage der Zeit, bis er eine Frau sehr glücklich machen würde. Vermutlich eine, deren Bauchmuskeln sichtbar wurden, wenn sie lachte.

Ich warf meine Pommesreste in den Mülleimer und wollte mich gerade auf den Weg zum Kartoffelstand machen, als ich den Hund bemerkte, der zwischen den Beinen einiger anderer Marktbesucher hindurch auf mich zugeschossen kam. Er zog seine Leine hinter sich her übers Pflaster und sprang jaulend an mir hoch. Ich ging in die Hocke und streichelte ihn.

»Murmel, hey, hallo!«

Wie ein Ball hüpfte die Bulldogge in die Höhe und versuchte, mir übers Gesicht zu schlecken. Beinahe hätte ich das Gleichgewicht verloren. Begeisterungssabber tropfte von der grau-weiß gefleckten Schnauze auf die Pflastersteine vor mir. Da sah ich die Füße, die neben uns stehen geblieben waren. Schmale Füße in Riemchensandalen. Mit hellrosa Nagellack. Mein Blick wanderte die Stoffhosenbeine hinauf bis zu Katrins freundlichem Gesicht.

»Murmel, du Racker, was treibst du denn hier?«

Sie hat ein nettes Lachen, dachte ich.

»Entschuldigung, ich hatte beim Bezahlen kurz die Leine locker gelassen, und weg war er. Murmel!« Selbst wenn sie streng sein wollte, klang sie lieb. Sie hockte sich so nah vor mich, dass ich die feinen Linien um ihren Mund erkennen konnte. Ansonsten entdeckte ich keinen Makel. Die Frau sah tatsächlich aus wie auf ihren Fotos. Sie war ungefähr in meinem Alter, das wusste ich ja. Aber sie war eben nicht seine Praktikantin gewesen.

»Komm her, du Mausehund.« Sie streckte ihre gepflegte Hand aus, von deren Gelenk zierliche Armbänder baumelten, und wollte Murmel am Halsband fassen, aber er sprang immer noch an mir hoch. Erst jetzt sah sie mich richtig an. »Kennt ihr euch?«

Ich öffnete den Mund. Nun wäre es hilfreich, über so etwas wie ein Pokerface zu verfügen. Oder Spontaneität. Es wäre toll, einfach locker sagen zu können:

»Ich bin eine Kollegin deines Mannes.« Stattdessen starrte ich sie wie gelähmt an.

In den Sekunden, in denen ich nichts sagte, veränderte sich etwas in Katrins Gesicht. Sie sah immer noch freundlich aus, aber wachsamer. »Verstehe«, sagte sie leise.

Was meinte sie? Was wusste sie überhaupt? Murmel hatte sich auf meinen Füßen niedergelassen und ließ sich von mir kraulen.

Katrin lachte auf, nicht bitter, eher überrascht, als wäre ihr gerade die Lösung zu einem Rätsel eingefallen. »Dann bist du wohl die Frau, in die mein Mann sich verliebt hat.«

Mir war mittlerweile so flau, dass ich sicher umkippen würde, wenn ich versuchte aufzustehen. Also blieb ich, wo ich war. Katrin hob die Leine auf und zog Murmel vorsichtig von meinen Füßen, dann richtete sie sich auf. Ich brauchte etwas länger, bis ich stand. Wie erwartet, wurde mir schlagartig schwindelig, aber ich konnte mich aufrecht halten.

Fieberhaft überlegte ich, was ich erwidern könnte, als sie hinzufügte: »Na dann!« Und sich umdrehte.

Und dann kam doch etwas aus meinem Mund: »Es tut mir leid«, presste ich hervor, was ich direkt bereute.

Sie wendete sich wieder zu mir, noch immer mit freundlich-wachsamem Blick. »Was genau?«

Das hier wurde immer schlimmer.

Was auch immer in meinem Gesicht geschrieben stand, Katrin verstand es. Sie nickte nur. »Wenn du dir wünschst, dass ich jetzt sage, kein Problem, macht gar nichts, dann muss ich dich leider enttäuschen.«

»Nein, nein«, brachte ich hervor.

Sie guckte auf den hechelnden Hund zu ihren Füßen, der mich anschaute. »Aber ich kann dir gern die Illusion nehmen, dass du der einzige Grund warst.« Ihre manikürten Finger gestikulierten in der Luft. »Es gab eine Million Gründe.« Sie bückte sich und kraulte Murmel, der nun ergeben zu ihr aufsah. »Tja ... Der Hund mag dich anscheinend«, stellte sie fest, dann warf sie mit einer Hand ihr glänzendes Haar zurück und zog die Bulldogge hinter sich her.

Wie gelähmt sah ich zu, wie sie sich entfernte. Ich konnte sie doch nicht einfach so gehen lassen. Ich musste sie aufhalten. Und dann hörte ich mich plötzlich rufen: »Gründe wofür?«

Sie drehte sich um und sah mich fragend an. Trotz mehrerer Meter Entfernung konnte ich sehen, dass diese Begegnung auch an ihr nicht spurlos vorüberging.

»Es gab eine Million Gründe wofür?«, wiederholte ich etwas lauter.

Katrin schüttelte ungläubig den Kopf. »Dass er nicht über solche Dinge spricht zum Beispiel, ist einer davon.« Sie lachte erneut auf, wieder klang es erstaunt. »Unverbesserlich.« Sie schenkte mir ein letztes, schmales Lächeln über die Schulter. »Schönen Tag, Ina.«

Und weg war sie. Ich stand noch minutenlang da und versuchte, mein Gleichgewicht wiederzufinden.

Einige Wochen später

Ausgerechnet an diesem Morgen war ich spät dran. Ich trat in die Pedale, aber mein Fahrrad erschien mir ungewohnt schwerfällig. Gingen alle Hamburger Straßen neuerdings leicht bergauf? Ich fuhr über eine Brücke und sah kurz aufs schimmernde Wasser des Fleetes. Ich würde da jetzt gern reinspringen, dachte ich und schüttelte sofort über mich selbst den Kopf. Meine Zeit im Garten hatte doch nicht etwa einen Draußi aus mir gemacht, der Outdooraktivitäten wie schwimmen mochte? Nein, das war sicher nur meine Nervosität. Ich checkte die Uhrzeit auf meinem Handy. Noch zehn Minuten. Mist! Wieso hatte ich mich dazu hinreißen lassen, gestern Abend noch eine Flasche Wein mit den Mädels aufzumachen? So was machte man doch nicht vor einem Tag wie diesem. Sondern danach. Aber es war, wie Filiz gesagt hatte: Meine neuen Mitbewohnerinnen fanden immer einen Grund zum Feiern. Seit wir alle zusammen Filiz' Sachen gepackt und zu Moritz runtergetragen hatten, wohnte ich offiziell in ihrem Zimmer bei Esther und Vicky. Inoffiziell verbrachte ich noch den Großteil der Nächte in der Laube. Aber die Tage wurden bereits kürzer, und bald würde es wohl nachts zu kalt werden. Wenn ich vollständig in die WG zog, bekäme ich hoffentlich Filiz etwas öfter zu Gesicht. Sie arbeitete gerade noch mehr als ohnehin schon. Seit sich die Bestellerin der zwölf Brautjungfernkleider als Influencerin mit Millionen-Reichweite herausgestellt hatte, deren Hochzeitsbilder das Internet fluteten, konnte meine Freundin sich vor Aufträgen nicht mehr retten. An Samstagen bildete sich schon mal eine Schlange vor dem Laden, die bis auf die Terrasse des Cafés im Vorderhaus reichte. Gestern beim Wein hatte Filiz angekündigt, mindestens eine zusätzliche Näherin einstellen zu wollen, damit sie überhaupt hinterherkam. Und damit sie noch Zeit für Moritz und Fine hatte.

An einer roten Ampel schaute ich erneut aufs Handy. Noch fünf Minuten. Auf meinem Display ploppte ein Selfie von Renate auf mit einer Flasche Eierlikör in der Hand und dem Text: *Freue mich schon auf heute Abend*. O Mann, dachte ich, bestimmt war ich nachher zu kaputt für Karnevalslieder, vor allem, seit Marion mitkam und voller Ehrgeiz verlangte, dass wir sie mehrstimmig sangen.

Noch vier Minuten. Ich trat so fest in die Pedale, dass mir schwindelig wurde. Dann tauchte endlich das Klinikgelände vor mir auf. Mit zittrigen Fingern schloss ich mein Rad an und eilte zum Eingang.

Lennard stand davor und kontrollierte seine massive Markenarmbanduhr. »Fast pünktlich«, sagte er lapidar. »Ich soll dich in Empfang nehmen.«

»Cool.« Ich konnte kaum sprechen, so sehr keuchte ich. Er rückte seine runde Brille zurecht. »Ich gebe dir die Tour, okay?«

Ich tippte mir an die Stirn wie ein Matrose. »Bin an Bord.«

Er sah mich fragend an.

»Für deine Tour«, sagte ich.

Er nickte nur verständnislos und lief los.

Während Lennards »Tour« durch die Gänge der Kinderklinik rauschte mir der Kopf. Es gab so viel, was ich mir merken musste. Allein die Namen der neuen Kolleginnen und Kollegen, die uns über den Weg liefen und mich freundlich begrüßten.

Bei der Visite folgte ich meiner neuen Chefin von Raum zu Raum. Als wir am Bett eines kleinen Jungen standen, dem am Vortag ein vermutlich zum Glück gutartiger Tumor entfernt worden war, wurde mir bewusst, dass ich in diesem Zimmer bereits gewesen war. Das Paw-Patrol-Bild an der Wand kam mir bekannt vor. Und die bunten Pompons am Tropfständer, die hatte Sophie offenbar hiergelassen. Ich lächelte in mich hinein. Heiners Enkelin war seit einigen Tagen wieder zu Hause. Es ging ihr schon wieder ziemlich gut. Sie musste sich noch schonen, aber fürs Wochenende war ein erster Ausflug in den Garten geplant.

Nach der Visite nahm Frau Dr. Ludwig mich beiseite. »Ich kann heute leider nicht mit Ihnen in die Kantine gehen, weil ich noch einen Termin habe, aber wir holen das bei Gelegenheit nach.«

»Klar, kein Problem.«

Sie lächelte mich breit an. »Schön, dass Sie bei uns sind, Frau Petersen.«

Ich sah ihr nach. Ihr Arztkittel bauschte sich bei jedem energischen Schritt den Gang hinunter um ihre zierliche Gestalt. Ein feierliches Gefühl überkam mich. Ich war wirklich hier. Nach all den Jahren. Trotz allem. Ich würde Kinderärztin werden. Wie ich es Merle versprochen hatte. Und mir selbst.

Ergriffen suchte ich nach Lennard und fand ihn an der Kaffeemaschine.

»Hast du schon eine Mittagsverabredung?«, fragte ich meinen neuen Kollegen.

Er drückte auf die Taste für einen doppelten Espresso. »Das schaffe ich heute leider nicht.«

»Schade.«

»Aber gern die Tage mal.« Er sah mich mitleidig an, während die Maschine brummend braune Brühe ausspuckte. »Aber mach du ruhig eine Pause, du siehst blass aus.«

»Ja, ich glaub, die brauche ich«, gab ich zu. »So viel Neues.«

Er kippte den Kaffee hinunter. »Später erkläre ich dir mehr über die Strukturen auf der Station.«

Ich nickte amüsiert. »Ich kann es kaum erwarten.«

Er wandte sich zum Gehen, und ich sah auf die Uhr. Zwölf Uhr mittags. Kurzerhand beschloss ich, allein in die Kantine zu gehen. Schließlich war mein Arbeitstag noch lange nicht zu Ende, und ich brauchte dringend eine Stärkung.

Die Kantine sah nicht mehr so aus, wie ich sie in Erinnerung hatte. Es gab einen neuen Anbau aus Glas, von dessen hohen Decken Designerlampen hingen. Das Ganze erinnerte mich vom Look her ein bisschen an den Coffeeshop gegenüber Sebastians Wohnung.

Beim Blick auf die Tafel mit dem heutigen Speisenangebot wurde mir ebenfalls bewusst, dass die Nullerjahre hinter uns lagen. Es standen zwar noch die gute alte Currywurst und der Spinat-Feta-Auflauf mit Lachs darauf, daneben aber auch eine vegane Quinoa-Pfanne sowie ein vegetarischer Grünkern-Burger. Dann blieben meine Augen am Tagesgericht hängen: Matjesteller mit Bratkartoffeln. Ausgerechnet. Ich sah uns wieder vor mir: Tim und mich, wie wir in der Schlange standen und uns so angeregt unterhielten, dass die Dame hinter der Essensausgabe laut werden musste, um uns darauf aufmerksam zu machen, dass wir dran waren. Ich erinnerte mich daran, wie wir immer einträchtig den Tisch ganz hinten in der Ecke ansteuerten. Einmal wollte sich uns ein neuer Assistenzarzt anschließen. Tim hatte mich lange angeschaut und dann, ohne den Blick von mir zu wenden, gesagt: »Wir sind heute zu einem Gespräch verabredet, gern ein anderes Mal.« Er war so freundlich dabei, dass der Kollege ihm nicht mal böse war. Mich hatte er angestrahlt, auf diese Art, bei der mir warm wurde. Wenn ich ehrlich war, war mir noch nie zuvor warm geworden, wenn jemand mich anlächelte. Nie, bevor ich Tim traf. Wenn ich jetzt an diese Szene dachte, hier in der Kantinenschlange, sah ich es erneut glasklar vor Augen. Nichts davon hatte ich mir eingebildet. Alles war genau so gewesen, wie ich es vermutet hatte.

Ich bestellte meinen Matjes und eine Cola und sah mich im hell erleuchteten Raum um. Die meisten Tische waren besetzt. Ich kannte hier noch niemanden, zu dem ich mich hätte setzen können. Da kam mir eine Idee. Ich lief durch die Tischreihen bis zum alten Teil der Kantine. Wo es nicht mehr ganz so hell war und nur noch einzelne kleinere Tische standen. Und dann entdeckte ich ihn. Unseren Tisch. Er war noch da, noch immer tief unter die Dachschräge geschoben, so, dass man achtgeben musste, sich beim Aufstehen nicht den Kopf anzustoßen. Und an diesem Tisch saß: Tim.

Kurz blieb ich stehen, das Tablett in den Händen. Dann ging ich auf ihn zu. Er hob den Kopf, sah mich. Etwas in seinem Gesicht veränderte sich. Einen Meter vor seinem Tisch blieb ich stehen. »Ist hier noch ein Platz frei?«

»Aber so was von.« Er lächelte leicht, offensichtlich unsicher, ob ich schon so weit war, wieder gemeinsam mit ihm zu lächeln.

Ich schaute auf seinen Teller. Darauf glänzte der Matjes neben den Bratkartoffeln. Alles noch unberührt.

»Herzlichen Glückwunsch zu deinem ersten Tag als angehende Kinderärztin«, sagte Tim. Seine Stimme klang belegt.

Ich stellte mein Tablett ab und setzte mich ihm gegenüber. »So ein Zufall, dich hier zu sehen.«

Er wiegte sachte den Kopf hin und her. »Eigentlich nicht. Sagen wir: Ich hatte den Platz für dich frei gehalten.«

Frau Dr. Ludwig musste ihm erzählt habe, dass ich heute anfing. Ich sah ihn erstaunt an. »Ich hätte mit Kollegen essen gehen können oder mich irgendwo an einen Gemeinschaftstisch setzen. Oder überhaupt keine Zeit für eine Pause haben.«

Tims Gesichtsausdruck wurde weich. »Ich habe darauf gesetzt, dass du immer noch die Ina bist, die ich kenne.«

Und dann tat er das vielleicht Freundlichste, was er hätte tun können. Er fing einfach an zu reden. Er sprach über seinen Vormittag auf der Station, davon, dass manche Kolleginnen die neue moderne Kantine ungemütlich fanden und dass Murmel gestern Abend Bauchschmerzen von einem Dönerrest im Park bekommen hatte, den er ihm nicht schnell genug entwenden konnte. Ich musterte ihn unauffällig und dachte: Mit mir spricht er. Und nach einer Weile redete ich einfach mit. Irgendwann hatten wir unseren Matjes aufgegessen. Und dann konnte ich nicht mehr anders: Ich lächelte zurück. Die Erleichterung in Tims Gesicht rührte mich.

Viel zu schnell war die Mittagspause vorbei. Tim sah auf die Uhr. »Ich will dich noch kurz etwas fragen.«

Mein Herz rutschte ein Stück tiefer, weil ich befürchtete, dass nun die Frage käme, ob ich ihm verziehen hatte. Und weil ich nicht sicher war, was ich darauf erwidern sollte.

Aber er lächelte mich nur weiter an. »Falls die Arbeit es morgen irgendwie zulässt: gleiche Zeit, gleicher Ort?«

Ich ließ mir ein paar Sekunden Zeit. Erhob mich, nahm mein Tablett. Ging neben ihm her zur Rückgabe. Stellte es hinter seinem aufs Band und sagte: »Einverstanden.«

In diesem Moment griff er nach meiner Hand. Seine Augen füllten sich mit Tränen. »Ich bin so froh, dass du endlich da bist.« Seine Stimme klang kratzig. »Hier, heute.« Er drückte sanft meine Finger. »In diesem Leben.« Dann machte er einen Schritt auf mich zu und umarmte mich. Umarmte mich, mitten in der Kantine, an der Geschirrrückgabe, mit vollem Körpereinsatz, sodass ich ein Stück über dem Boden schwebte. Meine Nase lag an seiner Schulter, und trotzdem konnte ich es riechen. Sogar durch den Arztkittel hindurch konnte ich es riechen. Er roch nach etwas Vertrautem. Nach etwas, das zu mir gehörte.

DIY-SPAß AUS PARZELLE 127

Arnos süße Brötchen

DAS BRAUCHST DU:

Für den Teig:

- 300 g Dinkelmehl
- 80 g Zucker
- 250 g Quark
- 50 ml Milch
- 75 ml Öl
- 1 Päckchen Backpulver

Für die Füllung:
(entweder eine Füllung für die ganze Teigmenge oder je ein Drittel, um alle zu probieren)

NUSS-ROSINEN-FÜLLUNG:

- 120 g gehacktes Studentenfutter

SCHOKO-FÜLLUNG:

- 120 g Schokotropfen oder gehackte Blockschokolade

APFEL-ZIMT-FÜLLUNG:

- 120 g klein geschnittene Äpfel
- 2 TL brauner Zucker
- 1/2 TL Zimt

Zucker mit Zimt vermischen, die Apfelstückchen in der Mischung wenden

UND SO BACKST DU DEINE BRÖTCHEN:

1. Backofen auf 175 Grad (Umluft) vorheizen.
2. Das Backpulver in einer Schüssel gut mit dem Mehl vermischen, dann mit Zucker, Quark, Milch und Öl verkneten.
3. Die jeweilige Füllung unterheben.
4. Mit angefeuchteten Fingern etwa 20 Brötchen formen und auf einem gefetteten oder mit Backpapier ausgelegten Backblech ca. 20 Minuten goldbraun backen.

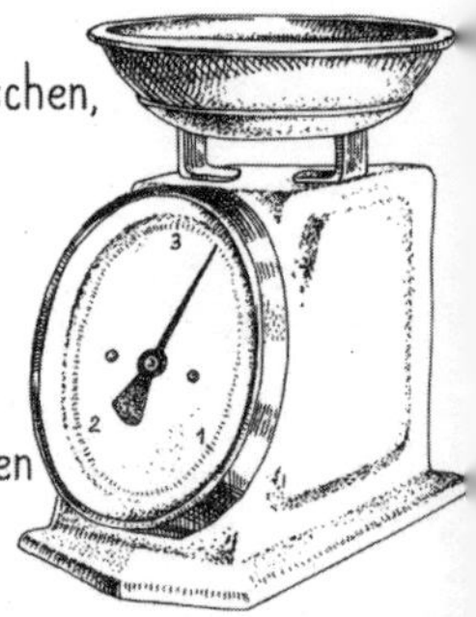

Heiners Overnight-Müsli

DAS BRAUCHST DU:

- 1 EL Chiasamen oder Leinsamen
- 3 EL feine Haferflocken
- 2 EL geraspelter Apfel
- 1 EL Rosinen
- 2 EL Joghurt (Heiner nimmt Schafsjoghurt oder Kokosjoghurt)
- 100 ml Milch (Heiner schwört auf Reismilch)

SO MISCHST DU DEIN MÜSLI:

Alle Zutaten am Vorabend in einer verschließbaren Dose oder einem Weckglas gut vermengen, abdecken und über Nacht in den Kühlschrank stellen. Am nächsten Morgen am besten eine halbe Stunde vor Verzehr rausnehmen und noch einmal umrühren. Schmeckt fantastisch mit frischen Beeren garniert.

Renates Eierlikör-Cocktails

Kikeriki

- 5 cl gut gekühlter Eierlikör
- 10 cl Orangenlimonade
- Orangenschale

ZUBEREITUNG:
Eierlikör und Limonade in ein Glas geben und kurz umrühren. Mit Orangenschale garniert servieren.

Fluffy Duck

- 3 cl Gin
- 2 cl Cointreau
- 3 cl Eierlikör
- 2 cl Orangensaft
- Sodawasser

ZUBEREITUNG:
Alle Zutaten bis auf das Sodawasser gut im Shaker mischen. Durch ein Sieb in ein Glas mit Eiswürfeln gießen und mit Sodawasser aufgefüllt servieren.

Esthers Hangover-Grilled-Cheese-Sandwich

DAS BRAUCHST DU:

- Toastbrot oder Weißbrot
- geriebenen Cheddar
- Butter
- fein geschnittene Essiggurken

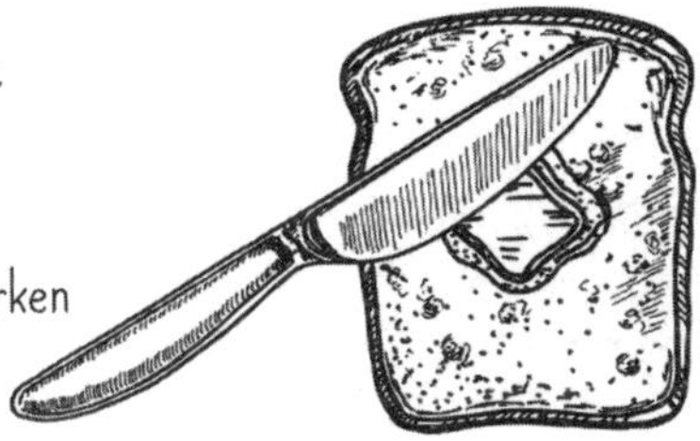

ZUBEREITUNG:

Pro Portion zwei Scheiben Brot auf beiden Seiten großzügig buttern und eine Seite in der Pfanne bräunen. Auf eine der Oberseiten ordentlich Cheddar streuen, ein paar Scheiben Essiggurken dazulegen und dann die andere Scheibe draufklappen. Auf den Deckel des so entstandenen Sandwiches etwas Cheddar streuen und umdrehen, braten, bis er knusprig ist. Derweil die andere Seite mit Cheddar bestreuen, das Sandwich wieder wenden und auch diese Seite knusprig braten.

Inas Pflanztipps

(NICHT NUR FÜRS HOCHBEET)

- Platziere deine Pflanzkästen oder Blumentöpfe am besten an einer Wand an einem sonnigen Ort, denn die meisten Gemüsesorten mögen es warm und windstill.

- Karotten benötigen mindestens 40 cm tiefe Gefäße zum Wachsen, für Gurken und Tomaten sollten sie einen Durchmesser von 35 cm haben und mindestens ebenso tief sein.

- Die Erde, in der du dein Gemüse ziehst, sollte mit reifem Kompost angereichert sein und ab Juni alle ein bis zwei Wochen mit etwas Flüssig-Gemüsedünger im Gießwasser versorgt werden, damit die Pflanzen genug Nährstoffe bekommen.

- Radieschen sind besonders pflegeleicht und wachsen schnell. Man kann sie zwischen April und September aussäen und schon nach rund vier Wochen ernten. Als Nachbarn eignen sich Möhren, Tomaten, Bohnen, Erbsen oder Salat.

- Salat lässt sich super einfach auf dem Balkon oder auch auf der Fensterbank ziehen, etwa Feldsalat, Rucola und Lollo rosso. Aussäen kannst du ihn von März bis August, möglichst mit einem Abstand von ca. 15 cm zwischen den Pflanzen. Wenn du bei Blattsalat nur die äußeren Blätter erntest, wachsen sie nach und du hast immer wieder frischen Salat. Vorsicht: Salat verträgt sich nicht gut mit Sellerie, Petersilie und Rüben.

- Daneben sehen Blumen sehr hübsch aus – am besten solche mit essbaren Blüten. Nicht nur locken sie Bienen, Hummeln und andere Insekten an, die bei der Befruchtung deiner Pflanzen helfen – sie schmecken auch richtig gut. Mit den gezupften Blättchen von Kornblumen, Gänseblümchen oder Kapuzinerkresse kannst du zum Beispiel Salat, Dips, Marinaden oder Kräuterbutter aufpeppen. Getrocknet passen etwa Rosen, Veilchen, Lavendel oder Ringelblume gut in Kräutersalz oder eignen sich als farbenfrohes Topping für Kekse.

Filiz' Upcycling-Gartenschürze

DAS BRAUCHST DU:

- eine alte Jeans, die dir 1–2 Nummern zu groß ist
- eine gute Stoffschere
- Futterstoff für die Innenseite, evtl. ein breites Baumwollband
- Nadel und Faden

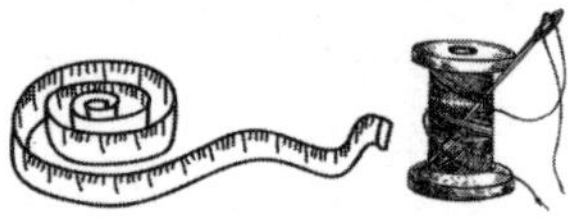

UND SO GEHT ES:

- Schneide beide Hosenbeine ein Stück unter dem Knie ab, trenne dann die Naht innen bis zum Schritt heraus und nähe die beiden Teile vorne wie bei einem Rock zusammen.

- Drehe die Jeans um und schneide sie hinten an beiden Seiten außen neben den Taschen bis unten durch.

- Trenne die Naht des einen übrigen Hosenbeins heraus und nähe den Stoff vorne als Schürzenlatz an.

- Für die Schürzenbänder schneidest du den anderen Jeansbeinrest in Streifen (oder du nimmst ein breites Baumwollband). Nähe die Enden der Schürzenbänder oben am Schürzenlatz und seitlich an der Hüfte an (alternativ kannst du die Bänder am Bund auch an jeder Seite an einer Gürtelschlaufe festknoten).

- Schneide den Futterstoff nach den Umrissen der Schürze zu, lege beide Teile mit der rechten Stoffseite aufeinander und nähe sie ringsum zusammen. Lass dabei eine ca. 20 cm große Lücke, durch die du anschließend die Schürze auf rechts drehst. Nähe die Lücke zu, bügle die Ränder glatt und nähe noch einmal ca. 0,5 cm vom Rand entfernt um die ganze Schürze.

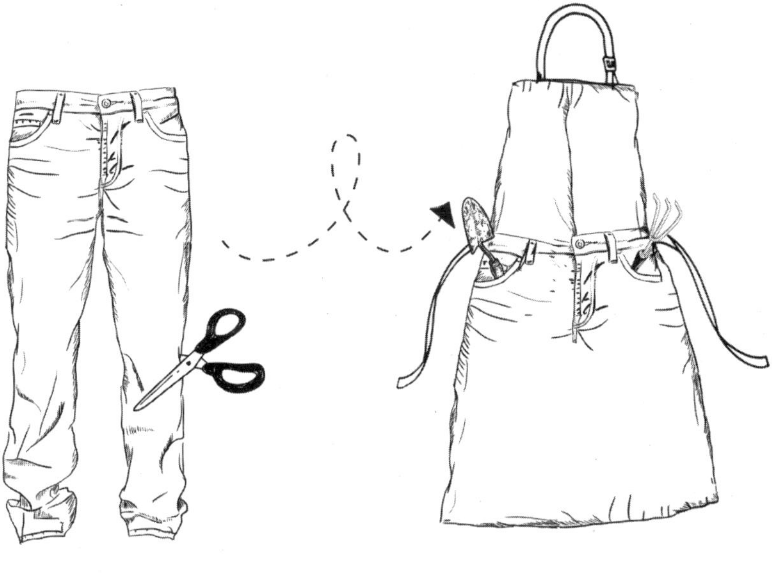

Vickys Playlist mit wütenden Frauen

- Alanis Morissette: You Oughta Know
- Taylor Swift: We Are Never Ever Getting Back Together
- Pink: So What
- Beyoncé: Irreplaceable
- Julia Kautz: Cheers
- Rihanna: Take a Bow
- Beverly Knight: Gold
- Kelly Clarkson: Since U Been Gone
- Halsey: Bad at Love
- Fiona Apple: Criminal
- Anouk: Nobody's Wife
- Ariana Grande: Thank U, Next
- Kelis: Caught Out There

- Janet Jackson: What About
- En Vogue: Too Gone, Too Long
- Selena Gomez: Lose You to Love Me
- GAYLE: abcdefu
- Olivia Rodrigo: good 4 u
- Katy Perry: Roar
- No Doubt: Ex-Girlfriend
- The Band Perry: Done
- Jazmine Sullivan: Bust Your Windows
- Lily Allen: Fuck You
- Dua Lipa: IDGAF
- The Chicks: Not Ready to Make Nice
- Ashlee Simpson: I Am Me
- Christina Aguilera: Fighter
- Sia: Unstoppable
- Lizzo: Good As Hell

Ich danke …

… dir. Dir, die oder der du dieses Buch in deinen Händen hältst. Dass du Inas Geschichte gelesen hast, bedeutet mir mehr, als du dir vermutlich vorstellen kannst. Ich hoffe, sie hat dir Freude bereitet.

… allen Buchhändler*innen. Nur weil ihr meine Romane bestellt, auslegt und weiterempfehlt, konnten sie schon so viele Leser*innen erreichen. Ich wünschte, ich könnte euch alle besuchen und es euch persönlich sagen: Ich danke euch von Herzen für eure Unterstützung!

… Grusche Junker, Andrea Best, Maria Runge, Lena Schäfer, Lena Augustin, Daniela Sarter, Stephanie Dietrich, Claudia Hanssen, Katrin Cinque, Barbara Henning, Manuela Braun, Galina Haak und allen anderen wundervollen Menschen beim Goldmann Verlag für die großartige Zusammenarbeit von Tag eins an. Ihr seid so ein wunderbares, herzliches und kompetentes Team, und ich weiß mein Glück sehr zu schätzen, ein kleiner Teil davon zu sein.

… meiner brillanten Lektorin Almuth Andreae fürs Almuth-Sein. Weil das etwa alle rund hundert Punkte einbezieht, für die ich dir dankbar bin und hier nicht genug Platz habe. Ich bin mehr als froh, dich an meiner Seite zu haben.

… allen bei der Agentur Michael Gaeb für die supergute Betreuung. Vor allem meiner fantastischen Agentin Eva Semitzidou dafür, dass du immer auf alles eine Antwort weißt und wie eine Löwin für mich kämpfst.

… Kristina Lake-Zapp für ihr Adlerauge beim Korrektorat und die fabelhafte Zusammenarbeit an mittlerweile vier Romanen.

… Irmi Keis und ihrem Team von ehrlich & anders – ich bin immens froh, mit so kreativen und coolen Frauen wie euch zusammenarbeiten zu dürfen.

… der Agentur Zero Media für die erneute superhübsche Gestaltung von Cover und Anhang.

… allen Bookstagrammer*innen und Buch-Blogger*innen – ich sende euch hiermit eine große Portion Liebe. Der Austausch mit euch ist so wertvoll für mich. Tausend Dank für eure Begeisterung fürs Lesen, für eure wunderbaren Texte, Fotos und Videos. Ich feiere euch!

… meinen geliebten Testleser*innen Nancy Riesenhuber, Tessa Randau, Daniele Palu, Christine Ritzenhoff und Ralf Grobe für euer wertvolles Feedback, eure klugen Anmerkungen und eure emotionale Unterstützung – was würde ich nur ohne euch tun? So ganz grundsätzlich?!? Ihr seid die Allerbesten!

… meiner Freundin Ulrike Schacht dafür, dass du für mich sogar in Klamotten in Alsterfleete steigst – und für die vielen schönen Fotos, die nebenbei entstehen – und die nur du so machen kannst.

… Karla Paul. Ich denke, ich werde das Plakat »Nächstes Mal unbedingt auf Karla hören« jetzt drucken lassen. Wir könnten alle eins oder eine wie dich gebrauchen.

… den freundlichen Menschen, die mir ihre wunderschönen Schrebergärten geöffnet haben. Alexandra und Alexander Thiede – tausend Dank, dass ihr mir den Schlüssel zu eurem Paradies anvertraut habt. Marlies und Jürgen Semke – meinen herzlichsten Dank, dass wir in eurer Traumoase fotografieren durften. Und Ava Kirschstein – so lieb von dir, dass du den Kontakt hergestellt hast.

… meiner zauberhaften Schwägerin Florence Kratzenberg dafür, dass ich dich immer mit medizinischen Fragen behelligen darf und du mir mit deinem Krankenhaus-Fachwissen zur Seite stehst. Du bist meine Heldin!

… meinen lieben Freund*innen, meiner gesamten Familie und Schwiegerfamilie für eure liebevolle Unterstützung. Vor allem meinem Vater für deine große Bücherwand, die in mir früh die Liebe zum Lesen geweckt hat. Und meiner Mutter dafür, dass du mir zum Einschlafen lustige Geschichten erzählt hast. Sie begleiten mich bis heute.

… Laurent, Robert und Jamie – dafür, dass es euch gibt. Mein Glück riecht nach euch.

Sophies Geschichte in diesem Buch ist erfunden. Aber auch in der Realität erhält alle siebenundzwanzig Sekunden irgendwo auf der Welt ein Mensch die Diagnose Blutkrebs. Eine Stammzellspende kann Leben retten. Hier findest du alle Infos, wie du dich als Spender*in registrieren lassen kannst: www.dkms.de